최후의 밀서

최후의 밀서

김성종 추리문학전집 31

도서출판 남도

최후의 밀서

실종된 아이 7
포르셰 959 14
비밀의 연인 21
어느 날 갑자기 27
혈통 39
관계 45
첫날밤 69
실종 신고 76
10억 원을 내라 83
안개 속의 얼굴 96
아버지와 아들 1 114
모나리자 126
주치의 133
마산댁 146
바닷가에서 159
로비 166

연인들 ……………… 178
녹음 테이프 ……………… 185
교환 ……………… 195
베일 속의 얼굴 ……………… 207
여인의 과거 ……………… 219
염우작 ……………… 232
모나리자의 배후 ……………… 244
대좌 ……………… 256
철학도 ……………… 268
도쿄 황 ……………… 280
국제 전화 ……………… 292
시체 ……………… 298
아버지와 아들 2 ……………… 309
신차 발표회 ……………… 324
가족 회의 ……………… 350
밀회 ……………… 395
최후의 밀서 ……………… 416

실종된 아이

그는 키가 작은 데도 커 보인다. 그를 커 보이게 만드는 여러 조건들 가운데 하나가 그의 「무서운」재력이다.

그의 재력에 대해서는 「무섭다」라는 표현이 제일 적절한 것 같다. 「부자」라는 단순한 표현은 그에게는 너무 어울리지 않는다. 무엇이든지 이룰 수 있는 재력, 그리고 그것을 무기로 사용할 수 있는 힘이야말로 가장 무서운 것이다.

비서실장이 안으로 들어와 새로 만든 사보 두 권을 책상 위에 조심스럽게 내려놓는다.

8월호 사보였다. 표지에 찍혀 있는 「금원(金園)」이라는 녹색 제호가 유난히 선명하다. 새로 만든 승용차들이 선적을 기다리며 부두에 빽빽이 들어차 있는 광경이 표지 사진으로 들어가 있다. 젊은 부부가 밝고 건강한 미소를 띠며 전면에 서 있다. 남자는 사내아이를 품에 안고 있다. 다정하고 다복해 보이는 가족들의 모습이다.

키가 큰 비서실장은 대형 창가에 서 있는 키 작은 사나이의 뒷모습을 잠자코 지켜본다. 오늘따라 다리가 유난히 짧아 보인다. 그의 아버지도 그의 형제들도 다리가 모두 짧다. 다리 짧은 혈통, 남자들은 그래도 봐 줄 수 있지만 다리 짧은 여자들은 정말 봐 주기 힘들다.

대형 창문 위로 빗물이 줄줄 흘러내리고 있다. 밖에는 거센 비바람이 몰아치고 있지만, 실내는 너무나도 조용하다.

그가 돌아섰다. 그는 흰 와이셔츠 바람에 자주색 넥타이를 매고 있다. 조금도 빈틈이 보이지 않는 44세의 사나이는 금테 안경 너머로 무표정하게 비서실장을 쳐다보았다.

"사보가 나왔습니다."

키 큰 사내가 앞으로 두 손을 모으고 말했다.

다리가 짧은 사나이는 검은 대리석처럼 반들반들해 보이는 대형 책상 앞으로 다가서서 선 채로 사보를 집어 들었다. 그것을 잠깐 들여다본 다음 아이처럼 통통해 보이는 손으로 빨간 사인펜을 집어 들고 뚜껑을 뺀 다음 칼로 베듯 표지 위에다 X자 표시의 대각선을 그었다.

"다시 만들어요."

사보가 비서실장 앞에 떨어졌다. 키 큰 사내는 당황해서 그것을 집어 들었다. 나머지 다른 한 권도 집어 들었다. 더 이상 다른 말이 필요 없다는 것을 그는 잘 알고 있었다.

다리 짧은 사나이가 갑자기 키 큰 그 자신보다도 더 커 보였다. 아니, 자신이 갑자기 위축되었기 때문일 것이라고 생각하면서 그는 고개를 숙이고 뒷걸음질쳤다. 표지만 새로 만들라는 것인지 아니면 내용까지 모두 고치라는 것인지 알 수가 없다.

"한 권은 놔 두고 가요."

다리 짧은 그 사나이는 이미 돌아서서 아까처럼 창 밖을 내다보고 있었다. 비서실장은 숨을 마음대로 내쉴 수가 없어서 답답했다.

다리 짧은 사나이는 미간을 찌푸렸다. 뒤에서 문이 조용히 닫히는 소리가 들려왔다. 비서실장한테서는 언제나 역겨운 담배 냄새가 난다. 그는 담배 골초인 모양이다. 담배를 피우지 않는 다리 짧은 사나이는 담배에 절은 듯한 비서실장의 몸에서 풍기는 담배 냄새를 맡을 때마다 기분이 불쾌해진다. 그렇지 않아도 기분이 좋지 않은데……

사보를 새로 만들려면 몇 천만 원은 더 들 것이다. 홍보실 직원들은 며칠 동안 밤샘을 해야 할 게고, 아무튼 모두들 초상집이 되겠지.

부드러운 전화벨 소리가 실내의 침묵을 깼다.

그것은 교환을 통하지 않는 전용 회선의 전화벨 소리였다. 그 전화의 번호를 알고 있는 사람은 몇 안 된다. 그의 주변의 중요한 인물들이 은밀한 이야기를 나눌 필요가 있을 때 그 번호로 전화를 걸어 오는 것이다.

그는 책상 앞으로 다가가 무선 전화의 수화기를 집어 들었다. 그리고 자신의 목소리를 흘려 보냈다.

"저예요."

젊은 여자의 목소리가 들려왔다. 그것은 여느 때와는 다른 당황하고 숨가쁜 목소리였다.

"웬일이야?"

"큰일났어요!"

그녀의 목소리가 송곳처럼 귀를 후비고 들어왔다. 그는 호흡을 멈추고 귀를 기울였다.

"협이가 없어졌어요!"

그의 가는 두 눈이 더욱 가늘어졌다. 그는 천천히 창가로 이동했다. 20층에서 내려다보는 차도는 비바람 속에 갇혀 어쩔 줄 모르는 아수라장 같았다.

젊은 여자의 가쁜 숨소리가 고스란히 들려왔다. 그녀는 너무 흥분한 탓인지 다음 말을 잇지 못하고 있었다.

"찬찬히…… 분명히 말해 봐."

그는 냉정하게 말했다.

"협이가 없어졌어요!"

울음소리가 들려왔다. 그는 방 가운데로 이동했다.

"협이가 없어졌다니, 그게 무슨 말이야? 울지 말고 자세히 말해 보란 말이야!"

그의 입에서 비로소 큰 소리가 나왔다.

"아침에 나간 애가 아직도 들어오지 않고 있어요!"

그는 시계를 보았다. 12시가 막 지나고 있었다. 아이들이란 노는 데 정신을 빼앗기면 몇 시간쯤 집에 안 들어오는 건 보통 아닌가. 어제 나간 애가 아직까지 집에 안 들어왔다면 걱정이 될 만하다.

"어디서 놀고 있겠지. 좀더 기다려 봐."

"아니에요! 그게 아니에요!"

"뭐가 아니라는 거야?"

그는 역정을 냈다. 그런데 그녀의 다음 말이 그의 심장을 멎게 했다.

"아이들이 그러는데 협이가 낯선 차를 타고 갔대요!"

"낯선 차라니?"

그는 수화기를 바꿔 들었다. 그는 책상 위에 엉덩이를 올려놓았다.

"어떤 여자가 협이를 차에 태우고 갔대요! 아이들이 봤대요! 어쩌면 좋아요! 빨리 좀 와 보세요!"

그녀의 흐느낌이 물처럼 그의 가슴 속으로 흘러들어왔다. 그는 침을 삼켰다. 그는 비바람치는 창 밖을 잠시 바라보았다. 아이의 울음소리가 비바람 속으로 꺼져 가는 것 같은 느낌이 환청이 되어 들려왔다.

"그게 정말이야?"

"정말이래두요! 어쩌면 좋아요?"

그녀는 우느라고 잠시 말을 중단했다.

"아이들 말이란 거 믿을 수 없잖아. 정신을 차리고 찬찬히 찾아봐."

"찾아봤어요. 아무리 찾아도 보이지 않아요."

"언제부터 찾았어?"

그는 비로소 구체적인 반응을 보이기 시작했다.

"10시부터 지금까지 찾았어요. 단지 안을 여러 번 샅샅이 찾아보았지만 보이지 않아요. 아이들 말이 틀림없어요! 어쩌면 좋아요?"

"좀더 기다려 봐!"

그는 그렇게 말하는 수밖에 없었다.

노크 소리가 나더니 여비서가 안으로 들어왔다. 가슴이 큰 여비서였다. 그녀를 볼 때마다 그는 가슴에 먼저 시선이 간다. 그가 손을 들어 제지하자 그녀는 황급히 물러갔다.

"빨리 좀 와 보세요!"

"좀더 기다려 보라니까!"

그는 그녀에게 갈 수 없는 입장이었다. 그런데도 그녀는 집에 오라고 성화였다.

"정말 너무하세요!"

그녀의 울음소리가 더욱 커졌다.

"너무 걱정하지 마. 침착하게 기다려 봐. 내가 이따가 전화할 테니까 기다려."

그는 수화기를 내려놓고 책상에서 내려섰다.

협이는 다섯 살짜리 사내아이로 그의 아들이었다. 다섯 살인데도 아직 그의 호적에 입적시키지 못하고 있는 아들이다. 그는 그 아들을 끔찍이 사랑하고 있었다. 그러나 한편으로는 그 아들을 얻게 된 것을 일생일대의 큰 실수라고 생각하고 있었다.

그에게 불륜의 관계로 얻은 다섯 살짜리 아들이 있다는 것은 절대 비밀에 속하는 일이었다. 그 비밀을 유지하는데 그는 지금까지 많은 돈을 투자해야 했었다.

그 비밀이 밝혀질 때 그가 제일 두려워하는 상대는 그의 아내였다. 세상 사람들은 다 알아도 아내만은 그 비밀을 알아서는 안 된다.

그것은 바로 그의 인생과 사업, 그 모든 것의 끝장을 의미한다. 그 비밀이 밝혀졌을 때의 결과가 그는 무서웠다. 그것은 바로 공포 그 자체였다.

그는 손등으로 이마에 흐르는 땀을 닦았다. 실내는 냉방이 잘 되어 있는데도 불구하고 그는 땀을 흘리고 있었다.

포르셰 959

　비바람 사이로 저만치 올림픽 행사를 위해 지어 놓은 종합운동장의 웅장한 모습이 시야에 들어왔다. 선글라스로 얼굴을 가린 사나이는 액셀러레이터 위에 가만히 발을 올려놓았다. 시속 90을 가리키고 있던 속도계의 바늘이 순식간에 110까지 올라갔다. 아까부터 진로를 방해하던 S사의 알렉산더가 형편없이 뒤로 떨어져 가는 것이 백미러로 보였다. 알렉산더는 S사의 야심작으로 국산 승용차 중에서 제일 비싼 고급 차이다. 그러나 지금 그가 몰고 있는 외제차에 비하면 알렉산더는 한낱 장난감에 불과하다.

　속도감이 주는 쾌적한 기분과 스릴은 속도에 비례한다. 그러나 그는 더 이상 속력을 내는 것을 삼간다. 궂은 날씨와 도로 사정 때문에, 그리고 교통법규 때문에 더 이상 빠르게 달릴 수가 없는 것이다. 강변도로에서는 시속 100킬로 이상으로 달려서는 안 된다.

　백미러에 경찰 패트롤 카가 등장했다. 얼핏 나타났다가 사라졌는데 꽤 멀리서 따라오고 있었다.

그는 서독제 포르셰 959를 오른쪽으로 급커브시켰다. 딱정벌레처럼 생긴 백색의 스포츠 카는 오른쪽 차선으로 달려오던 알렉산더의 앞머리를 아슬아슬하게 가로질러 경사진 길을 내려갔다. 급브레이크를 밟는 소리가 길게 들려왔다.

포르셰 959는 오른쪽으로 회전해서 강가에 조성된 둔치로 미끄러져 갔다. 그리고 잠시 후 강가에 바싹 붙여 세워졌다. 선글라스의 사나이가 밖으로 나왔다. 짧은 다리 때문에 키가 작아 보이는 남자였다. 위에는 노란색의 티셔츠를 입었고, 밑에는 흰 바지 차림이었다. 발에는 구두 대신 흰 운동화를 신고 있었다. 한 시간 전만 해도 정장 차림이었던 그는 어느 새 스포티한 모습으로 변해 있었다.

그는 열린 차 문 위에 오른팔을 걸친 채 주위를 둘러보았다. 그녀의 차는 보이지 않는다. 아직 도착하지 않은 모양이다. 주위에는 아무도 없다. 비바람이 그의 얼굴을 후려갈겼다. 그는 금방 물을 뒤집어쓴 꼴이 되고 말았다. 비바람을 얼굴에 맞자 흥분했던 가슴이 조금 가라앉는다.

그는 차 속으로 들어가 앉았다. 문을 닫고 나서 상체를 뒤로 젖혔다. 차창에 부딪치는 빗물을 쉴새없이 쓸어 내는 윈도 브러시 소리가 귀에 거슬려 엔진을 꺼 버렸다.

포르셰 959는 그가 서독에 유학중인 때부터 애용하던 차이다. 지금 가지고 있는 것은 고전적인 스타일의 스포츠 카로 최신형이다. 풍만한 여체의 섹시한 분위기가 볼륨을 느끼게 하는 디자인으로 유명하다. 배기량 3850cc, 6기통 엔진에 출력은

540마력, 시간당 최고 시속은 320킬로나 된다. 국제시장에 내놓은 가격은 6만5천 달러, 국내에 반입하는 데는 1억 원 이상이 들었다.

그는 운전사 없이 혼자 다닐 필요가 있을 때에는 언제나 포르셰 959를 이용한다. 그 차 안에 앉아 있으면 어머니처럼 아늑한 기분이 느껴지고, 부드러운 엔진 소리는 마치 어머니의 속삭임 같다.

그러나 포르셰 입장에서는 결코 주인을 잘 만났다고 할 수 없다. 아니, 잘못 만나 오히려 불행한 나날을 보내고 있는 형편이다. 가장 큰 이유는 마음놓고 달릴 수가 없기 때문이다. 서독에는 속도를 제한하지 않는 무제한 고속도로가 있기 때문에 마음놓고 달릴 수가 있다. 시속 2백 킬로 이상쯤 되어야 포르셰는 비로소 제 기능을 발휘한다. 한국 같은 데서는 운동 부족으로 신진대사가 이루어지지 않아 포르셰는 날로 쇠약해져 가고 있다. 기계 사이에 침전되어 있는 기름 속에 박테리아가 창궐, 뼈마디를 갉아먹고 있다.

그는 운동 부족으로 쇠약해진 포르셰를 한바탕 돌려놓기 위해 서울에서 부산까지 고속도로를 갔다왔다한 적이 있었다. 앞에 걸리적거리는 차들을 요리조리 피해 가며 달릴 수 있는 데까지 달려 보았는데 시속 2백 킬로를 넘을 수가 없었다. 그 때 서울─부산 왕복에 걸린 시간은 6시간 20분이었다.

경찰 패트롤 카가 조용히 포르셰 뒤로 다가와 서더니 노란 비옷을 입은 경찰관이 밖으로 나왔다. 그는 포르셰의 운전석에 앉아 있는 사나이 쪽으로 다가와서 거수 경례를 보냈다. 선글라스는 차창을 내렸다.

"속도 위반을 하셨습니다."

선글라스는 곤혹스런 표정으로 경찰관을 올려다보았다. 경찰모의 차양 끝에서 빗물이 주르르 흘러내렸다.

"알고 있습니다."

선글라스는 무뚝뚝하게 대답했다.

"면허증 좀 보실까요?"

젊은 경찰관은 패트롤 카 근무에 떨어진 지 한 1주일밖에 안 된 신출내기였다. 끼고 있는 안경이 비에 젖어 얼굴 표정을 흐려 놓았다.

"아, 모르고 안 가져왔소. 옷을 갈아입고 나오느라고 그만 깜박 잊었소."

선글라스는 더욱 곤혹스런 표정이 되면서, 그러나 위엄 있게 말했다.

젊은 경찰은 외제차 속에 앉아 있는 중년의 사나이가 맘에 안 들었다. 형편없는 작잔데. 교통 위반을 하고도 외제차 몬다고 거드름이나 피우고 말이야. 이런 작자야말로 국민들에게 위화감을 주는 자야. 본때를 보여 주지 않으면 안 돼.

"세 가지를 위반했습니다. 속도 위반, 차선 위반, 거기다 면허증까지 소지하지 않았습니다. 하마터면 큰 충돌 사고가 날 뻔했습니다."

당연히 운전자가 미안하다고 사과할 줄 알았는데 상대방은 아무 말이 없다.

그 때 패트롤 카 운전석에서는 다른 경찰관이 무전으로 본부와 교신하고 있었다.

"뭐라구요? 다시 한 번 말해 봐요!"

"그 차는 금원 그룹 부회장인 서동세(徐東世) 씨 차야. 포르셰 959…… 서독제 스포츠 카야. 그 차가 걸렸나?"

"네, 과속입니다."

껄껄하고 웃는 소리가 들려왔다.

"그러니까 뭘 알아야 면장 노릇도 한다니까. 닥치는 대로 붙잡고 있군. 정중하게 다루는 게 좋을 거야."

그는 무전기를 내려놓고 동료 경찰관을 바라보았다. 문을 열자 비바람이 안으로 들이쳤다.

"이봐! 이리 와 봐! 빨리 와 봐!"

딱지를 떼고 있던 경찰관은 다급하게 동료가 손짓하는 것을 보고 패트롤 카 쪽으로 다가왔다.

"왜 그래?"

"그 사람이 누군 줄 알아?"

"누구긴 사람이지."

"금원 그룹 부회장인 서동세야. 서동세 몰라?"

그는 멈칫했다. 금원 그룹을 모르는 사람은 한국인이 아니다. 그만큼 그 그룹의 이름은 한국인들의 의식 속에 넓고 깊게 박혀 있었다. 젊은이들은 그 그룹의 일원이 되는 것을 영광으로 알고 있다. 그것은 곧 생활이 보장되고 출세를 기약할 수 있는

길이기 때문이다.

"면허증도 없어."

"명함에다 사인이나 하나 받아 놓고 돌려보내. 정중히 말야."

젊은이는 뜨거운 것이 솟구치는 것을 느꼈다.

"정중히 사과해야 할 쪽은 저쪽이야. 그런데도 아주 데데하게 군단 말이야. 서동세 아니라 서동세 할아버지라도 안 돼. 위반은 위반이야. 외국에서는 수상 차도 딱지를 뗀다고 했어. 빌어먹을."

그가 다시 포르셰 쪽으로 걸어가자 운전석의 경찰관은 당황해서 밖으로 뛰어나왔다.

"성함을 말씀해 주십시오."

안경 낀 경찰관이 사무적으로 딱딱거렸다.

"서동세……."

선글라스의 얼굴이 차갑게 굳어졌다.

"신분을 밝힐 만한 무슨 증명 같은 거 없습니까?"

선글라스는 천천히 머리를 흔들었다.

"혹시 금원 그룹 부회장이신 서동세 씨 아니십니까?"

운전석에 앉아 있던 키 큰 경찰관이 다가와서 상체를 굽히며 물었다.

"그렇소."

"이거 실례 많았습니다. 명함 한 장 있으면 사인 좀 부탁하겠습니다."

서동세는 귀찮은 표정으로 명함을 한 장 꺼내 사인한 다음 그에게 주었다.
"됐습니다. 몰라 봐서 죄송합니다."
그가 머리를 숙이면서 동료 경찰관을 끌어당겼지만 안경 낀 경찰관은 물러서지 않았다. 그는 딱지를 서동세의 코 앞에 디밀었다.

비밀의 연인

 경찰 패트롤 카가 물러간 자리에 빨간색의 스포츠 카가 조심스럽게 굴러와 멎었다. 그 차와 비켜갈 때 패트롤 카의 경찰관들은 호기심에 찬 눈으로 스포츠 카의 운전대를 잡고 있는 젊은 여자를 눈여겨 바라보았다.

 그 스포츠 카는 금원 자동차 회사에서 만들어 낸 국산 신형 모델로 앞부분이 납작하고 뒤가 쳐들린 모양을 하고 있었다. 뒤꽁무니 왼쪽에는 「KUMWON」이라는 영문 표기가 부착되어 있었고 오른쪽에는 차 이름인 「FOCUS」라는 철제 표지가 부착되어 있었다.

 서동세는 스포츠 카에서 내린 젊은 여자가 포르셰의 앞을 돌아올 때까지 잠자코 그녀의 움직임을 주시하고 있었다. 그녀는 늘씬한 팔등신 미녀였다. 밑에는 청바지를 입고 있었고 위에는 흰색의 얇은 티셔츠만을 걸치고 있었다. 비바람이 치는데도 그녀는 피하려고 하지 않고 그것을 고스란히 맞으며 문 앞으로 다가왔다. 그는 그녀가 들어올 수 있게 문을 열어 주었다.

 차 안으로 들어온 그녀는 그의 목을 끌어안고 금방이라도 울음을 터뜨릴 것처럼 몸을 떨었다. 남자는 그녀의 어깨를 감싸안고 그녀의 볼에 가볍게 입을 댄 다음 그녀를 가만히 밀어 냈다. 그녀의 젖은 몸에서는 뜨거운 습기가 느껴졌다.

비에 젖은 얇은 티셔츠 위로 두 개의 젖꼭지가 도드라져 보였다. 알맞게 부푼 젖가슴이 격하게 오르내리고 있는 것으로 보아 그녀가 몹시 흥분하고 있음을 알 수 있었다. 그녀는 브레지어를 거의 착용하지 않는다.

"찾았어?"

그의 물음에 그녀는 머리를 흔들었다. 고리 모양의 큰 귀걸이가 흔들렸다. 인도 여인의 눈처럼 크고 깊게 생긴 두 눈에 눈물이 번지는 것을 보고 그는 고개를 돌렸다.

"어떻게 된 건지 자세히 말해 봐."

그녀는 손수건으로 눈물과 콧물을 한꺼번에 닦고 나서 입을 열었다. 물기가 배인 입술 사이로 약간 코먹은 듯한 소리가 흘러나왔다.

"협이가 놀이터에 나간 게 9시경이었어요. 옆집에 사는 동이라는 애가 와서 데리고 나갔어요."

"이렇게 비가 오는데 놀이터에 나갔단 말이야?"

"그 때까지만 해도 비가 오지 않았어요."

"애가 밖에 나갔는데 따라나가 보지도 않았어?"

그의 목소리는 의외로 조용했다. 그것은 그가 분노를 억누르고 있다는 것을 뜻했다.

"협이가 하루 종일 들락거리는데 일일이 따라나가 볼 수도 없잖아요. 지금은 제가 따라다니지 않아도 제 친구들하고 잘 어울려 놀아요."

하긴 사내아이 다섯 살이면 그럴 만도 하겠다고 그는 생각했다. 내 자식이라 해도 함께 살지 않으니 일일이 간섭할 수도 없는 일이다. 그는 가만히 한숨을 내쉬었다.

"10시경에 비가 쏟아지기에 뛰어나가 보았더니 협이가 보이지 않았어요."

목소리가 잠기면서 가슴이 들썩이기 시작했다. 그는 숨을 죽인 채 귀를 기울였다.

"다른 애들은 모두 집으로 돌아오는데 협이는 보이지 않았어요. 그래서 동이를 붙잡고 물었더니 어떤 젊은 여자가 협이를 차에 태우고 갔대요. 다른 아이들도 협이가 차를 타고 가는 걸 봤대요."

유지명(兪知明)은 소리를 죽여 울기 시작했다. 그 바람에 어깨가 몹시 들썩거렸다. 그녀는 지금 스물여섯 살이었다. 그들이 만난 것은 그녀가 스무 살인가 스물한 살 때였다. 지금은 처음 만났을 때의 그 신선하고 싱싱하던 모습이 많이 시들어졌지만 그 대신 완숙한 미모와 함께 성적인 매력을 발산하는 근사한 숙녀로 변모해 있었다. 그녀가 그렇게 세련된 미모의 여인으로 변신하는 데는 전적으로 그의 도움이 컸다고 볼 수 있었다. 간단히 말해 그는 그녀가 충분히 쓰고도 남을 만큼 그녀에게 많은 돈을 주었고, 그녀는 그 돈으로 서동세의 연인으로 자리를 굳히기 위해 미모를 가꾸며 소양을 쌓는데 힘을 쏟아 왔던 것이다.

"단지 안을 샅샅이 돌아다녀 봤어요. 경비원들을 동원해서 찾아보았지만 찾을 수가 없었어요."

"자동차 번호를 기억하고 있는 아이가 없을까?"

"아무도 기억하는 아이가 없어요. 모두가 노는 데 정신이 팔렸고…… 어린애들이라 주의 깊게 보지도 않았던 모양이에요. 저 혼자 어떻게 해야 할지 모르겠어요."

그녀는 그의 표정을 살피고 나서 다시 흐느끼기 시작했다.

"울지 마. 운다고 일이 해결되는 것도 아니야. 지금 집에는 누가 있지?"

"동이 엄마가 봐 주고 있어요."

"집에 빨리 전화 걸어 봐. 혹시 지금쯤 무슨 연락이 있을지도 모르니까."

그는 의자 사이에 있는 카폰의 수화기를 들고 지명의 집 전화 번호 숫자를 눌렀다. 신호가 따르르 하고 가자 그것을 지명에게 건네주었다.

"동이 엄마, 저예요…… 무슨 연락 없어요?…… 네, 알겠어요. 곧 가겠어요……."

그녀가 통화하는 동안 그는 두 손으로 머리를 감싸쥐고 앞을 노려보고 있었다.

태어나서는 안 될 아이가 태어난 것은 전적으로 그녀 탓이었다. 그녀가 임신한 것을 알았을 때 그는 온갖 말로 달래기도 하고 위협하기도 하면서 아이를 떼라고 요구했지만 그녀는 한사코 그것을 거부했던 것이다. 그럴 바에는 차라리 죽어 버리겠다고 하면서 목숨을 걸고 태아를 지키는 바람에 그는 고민에 고민을 거듭할 수밖에 없었고, 그러는 사이 그녀는 어느 날 밤 예정보다 훨씬 빨리 아이를 낳고 말았던 것이다.

상품이라면 몰라도 일단 생명을 갖고 태어난 인간인 이상, 더구나 그의 피를 받고 태어난 자식이고 보니, 그렇게 태어나는 것을 한사코 반대했던 그도 결국은 현실을 인정하지 않을 수가 없게 되었다.

"아무 연락 없대요."

그녀가 수화기를 내려놓으며 말했다. 그녀의 인도 여인을 닮은 두 눈은 이제 눈물 대신 공포의 빛을 띠고 있었다.

"여러 아이들 이야기를 종합해 봤어? 한 아이 이야기만 듣고는 알 수가 없어."

"여러 아이들 이야기를 들어봤어요. 흰 옷을 입은 여자가 하얀 차를 놀이터 옆에 세워 놓고는 놀이터에다 하얀 강아지 새끼를 풀어놨대요. 협이는 강아지를 몹시 좋아해요. 개를 무서워하지도 않아요. 협이가 누구냐고 하더니, 다른 애들한테는 강아지를 못 만지게 하고 협이한테만 만지게 했대요. 협이가 강아지를 껴안고 노니까 개를 빼앗아 차에 타더니 협이를 오라고 하더래요. 아이들은 협이가 차 속에서 개를 안고 노는 것까지는 봤대요. 그 다음부터는 협이를 본 아이가 없어요. 나중에 보니까 차도 협이도 보이지 않더래요."

차 안에 무거운 침묵이 흘렀다. 이윽고 그가 참을 수 없다는 듯 문을 열고 밖으로 나갔다.

그는 비바람을 맞으며 흙탕물로 변한 강물을 한동안 묵묵히 바라보고 있었다. 그 곁으로 지명이 가만히 다가서더니 그의 팔짱을 낀다. 두 사람은 금방 비에 흠뻑 젖어 버렸다.

"유괴 같아요."

"빨리 집에 가 봐."

차 속에서 전화벨이 울리는 소리가 조그맣게 들려왔지만 그는 차로 돌아가려고 하지 않았다.

"어떡하죠?"

그를 쳐다보는 그녀의 두 눈은 빗물인지 눈물인지 알 수 없는 물기로 젖어 있었다. 그보다 그녀의 키가 더 컸다.

"좀더 기다려 봐. 유괴라면 무슨 연락이 있을 거야."

그녀가 두 팔로 그의 허리를 껴안았다.

"무서워요!"

"이럴 때일수록 냉정해야 해. 밖에 알려지지 않게 주의 해. 만일 밖으로 새나가면 우린 끝장이야."

늑대들이 노리고 있다는 말은 굳이 하지 않았다. 그는 허허벌판에서 굶주린 늑대들에게 둘러싸여 있는 것만 같은 기분이 들었다.

어느 날 갑자기

 빨간색의 국산 스포츠 카 포커스를 몰고 가면서 유지명은 계속 눈물을 흘렸다. 눈물은 걷잡을 수 없이 흘러내리고 있었다. 그녀의 두 뺨을 타고 흘러내린 눈물은 그녀의 가슴까지 적셔 놓고 있었다.

 눈물 때문에 시야가 뿌옇게 흐려 보였다. 그러나 그녀는 속도를 늦추기는커녕 오히려 다른 차들을 추월해 나갔다.

 자신처럼 비극적인 여인도 없다는 생각이 그녀를 더욱 슬프게 해 주고 있었다. 강변도로를 벗어난 그녀는 급기야 길 한쪽에 차를 세워 놓고 운전대에 얼굴을 댄 채 어깨를 들썩이며 흐느껴 울기 시작했다. 차를 후려 때리는 빗줄기 소리가 마치 시끄러운 배경 음악처럼 들려오고 있었다.

 한참 정신 없이 울고 나자 가슴에 맺혔던 응어리가 비로소 조금 풀리는 것 같았다. 이미 젖어 있는 손수건으로 눈물로 뒤범벅된 얼굴을 닦고 나서 코를 힝하고 풀었다. 보는 사람이 없으니까 마음놓고 콧물이 다 빠질 때까지 코를 풀어제쳤다.

 이윽고 넋을 빼고 멍한 표정으로 앞을 바라보고 있다가 한숨을 푹 내쉬면서 아랫입술을 지그시 깨문다. 입술을 자근자근 깨무는 동안 얼굴 표정이 험하게 일그러진다.

그녀가 서동세를 알게 된 것은 그녀의 나이 스무 살 때였다. 그 때 서동세는 아직 채 마흔이 안 된 서른여덟 살이었다.

지명은 부산에서 태어나 자랐다. 그녀는 고등학교를 졸업할 때까지 부산에서 한 발짝도 벗어나 본 적이 없었다.

그녀는 세 자매 중 첫째였다. 그녀의 부모는 아들을 보려다가 딸만 셋을 낳고 말았다. 그녀의 아버지가 계속 살아 있었다면 그녀의 어머니는 네 번째 자식을 보았을 것이다.

지명의 아버지는 원양 어선의 기관사였다. 한번 배를 타고 나가면 몇 달 만에, 늦게는 1년이 지나서야 돌아오곤 하는 아버지를 지명은 열 살 때까지 그저 먼발치서 구경하듯 몇 번 쳐다본 기억밖에 없었다. 그는 몹시 아들을 원했고, 그래서였던지는 몰라도 딸들에 대해서는 별로 관심을 보이지 않았다. 쓸데없는 것들이 태어나서 집안을 시끄럽게 만들고 있다는 식으로 딸들을 바라보곤 했다.

지명이 열 살 때 그녀의 아버지는 배를 타고 나가 다시는 집에 돌아오지 않았다. 그가 탔던 원양어선이 태풍에 휘말려 침몰하는 바람에 다른 선원들과 함께 실종되고 말았던 것이다. 그의 시신이 북태평양의 차가운 바다 속에서 고기밥이 되고 말았다고 판단한 유족들은 그가 실종된 날을 기일로 정해 매년 제사를 지내 왔다.

마산에서 시집 왔기 때문에 마산댁이라고 불리는 지명의 어머니는 겉으로는 부드럽고 유순해 보이지만, 기실은 억척스럽고 집요한 데가 있는 여자였다. 그녀는 광안리 바닷가 한쪽 구석에 쭈그리고 앉아 생선횟감을 팔아 생계를 유지했고 딸 셋을 모두 고등학교에까지 보냈다.

고등학교에 다닐 때 지명의 학업 성적은 별로 좋지가 않았다. 그렇다고 아주 나쁘지도 않은 중간 정도였는데, 워낙 뛰어난 미모에 가려 그녀의 단점들은 별로 두드러지지 않았다. 그 미모 탓으로 그녀의 주위에는 제법 많은 수의 남자들이 항상 서성거렸고 그녀는 그들과 때때로 말썽을 피워 마산댁과 학교측을 난처하게 만들기도 했었다. 그러나 그만한 미모의 소녀에게 그만한 말썽이 따라다닌다는 것은 충분히 있을 수 있는 일이었다. 그렇게 이해하면 그런 것은 아무 문젯거리도 될 수 없었다.

문제는 그녀가 고등학교를 졸업한 뒤에 일어났다. 고등학교를 졸업할 무렵 그녀는 이미 육체적으로 충분히 성숙되어 있었다. 고등학교를 졸업한 뒤 형편상 대학에 진학하는 것을 포기한 채 집에서 빈둥거리며 놀고 있던 그녀는 어느 날 서울에 있는 어느 유명 백화점에서 판매직 여사원을 모집한다는 신문광고를 보았다.

그 때만 해도 그녀는 모델이 될까 탤런트가 될까, 아니면 스튜어디스가 되어 세계 각지를 돌아다녀 볼까 하고 매일 푸른 꿈에 젖어 있던 참이었다. 모델이나 탤런트, 또는 스튜어디스가 되기 전에 우선 백화점에 취직해 보는 것도 괜찮다 싶어 그녀는 모집처에다 지원서를 제출했다.

　나중에 안 일이지만 그 백화점은 경영 부실로 적자에 허덕이던 것을 금원 그룹에서 인수하여 이름도 「금원백화점」으로 고치고 경영 체제도 일신하여 개장을 앞두고 있었다.

　그녀가 면접 시험을 보러 서울 본사에 올라갔을 때 그 곳에는 꽃 같은 아가씨들이 그야말로 구름처럼 몰려와 있었다. 그 아가씨들을 보자 그녀는 부산에서만 자란 자신의 모습이 촌스럽게 느껴졌다. 90명인가 모집에 2만여 명이 몰려들었으니 그녀는 우선 그 수에 질려 버렸다. 거기에다 자신의 촌스러움에 기가 죽은 그녀는 자신이 합격될 것이라고는 믿지 않았다. 그런데 우울한 마음으로 집에 돌아와 있는 그녀에게 합격통지서가 날아들었다.

　마산댁은 딸이 서울까지 가서 직장에 다니는 것을 처음부터 반대했기 때문에 그녀를 서울에 올려 보내지 않았다. 그러자 지명은 어머니 몰래 서울로 도망쳐 올라와 공장에 나가는 친구의 자취방에 기식하면서 백화점에 나갔다. 모델이 되는 것도 탤런트가 되는 것도 잠시 뒤로 미룬 채 그녀는 직장 생활에 열심히 적응해 나갔다.

　그녀가 서동세를 처음 본 것은 백화점을 개장하던 날이었다. 구내 곳곳에 설치되어 있는 감시 회로를 통해 그가 그룹 간부들과 함께 테이프를 끊는 모습이 보이더니 조금 후에 그의 모습이 3층 매장에 나타났다.

　고급 여성 의류 매장을 지키고 있던 그녀의 눈에는 그가 마치

황제처럼 보였다. 그리고 너무나 멀리 떨어져 있는 사람으로 느껴졌다. 작은 키에 짧은 다리를 가진 그 젊은 남자 앞에서 모든 사람들이 굽신거리는 것이 그녀의 눈에는 신기하게만 보였다.

그래서였는지는 몰라도 그가 마침내 그녀가 지키고 있는 매장에 나타났을 때 그녀는 마치 동물원 원숭이를 보듯 웃음을 머금고 여유 있는 모습으로 그를 맞이했다. 그녀는 다른 사람들처럼 굽신거리지도 않았고, 아주 자연스럽게 그를 대했다.

그가 매장에 걸려 있는 옷들을 만져 보며 몇 마디 질문을 던졌을 때에도 그녀는 밝은 목소리로 또렷이 대답해 주었다. 불과 몇 분 동안 지체했지만 그는 거의 그녀를 쳐다보지도 않은 것 같았다. 인의 장막에 가려 그녀 같은 존재가 눈에 들어올 리 없었다.

그녀는 서동세를 그림자처럼 따르는 미모의 여인을 주목했다. 검은 옷차림으로 고급스럽게 차려 입은 그녀는 늘씬하게 키가 컸고, 움직이며 말하는 모습에 기품이 있어 보였다. 그런데도 불구하고 그녀의 표정에서는 차가움 같은 것이 느껴지고 있었다. 그녀가 고급 향수 냄새를 풍기며 앞으로 지나쳐 갔을 때 지명은 찬 서리 같은 냉기를 느꼈다.

검은 옷차림의 그녀는 서동세의 부인인 이시화(李施化)였다. 그 날 여직원들은 그녀를 놓고 화제의 꽃을 피웠다. 어디서 그런 소식들을 물어왔는지 그녀가 관계(官界) 거물의 딸이라느니, 대학에 다닐 때 재색을 겸비한 학생으로 메이퀸에 당선됐다느니, 그런데 딸만 셋 낳았다느니 하는 말들이 멋대로 오고 갔다. 지명한테도 시화의 모습이 그 남편보다 깊은 인상으로 남았다.

한 달쯤 지나 서동세는 시찰 명목으로 백화점에 다시 나타났는데 그 때는 부인과 동행이 아니었다. 그는 지명이 지키고 있는 매장을 지나칠 듯하다가 문득 생각난 듯 그녀를 바라보고는 매장 안으로 들어섰다. 그가 비서만을 대동하고 불시에 나타났는지 백화점 경영진들이 허둥지둥 달려왔다. 그는 그들을 거들떠보지도 않은 채 지명의 불룩한 가슴 위에 붙어 있는 명찰을 유심히 보고 나서,

"근무할 만해요?"

하고 물었다.

"네, 하지만……."

그녀는 미소를 머금고 그를 똑바로 마주보았다.

"하지만 뭐지?"

그도 웃으며 그녀를 바라보았다.

"너무 힘들어요. 다리가 아파 죽겠어요."

그녀는 별로 힘들이지 않고 쉽게 말해 버렸다.

그가 가고 난 뒤 그녀는 상사한테 호되게 질책을 받았다. 그러나 얼마 후 그녀한테는 그룹 본부에서 근무하라는 지시가 떨어졌다.

금원 그룹 회장 서인구(除仁九)는 올해 나이 79세. 두메산골 빈농의 아들로 태어나 당대에 국내에서 열 손가락 안에 꼽히는 세계적인 재벌그룹을 이룩한 점으로 인해 입지전적인 인물의 대명사로 불리고 있다. 학력이라고는 겨우 소학교를 나왔을까

말까 한 것이 전부인데, 그의 부인은 그나마 그것마저도 마치지 못한 것으로 알려져 있다.

하긴 그 따위 학력이란 게 무슨 소용이 있단 말인가. 서 회장은 초등학교 정도밖에 나오지 못했지만 그의 휘하에는 현재 1만여 명이 넘는 학사 출신 엘리트 사원들이 금원 그룹 가족이 된 것에 긍지를 느끼며 그의 주위에 철옹성을 구축하고 있는 것이다. 그는 그들을 다스리고 지배하며 그들에게 꿈과 희망을 불어넣어 주고 있다.

차라리 전율을 느낄 수밖에 없는 어마어마한 재력의 소유자인데도 불구하고 막상 그를 본 사람들은 그의 시골 노인 같은 소박하고 세련되지 못한 털털한 모습에 놀라게 된다. 우선 그의 머리 모양부터가 그렇다. 잿빛의 머리는 운동 선수보다 더 짧게 올려 쳤는데, 그런 모양은 그가 젊은 시절 피눈물 나게 고생하던 때부터 지금까지 한 번도 변한 적이 없다. 하긴 두골이 큼직하기 때문에 머리를 길렀어도 보기 흉하지는 않은데, 본인은 감기에도 좋고 신경도 쓰이지 않아 그런 헤어스타일을 고집하고 있다고 어느 신문 인터뷰에서 밝힌 적이 있다.

조그맣고 작달막한 몸집에 아직도 꼿꼿한 자세를 유지하고 있는 그는 안경 없이도 신문을 읽을 수 있고 매끼마다 밥 한 그릇씩을 남김 없이 먹어치운다. 술 담배를 입에도 대지 않고 한겨울에도 내복을 입지 않으며 못이 단단히 박힌 갈퀴 같은 손으로 아무거나 닥치는 대로 처리하는 버릇이 있다. 예를 들어 계열 회사에 들를 때면 눈에 거슬리는 관상목의 잔가지를 한 손으로 휘어잡고 갑자기 우두둑 분질러 버린다든가 바닥에 떨어져 있는 담배꽁초나 휴지조각을 줍는다든가 해서 회사 간부들을 혼비백산케 하는 것이 그것이다.

지금도 그는 집안의 정원을 거닐 때면 슬리퍼 대신 고무신을, 그것도 검정 고무신을 즐겨 신는다.

그가 제일 싫어하는 것이 있는데, 그것은 기자들을 만나는 일이다. 그는 자신의 모습과 자신에 관한 것이 지상에 실리는 것을 병적으로 싫어한다. 10년 전까지는 그래도 어쩌다 마지못해 인터뷰에 응하곤 했었는데 그 이후 지난 10년 동안은 한 번도 기자들을 상대해 주지 않았다. 따라서 기자들은 그에 관한 기사를 추측으로 쓸 수밖에 없었다. 사진도 10년 전에 마지막으로 찍어둔 것을 사용할 수밖에 없었다.

각 언론 매체에서는 여러 경로를 통해 그를 만나려고 시도도 해 보고 끈질기게 미행도 해 보았지만 모두 다 쓸데없는 짓에 불과했다. 그는 기자들의 접근을 한 치도 허용하지 않았던 것이다. 그런저런 이유로 해서 그는 신비의 베일에 싸인 입지전적인 인물로 사람들의 머리 속에 자리잡고 있었다.

그의 부인은 소로 말하면 다산성의 건강한 암소로서 무려 아홉 명이나 되는 자식들을 낳았다. 아들 여섯에 딸이 세 명이었는데 자식들은 대부분 부모의 기대에 못 미치는 수준 이하에서 맴돌았다. 서 회장보다 한 살이 더 많은 그의 부인 박금녀는 열여덟 살 때부터 자식을 낳기 시작하여 마흔에 이르러 마지막으로 아홉 번째 자식을 낳고 단산했는데 그들의 이름과 나이를 열거하면 다음과 같다.

1. 서명자(徐明子): 62세
2. 서종세(徐宗世): 60세
3. 서숙자(徐淑子): 59세
4. 서병세(徐炳世): 57세
5. 서윤세(徐潤世): 55세
6. 서명세(徐明世): 52세
7. 서문세(徐文世): 48세
8. 서동세(徐東世): 44세
9. 서말자(徐末子): 40세

올해 나이 여든 살인 박금녀는 자식들을 그렇게 많이 낳고도 정정한데, 그 많은 자식들을 하나도 잃지 않고 모두 건강하게 키운 것만도 다행이라고 여기고 있었다.

서 회장은 하나나 둘만 낳아 잘 기르자는 말을 아주 싫어했다. 자식은 될수록 많이 낳아야 한다는 지론에 따라 아홉 명의 자식들에게 후손을 많이 낳을 것을 강요하다시피 했고, 그 결과 손자 손녀가 무려 마흔 명을 넘게 되었다. 현재 증손은 마흔한 명인데 계속 불어나는 추세이기 때문에 그대로 계속된다면 막판에 백 명 선은 넘을 것이라는 게 관측통들의 이야기이다.

서 회장의 세 딸들은 출가 외인이라 그렇다치고 아들 여섯 명 중 그룹 후계자로 가장 강력하게 부상되고 있는 인물은 막내인 동세이다. 여섯 명 가운데 공부를 제일 제대로 하고 가장 똑똑한 것으로 평이 나 있는 그를 서 회장은 제일 총애했고, 그룹을 이끌 다음 후계자로 그를 키워 왔던 게 사실이다. 그래서 막내에게 부회장직을 주었고, 실권을 거의 넘겨주다시피 하고 있다. 이제 서동세가 금원 그룹의 후계자가 될 것이라는데 의문을 제기하는 사람은 아무도 없었다. 아니, 거의 모든 사람들이 그를 그룹의 후계자라고 생각하고 있었다.

그러나 거기에 의문을 품고 있는 사람들이 있었다. 다름 아닌 그의 형들이었다. 서 회장으로부터 소외된 그들은 똘똘 뭉쳐 기회 있을 때마다 막내가 형들을 제치고 다음 후계자가 된다는 것은 말도 안 되는 소리라고 입을 모으고 있었다. 그들이 그런 대로 기대를 걸고 있는 것은 서 회장이 아직 공식적으로 자신의 다음 후계자를 지명하지 않았다는 점이다. 그것은 사실이었다. 서 회장은 막내를 부회장직에 앉히고 그에게 실권을 거의 넘겼으면서도 아직 그를 금원의 다음 후계자라고 공식적으로 지명하지 않고 있었다.

사실 서동세가 다음 후계자로 지명된 것이나 다름없는데도 아직 공식적인 절차를 밟지 않았기 때문에 거기에는 꺼림칙한 앙금 같은 것이 남아 있었고, 형제들은 거기에 한 가닥 기대를 걸고 있었던 것이다. 그러나 열 길 물 속은 알아도 한 치 사람 속은 모른다고 서 회장의 깊은 뜻을 헤아릴 수 있는 사람은 아무도 없었다.

서 회장이 아홉 명이나 되는 자녀들 가운데 유독 막내아들을 총애하고 그에게 중책을 맡기고 있는 데에는 자식들에 대한 불신이 가장 큰 이유로 작용하고 있었다. 일단 그의 눈 밖에 나면 두 번 다시 상대하지 않는 것이 서 회장의 성미이다. 불행히도 딸들을 제외한 여섯 아들들 가운데 위로 다섯 명이 모두 믿을 바 못 되는 놈들로 낙인찍혔던 것이다. 그렇게 낙인찍힌 그들은 그것을 씻으려고 갖은 짓을 다해 보았지만 한 번 등을 돌린 아버지의 마음을 제자리로 돌아서게 할 수는 없었다.

맏아들 서종세는 사업보다도 정치에 더 관심이 많았다. 아버지 밑에서 묵묵히 길을 닦았다면 지금쯤 후계자가 되었을지도 모르는데 그는 그렇게 하지 않고 아버지의 충고를 묵살하고 국회의원에 출마했던 것이다.

지역구에 두 번 출마하여 낙선의 고배를 마신 그는 세 번째에는 거액을 주고 전국구 자리를 하나 사서 어떻게든 국회의원 배지를 가슴에 달게 되었다. 그러나 그것이 오히려 서 회장을 노하게 만들고 말았다.

금배지를 달고 자랑스런 모습으로 나타난 아들을 그는 거들떠보지도 않았다. 서 회장은 평소에도 한국의 정치인들을 못마땅하게 생각하고 있었다. 그들을 혐오하고 있었고, 한 번은 그들을 이 나라에 아무 쓸모도 없는「쓰레기 같은 자들」이라고 혹평하는 바람에 큰 말썽을 빚은 적도 있었다.

그런 그에게 돈으로 산 배지를 달고 나타난 아들이 대견스럽게 보일 리 없었다. 결국 그 아들은 아버지를 실망시킨 경망스럽기 짝이 없는 놈으로 낙인찍히고 말았다.

둘째 아들 서병세는 정신분열증 증세가 있는 인물이었다.

여섯 아들 가운데 머리가 제일 명석하고, 그래서 가장 기대를 걸었던 아들이었는데 외국 유학을 마치고 돌아와서부터 정신분열 증세를 보이기 시작했다.

　병원에 들락거리기 수십 번이었지만 호전되기는커녕 더욱 악화되기만 했고 지금은 가족과도 떨어져 거의 폐인처럼 혼자 지내고 있었다.

혈통

 셋째 아들 윤세는 금원 계열의 하나인 금원 해운의 사장직을 맡았다가 아버지로부터 「회사를 말아먹을 놈」이라는 욕을 듣고 그 자리에서 물러나 지금은 골프장 관리를 맡고 있었다. 그것이 5년 전의 일이었는데, 회장은 아직도 윤세에 대한 불신을 씻지 못했는지 그를 계속 그 곳에 버려두고 있었다.

 윤세는 사장직에 있을 때 경영을 엉망으로 한데다 막대한 외화까지 빼돌린 사실이 드러나 아버지로부터 회사를 말아먹을 놈으로 낙인찍혔던 것이다.

 서 회장의 성격을 알고 있는 사람들은 그가 윤세를 그룹의 요직에 두 번 다시 기용하지 않을 것이라는 것을 알고 있었다.

 넷째 명세는 일종의 성격 파탄자라고 할 수 있었다. 그는 술을 너무 많이 마셔 심한 알콜 중독에 걸린데다 성격이 과격해서 가는 데마다 말썽을 일으키곤 했다. 서 회장은 명세를 훈련시킨 다음 계열 회사인 금원 생명보험의 사장직에 앉혔는데, 그 때부터 그가 술집에서 행패부린 사건이 자주 신문에 보도되고, 폭행 사건으로 번번이 검찰에 입건되는 등 품위를 손상시키는 사건이 빈발하게 되었다. 그러던 중 명세가 술에 만취되어 직접 차를 몰고 가다가 교통경찰의 검문을 받게 되자 그대로 경찰차를 들이받고 도주. 그가 몰고 가던 고급 외제차도 가로등을 들이받고 전복되는 사건이 발생했다. 그 사고로 경찰관은 물론 그 자신도 중상을 입게 되었는데, 6개월 후 그는 지팡이를 짚고 한쪽 다리를 절룩거리는 불구의 모습으로 병원에서 퇴원했다.

서 회장은 명세를 금치산자로 규정, 사장직을 박탈하고 서울 변두리에 있는 농장으로 쫓아 버렸다.

다섯째 아들 문세는 유명한 플레이보이였다. 그의 여자 관계는 하도 유명해서 전국을 떠들썩하게 한 스캔들이 한두 번이 아니었다. 그는 미국에 유학할 때부터 공부보다는 여자 사냥에 더 몰두했는데, 미국에서 돌아와 금원 그룹의 요직을 맡게 되자 더욱 플레이보이 기질을 발휘, 반반한 여자치고 그에게 걸려들지 않은 여자가 없을 정도였다.

그는 다른 형제들과는 달리 키도 크고 미남이었다. 거기다 재벌 2세이니 여자들이 따르지 않을 수 없었다. 그의 지금 부인은 세 번째 부인으로 세 여자가 그에게 안겨 준 자식들이 여섯이나 되었다.

그가 이런 저런 스캔들이 많았지만 그래도 회사에 큰 손해를 입힌 적은 없었기 때문에 서 회장은 그에게 특급 호텔 하나를 맡겨두고 있었다. 서문세는 호텔「인터컨티넨탈」의 대표였다.

여섯째 아들 서동세는 한 마디로 여섯 아들 가운데 막내이면서도 서 회장이 가장 믿고 의지하는 아들이었다. 누가 보아도 그는 성실하고 헌신적이었으며, 빈틈없이 일을 처리할 줄 아는 능력 있는 인물이었다. 그는 아버지와 일밖에 모르는 것 같았고, 서 회장의 손발이 되어 그림자처럼 그를 따라다녔다. 회장처럼 그는 술과 담배는 입에도 대지 않았고 조그마한 말썽도 일으킨 적이 없었다.

그는 두뇌도 명석한 편이었다. 이른바 엘리트 코스인 명문고, 명문대를 나온 그는 서독으로 유학, 그 곳 명문대에서 경제학을 전공, 박사학위까지 취득하여 귀국함으로써 출발부터가 형들과는 사뭇 달랐다. 처음 그는 귀국하지 않고 서독 쾰른에 남아 그 곳 대학 강단에서 강의를 했는데, 그런 지 1년쯤 지나서 회장의 방문을 받고 갑작스럽게 아버지와 함께 귀국했던 것이다. 그 전에 그는 아버지로부터, 귀국하여 회사 일을 도와 달라는 요청을 받은 바 있었지만 공부를 더 해야 한다면서 아버지의 요구를 거절했었다. 그런 그를 서 회장이 직접 가서 데려왔으니, 그에게 이목이 집중된 것은 너무나 당연한 일이었다. 모두가 머지 않아 그가 그룹의 실력자가 될 것이라고 생각했는데, 시간이 흐름에 따라 그 같은 생각은 현실로 나타났다.

귀국한 뒤 1년 동안 서 회장을 따라다니며 업무 파악에 바쁜 시간을 보내던 그는 모든 사람들의 예측대로 1년이 지난 어느 날 전격적으로 비서실장의 자리에 올랐다.

금원의 비서실은 최고 엘리트들의 집합소로서 직원만도 1백 50여 명이나 되는, 서 회장의 친위 부대라고 할 수 있는 막강한 기구이다.

서 회장은 비서실을 통해 방대한 그룹을 통제하고 관리하며 각 계열 회사의 운영과 경영 실태를 손바닥 보듯 들여다보고 있었다. 비서실은 그룹 전체를 감시 감독하고 있었고, 컴퓨터를 비롯한 최신의 정보 시스템을 통해 10만 명이 넘는 직원들의 인적 사항은 물론 근무 평점, 각자의 성향 및 동태까지도 소상히 파악하고 있었다.

비서실이 하는 일 가운데 매우 중요한 것 하나가 인사 문제였다. 말단 직원들의 인사는 각 계열 회사별로 관리하고 있었지만 과장급 이상의 인사는 비서실이 관장하고 있었다. 한 예로 각 계열 회사에서 승진 대상자 명단이 올라오면 비서실은 각 개인에 대한 자료를 검토한 끝에 결정을 내려 그 결과를 각 계열 회사에 통보해 준다. 부장급 이상의 인사에 대해서는 그 결정권이 비서실을 통해 회장실에까지 올라간다. 회장은 비서실을 통해 올라온 인사 문제에 대해서는 거의 이의를 제기하지 않고 그대로 통과시킨다.

사람들은 서동세가 중책을 맡을 것이라 생각했고, 생각대로 비서실장이라는 막강한 자리에 올랐지만, 공부만 하던 그가 과연 일을 제대로 해낼 수 있을는지 강한 의문을 품었다. 그 역시 형들처럼 말썽이나 빚고 큰 실수나 저지르고 말 것이라고 생각했다. 그러나 그들은 곧 그 같은 생각이 잘못이라는 것을 깨달았다.

서동세는 아무런 말썽도 빚지 않았고, 사소한 실수도 저지르는 법이 없이 과감하게 일을 처리해 나갔다. 그의 일을 처리하는 솜씨는 능률적이면서도 합리적이었다. 그는 짧은 시일 내에 명실공히 그룹의 실력자로 부상했고 회장의 후계자로 자리를 굳혀가기 시작했다.

서동세가 비서실장 자리에 있었던 기간은 만 5년이었다. 누구도 그 자리에 그렇게 오랫동안 앉아 있은 적이 없었다. 그 5년 동안 그는 팽창될 대로 팽창되어 늙은 회장의 힘으로써는 다루기 힘들 정도로 방만한 분위기 속에 흐트러져 있던 그룹을 하나로 결속시켜 놓았고 엄정한 기강을 세워 놓음으로써 그룹 전체에 신선한 바람을 불어넣어 주었다. 사원들이 긍지를 안고 일하지 않을 수 없게끔 분위기를 일신시켜 놓았던 것이다.

그와 함께 그는 자신의 이미지를 뚜렷이 구축해 놓는 데에도 성공했다. 젊은 나이에 그는 카리스마적인 인물로 부상했는데 그것은 그의 결단력과 추진력이 낳은 결과였다.

한 예로 그는 경영상의 실수나 실패를 결코 눈감아 주지 않았다. 실수나 실패에 대해서는 반드시 책임을 물었고, 계열 회사 사장일지라도 책임을 물을 일이 있으면 가차없이 목을 자르곤 했다. 그런 일들로 해서 그는 어느 새 카리스마적인 공포의 대상으로 부각되었던 것이다.

서 회장은 막내아들이 비서실장으로 5년 동안 해 놓은 업적을 높이 평가했다. 그는 그 결과에 만족했고, 막내아들을 완전히 신뢰하게 되었으며, 그에게 희망을 걸게 되었다.

어느 새 그룹의 간부들은 서동세의 지시가 곧 회장의 지시라고 믿게 되었고, 그것은 사실이기도 했다.

비서실장직을 물러나 서동세는 1년 동안 해외 나들이를 했다. 전 세계에 박혀 있는 금원의 지사들을 둘러보고, 현지 사정을 익히고, 정보를 수집하면서 1년을 보냈다. 그리고 나서 귀국과 동시에 부회장 자리에 올랐다. 그 때까지 금원 그룹에는 부회장 자리라는 게 없었는데, 회장이 느닷없이 그런 자리를 만들어 막내아들을 거기에다 앉힌 것이다. 그것이 서열상 회장 다음의 자리라는 것은 누가 보아도 알 수 있는 일이었다.

서동세가 유지명을 백화점에서 처음 발견한 것은 그가 비서실장직을 그만두기 두 달 전이었다.

한 달쯤 지나 백화점에서 두 번째로 서동세를 만난 지명은 얼마 후 갑자기 그룹 본부로 발령을 받아 비서실에 출근했는데, 거기서 세 번째로 동세를 만나게 되었다.

그 때까지도 그녀는 왜 자신이 갑자기 그 곳으로 자리를 옮기게 되었는지 그 이유를 모르고 있었다. 다만 좋은 곳으로 옮기게 되었다는 것 정도는 알고 있었다.

관 계

비서실은 여러 파트로 나뉘어져 있었는데 그 가운데서 유지명을 필요로 하는 파트는 아무 데도 없었다. 그도 그럴 것이 고등학교를 엄벙덤벙 나온 그녀는 타이핑 하나 제대로 칠 줄을 몰랐던 것이다. 각 분야의 최고 엘리트들만이 모여 있는 비서실에서 그녀가 할 수 있는 일이란 남자 직원들의 눈요깃감으로 성적 농담의 대상이 되어 주고 잔심부름이나 해 주며 차나 날라다 주는 정도의 것일 수밖에 없었다.

아무튼 비서실에 출근하게 되었으니 그녀는 비서실 직원일 수밖에 없었고, 그러자니 어딘가에 소속이 되지 않을 수 없었다. 느닷없이 굴러들어온 그녀를 놓고 고심하던 비서실의 인사부장은 총무부장과 상의 끝에 그녀를 의전 파트에 배치했다. 그리고 실장의 눈치를 살폈는데 그는 가타부타 말도 없이 부장이 올린 인사 결재 서류에 기계적으로 사인만 했다.

유지명을 비서실로 데려오라고 지시한 것은 비서실장이었다. 인사부장은 그 지시를 간접적으로 받았는데 그 말을 전해 준 사람은 비서실장의 비서였다. 비서실장의 비서는 실장과 함께 금원백화점에 갔다가 그런 지시를 받았던 것이다.

그 때의 상황을 젊은 비서는 분명히 기억하고 있었다. 그 날 비서실장은 점심을 먹고 나서 갑자기 백화점에 가 보자고 하면서 사무실을 나섰다. 실장은 다른 사람들을 물리치고 그 젊은 비서 한 사람만을 대동하고 백화점에 갔다. 백화점에 도착하여 3층에 있는 고급 여성 의류 매장에 들렀을 때 실장은 매장의 여직원과 웃으면서 한두 마디 이야기를 나눈 다음 밖으로 나왔는데, 그 때 서너 걸음 옮겨 놓던 그가 갑자기 이런 말을 비서에게 던졌다.

"저런 아가씨는 우리 비서실에 어울리겠어."

젊은 비서는 실장의 그런 식의 말이 곧 지시라는 것을 잘 알고 있었다. 그래서 인사부장에게 그것을 알렸던 것이고, 인사부장은 즉시 유지명을 백화점에서 빼내어 비서실로 옮겨 놓았던 것이다. 그녀를 비서실로 옮겨 놓은 다음의 일, 그러니까 그녀를 비서실의 어느 구석에 처박아 두느냐 하는 것은 인사부장과 총무부장이 실장의 심중을 헤아려 알아서 처리해야 할 일이었다. 실장이 그런 것까지 시시콜콜하게 지시하지 않는다는 것을 그들은 잘 알고 있었다. 그렇다고 그런 것을 실장에게 물어볼 수도 없는 일이었다. 그녀를 어디에 배치하느냐 하는 문제는 매우 민감하고 미묘한 일일 것 같이 생각되어 그들은 몹시 조심하지 않을 수 없었던 것이다.

백화점에 근무하는 아가씨를 그룹 본부 비서실로 스카우트했다는 것은 그야말로 전격적인 일이었고, 거의 있을 수 없는 일이었기 때문에 거기에 대해서는 그럴싸한 소문들이 한동안 무성하게 퍼졌다. 백화점에 함께 근무하던 동료 여직원들은 지명을 몹시 부러워했고, 틀림없이 회사 내에 든든한 백이 있어서 그렇게 된 것일 거라고 지레짐작들을 했다.

비서실 내에서는 아무래도 실장과 지명 사이가 인척 관계이거나 아니면 가까운 누군가의 부탁을 받고 그녀를 비서실로 데려왔을 것이라고 각자 자기들 편리한 대로 생각했지만, 그렇다고 실례가 되게 실장에게 그런 것을 물어 볼 수도 없는 일이라서 그저 소문만 무성했다.

당사자인 지명은 의전 파트에 배속되어 일하면서도 그저 얼떨떨하고 어리둥절할 뿐이었다. 그런 그녀의 표정이 엘리트 의식에 차 있는 똑똑한 젊은 남자들의 눈에는 백치미로 보일 수밖에 없었다. 얼굴도 예쁘고 몸도 기막히게 빠졌는데 머리 속은 텅 빈 것 같다는 것이 그들의 그녀에 대한 평가였다.

지명은 처음 얼마 동안은 금원 그룹의 비서실이 무엇 하는 곳인지조차 알지 못했다. 하루 종일 전화벨이 요란스럽게 울려 대고 직원들은 열심히 지껄여 대고 모두가 신들린 듯 바쁘게 돌아가고 있는 모습들이 그녀의 눈에는 그저 신기하게만 보였고 마치 자신이 별세계에 와 있는 것 같이 생각되는 것이었다.

남자 직원들의 눈요깃감으로 눈총을 받으면서 별로 할 일도 없이 빈둥거리자니 그녀는 마치 바늘방석에 앉아 있는 기분이었다. 그녀는 백화점에서 근무했을 때의 그 자유롭던 분위기가 그리웠다.

그녀가 비서실이 무슨 일을 하는 곳이며 자신이 좋은 곳에서 얼마나 과분한 대우를 받고 있는가를 알게 된 것은 두 달쯤 지나서였다. 그녀는 자랑삼아 부산의 어머니에게 오랜만에 편지를 썼다. 딸의 편지를 받은 마산댁은 금원이라는 말도 처음 들어 보고 더구나 비서실이란 것이 무엇 하는 곳인지 알 수가 없었다. 아무래도 딸이 자기를 안심시키려고 거짓말을 하고 있는 것 같았다.

새벽에 광안리 바닷가로 생선을 팔러 나온 그녀는 바쁜 시간이 지나 9시쯤 되었을 때 옆자리 여편네의 서방한테 꼬깃꼬깃 접은 딸의 편지를 내보였다. 도대체 금원 그룹 비서실이 무엇 하는 곳이냐고 물으면서.

편지를 읽어 본 사내는 두 눈이 휘둥그래졌다. 그렇지 않아도 목소리가 큰 사내의 난리라도 난 것 같은 말소리에 사람들이 몰려들었다. 침을 튀기며 쏟아 내는 말소리에 마산댁은 그만 정신이 아득해졌다.

"지명이가 금원 그룹 비서실에 들어갔는데 지 엄마가 여기서 생선 장수를 하면 쓰겠소? 치워라! 치워! 서울 빨리 올라가 보시오!"

사내가 멍게가 가득 담겨 있는 함지박을 걷어차자 사람들이 와르르 웃었다.

사내는 부탁하지도 않았는데 마산댁을 끌고 장거리 자동 공중전화가 설치되어 있는 곳으로 가서는 편지지 윗부분에 금원 마크와 함께 찍혀 있는 전화번호를 보면서 숫자판을 꼭꼭 눌렀다. 이윽고 신호가 떨어졌는지 사내가 여기 부산인데 비서실의 유지명 양을 좀 바꿔 달라고 말했다. 잠시 후 사내의 목소리가 벼락처럼 주위를 울렸다.

"지명이냐? 나다 나! 나 몰라? 나 광안리 코보 아저씨다!"

지명은 부산 집에 있을 때 어머니의 일을 거들기 위해 어쩌다가 광안리에 나와 좌판대에 앉아 있곤 했기 때문에, 거기서 장사하는 사람들은 그녀를 잘 알고 있었다. 그녀가 좌판대에 나와 앉아 있으면 이상하게도 남자 손님들이 몰려들어 순식간에 생선이며 해산물이 동이 나곤 했기 때문에, 주위 사람들은 물건을 보러 오는 게 아니라 미녀를 보고 바퀴벌레들이 몰려든다고 그녀와 그녀의 어머니를 놀려 대곤 했고. 그러면 마산댁은 당황해서 서둘러 딸을 집으로 보내곤 했던 것이다.

코보 아저씨가 전화를 바꿔 줬을 때 마산댁이 한 말은 다음 몇 마디뿐이었다.

"나다! 고생 심하지야? 거기 나쁜 데는 아니냐? 나쁜 놈들 조심해야 해! 집은 걱정 안 해도 돼! 몸이 첫쩨께 몸조심 잘 하그래이. 며칠 새 서울 올라갈 참이다! 내 눈으로 너 사는 거 봐야지, 안심이 안 돼! 뭐라꼬? 시끄러! 간다면 가는 줄 알아!"

며칠 후 마산댁은 정말로 딸이 어떤 직장에 다니는가 알아보기 위해 서울로 올라왔다. 마침 여름 방학중이었기 때문에 두 딸들을 데리고 상경했다. 미리 연락도 하지 않고 올라온 그녀는 두 딸들의 도움으로 금원 그룹 본관을 찾을 수가 있었다.

금원 그룹 본관 앞에서 택시를 내린 세 모녀는 하늘 높이 치

솟은 25층 빌딩의 위용에 그만 입이 딱 벌어졌다. 햇빛을 받아 번쩍이고 있는 대형 창문들, 번들거리는 갈색의 대리석, 그 앞에 주차해 있는 무수한 차량들, 끊임없이 들락거리고 있는 깔끔한 차림의 사람들, 그 모든 것들이 광안리 바닷가에서 올라온 초라한 세 모녀를 한동안 어리둥절하게 만들었고, 더 이상 앞으로 전진하는 것을 불가능하게 만들었다.

완전히 압도당한 모습으로 햇빛 속에 땀을 흘리며 멍청히 서 있는 세 모녀 앞으로 백색의 벤츠 한 대가 굴러와 멎었다. 두 명의 경비원이 허둥지둥 달려와 그녀들을 쫓았고, 벤츠에서 튀어나온 운전사가 뒤로 돌아가 문을 열어 주자 땅딸막한 중년 사나이가 천천히 차에서 내렸다. 그는 저만치 주춤거리며 서 있는 세 모녀를 안경 너머로 힐끗 쳐다보고나서 본관 건물 안으로 사라졌다. 그가 바로 미래에 외손자의 아버지가 될 서동세였지만, 마산댁이 신이 아닌 다음에야 그를 알아볼 리 만무했고 앞으로 다가올 그런 관계를 예측할 리도 없었다.

"무슨 일이에요? 저리 가세요. 여기 그렇게 서 있지 말고 저리 가세요."

경비원이 세 모녀를 쫓으며 말했다. 그러자 고등학교에 다니는 둘째 딸이 나섰다. 그녀는 공부도 잘 하고 똑똑한 편이었다.

"우리 언니 만나러 왔는데 저기 들어가면 안 되나요?"

"언니가 어디서 근무하고 있어?"

"비서실이오."

그녀는 때에 절은 편지봉투를 꺼내 보였다.

경비원으로부터 부산에 살고 있는 어머니가 상경하여 지금 본관 앞에서 기다리고 있다는 연락을 받은 지명은 기절할 듯 놀랐다. 반가움보다도 수치심으로 그녀의 안색은 하얗게 변했다. 누가 보기라도 하면 큰일이라고 생각한 그녀는 허둥지둥 아래층으로 내려갔다. 마산댁의 까맣게 탄 얼굴이 큰딸을 본 순간 기쁨으로 일그러졌다. 동생들도 웃으며

"언니!"

하고 그녀를 불렀다. 그러나 지명은 차가운 눈으로 그들을 흘겨보았다.

"뭐 할라고 올라왔어? 이리 따라 와."

몸을 홱 돌려 걸어가는 그녀를 세 모녀는 멍하니 바라보았다. 지명은 머뭇거리는 그녀들에게 앙칼지게 쏘아붙였다.

"빨리 따라오란 말이야!"

그녀는 아는 사람들에게 발각되기 전에 초라한 그녀들의 모습을 그 곳으로부터 다른 곳으로 빨리 데려가고 싶었다. 예쁘장한 동생들은 그래도 괜찮지만 햇볕에 까맣게 그을리고 고생에 찌들 대로 찌든 어머니의 모습을 남들 앞에 보이기에는 너무도 창피스러웠던 것이다. 귀티가 나는 기품 있는 모습의 어머니였다면 그녀는

"엄마!"

하고 소리치면서 달려가 그 품에 안겼을 것이다.

본관 건물 뒤쪽으로 난 꼬불꼬불한 골목길로 도망치듯 걸어가던 그녀는 춘천 막국수집이라고 쓰인 플라스틱 간판이 대롱

대롱 달려 있는 낡은 한옥으로 세 사람을 데리고 들어갔다. 점심때도 한참 지난 4시경이었다.

식당 안에는 손님이 없었다. 방안으로 들어가 국수 세 그릇을 시킨 다음 그녀는 어머니를 닥달하기 시작했다.

"엄마, 연락도 없이 그렇게 불쑥 찾아오면 어떡해? 창피해서 혼났단 말이야! 거기가 어디라고 찾아와!"

마산댁은 무슨 큰 죄나 지은 듯 민망스런 표정을 지으면서 어쩔줄 몰라했다. 한참 마산댁한테 퍼부어지던 지명의 화살이 이번에는 바로 아래 동생인 지희한테로 향했다.

"바보 같은 기집애! 넌 전화도 못하니? 거기가 어디라고 주렁주렁 달고 거기까지 찾아오니? 아이, 창피해!"

그녀는 견딜 수 없다는 듯 두 손으로 얼굴을 감싸쥐고 흔들었다. 여고 2학년인 지희는 문학을 좋아하는 다정다감한 소녀였다. 그녀는 만지작거리던 시집을 식탁 밑에 내려놓으면서 단정한 얼굴로 지명을 쳐다보았다.

"언니는 말을 너무 함부로 해. 어머니 앞에서 주렁주렁 달고 왔다니 무슨 말을 그렇게 하는 거야? 그리고 창피하긴 뭐가 창피하다는 거야? 언니는 누구 딸이야? 언니는 근본을 망각하고 있어."

"아아니, 이 기집애가…… 전화도 없이 이렇게 불쑥 찾아온 게 그래 잘했다고 그러는 거야?"

"잘못한 것도 없지 뭐. 남들이라면 몰라도 엄마가 찾아온 걸 가지고 잘잘못을 따질 수가 있어? 언니는 서울 사람이 되더니 달라진 것 같아."

"언니 많이 예뻐졌다."

셋째가 철딱서니 없이 그런 말을 했다. 그렇게 말할 만도 한 것이 지명은 이제 시골티를 벗고 지난 서너 달 사이에 화장이며 옷차림, 매너 같은 것이 놀라울 정도로 세련된 변모를 보여 주고 있었던 것이다.

국수가 들어왔지만 그녀들은 거기에 얼른 손을 대려고도 하지 않고 냉랭한 표정으로 앉아 있었다.

"우리가 찾아온 게 못마땅하다면 언니는 그냥 가 봐. 우린 국수 먹고 나서 그냥 내려갈 테니까."

"누가 못마땅하다고 했어? 연락도 없이 불쑥 찾아와 사람을 놀라게 하니까 그렇지."

"언니가 하도 좋은데 취직했다니까 한번 보고 싶어서 찾아온 거지 뭐."

"언니, 아까 거기서 정말 일하고 있어? 정말 회사가 어마어마 하던데……."

셋째가 호기심에 차서 말했다.

그녀들의 냉전은 마산댁이 중간에 나서서 적당히 얼버무림으로써 끝이 났다.

그녀들이 국수를 먹고 있는 동안 화제는 자연 지명이 근무하고 있는 회사에 관한 쪽으로 흘렀다.

처음의 놀라고 수치스러웠던 감정이 가라앉자 지명은 자신이 일하고 있는 회사가 얼마나 좋은 곳인가를 점점 신이 나서 떠들어 댔다. 그녀의 동생들은 호기심에 찬 눈으로 그녀의 이야기에 귀를 기울이고 있었지만, 마산댁은 그저 큰딸이 나쁜 데 빠지지 않은 것만도 다행이라는 그런 표정이었다.

그녀의 회사에 대한 자랑은 그 날 밤에도 계속 이어졌다. 그 날 밤은 마침 공장에 나가는 친구가 철야 작업을 하는 날이라서 집에 들어오지 않기 때문에 자취방에서 오랜만에 네 식구가 함께 잠을 잘 수가 있었다.

지명은 친구 자취방에 얹혀 살기 때문에 불편하고 아니꼬운 점이 많다고 하면서, 월급이 모이는 대로 조그만 아파트를 하나 얻어야겠다는 말까지 했다. 그 말에 마산댁이 월급을 꼬박꼬박 집으로 보내 주면 한 푼도 쓰지 않고 계에 들어놨다가 시집 밑천을 삼겠다고 했지만 그녀는 코웃음쳤다.

"요새 반반한 애들은요, 시집 밑천 삼으려고 월급 같은 거 꼬박꼬박 저축하지 않아요. 그럴 바에는 차라리 멋지게 차려입고 부자 신랑감을 찾으러 다닌다고. 부잣집 아들하고 결혼하면 시집 밑천 같은 거 필요 없지 않아?"

"이 애는 못할 소리가 없구나. 부잣집 아들이라고 다 좋은 게 아니란다. 조금 가난해도 사람이 착하고 성실해야지……."

"난 가난한 거 싫어! 딱 질색이야!"

당돌하게 큰소리치는 딸을 마산댁은 당황한 눈으로 쳐다보았다. 불과 몇 달 사이에 이렇게 변할 수도 있을까 하고 그녀는 생각했다.

마산댁이 보기에 지명과 지희는 성격이 너무도 대조적이었다. 지명이 쾌활하고 명랑한데다 당돌한 일면이 있는데 반해 지희는 내성적이고 차분했다. 지명이 질투심이 강하고 허영심이 있는 반면 지희는 온건하고 이성적이었다. 지명은 성장하면서 잦은 말썽을 피웠지만 지희는 말썽 한번 부리지 않고 오히려 집안 일을 많이 도왔다.

모두가 피곤해서 하품을 하고 있을 때 지명은 마침내 서동세에 관한 이야기를 꺼내면서 처음에는 꽤 조심스러워하는 것 같았지만 나중에는 그런 것 저런 것 개의치 않고 마음 내키는대로 지껄여댔다.

"…… 그 사람이 왜 나를 본사로 끌어들였는지 모르겠어. 처음에는 작달막한 것이 두꺼비 새끼처럼 보였는데 자꾸 보니까 멋진 사람이야. 백화점에서 나를 딱 두 번 봤는데…… 왜 나를 본사로 불렀을까? 자기는 그런 말하지 않았지만 난 알고 있어. 그 사람이 날 불렀다는 것을……."

"그야 언니를 잘 봐서 그랬겠지 뭐. 언니는 미인이니까 어딜 가나 환영 아니겠어!"

셋째가 하품을 하면서 대꾸했다.

"단순히 그것만도 아닐 거야. 그 사람, 지금은 비서실장이지만 머지 않아 금원 그룹 후계자가 될 거야. 형들 다섯은 모두 신통치 않기 때문에 우리 회장님이 막내아들한테만 모든 실권을 주고 있어. 실장님은 그 자리를 내놓고 곧 외국에 나갈 거야. 갔다 오면 더 높은 자리에 오를 거라는 거야. 아, 나도 실장님 따라 외국에나 갔다 왔으면 좋겠다."

"보내 달라고 하면 될 거 아니야?"

그 때까지 잠자코 있던 지희가 벽 쪽으로 돌아누운 채 말했다. 마산댁은 지친 모습으로 이미 잠들어 있었다.

"그런 말을 어떻게 해. 실장님 권한이 얼마나 막강한지 아니? 나이 많은 사람들이 그 앞에서 굽실굽실하는 것을 보면 정말 웃기지도 않아. 난 실장님 방에 맘대로 드나들어. 실장님 방에 맘대로 드나들 수 있는 사람은 몇 안 돼. 더구나 실장님한테 선물 받은 사람은 나 말고 없을 거야."

"선물까지 받았어?"

셋째 지린이 발딱 일어나 앉으며 물었다.

지명은 그 때까지 비밀에 붙여왔던 물건들을 꺼내 놓았다. 눈부시게 반짝이는 그것들은 첫눈에도 고급품임을 알 수 있는 시계와 목걸이였다.

"어머나, 멋져!"

지린은 그것들을 집어 들고 감탄하다가 목걸이를 목에 걸고 거울 앞으로 다가섰다.

"너무 예뻐. 언니, 이거 외국제지?"

"응, 프랑스제야."

지명은 자랑스럽게 말했다.

"언니는 참 좋겠다. 이런 것도 선물 받고. 언니, 이거 하나 나 줄 수 없어?"

"웃기는 소리하지 마."

지명과 지린이 주고받고 있는 말을 냉담한 표정으로 듣고 있던 지희는 셋째가 목걸이와 시계를 차고 자기 모습이 어떠냐고 뽐내자 마침내 더 참을 수 없다는 듯이 쏘아붙였다.

"애, 넌 나이도 어린것이 벌써부터 물욕에 눈이 어두워 야단이니?"

방안이 갑자기 물을 끼얹은 듯 조용해지자 지희는 이어서 참고 있던 말을 꺼냈다.

"남자한테 비싼 선물 받는 게 뭐 좋은 일인 줄 아니? 세상에 공짜란 없어. 아무 이유도 없이 그런 선물 줄 리가 없어. 다 꿍꿍이 속이 있어서 그러는 거야. 선물 같은 것에 현혹되어서는 안 돼."

지명의 안색이 하얗게 굳어졌다.

"아니, 이 애가~ 듣자듣자 하니까 못 할 말이 없어. 도대체 무슨 이유가 있다는 거야? 그분이 불순한 마음이라도 있어 나한테 선물을 주었다는 거야? 못된 기집애 같으니! 넌 아주 못돼 먹었어. 무엇이나 순수하게 받아들이지 않고 삐딱하게 받아들여."

"난 내 생각을 말했을 뿐이야."

"기집애야, 너는 말이라고 함부로 해도 되는 줄 알아? 말 조심해!"

지명은 급기야 지희가 아끼는 시집을 집어던졌다. 얼굴에 정통으로 그것을 얻어맞은 지희는 두 손으로 얼굴을 감싸쥔 채 엎드렸다. 조금 후 그녀의 어깨가 가늘게 떨리기 시작했다. 그러나 울음소리는 들리지 않았다.

지명은 서동세의 값진 선물을 아무 생각 없이 받았고 그룹의 실권자로부터 그런 것을 받았다는 것이 마냥 기쁘기만 했지만, 사실 거기에 아무 뜻이 없는 것은 아니었다. 거기에 대한 지희의 판단은 옳았던 것이다. 그녀의 진단이 사실로 나타난 것은 그로부터 얼마 후였다.

명색이 비서실 의전과에 배속되었지만 그녀가 하는 일은 주로 비서실장의 언저리에서 맴돌며 그가 불편하지 않게 잔심부름이나 하는 정도였다.

비서실장의 하루 스케줄을 조정하고, 회의 준비를 하고, 전화를 받고, 전화를 걸고, 타이프를 치고, 찾아오는 손님들을 상대하는 등 비서 본연의 업무 같은 것은 감히 그녀가 할 수 있는 일이 못 되었다. 그런 일을 맡고 있는 비서들은 따로 있었다. 그들은 최고 학부까지 나온 엘리트였다.

시간이 흐를수록 지명은 그런 점에서 소외 의식을 느끼기 시작했고 대학에 진학하지 못한 것을 후회하게 되었다. 비서실 최고의 미인이었지만 그녀는 열등감을 떨쳐 버리기 위해 시간이 나는 대로 서적을 읽기 시작했다. 그렇게 해서라도 자신을 최하위의 수준에서 끌어올리고 싶었던 것이다.

얼마 후 서동세는 비서실장직을 내놓고 해외 여행에 나섰다. 해외 지사를 점검하고 세계 시장을 돌아보기 위한 것도 있었지만 또 하나의 중요한 이유는 순수한 의미의 여행을 위해서였다. 그는 여행광이었다. 그의 여행에 대한 광적인 취미는 서독에서 유학할 때 길러진 것이었다.

그는 그저 관광이나 하며 돌아다니는 여행보다는 힘들고 탐험적인 여행을 좋아했다. 그것이 금원에 들어와서부터는 몇 년 동안 발이 묶여 한 번도 여행 다운 여행을 다녀 보지 못했던 것이다. 그는 몸살이 날 지경이었고, 그래서 이번 기회에 그 동안 쌓였던 것을 풀어 볼 생각이었던 것이다.

서동세가 외국으로 떠난 지 두 달쯤 지난 어느 날 지명은 신임 비서실장의 부름을 받고 실장실로 들어갔다. 서동세 후임으로 올라온 신임 비서실장은 눈웃음을 치면서 그녀에게 이렇게 말했다.
"미스 유, 외국에 나가 보고 싶지 않아?"
지명은 어리둥절했다. 머뭇거리다가 겨우 말한다는 것이 이랬다.
"전 외국어도 할 줄 모르는데요."
"그런 건 몰라도 돼."
"외국에서 근무하는 게 아닌가요?"
"그런 건 아니고……."
이야기를 들어 보니 그것은 아주 구미가 당기는 일이었다. 미국 로스앤젤레스에서 금원이 개발한 신차 전시회가 있는데 그 전시회 기간 동안 거기에 가서 근무하는 것이라고 했다. 이미 근무 지시가 떨어져 있었는 데도 비서실장은 마치 자기가 선심이나 쓰는 듯 그녀의 의중을 떠보는 것이었다. 아무튼 거절할 수도 없었지만 거절할 이유도 없었다. 꿈에 그리던 미국에 가

본다는 생각에 그녀는 앞뒤를 따질 여유도 없었다.

"그런 일이라면 열 번 백 번이라도 가겠어요. 실장님, 꼭 부탁합니다."

"떠날 때까지는 비밀이야. 새나가면 취소될지도 몰라. 그런 데는 서로 가려고 경쟁이 심하단 말야."

"잘 알겠습니다."

"이따가 저녁 때 K호텔 스카이라운지로 나와. 8시쯤에 말이야. 구체적인 건 그 때 가서 자세히 이야기하자고. 좀 늦더라도 기다려."

외국 파견 건으로 만나자는데 거절할 이유가 없었다. 그런 건이 아니라 하더라도 실장이 만나자는데 감히 어떻게 거절하겠는가.

시간에 맞춰 약속 장소에 나간 그녀는 주스 한 잔을 시켜 놓고 한 시간 넘게 앉아 있었다. 좀 늦더라도 기다리라고 했기 때문에 그녀는 지루했지만 얌전히 앉아 실장님이 나타나기를 기다렸다. 그는 9시 30분에야 나타났는데 어디서 술을 마셨는지 꽤 취한 모습이었다.

저녁을 먹자는 그의 말에 그녀는 밥 생각이 없으니 술이나 사달라고 했다. 최만기는 그녀를 호텔 안에 있는 VIP클럽으로 데리고 갔다.

지명은 아늑하고 고급스런 분위기에 금방 빠져들었다. 분위기 탓인지 마시지 못하는 술이 잘도 입 속으로 들어갔다. 미로처럼 대리석으로 기묘하게 만들어 놓은 칸막이, 온몸이 빠져들어가는 푹신한 가죽 소파, 은은한 조명과 감미로운 음악 등이 밀어를 속삭이기에는 안성맞춤이었다. 분위기에 약한 것이 여자라고 그녀는 최 실장의 능수능란한 솜씨에 금방 빨려들어 처음에는 손이 잡히고 이어서 그의 품에 안기게 되었다.

품안에 들어온 그녀의 귀에다 대고 최 실장은 술냄새를 풍기며 외국 파견 건을 늘어놓았다.

"내가 미스 유를 강력하게 추천했지. 금원 자동차에서는 이미 미국 파견 요원들을 선발해 놓았는데, 내가 미스 유를 밀어 넣은 거야."

"고마워요. 정말 고마워요."

실장의 한쪽 손이 겨드랑이 밑으로 들어가더니 그녀의 가슴 위에 머물렀다. 그녀는 살짝 미소를 지으며 실장을 쳐다보았다. 실장은 안심한 듯 그녀의 불룩하게 솟은 젖가슴을 만지기 시작했다.

"그런데 말이야, 자동차 쇼에 모델 두 명을 선발해서 파견한다는 거야. 그 말을 듣고 나는 미스 유를 생각한 거지. 사실 직업적인 모델은 너무 닳아빠져서 신선미가 없어요. 그보다는 미스 유가 신선미도 있고 얼굴도 예쁘고 몸도 날씬하니까 그 애들보다는 백 배 천 배 낫겠다는 생각이 들었어. 더구나 이번 자동차 쇼는 우리가 해외에 처음 내놓는 거란 말이야. 미주 지역에 처음 내놓는 상품이기 때문에 한국은 물론 전세계 자동차 업계가 주목하는 쇼란 말이야. 그런 만큼 모델도 거기에 맞게 신선미가 있어야 한단 말이지. 최고 일류 모델들을 뽑아 놓은 모양인데 내 눈에는 들지가 않아. 아, 그 중 한 명은 톱 탤런트라고 하던가 뭐 그런 모양인데 아무튼 미스 유보다는 못 해. 그래서 미스 유를 거기에 참가시킨 거니까 그들한테 지지 말고 잘 해 봐요. 누가 알아요. 그것을 계기로 일류 모델로 탈바꿈하게 될 지. 가능성은 얼마든지 있지. 필요하다면 내가 도와 주지. 모델 하나 만드는 거야 아무것도 아니니까."

지명은 그만 온몸이 붕 뜨는 것 같았다. 그의 손이 마침내 브래지어를 헤집고 들어와 젖가슴을 주물러 대기 시작했지만 그녀는 그대로 내버려 두었다. 오히려 그가 쉽게 만질 수 있도록 몸을 움직여 주기까지 했다. 그가 너무나 고마웠기 때문에 그에게 뭔가 주고 싶은 것이 그녀의 솔직한 심정이었다.

지명의 몸에서 조금도 저항하는 기미가 느껴지지 않자 최만기는 더욱 노골적으로 나왔다. 그의 손이 스스럼없이 그녀의 몸을 구석구석 만져대자 그녀는 더 이상 참지 못하고 그의 목을 끌어안았다. 그리고 그의 냄새나는 입술을 적극적으로 받아들였다.

그녀는 처녀가 아니었다. 서울에 오기 전 어느 회사원과 대학생 사이에서 왔다갔다하면서 그들과 깊은 관계를 유지한 바 있었고, 또 그 전에는 어느 유부남과 불장난을 한번 한 적이 있을 정도로 남자에 대해서는 어느 정도 알고 있었다. 그녀는 나이에 비해 조숙한 편이었고, 특히 남자에 대해 육체적으로 민감한 반응을 지니고 있었다.

"안 되겠어. 여기서 이럴 게 아니라 아무도 보지 않는 곳으로 가자구. 나 먼저 나갈 테니까 조금 후에 15층으로 와. 25호실에서 기다리고 있겠어. 알았지?"

지명은 화장실에 들러 잠시 자신의 모습을 바라보면서 과연 이래도 되는 것일까 하고 자문해 보았다. 그러나 그런 생각은 잠시 스쳐간 바람 소리 같은 것이었다.

먼저 올라간 최 실장은 1525호실에서 그녀가 오기를 기다리고 있었다.

방안으로 들어간 지명은 미친 듯 달려드는 그에게 적극적으로 자신을 내주었다. 남자는 그녀의 육체와 감응에 끝없는 찬탄을 늘어놓으면서 자신의 만족을 채워 나갔다.

그런 일이 있고 나서 그녀는 서너 번 더 최 실장의 요구를 들어 주어야 했다. 그녀의 육체적인 매력과 그것이 주는 기막힌 쾌감에 도취된 그는 집요하게 그녀를 요구했고, 그래서 그녀는 서너 번 더 응해 주었던 것이다. 하지만 그것은 어디까지나 대가라는 생각으로 그랬던 것이다.

얼마 후 그녀는 정말로 자동차 쇼에 참가하기 위해 다른 여자 모델 두 명과 함께 미국으로 떠났다.

모델 중 한 명은 유명한 톱 탤런트였다. 다른 한 명 역시 일류 모델로 알려져 있는 여자였다. 두 명 다 노처녀였는데, 그녀들과 함께 나란히 자리에 앉아 태평양 위를 날아가는 동안 지명은 자신이 그녀들과 동급의 위치에 있는 것 같은 착각에 빠져들었다. 겉으로는 언니 언니 하면서도 속으로는

"너희들보다 내가 더 출세하고 말 거야."

라고 생각하기까지 했다.

　로스앤젤레스 시내에 마련된 자동차 전시회장은 화려하게 꾸며져 있었다. 금원이 미주 대륙에 상륙시킨 제1호 자동차는 소형 승용차로 이름은 「다이아몬드」였다.

　테이프를 끊는 날 지명은 하마터면 소리를 지를 뻔했다. 서동세가 가위를 들고 테이프 앞에 서 있지 않은가? 마치 연인을 만난 듯 그녀는 얼굴이 달아오르고 가슴이 뛰었다.

　테이프가 끊긴 다음 이윽고 전시회장이 사람들로 북적대기 시작했을 때, 지명은 한참 동안 기회를 보고 있다가 서동세에게 접근했다.

　"안녕하세요."

　그녀의 출현에 동세는 놀라는 표정을 지었다.

　"어, 여기 웬일이야?"

　알고 그러는 것인지 모르고 그러는 것인지 알 수가 없었다. 그녀가 미소를 지은 채 잠자코 있자,

　"그렇게 입으니까 예쁘군. 잘 해 봐. 이따가 봐."

하고 말한 다음 저쪽으로 가 버렸다.

　지명은 이따가 보자는 그의 말이 이상하게 가슴에 들어와 박히는 것을 느꼈다.

　서동세의 말대로 한복을 곱게 차려 입은 그녀의 모습은 정말로 예뻤다.

　그녀는 한복 차림으로 모델차 옆에 서서 미소를 짓고 있었는데 차보다도 그녀의 아름다운 자태를 보려고 몰려드는 사람들

이 더 많았다. 반면 다른 모델들 쪽은 한산했다. 카메라도 주로 지명 쪽으로 많이 몰렸다.

신문에 실린 사진에도 다른 모델들은 보이지 않고 지명의 모습만 보였다. 그녀는 모델 교육을 받은 바 없는데도 마치 태어날 때 그렇게 타고났는지 전문적인 모델 이상으로 스스럼없이 연기를 해내는 바람에 관계자들을 놀라게 했다.

신차 다이아몬드 쇼는 그 자체보다도 유지명의 쇼처럼 되고 말았다. 그렇다고 그것이 쇼의 효과를 감소시킨 것은 결코 아니었다.

오히려 그녀 때문인지는 몰라도 쇼는 연일 사람들로 대성황을 이루었고, 전시 기간 동안 무려 3천여 대나 판매 계약을 올리는 큰 성과를 거두게 되었던 것이다. 그것은 다이아몬드 선풍의 예고이기도 했다.

서동세는 쇼 개막일에 테이프를 끊은 뒤 사라졌다가 폐막일에 나타났다. 개막일에 그의 이따가 보자는 말에 잔뜩 기대를 걸고 있다가 그가 보이지 않는 바람에 실망하고 있던 지명은 그를 보자 눈물이 나올 정도로 기뻤고 묘한 흥분으로 가슴이 뛰기 시작했다.

그 날 저녁, 쇼의 성공을 자축하기 위해 서동세는 관계자들을 모두 한국 식당으로 초대해 불고기 파티를 열었다.

누가 요구한 것도 아닌데 지사장은 지명을 이번 전시회의 스타라고 하면서 서동세의 옆자리에 앉게 했다.

"부회장님, 이번 쇼의 신데렐라입니다. 술 한 잔 주십시오."

지사장의 말에 동세는 지명의 잔에 맥주를 따라 주었다. 지명도 그의 잔에 두 손으로 술을 따랐는데 달달 손이 떨려 그것을 지켜보는 사람들로 하여금 폭소를 자아내게 했다.

그 자리에서 처음으로 그녀는 서동세가 부회장의 자리에 오른 것을 알았다. 지사장이 그 사실을 발표하자 모인 사람들은 박수를 쳤고, 그 다음부터는 부회장 쪽으로 축하의 술잔이 몰리기 시작했다.

동세는 술에 아주 약했다. 그러나 그 날만은 기분이 좋은지 주는 대로 넓죽넓죽 받아 마셨다.

화제는 쇼의 성공에 대한 자화자찬으로 계속되다가 나중에 가서는 지명 쪽으로 이어졌다. 사람들은 미국인들이 넋을 빼고 그녀를 바라보더라고 이야기했다. 그녀 때문에 쇼가 더욱 빛났다고 말하기도 했다. 자존심이 상한 톱 모델과 탤런트는 그만 고개를 떨어뜨렸다.

불고기 파티가 끝나자 그대로 헤어지기 섭섭하다고 해서 이번에는 지사장이 나이트클럽으로 30여 명을 이끌고 갔다. 조금 비틀거리는 서동세를 지명이 부축했다. 그 전에 지사장이 지명에게 부회장님을 잘 모시라고 했던 것이다.

물고기가 물을 만난 듯 사람들은 나이트클럽에 들어서기가 무섭게 춤을 추기 시작했지만 서동세는 앉은자리에서 요지부동이었다.

지명이 그의 팔을 잡아끌었지만 그는 춤을 못 춘다고 하면서 사양했다. 지명은 하는 수 없이 다른 사람들과 어울려 디스코를

추었다.

그녀의 춤추는 모습은 아주 멋지고 매력적이었다. 그녀가 한바탕 정신 없이 흔들어 대고 나서 자리로 돌아오니 서동세는 잠들어 있었다. 그녀가 잡아 흔들자 그는 눈을 슬며시 뜨면서 그녀의 손을 꼬옥 잡았다.

그 손이 몹시 뜨겁다고 생각하면서 그녀도 그것을 힘주어 잡았다.

"이따가 만나…… 힐튼 호텔 1501호실이야…… 파라다이스에서 가까운 곳이야…… 눈에 띄지 않게……."

혀 꼬부라진 소리로 속삭이는 말을 듣고 지명은 소스라치게 놀랐다.

그녀가 나이트 클럽에서 나온 것은 자정이 훨씬 지나서였다. 그 전에 서동세는 이미 지사장과 비서들의 부축을 받고 자리를 뜨고 없었다.

파라다이스 호텔로 돌아온 지명은 한동안 큰방에 혼자 우두커니 앉아서 어떻게 할까 망서리고 있었다. 그 방에는 세 개의 침대가 놓여 있었고, 거기서 그녀는 전시 기간 동안 함께 온 언니들과 지냈던 것이다.

그녀가 손쉽게 언니라고 부른 모델과 텔런트는 어디로 사라졌는지 돌아오지 않고 있었다. 그 전에도 그녀들은 다른 데서 자고 오든가 밤이 깊어서야 돌아오기가 일쑤였던 것이다.

새벽 2시 가까이 됐을 때 지명은 파라다이스를 빠져 나와 힐튼 호텔로 향했다.

힐튼은 길 건너 가까운 곳에 있었다.

15층으로 올라가 1호실 문 앞에 이른 그녀는 뛰는 가슴이 가라앉기를 기다려 차임벨을 눌렀다.

한참 눌러도 응답이 없어 돌아서려는데 문이 열리면서 동세의 모습이 보였다. 그녀는 빨려들어가듯 안으로 들어갔다.

첫날밤

동세는 자다 깼는지 충혈된 눈으로 그녀를 바라보았다. 지명도 얼어붙은 자세로 그를 마주 바라보았다. 동세는 푸른색의 가운을 걸치고 있었다.

그는 몹시 취했는지 비틀거리며 침대 위로 올라가 비스듬히 드러누웠다. 그가 아무 말 없이 쳐다보기만 했기 때문에 지명은 그대로 가만히 서 있었다. 그녀는 빨리 그가 뭐라고 한 마디 해 주었으면 하고 바랐다. 그러면서 그가 그녀를 내쫓을까 봐 겁이 나기도 했다. 그녀가 초조해 하고 있을 때 그가 마침내 입을 열었다.

"옷을 벗어 봐."

그것은 혀 꼬부라진 조용한 목소리였다. 그는 그 한 마디만 했을 뿐 더 이상 똑같은 말을 반복하지 않았다.

지명은 그 때 연분홍색 원피스 차림이었다. 그녀는 벗고 싶다기보다 그의 말을 거역할 수 없다고 생각했다. 그의 말은 바로 명령이었다.

그는 충혈된 눈으로 그녀를 바라보고 있었다. 그가 침대 옆에 놓여 있는 사이드 테이블 밑으로 손을 뻗어 거기에 부착되어 있는 스위치를 조작하자 방안이 대낮같이 밝아졌다. 그는 테이블 위에 놓여 있는 안경을 집어 들어 코에 걸었다. 모든 것을 확실히 봐 두겠다는 태도였다.

지명은 원피스의 맨 위 단추를 끌렀다. 그것만 벗으면 브래지어와 팬티만 남아 있다. 그는 뚫어질 듯이 쳐다보며 조용히, 그리고 끈질기게 기다렸다.

"불을 꺼요."

지명은 몸을 틀면서 말했다. 그가 머리를 흔들었다. 그녀는 돌아서서 단추를 빼기 시작했다. 마침내 단추가 모두 빠졌다. 그녀는 숨을 크게 한번 들이킨 다음 어깨로부터 옷을 벗겨 내렸다. 팔을 모두 빼낸 다음 옷을 놓아 버리자 그것은 사르르 밑으로 흘러내려 발등을 덮었다.

"이쪽으로……."

그가 조용한 목소리로 말했다. 그녀는 긴장에 휩싸여 몸을 돌렸다. 부끄럽다기보다 상대방이 그녀의 몸을 어떻게 볼까 하는데 더 관심이 쏠렸다. 그가 담배에 불을 붙였다. 평소에는 담배를 피우지 않는 그였다.

그는 일부러 담배를 한 갑 산 것 같았다. 연기가 목으로 들어갔는지 쿨럭거렸다. 지명은 가슴을 앞으로 내밀면서 허리를 조금 틀었다.

"다 벗어야 해요?"

바보 같은 질문에 그는 웃지도 않고 고개를 끄덕였다.

지명은 결심한 듯 마침내 손을 뒤로 돌려 브래지어의 고리를 끌렀다. 브래지어가 벗겨지면서 묵직하고 탐스러워 보이는 젖가슴이 드러났다.

그것을 바라보는 그의 두 눈이 커졌다. 그는 계속하라는 듯 고개를 끄덕였다.

지명은 두 손으로 젖가슴을 가리면서 부끄러운 듯 허리를 틀다가 마침내 허리를 굽혀 노란색의 삼각팬티를 걷어냈다. 그렇게 작은 헝겊 조각이 하체를 가리고 있었다는 것이 이상하게 보일 정도로 그녀의 하체는 넓고 풍만해 보였다. 걷어낸 팬티가 그녀의 손가락에 걸려 있었다. 그녀는 그것으로 하복부의 어두운 곳을 가리면서 몸을 흔들었다.

그것을 보고 그가 치우라는 듯 손을 흔들었다. 그녀는 손을 밑으로 내렸다. 그녀의 손끝에서 팬티가 떨어져 내렸다. 삼각지대는 놀라울 정도로 짙고 검은 숲을 이루고 있었다.

남자는 숨을 죽인 채 그녀의 몸을 쏘아보고 있었다. 물고 있는 담배에서 재가 떨어지는 것도 모른 채 그는 나체를 바라보고 있었다.

"재 떨어졌어요!"

그녀가 갑자기 분위기에 어울리지 않는 뚱딴지같은 말을 했기 때문에 그 때까지 무거운 침묵 속에 가라앉아 있던 분위기가 흐트러졌다. 그녀는 그렇게 말해 놓고 허리를 틀면서 킬킬거리고 웃었다.

동세는 침대 위에 떨어진 재를 손으로 털어내면서도 그녀의 몸에서 시선을 거두지 않았다.

 상체를 떠받치고 있는 그녀의 허벅지로부터 뻗어 내려온 두 다리는 늘씬했고 건강미가 넘쳐흐르고 있었다. 젖가슴은 크면서도 탄력 있게 매달려 있었다. 부드럽게 흘러내린 어깨의 선과 길게 뻗어내린 두 팔, 그리고 유난히 가는 허리와 뚜렷한 모습을 보여 주고 있는 배꼽 등에는 젊음의 신선미가 윤기처럼 흐르고 있었다.

 그가 그녀에게 돌아서라고 손짓을 보냈다. 그녀는 남자의 눈에 비친 찬탄의 빛을 분명히 읽을 수가 있었다. 그가 비스듬히 눕히고 있던 상체를 바로 했다.

 그녀는 뒤로 돌아섰다.

 허리에서 둔부로 이어지는 기막히도록 육감적인 곡선을 그는 탐욕 어린 눈으로 바라보았다.

 "맥주 한 잔 따라다 줘."

 그녀는 몸을 돌려 그를 바라보았다.

 "옷 입어도 돼요?"

 "안 돼. 두 잔을 따라 와. 너도 한 잔 마셔."

 그녀는 냉장고 쪽으로 걸어갔다.

 그는 그녀의 움직이는 모습을 하나도 놓치지 않겠다는 듯 뚫어지게 관찰하고 있었다.

 이윽고 그녀가 두 개의 맥주잔을 양손에 들고 침대 쪽으로 다가왔다.

 그는 맥주잔을 받더니 침대에서 내려섰다. 그리고 탁자 쪽으로 걸어가 그녀를 의자에 앉게 한 다음 자기도 그 맞은편 자리에 앉았다.

벌거벗은 채 부회장 앞에 마주 앉은 지명은 너무 부끄러워 어찌할 바를 몰랐다. 그의 다음 말이 그녀의 수치심을 어느 정도 무마해 주었다.

"부끄러워하지 말고 자연스럽게 앉아 봐. 아주 자연스럽게 말이야. 나를 화가라 생각하고 너는 모델이라고 생각하면 하나도 이상할 게 없어. 너는 모델이야. 나는 너의 아름다움을 감상하는 화가야."

그녀는 오른쪽 다리를 왼쪽 다리 위에다 포갠 다음 상체를 뒤로 젖혔다.

그는 그녀의 앉아 있는 모습을 감상하면서 맥주를 입 속에 흘려 넣었다. 그녀도 그의 표정을 살피면서 맥주를 마시기 시작했다. 그녀는 그가 그녀의 몸에 얼른 손대지 않는 게 이상하게 생각되었다. 시간이 흐를수록 그의 손길이 기다려졌다. 그러나 그는 얼른 행동에 나서지 않고 있었다. 그는 눈으로 즐기고 있는 것 같았다.

"물 한 잔 갖다 줘."

그가 빈 맥주잔을 탁자 위에 내려놓으며 말했다.

물을 갖다 주자 다음에는 음악을 틀라고 말했다. 라디오 스위치를 돌려 음악의 볼륨을 맞추고 나자 이번에는 덥다고 하면서 에어컨을 켜라고 말했다.

"머리를 풀어 봐."

그녀는 뒤로 묶은 머리를 풀어헤쳤다. 풍성한 머리채가 그녀의 얼굴 주위로 흘러내렸다. 마침내 그가 그녀에게 가까이 오라고 말했다. 그녀는 그 앞으로 조심스럽게 다가가 반듯이 섰다. 그의 통통한 손이 뻗어와 그녀의 젖가슴을 어루만지기 시작했다. 거칠지 않고 부드럽게 애무했다.

"근사하구나. 아주 멋져."

그의 입에서 처음으로 찬탄의 말이 흘러나왔다. 그녀는 감동의 물결이 가슴을 쓸고 지나가는 것을 느꼈다.

"아름다운 젖이야. 누가 또 이걸 만졌지?"

그녀는 반사적으로 머리를 흔들었다. 검은 머리채가 그녀의 얼굴을 반쯤 가렸다.

"아무도 안 만졌단 말이지?"

그녀는 크게 끄덕였다. 그의 손이 밑으로 내려왔다.

그녀는 떨면서 몸을 움츠렸다. 그는 배꼽 아래 넓게 퍼진 하복부를 한참 동안 쓰다듬었다.

"난 이 부분이 제일 좋아. 여긴 평화롭고 아늑한 대지 같아. 따뜻하군."

그의 손이 숲속을 어루만지기 시작했다.

"네가 보고 싶어서…… 너를 미국에 오게 한 거야. 모델이라는 명목으로 말이야. 그런데 너는 그 역을 아주 훌륭하게 해냈어. 난 기대도 하지 않았는데 말이야."

그녀는 흠칫 하고 놀랐다. 그가 어린애처럼 그녀의 하복부에 뺨을 갖다 댔다.

최만기한테 속은 것을 안 그녀는 화가 났다. 그에게 몸까지 준 것을 생각하니 견딜 수가 없었다. 그녀는 동세의 머리를 쓰다듬기 시작했다.

"비서실장님은 자기가 특별히 저를 뽑아서 보내는 거라고 말씀하시던데요. 저는 그런 줄만 알고……."

동세가 고개를 쳐들었다.

"그랬어? 그 자식 형편없는 작자군."

중얼거리면서 일어난 그는 가운을 벗어 던졌다. 그녀의 키가 그보다 더 컸다. 그는 잠자코 그녀의 손을 잡아 침대 쪽으로 다가갔다.

마침내 그가 그녀의 몸 위로 올라왔을 때 지명은 아주 당연한 것처럼 그를 받아들일 수가 있었다.

그들은 그 날 밤 아주 오래도록 즐겼다.

실종 신고

 낡고 더러운 소형 승용차 하나가 덜덜거리는 소리를 내면서 A아파트 5동 경비실 앞으로 굴러와 멎더니 안에서 두 사내가 내렸다. 한 명은 점퍼 차림이었고 다른 한 명은 사파리를 걸치고 있었다.

 중년의 경비원은 창문을 열고 그들을 쳐다보았다. 그들은 처음 보는 얼굴들이었다.

 "어느 댁에 가십니까?"

 경비원의 물음에는 대답하지 않고 그들은 비를 피해 비좁은 경비실 안으로 밀고 들어왔다.

 "경찰입니다. 909호에 왔습니다."

 "아, 협이네 말이군요."

 "그 집 아들이 실종됐다고 하던데 정말입니까?"

 "네, 정말입니다. 그 일 때문에 오셨군요?"

 "네, 신고가 들어와서요."

 경비원이 인터폰으로 909호에 연락을 취하려는 것을 형사가 막았다.

"좀 있다가 올라갈 테니까 아직 연락하지 말아요."

사파리 차림의 형사가 주로 이것저것 캐물었고, 점퍼 차림은 가끔씩 질문을 던졌다. 그는 시력이 나쁜지 두꺼운 렌즈로 시력을 보완하고 있었다.

그들은 909호의 주인인 유지명에 대해 이것저것 꼬치꼬치 캐물었고, 경비원은 몹시 입을 조심하면서 자기에게 해가 돌아가지 않는 범위 내에서 질문에 대답했다.

형사들이 경비원을 통해 알아 낸 내용은 대강 다음과 같았다.

유지명은 45평짜리 아파트에서 실종된 어린 아들과 단둘이 살아왔으며, 그녀가 A아파트로 이사온 지는 2년이 되었다. 그녀의 남편은 외국에 나가 있는데 곧 귀국할 것이라고 한다. 그녀는 매우 풍족하게 살고 있다. 시간제 가정부가 이틀에 한 번 꼴로 그 집을 방문해서 집안 일을 도와 주고 있으며, 역시 시간제 가정교사가 이틀에 한 번씩 찾아와 다섯 살짜리 아이에게 한글이며 산수 같은 것을 가르쳐 주고 있다.

경비원으로부터 대강 이야기를 듣고 난 그들은 이윽고 경비실을 나와 아파트 건물 안으로 들어가 엘리베이터를 타고 9층으로 올라갔다.

"좀 아리송한 여자 같은데요."

엘리베이터 속에서 사파리 차림이 고개를 갸우뚱하며 말하자 점퍼의 사나이는 무표정하게 그를 바라보기만 했다. 그는 몹시 마른 모습이었고, 얼굴에는 피곤한 기색이 역력히 나타나 있었다. 사파리는 30대 초반으로 보였고, 점퍼는 그보다 열 살쯤 더 들어 보였다.

"경찰에 실종 신고를 하셨습니까?"

909호 문을 열어 준 젊고 아름다운 여인에게 사파리 차림의 우 형사가 물었다.

"네, 제가 했어요."

여인은 그들을 거실로 안내했다.

거실로 들어가 가죽 소파에 자리잡고 앉자 여주인과 형사들은 먼저 인사부터 나누었는데, 그녀는 자기를 실종된 아이의 어머니인 유지명이라고 소개했다.

"잃어버린 아이 이름과 나이를 다시 한 번 말씀해 주시겠습니까?"

"이름은 협이라고 해요. 나이는 이제 다섯 살이고 사내예요."

그녀의 눈에 물기가 번지고 있었다.

"아이의 성은 뭡니까?"

"서 협이에요."

"협이 아버지의 성함을 말씀해 주실까요?"

그 물음에 대답하는 대신 그녀는 마실 것을 가져오겠다고 하면서 주방 쪽으로 사라졌다.

그녀가 없는 사이에 형사들은 날카로운 눈으로 실내를 둘러보았다.

실내는 눈이 휘둥그레질 정도로 값비싼 가구와 장식품들로 치장되어 있었다.

"거의가 고급 외제품들인데요. 혼자 사는 여자가 무슨 돈이 있어서 이렇게 사치스럽게 차려놓고 살지요?"

우 형사가 낮은 소리로 말하자 배세인(裵世仁)이 고개를 끄덕였다.

그가 보기에 그들이 앉아 있는 가죽 소파며 카펫만 해도 수백만 원짜리는 될 것 같았다. 가구며 장식품은 그렇다치고 아파트만 해도 단 두 식구가 살기에는 너무 컸다. 도대체 아파트 45평은 단 두 식구한테는 너무 큰 공간이었다.

배 형사는 자신의 처지를 생각하고 입맛이 썼다. 그는 자신의 생활에 환멸을 느끼지 않을 수 없었다.

그는 자식이 넷에다 노모까지 모시고 있었는데, 일곱 식구가 25평짜리 작은 아파트에서 그야말로 벌레처럼 우글거리며 살고 있었다.

"이 여자 남편이 돈을 잘 버는 모양이지요?"

우 형사가 그렇게 말했을 때 지명이 커피 두 잔을 가지고 나타났다.

배 형사는 그녀가 커피잔을 내려놓기를 기다려 똑같은 질문을 던졌다.

"협이 아버지의 성함은 뭡니까?"

지명은 형사들의 시선을 피하면서 머뭇거렸다.

형사들은 그녀가 대답해 주기를 기다리면서 천천히 커피를 마셨다.

한참 후 그녀가 입을 열었다.

"협이 아버지에 대해서는 묻지 마세요. 거기에 대해서

는…… 알려고 하지 마세요."

그녀의 목소리는 너무 작았고, 심하게 떨리고 있었다.

형사들은 어리둥절했다. 이윽고 그들의 표정이 서서히 굳어졌다. 그녀를 바라보는 배 형사의 두 눈은 두꺼운 렌즈 때문에 흐려 보였다.

"왜 그러죠? 우리가 알아서는 안 되는 이유가 뭡니까?"

우 형사가 따지듯 물었다.

"그건 말씀드리기 곤란해요."

"글쎄, 그 이유가 뭡니까?"

다그치자 그녀는 조개처럼 입을 꾹 다물어 버렸다.

그녀는 해바라기 무늬가 있는 드레스를 입고 있었는데 위에는 끈만 달려 있었기 때문에 어깨가 환히 드러나 있었다. 어깨의 선은 부드러웠고, 가무잡잡하게 그을린 피부는 만지고 싶은 충동을 느끼게 할 만큼 감각적인 윤기를 띠고 있었다.

"모든 것을 숨김없이 말씀해 주셔야 아이를 찾는 수사에 도움이 됩니다."

배세인이 조금 엄숙한 어조로 말했다.

그러자 그녀가 눈을 들어 그를 쳐다보았는데, 홍건히 물기에 젖은 그 검은 두 눈은 무엇인가 강렬히 호소하고 있었다.

"제발 그것만은 묻지 말아 주세요. 이번 사건하고는 관계가 없으니까요."

"관계가 있고 없고는 우리가 판단할 일입니다."

그녀는 머리를 흔들었다.

한동안 침묵이 흐른 다음 배 형사가 입을 열었다.

"좋습니다. 그건 그렇고 협이가 실종된 경위를 좀 자세히 말씀해 보십시오."

형사들은 자세를 가다듬으며 지명을 바라보았다.

지명은 눈물을 훔치고 나서 기어들어가는 목소리로 이야기하기 시작했다.

"그저께…… 그러니까 28일이었어요. 협이는 날만 새면 놀이터에서 거의 살다시피 해요. 그 날도 아침을 먹자마자 옆집 동이라는 아이하고 놀이터에 나갔어요. 일일이 따라다닐 수도 없고 해서 요즘은 혼자 놀게 내버려 뒀어요. 9시경에 나갔는데…… 10시쯤 해서 비가 오기 시작했어요. 다른 애들은 모두 집에 돌아오는데 협이가 오지 않았어요. 그래서 뛰어나가 봤더니…… 보이지가 않았어요."

그녀가 흐느끼기 시작했다.

배 형사는 가만히 일어나 장식장 쪽으로 걸어갔다.

장식장 선반 위에는 귀엽게 생긴 사내아이의 사진이 넣어진 조그만 액자 하나가 세워져 있었다.

아이는 입을 크게 벌린 채 웃고 있었다.

아이의 사진은 다른 선반 위에도 놓여 있었고, 벽에도 걸려 있었다. 벽에 걸려 있는 것은 보통 책 크기만 했다. 그녀와 함께 찍은 사진도 있었다.

"계속 말씀하십시오."

배 형사는 여기저기 걸리거나 놓여 있는 사진들을 들여다보면서 말했다.

이윽고 그의 뒤에서 유지명의 목소리가 들려왔다.

"아무리 찾아도 보이지 않아 동네 아이들한테 물어 봤어요. 그랬더니 어떤 젊은 여자가 협이를 차에 태우고 갔대요. 하얀 옷을 입은 여자였는데 차도 하얀 차였대요."

배 형사는 협이 아버지의 사진을 찾아보았지만 어디에도 그것은 보이지 않았다. 그는 장식장 선반 위에 세워져 있는 액자 하나를 들고 소파로 돌아와 앉았다.

"……처음에 그 여자는 놀이터 옆에다 차를 세워 놓고는 하얀 강아지 한 마리를 놀이터 옆에다 풀어놨대요. 그러고는 협이한테만 강아지를 만지게 했대요."

10억 원을 내라

배 형사는 사진 액자를 지명의 코 앞에 디밀었다.
"이 아이가 협이입니까?"
지명은 눈물을 삼키며 고개를 끄덕였다.
"계속하십시오."
"나중에 그 여자가 강아지를 안고 차 속에 들어가 유혹하니까 우리 협이가 차 안으로 들어갔나 봐요. 아이들은 협이가 차 안에서 강아지를 안고 노는 것까지는 봤대요. 그러다가 나중에 보니까 차도 협이도 보이지 않았대요. 아이들이 한눈을 파는 사이에 협이를 차에 태우고 도망친 게 틀림없어요."

그녀는 더욱 세게 흐느껴 울었다. 남자들은 그녀가 울음을 그치기를 기다렸다. 그들은 아이를 잃은 어머니의 심정이 어떠한지를 충분히 이해하고 있었다. 그러나 그들은 냉정해야 했다. 아이를 찾기 위해.

"계획적으로 우리 협이를 데려간 게 틀림없어요! 우리 협이를 찾아 주세요! 전 협이 없으면 못 살아요!"

그녀가 흐느끼며 머리를 흔들어 대는 바람에 머리카락이 마구 흐트러져 얼굴을 가렸다.

"왜 그런 일이 일어났다고 생각하십니까?"

우경배(禹慶培) 형사가 조그만 눈을 반짝이며 물었다. 그의 두 눈은 하도 작아 눈동자가 거의 보이지 않았다.

"모르겠어요. 제가 그걸 어떻게 알아요."

"누구한테 원한을 샀다든가 그런 일은 없었습니까?"

"없어요."

"전에도 이런 일이 있었나요?"

"없었어요."

"협박을 받거나 그런 일은 없었나요?"

"없었어요."

"내가 보기에는 이건 계획적인 유괴 같습니다. 범인한테서 무슨 연락이 없었습니까?"

하고 배 형사가 물었다.

"아무 연락도 없었어요."

"그거 이상하군요. 원한 관계가 아니라면 무슨 목적이 있어서 아이를 유괴했을 텐데 지금까지 연락이 없다는 게 좀 이상하군요."

배 형사는 실내를 둘러보다가 생각난 듯 물었다.

"실례지만 지금 하시는 일이 뭡니까?"

"아무 일도 안 해요."

"살림만 하고 계십니까?"

"네, 그래요."

"그럼 생활비는?"

그것은 돈을 대 주는 사람이 누구냐는 물음이었다. 그것은 또한 협이의 아버지가 대 주는 게 아니냐는 물음이기도 했다.

"협이 아빠가 대 주시고 있어요."

"협이 아빠는 무슨 일을 하십니까?"

"사업이오."

"무슨 사업입니까?"

"무역을 하고 있어요."

"회사는 어디에 있습니까?"

"……."

그녀는 더 이상 울고 있지 않았다.

"회사 이름이 뭡니까?"

"한국에 있는 회사가 아니에요."

"신고하실 때 주인께서 여기에 함께 살고 있지 않다고 하셨는데, 그럼 어디에 살고 계십니까?"

"미국에 살고 있어요."

"미국 어딥니까?"

"뉴욕이에요."

"언제부터 거기에 살고 계십니까?"

"오래 됐어요. 더 이상 그분에 대해서는 묻지 마세요. 부탁이에요."

두 형사는 말문이 막혔다. 수사 상 당연히 알아야 할 것을 전혀 알 수가 없었기 때문에 답답해서 견딜 수가 없다는 그런 표정들이었다.

마침내 우 형사가 더 이상 참을 수 없다는 듯 조심스럽게 그녀의 눈치를 살피면서 입을 열었다.

"대단히 실례되는 질문이지만…… 협이 아빠 되는 분하고는 정식으로 결혼한 사이인가요?"

"정식으로 결혼식을 올리지는 않았어요."

그녀가 시선을 밑으로 한 채 모깃소리만하게 대답했다.

그러면 그렇지. 우 형사의 얼굴에 회심의 미소가 스쳐갔다. 그는 배 형사를 돌아보았는데 배 형사는 계속 무표정하게 앉아 있었다.

"그렇다면 내연의 관계에서 협이를 낳으신 건가요?"

"네, 그래요."

"그러니까 협이 아빠에 대해서 말씀을 안 하시려고 하는 거군요. 그 심정 이해하겠습니다. 하지만 우리한테까지 그걸 숨기실 필요는 없습니다. 우리는 특수한 입장에 있는 사람들이고 또 소문을 퍼뜨릴 사람들도 아닙니다. 우리는 오직 수사를 위해서 알고 싶은 것 뿐입니다. 그러니까 숨기지 말고 우리가 묻는 대로 말씀해 주십시오. 협이의 아빠에 대해서…… 그분의 존함하고 주소, 회사 이름, 전화번호 등을 우리에게 말씀해 주십시오. 우리는 두 분의 입장을 조금도 곤란하게 하지 않고 수사를 하겠습니다."

지명은 그럴 수 없다는 듯 고개를 가로 저었다.

그녀가 거기에 대해서는 결코 입을 열지 않을 것 같아 보이자 배 형사가 나섰다.

"말씀 안 하셔도 우리는 알아 낼 수 있습니다. 얼마든지. 단지 지금 말씀해 주시면 시간이 절약되기 때문에 그러는 겁니다. 공연한 일에 시간을 뺏기고 싶지 않습니다."

"그분은 이번 사건하고는 아무 관계도 없어요. 그분에 대해서는 아실 필요가 없어요. 그분은 협이가 유괴된 것도 모르고 계세요."

"그렇게 협조해 주시지 않으니 사건을 해결하기가 좀 어렵겠군요."

우 형사가 불쾌한 어조로 말하자 유지명의 표정은 더욱 창백해졌다.

"죄송합니다."

형사들이 협이의 아버지에 대한 것 외에 몇 가지를 더 물어보고 나서 자리에서 일어났을 때 전화벨이 울렸다.

지명은 불안한 눈으로 전화통을 바라보다가 가만히 수화기를 집어 들었다.

"여보세요."

"거기…… 협이네 집이죠?"

처음 듣는 젊은 여자의 목소리였다.

"네, 그런데요."

지명은 형사들을 쳐다보면서 대답했다. 형사들은 전화를 걸어온 사람의 목소리를 들을 수가 없어 답답했다. 그들은 빨리 도청 장치를 해야겠다고 생각했다.

"협이 보고 싶지 않으세요?"

놀리는 듯한 물음에 지명은 금방 사색이 되어 전화통에 달라붙었다.

"댁은 누구세요? 우리 협이 어딨어요?"

지명은 울기 시작했다.

"협이는 내가 잘 보호하고 있어요."

"협이를 돌려 줘요. 그 애를 돌려 줘요! 왜 그 애를 데려갔어요! 그 애가 무슨 죄가 있다고 데려간 거예요!"

그녀가 울부짖자 우 형사가 그녀의 어깨를 치면서 울지 말고 침착하게 이야기하라고 속삭였다. 그녀는 울음을 삼키며 고개를 끄덕였다.

"우선 협이 목소리부터 들어 봐야겠죠? 그래야 내가 협이를 데리고 있다는 걸 믿을 테니까 말이에요."

얄밉도록 매끄러운 목소리였다.

조금 있자 아이의 우는 소리가 들려왔다.

"협아!"

"엄마, 엄마, 무서워. 엄마, 빨리 와. 엄마, 엄마."

지명은 울부짖으며 아이의 이름만 불러댔고 협이 역시 울면서 엄마만 찾았다. 엄마와 아들은 구체적인 대화를 나눌 수가 없었다. 그들은 그저 울기만 했고 상대방을 불러대기만 했다. 이야기를 해 보라는 형사의 권고를 받고 비로소 지명이 구체적인 것을 물으려고 했지만, 그 때는 이미 협이의 울음소리는 사라지고 대신 여인의 목소리가 들려오고 있었다.

"협이 엄마, 우리 서로 잘 해 봐요. 아이의 장래를 위해서 말이에요. 유지명 씨, 시집도 안 간 여자가 애를 낳아 가지고 기르다니 그게 말이나 되는 일이에요? 세상이 부끄럽지도 않아요? 그래 놓고 뭐가 잘났다고 자가용을 몰고 다니면서 으스대는 거예요? 정말 눈 뜨고 못 보겠어요. 이젠 으스대고 다니지 않겠지. 제발 그러기를 바래요. 이 세상에는 끼니를 끓이기 어려운 사람들이 많아요. 그런 사람들을 한번쯤 생각해 봤어요? 나는 그런 사람들을 도와 주고 싶어요. 협이를 팔아서라도 그런 사람들을 도와 주고 싶어요. 협이를 사 가세요."

"얼마…… 얼마가 필요해요?"

"10억쯤 필요해요."

"뭐라구요?"

전화는 이미 끊어져 있었다.

수화기를 내려놓은 유지명은 한동안 와들와들 떨어 대면서 몸을 가누지 못했다. 수사관들은 그녀가 조금 진정되기를 기다려 말을 걸었다.

"자, 이제 그만 진정하시고…… 누구한테서 걸려온 전화였습니까?"

"그 여자한테서…… 범인한테서 걸려온 전화였어요. 협이를 바꿔 줬는데…… 우리 협이가 울면서…… 무섭다고 하면서 엄마를 찾았어요."

그녀는 울음을 터뜨렸다.

"뭐라고 했습니까?"

"10억 원을 내놓으면 협이를 돌려보내겠다고 했어요. 10억 원에 협이를 사 가라고 했어요."

형사들은 어안이벙벙해서 잠시 동안 서로를 마주 바라보기만 했다.

배 형사는 알약을 꺼내 입 속에 던져 넣고 나서 물을 마셨다. 그는 위장병으로 고생하고 있었다.

우 형사가 물었다.

"시간과 장소를 말하던가요?"

"아뇨. 그건 말하지 않았어요. 돈 액수만 말하고는 전화를 끊었어요."

"몇 살쯤 되는 목소리였습니까?"

"아주 젊은 여자 목소리 같았어요. 목소리가 상당히 매끄러웠어요."

"그 여자와 나눈 이야기를 자세히 말해 주십시오. 하나도 빼놓지 말고 말입니다."

배 형사가 담배에 불을 붙이면서 말했다.

지명은 통화 내용을 자세히 이야기했다.

이야기를 듣고 난 배 형사는 얼굴빛이 흐려지면서 고개를 끄덕였다. 그는 사건이 매우 계획적이라는 생각이 들었다.

"왜 그저께 일어난 사건을 이제야 신고하셨습니까?"

"혹시나 해서 기다려 봤어요."

"협이가 유괴될 때 놀던 놀이터는 어디에 있습니까?"

"저쪽에 있어요."

지명이 창 밖을 가리켰다.

"여기서 보입니까?"

"집안에서는 보이지 않지만 베란다에 나가면 보여요."

형사들이 유리문을 열고 베란다 쪽으로 나가자 그녀가 따라나왔다.

베란다는 새시 창문으로 외부와 차단되어 있었고 그것이 온실 역할을 하는 바람에 거기에는 각종 화초들이 잘 자라고 있었다. 그녀는 화초 가꾸는데 특별한 취미를 가지고 있는 것 같았다. 그녀가 창문을 열고 가리키는 곳을 보니 저만치 그네며 미끄럼틀 같은 것이 보였다.

배 형사는 거실로 들어오다가 주방 쪽에 귀를 기울였다. 주방 쪽에서 인기척이 들려왔기 때문이다.

"집안에 또 누가 있습니까?"

"가정부 아줌마예요. 이틀에 한 번씩 와서 시간제로 일해 주고 있어요."

그 가정부는 이틀에 한 번씩 아침 10시에 와서 오후 3시까지 집안 일을 해 주고 돌아가는데 그렇게 해서 한 달에 15만 원을 준다고 했다.

"이틀에 한 번씩 온다면 그저께도 왔었겠군요? 협이가 실종되던 날 말입니다."

"네, 왔었어요."

"그 날도 3시까지 일하다가 갔습니까?"

"네, 그랬어요."

"가정부를 좀 불러 주시겠습니까? 몇 마디 좀 물어 볼 게 있으니까."

가정부는 마흔 안팎의 중년 부인이었다. 가난에 시달린 듯 표정이 어두웠고 얼굴빛이 병자처럼 누르스름했다. 젊었을 때에는 예뻤을 것 같은 얼굴이었다. 그녀는 거친 손을 맞잡고 앉아 약간 두려운 표정으로 낯선 남자들을 바라보았다.

"실례지만 성함은?"

"김순애라고 합니다."

"이 댁에서 일한 지 얼마나 되셨습니까?"

배 형사는 정중하게 물었다.

"1년 정도 됐습니다."

다소곳이, 그러나 또렷한 어조로 그녀가 대답했다.

"그렇다면 협이 하고는 아주 친해졌겠군요?"

"그렇지도 않습니다."

"어째서 그렇죠?"

우 형사가 퉁명스럽게 물었다. 그녀는 지명을 돌아보고 나서 말했다.

"협이는 저를 별로 따르지 않았어요."

그녀의 얼굴에 죄스러워하는 표정이 나타났다.

"네, 그건 사실이에요."

지명이 거들고 나왔다.

"협이가 실종된 건 알고 계십니까?"

"네, 알고 있어요."

"그 날…… 그러니까 그저께 아침 협이가 실종되기 전에 출근하셨나요, 아니면 실종된 후에 출근하셨나요?"

"제가 왔을 때에는 사모님이 협이를 찾느라고 정신이 없을 때였어요. 그래서 저도 함께 협이를 찾으러 다녔어요. 하지만 찾을 수가 없었어요."

"실례지만 어떻게 해서 이 댁에서 일하게 됐나요?"

그녀가 유지명의 집에 오게 된 것은 다른 집 가정부의 소개를 받고서였다. 그녀는 가정 형편이 너무 어려워 가정부 일을 하게 되었다고 말했다. 그녀는 딸 셋에 아들 하나를 두었는데, 그녀의 남편은 4년 전 택시를 몰다가 트럭과 충돌하는 바람에 죽었다고 했다. 그 때부터 그녀는 이집저집 돌아다니며 가정부로 일하게 되었다는 것이다. 그녀의 큰딸은 공장에 나가고 있는데 그 월급 가지고는 도저히 생활이 안 되어 자신이 직접 나서게 되었다고 했다.

"이 집에 나오지 않는 날은 다른 집에 나가고 있어요. 두 집에서 받은 돈을 합하면 15만 원쯤 되기 때문에 밥은 굶지 않고 먹고 있어요."

그래서인지 그녀의 얼굴에는 생활의 고달픔이 진하게 배어 있는 듯했다.

"여기에 김순애 씨 댁 주소하고 전화번호를 좀 적어 주시겠습니까?"

배 형사가 수첩과 볼펜을 내밀자 그녀는 머뭇거리다가 볼펜을 집어 들었다.

그녀의 글씨는 고등교육 정도는 받은 사람의 솜씨를 보여 주고 있었다.

"집에 전화는 없고…… 이건 주인댁 전화번호예요."

"그럼 셋방에 살고 계십니까?"

상대방이 무안할 정도로 우 형사가 큰 소리로 물었다. 그녀는 수치심으로 얼굴을 붉히면서 고개를 끄덕였다.

배 형사의 눈에는 자신 앞에 앉아 있는 두 여인이 비교되었다. 아직 서른도 채 안 된 젊은 여인은 45평짜리 고급 아파트에서 외아들과 함께 호화롭게 살고 있는데, 자식이 넷이나 딸린 중년의 과부는 한 달에 8만 원을 받기 위해 이 집에 가정부로 나오고 있다. 이건 너무 심하지 않은가. 그는 쪼글쪼글 늙은 아내를 생각했다. 가정부와 아내의 모습이 어쩐지 비슷하게 생긴 것만 같아 그는 고개를 돌려 버렸다.

형사들은 909호를 나와 놀이터로 가 보았다.

바람은 아까보다 조금 약해진 것 같았지만 비는 여전히 내리고 있었다.

놀이터는 바로 옆에 있었다. 놀이터 옆으로는 단지를 가로지르는 4차선 포장 도로가 나 있었다.

비가 내리고 있었기 때문에 놀이터에는 아무도 없었다. 거기에는 어디서나 볼 수 있는 형식적인 놀이 기구들이 설치되어 있었는데 어떤 것들은 시급히 보수하지 않으면 안 될 정도로 망가져 있었다.

"놀이터 옆에다 차를 세워 놓고 있다가 애 하나쯤 유괴해 가기는 문제가 없겠는데요."

우 형사가 사방을 둘러보면서 말했다. 그들은 한 우산 아래에 서 있었다.

"하얀색…… 하얀색이라……."

배 형사가 혼잣말처럼 중얼거렸다.

"뭐라고 하셨습니까?"

"범인은 하얀색 일색이었어. 차도 하얀색이었고 옷차림도 하얀색이었고 강아지도 하얀색이라고 했어."

길 건너에는 상가 건물이 서 있었다. 사람의 왕래가 많은 곳에서 아이를 유괴해 갔다고 볼 수 있었다.

"아이들을 모두 놀이터에 모이게 해서 그 차가 무슨 차인지 알아봐야겠어."

"어린애들이 그걸 알 수 있을까요?"

"요즘 어린 아이들은 웬만한 승용차 이름 정도는 거의 알고 있을 거야."

그는 어린이 놀이터 안으로 들어섰다. 비에 젖은 모래가 부드럽게 밟혔다.

우 형사가 따라 들어와 그의 머리 위로 우산을 받쳤다.

"범인은 유지명에 대해 속속들이 알고 있었어."

"치밀하게 계획한 유괴 사건 같습니다."

안개 속의 얼굴

"몸값 10억 원이 많다고 생각지 않나?"

"많은 정도가 아니라 어마어마한 돈입니다."

그들은 놀이터에 있는 미끄럼틀 쪽으로 걸어갔다. 배 형사는 고개를 갸우뚱했다.

"범인이 무턱대고 요구한 것이라고 생각하나?"

"글쎄요. 인질범들이란 대개 돈을 많이 받아내는 게 목적 아닙니까?"

배 형사는 고개를 흔들었다.

"그런 뜻이 아니야. 내가 보기에는 범인이 무턱대고 10억 원을 내라고 한 것 같지가 않아. 범인은 유지명에 대해 속속들이 알고 있어. 시집도 안 간 여자가 애를 낳아 기른다느니, 뭐가 잘났다고 자가용까지 굴리느냐느니—아무튼 유지명에 대해 많은 것을 알고 있어. 그러니까 범인은 지명의 재력이 어느 정도인지도 알고 있을 거란 말이야. 터무니없이 10억 원이나 요구하진 않았을 거란 말이야. 그만큼 낼 수가 있으니까 그만큼 요구하지 않았을까 하는 게 내 생각이야."

우 형사는 눈을 휘둥그렇게 떴다.

"정말 그럴까요? 그 젊은 여자한테 정말 그럴만한 재력이 있을까요?"

배 형사는 가만히 고개를 끄덕였다.

"유지명에 대해 조사할 필요가 있어. 자세히—샅샅이 조사해. 그렇게 호화판 생활을 할 수 있는 비결이 무엇인지 샅샅이 조사해서 알아봐."

"내연의 관계에 있다는 남자에 대해 알아봐야겠군요. 그런데 미국에 가 있다면 조사하는 데 한계가 있겠는데요."

"그건 그 여자 말이야. 남자가 정말로 미국에 가 있는지 어떤지 그건 알 수가 없어. 그 여자 말을 믿지 않는 게 좋을 거야."

"수수께끼 같은 여자군요."

"내가 보기에는 비밀이 많은 여자야. 그 집 전화에다 빨리 도청 장치를 해야겠어. 모든 통화를 녹음해야겠어."

그들은 어린이 놀이터를 한 바퀴 돌아본 뒤 5동 경비실 쪽으로 이동했다.

자리에 앉아 있던 경비원이 그들을 알아보고 몸을 일으켰다.

"협이 엄마가 몰고 다니는 차가 어떤 겁니까?"

"저기 저겁니다."

경비원은 맞은편에 세워져 있는 빨간 차를 가리켰다.

"금원에서 만든 포커스입니다. 신형 스포츠 카입니다."

우 형사가 말했다. 그는 부러운 눈으로 그것을 바라보았다. 그는 몰고 다니는 차가 하도 고장이 잦아 폐차시키고 나서 지금은 그나마도 아쉬워하고 있는 참이었다. 새로 등장한 금원의 스포츠 카는 그의 눈에 쏙 들었다. 한국에서 스포츠 카가 등장한 것은 금원이 개발한 포커스가 처음이었다. 포커스는 등장하자마자 그야말로 회오리바람을 몰고 와 모두가 선망하는 차종으로 부상했다. S자동차에서도 오늘 내일 사이 금원의 포커스에 필적할 만한 스포츠 카를 시장에 내놓을 거라고 선전이 대단했다. 그것으로 보아 자동차 업계는 바야흐로 스포츠 카 경쟁시대로 돌입하는 것 같았다. 포커스는 자동차 값이 8백만 원대나 되어 그에게는 그림의 떡이나 다름없었다.

"아주 멋진 차입니다. 미녀가 저걸 몰고 다니면 모두가 다 쳐다보죠. 반장님도 하나 사시죠. 지금 몰고 다니는 차는 제발 빨리 버리시는 게 좋을 겁니다."

시침떼고 하는 말에 배 형사는 표정이 없다. 그는 차 같은 것에는 별로 관심이 없는 것처럼 보였다.

"909호에 자주 드나드는 사람들을 아시는 대로 좀 말씀해 주시겠습니까?"

비를 피해 경비실 안으로 들어서며 배 형사가 말했다.

"글쎄요. 자주 드나드는 사람들이라야 가정부하고 남자 가정교사가 있고…… 그 밖에는……."

경비원은 생각이 안 나는지 조심스럽게 두 눈을 깜박거렸다.

"가정교사가 남자인가요?"

"네, 남자 대학생 같던데요."

"물론 협이를 가르치러 오겠지요?"

"네, 아마 그런가 봅니다. 언젠가 협이한테 물어 봤더니 자기 선생님이라 했습니다."

"언제부터 그 집에 출입했나요?"

"한 1년쯤 됐습니다."

"협이는 아직 학교에 다니지 않을 텐데요?"

"네, 그렇지만 집에서 미리 가르치는가 봅니다."

"극성이군."

하고 우 형사가 말했다.

"그 밖에 다른 출입자들은 없습니까?"

경비원은 잠시 깊이 생각해 보는 표정이다가 조심스럽게 입을 열었다.

"어쩌다가…… 두 달에 한 번 정도로 어떤 남자가 찾아오는 걸 본 적이 있습니다만……."

"어떻게 생긴 사람입니까?"

"어떻게 생겼는지는 잘 기억이 나지 않습니다. 그 사람은 항상 색안경을 끼고 밤에 나타나곤 했습니다."

색안경을 끼고 그것도 밤에 찾아오는 것이 얼굴을 드러내고 싶지 않아서 그러는 것 같았다. 그는 40대 초반의 남자로 키가 자그마했고 올 때는 언제나 택시를 타고 왔으며 그 때마다 선물 꾸러미를 한 아름씩 안고 왔다. 경비원은 처음 두 번은 멋 모르고 그 사람을 제지했다. 어디 가느냐고 물은 다음 그 사람을 경비실 앞에 세워 놓고 909호에 인터폰으로 연락을 취해 어떤 남자가 찾아왔다고 보고했다. 보고를 받은 유지명은 펄쩍 뛰면서 빨리 올라오시게 하라고 소리쳤다.

"그분이 오시면 앞으로는 묻지 말고 그냥 통과시키세요!"

경비원은 그 선글라스를 낀 남자가 보통 사람이 아니란 것을 비로소 알아차렸다.

"언제부터 그 사람이 나타났나요?"

"협이네가 여기 이사 오고 나서부터입니다."

"그러니까 2년쯤 됐겠군요?"

"네, 그렇죠. 그쯤 됐을 겁니다. 제가 이런 말했다는 거 절대 말씀하시면 안 됩니다."

"아, 염려하지 마십시오. 그런데 그 남자가 누구일까요?"

경비원은 형사들의 눈치를 보고 나서 입이 근질근질하여 참을 수 없다는 듯 다시 입을 열었다.

"언젠가…… 그 사람이 다녀간 다음 날인가 하도 궁금해서 협이한테 슬쩍 물어 봤지요. 색안경 낀 사람 누구냐고 했더니 삼촌이라고 했습니다."

"여기서 자고 갔습니까?"

"자고 간 적은 없었던 것 같습니다."

"부탁 하나 합시다. 그저께 협이가 실종되던 날 협이하고 함께 놀이터에서 놀았던 아이들을 좀 모이게 해 주십시오. 협이네 집으로 모이게 해 주십시오. 협이 엄마한테는 우리가 말해 두겠습니다. 한 시간 후에 올 테니까 부탁합니다."

동사무소는 가까운 곳에 있었다.

형사들은 동사무소에서 유지명의 주민등록 관계를 알아보았다. 주민등록부에는 유지명 한 사람만 등록되어 있었다. 그녀의 아들 서 협의 이름은 눈을 씻고 보아도 보이지 않았다. 그녀의 본적지는 부산이었다.

"부산 출신이군."

배 형사는 경찰 컴퓨터 센터에 전화를 걸어 유지명의 주민등록번호를 일러 주었다. 그리고 나서 5분쯤 지나 다시 전화를 걸자 센터의 여직원은 그에게 신원조회 결과를 알려 주었다.

"우 형사가 부산에 좀 다녀와야겠어. 부산에는 홀어머니와 동생들이 살고 있는 모양이야."

배 형사는 메모한 것을 우 형사에게 내 주었다. 거기에는 유지명의 가족 관계와 서울에 상경하기 전의 부산 주소지 등이 적혀 있었다. 전과는 없었다.

그들은 동사무소 앞에서 헤어졌다. 우 형사는 부산행 비행기를 타기 위해 공항 쪽으로 향했고 배 형사는 유지명의 아파트 쪽으로 차를 몰았다.

아파트 단지로 들어선 그는 5동 가까이에 있는 놀이터에 차를 세우고 나서 생각에 잠겼다. 그 놀이터는 아까 우 형사와 들렀던 곳이다. 그는 범인이 차를 세워 놓았을 곳으로 생각되는 위치에 자신의 차를 세워 놓고 나서 엔진을 껐다. 그리고 오른쪽으로 고개를 돌려 놀이터를 바라보았다.

안개 속에 가려진 유지명이 서서히 그 자태를 드러내려 하고 있었다. 그녀에 관한 것을 밝혀내는 것이 일차적인 관문일 것 같았다. 두 달 만에 한 번 정도 나타나는, 선글라스로 얼굴을 가린 중년의 작달막한 사나이의 모습이 안개 속에서 어른거리고 있는 것 같았다. 그 다음에 남자 가정교사의 모습도 보이는 것 같았다. 그리고 가정부…….

 서동세는 전용 회선의 전화기 앞으로 가만히 다가섰다. 그리고 수화기를 집어 들었다. 전화선이 달려 있지 않은 그것을 들고 창가로 다가서서 번호를 하나씩 눌렀다.
 신호가 가기 무섭게 벨소리가 그치면서
 "여보세요!"
하는 지명의 목소리가 들려왔다. 그는 한숨을 내쉬고 나서,
 "음, 나야. 아직 연락 없어?"
하고 물었다.
 "연락이 있었어요. 그런데……."
 그녀는 말을 잇지 못하고 울기부터 했다.
 "울지 말고 이야기해 봐! 어떻게 됐어!"
 그는 수화기를 들지 않은 손을 흔들며 말했다.
 "어떤 여자한테서 전화가 걸려 왔는데…… 협이를 바꿔 줬어요. 협이는 무섭다고 하면서 마구 울어댔어요……."
 "장소를 알아 내지 못했어?"
 "알아 내지 못했어요. 협이 목소리만 들려주고는 그 여자가 다시 전화를 빼앗았어요."
 "그래서 어떻게 됐어?"

서동세는 숨가쁘게 물었다. 그는 지명이 흐느끼면서 하는 말을 답답해서 들을 수가 없었다.

"그 여자가 협이는 자기가 잘 보호하고 있다고 하면서⋯⋯ 10억 원을 내라고 했어요."

"협이 몸값으로 말이야?"

"네, 몸값으로 10억 원을 내라고 했어요."

동세의 입에서 신음 소리가 흘러나왔다.

"그 다음에 무슨 말을 했어?"

"그러고 나서 전화를 끊었어요."

"시간과 장소도 말하지 않고 전화를 끊었어?"

"네, 말하지 않았어요. 다시 걸려올 거예요. 세상에는 끼니를 끓이기 어려운 사람들이 많다고 하면서 협이 몸값을 받으면 그 돈으로 그 사람들을 도와 주고 싶다고 했어요."

"몇 살쯤 된 여자였어?"

"모르겠어요."

"목소리를 들었으면 대강 알 수 있지 않아!"

그는 역정을 냈다.

"아주 젊은 여자였어요. 20대 정도의 목소리였어요. 목소리가 아주 매끄러웠어요."

노크 소리가 나더니 비서실장이 안으로 들어왔다. 서동세는 황급히 손을 흔들어 그를 제지했다. 비서실장은 도로 급히 밖으로 사라졌다.

"경찰에 신고했어요."

지명의 목소리가 갑자기 작아졌다. 동세는 펄쩍 뛰었다.

"뭐라고?"

"더 이상 기다릴 수가 없었어요. 그래서……."

"바보 같은 것! 누가 이걸 경찰에 신고하라고 했어? 멍청이 같은 것!"

그는 얼굴에 경련을 일으키면서 소리소리 질렀다. 지명이 앞에 있으면 따귀라도 갈겨 주고 싶었다.

"더 이상 기다릴 수가 없었어요. 제 심정을 모르시니까 그런 말씀을 하실 수 있을 거예요. 전 체면 같은 것 상관하지 않아요. 협이를 하루빨리 찾고 싶을 뿐이에요."

그녀는 큰 소리로 흐느꼈다. 동세는 분노를 이기지 못해 방안을 왔다갔다 했다.

"협이를 빨리 찾고 싶은 건 나도 마찬가지 심정이야! 하지만 경찰에 신고하는 건 신중을 기해야 한다고 하지 않았어! 일단 신고하기 전에 내 말을 들었어야 하지 않아! 나하고 상의하기 전에는 경찰에 신고하지 말라고 했잖아!"

"죄송해요. 부담을 끼쳐 드리고 싶지 않아서 그랬어요. 용서해 주세요. 너무 바쁘시기 때문에……."

"닥쳐!"

그는 소리를 지르면서 수화기를 탁자 위에 동댕이쳤다. 수화기는 재떨이에 부딪쳤다가 카펫 위로 굴러 떨어졌다. 그는 두 손으로 창문을 짚고 거기에다 얼굴을 갖다 댔다. 이마에 밴 땀이 미끈거렸다. 차가운 감촉이 얼굴에 와 닿았다. 넓은 어깨가

푸들푸들 경련을 일으키고 있었다.

그는 입을 벌린 채 심호흡을 했다. 몇 번 그렇게 하고 나서 창에서 손을 떼고 자세를 바로 했다.

전용 회선의 전화벨이 울렸다. 그는 그것을 거들떠보지도 않은 채 창 밖만 응시하고 있었다. 빌딩의 숲이 오늘따라 유난히 우중충해 보였다.

20층 아래로 까마득히 차선을 따라 움직이는 차량들의 행렬이 흡사 장난감 같았다. 그는 미간을 찌푸리면서 냉정해 지려고 애를 썼다. 그는 자신이 매우 냉정한 사나이라고 생각하고 있었다. 그런데 지금은 도저히 냉정해 질 수가 없었다. 그만큼 그는 지명과의 사이에 낳은 아들을 사랑하고 있었다. 비록 떳떳하게 내놓을 수 없는 자식이었지만, 오히려 그런 이유 때문에 애틋한 마음과 함께 더욱 그 아이를 사랑하고 있었다.

협이에 대한 그의 애정은 자신의 목숨과도 맞바꿀 수 있을 정도로 순수하고 열정적인 것이었으며 그리고 여느 아버지들처럼 아주 맹목적인 것이었다. 태어나서는 안 될 아이가 태어났지만 그것은 이제 과거의 일이었다. 아이는 어느 새 다섯 살이 되어 있었다. 아이의 이름은 그가 지은 것이었다. 이름만 지었다 뿐이지 아직 출생 신고도 되어 있지 않았고, 그러니 호적에 올린다는 것은 생각지도 못하고 있었다. 그러나 언젠가는 그의 호적에 아이를 입적시켜야 할 것이고, 반드시 그렇게 하고야 말 것이라고 그는 막연히 생각해 오고 있었던 것이다. 그런데 그 아이가 유괴된 것이다. 가슴을 칼로 도려내는 것 같은 아픔에 그는 가슴을 누르면서 뒤로 물러섰다.

지금까지 그가 협이를 호적에 올리지도 못한 채 아이의 존재 자체를 숨겨온 것은 순전히 그의 아내 때문이었다. 아내라는 존재가 그렇게 대단하고 두려운 상대인 줄은 협이가 태어나고서부터 새삼 느낀 것이었다.

그의 아내 이시화는 히스테리가 심한 여자였다. 그녀를 처음 대하는 사람들은 그녀에게서 찬 서리 같은 것을 느낀다고 했다. 만일 그녀가 협이의 존재를 알기라도 하는 날에는 과연 어떤 일이 일어날까? 이런 물음을 그는 자신에게 지금까지 수없이 자문해 보았었다.

그 일어날 수 있는 어떤 일들이란 이런 것들이었다.

첫째, 음독 자살할지도 모른다. 그 가능성은 얼마든지 있었다. 내성적이고 히스테리가 심한데다 의심이 많은 그녀는 수년 전 실제로 죽기 위해 약을 먹은 적이 있었다. 그 때 너무도 놀란 그는 그 일이 있고 난 뒤부터 아내를 다시 바라보게 되었고, 그녀와 다시는 가까워질 수 없음을 깨닫게 되었다.

그 때 그녀가 음독한 것은 여자 문제 때문이었다. 동세가 어느 살롱에 단골로 드나들고 있었는데 그 이유는 그 곳 마담과 깊은 관계가 있기 때문이며, 그 살롱도 사실은 동세가 차려 준 것이라는 소문을 듣고서였다.

그 소문은 과장된 면도 없지 않았지만 사실은 사실이었다.

어마어마한 재력과 명성 때문에 동세의 주위에는 자연 아름다운 여성들이 많이 모여들었다. 그녀들은 동세가 언제라도 손만 뻗으면 옷을 벗고 품안으로 달려들어올 준비가 되어 있었다. 하지만 그는 모든 여성들에게 무턱대고 손을 뻗지는 않았다. 그는 자신을 어느 정도 억제할 줄 알았고, 그래서 무리하지 않고 마치 사우나를 하듯 가벼운 마음으로 가끔씩 여자들에게 손을 뻗고는 했다. 그런 경우 상대편에게 깊이 빠지지 않게 조심했고, 또한 상대방이 달라붙지 않게 신중히 처신했다. 그런 경우에 가장 효력을 발휘할 수 있는 것은 역시 돈이었다. 어느 여자나 입이 딱 벌어질 정도의 액수가 적힌 수표를 건네면 군소리 없이 물러나곤 했다.

이를테면 마담 K도 그렇게 해서 살롱을 차린 것이었다. 단지 그녀가 살롱을 차린다고 해서 다른 여자들보다는 좀더 여유 있게 돈을 주었던 것이다. 그녀는 살롱을 차리기 전에는 어느 요정에 나갔었다. 그 곳에서 그녀를 알게 되어 관계를 맺게 된 그는 틈날 때마다 가끔씩 그녀를 불러내곤 했었다. 그만큼 그녀는 매력적인 아가씨였다. 무엇보다도 적당한 선을 유지하면서 관계할 수 있고 부담을 주지 않는다는 점에서 상대하기가 좋은 아가씨였다. 아무튼 결코 뗄래야 뗄 수 없는 깊은 관계는 아니었는데도 그의 아내 귀에는 과장되게 포장되어 그 소문이 흘러들어갔던 것이다.

소문에 접한 시화는 살롱으로 K마담을 찾아가 몇 마디 이야기를 나눈 다음 날카로운 손톱으로 그녀의 얼굴을 할퀴었다. 그녀가 돈을 주고 산 깡패들이 살롱을 쑥밭으로 만드는 동안 그녀는 집으로 돌아와 남편에게 저주를 퍼붓는 유서를 남긴 다음 극약을 마셨던 것이다.

시화는 딸만 셋을 낳고 나서 더 이상 자식 낳는 것을 주저했다. 딸을 셋이나 낳게 된 것은 아들을 보려다가 그렇게 된 것이었다. 동세도 아들을 무척이나 바라는 눈치였다. 그녀는 아들을 낳지 못한 데 대해 심각한 갈등을 느끼지 않을 수 없었다. 그녀의 동서들은 하나같이 딸보다도 아들을 많이 낳았는데 그녀만은 유독 아들 하나 낳지 못하고 있었다.

그녀는 한 번만 더 기회를 가지고 싶었다. 네 번째에는 꼭 아들을 낳을 것만 같았다. 그러나 동세는 머리를 흔들었다. 그는 노골적으로 쓸데없는 짓은 이제 그만 하자고 말했다. 그러다가 또 딸을 낳으면 어떡하느냐는 말에 그녀는 주눅이 들어 아무 말도 못하고 말았다. 그래도 미련을 버리지 못해 기회를 엿보고 있는데 갑자기 몸에 이상이 와서 병원에 입원하게 되었다. 병명은 자궁암이었다. 초기 단계이기 때문에 자궁만 들어 내면 완치될 수 있다고 했다. 그녀는 결국 자궁을 들어 내게 되었고 더 이상 영영 자식을 낳지 못하게 되고 말았다.

그것이 그녀에게 끼친 영향은 아주 심각했다. 그녀는 우울증에 걸린 환자처럼 말수가 적어지고 더욱 신경질적이 되었으며, 언제나 부정적이고 의혹에 찬 창백한 표정으로 사람들을 대하게 되었다.

그러한 그녀가 만일 동세한테 내연의 관계에 있는 젊고 아름다운 여인이 있으며 그들 사이에 다섯 살이나 되는 아들까지 있다는 사실을 알게 되면 어떻게 할까? 그녀의 성격으로 보아 음독할 가능성이 많다는 것이 동세의 생각이었다.

또 하나의 가능성이란 그녀가 이혼을 제의할지도 모른다는 점이었다.

그 경우 그녀는 거액의 위자료를 청구할 것이다. 그렇게 되면 유지명과의 스캔들은 백일하에 드러날 것이고, 그와 함께 그 이미지는 치명적인 손상을 입게 될 것이다.

세 번째 가능성은 그녀가 패배자로 물러나지 않고 반격해 오는 경우라고 할 수 있겠다. 그 경우 그녀는 가해자로 돌변하여 유지명에게 위해를 가할 것이고 그에게 말할 수 없는 수치심을 안겨 줌으로써 위협적인 존재로 군림하려 들 것이다. 그는 그것을 견뎌 낼 것 같지 않았다.

그의 입장에서는 어떠한 가능성도 일어나서는 안 되는 것이었다. 그런 가능성들이 현실로 나타나는 날에는 그는 끝장이었다. 그는 내연의 관계에서 얻은 아들이 있다는 것을 끝까지 숨겨야 했고, 그러나 언제까지고 그 사실을 숨길 수만은 없다는데 그의 고민이 있었다. 반면 아이는 그야말로 호박처럼 쑥쑥 자라고 있었다.

그가 전화를 받지 않자 벨소리는 잠시 사라졌다가 다시 울리기 시작했다. 그는 바닥에 떨어져 있는 무선 전화 수화기를 집어 들었다.

"용서해 주세요. 잘못했어요."

지명이 울먹이는 소리로 말했다. 그는 한숨을 내쉬면서 이마에 번진 땀을 손등으로 닦아냈다.

"용서해 주세요."

그녀가 죄인이나 된 듯 기어들어가는 목소리로 말하는 것이 그는 싫었다.

"이 전화 집에서 거는 거야?"

"네, 집이에요."

"집에 누가 있어?"

"저 혼자예요."

"경찰이 왔다갔나?"

"네, 두 사람이 다녀갔어요. 이따가 다시 온다고 했어요."

"경찰이 뭘 물었어?"

그녀는 형사들과 나눈 이야기를 하나도 빼놓지 않고 자세히 이야기했다.

"우리들 관계는 이야기하지 않았나?"

"얘기하지 않았어요. 협이 아빠의 이름을 대라고 해서 정말 혼났어요."

"어떠한 경우에도 내 이름을 말해서는 안 돼. 절대 말이야. 알았어?"

"네, 알았어요. 절대 말하지 않겠어요."

"이 전화 혹시 도청당하는 거 아니야?"

"아직 도청 장치는 하지 않았을 거예요. 형사들이 다녀간 지 얼마 안됐으니까요."

"앞으로는 그 전화로 전화 걸지 마. 나도 집에 전화하지 않겠어. 공중전화를 이용해. 그리고 범인한테서 다시 전화가 걸려

오면 돈을 주겠다고 해. 무조건 주겠다고 해. 시간하고 장소를 말해 달라고 해."

그가 전화를 끊는 것과 동시에 노크 소리가 들려왔다.

"들어와요."

문이 열리고 비서실장이 들어섰다. 동세는 뒷짐을 진 채 서서히 상대방을 쏘아보았다.

"S사에서 가져온 겁니다."

비서실장이 누런 봉투를 책상 위에 내려놓더니 그 안에서 몇 장의 대형 컬러 사진을 꺼냈다. 그것은 자동차를 찍은 사진들이었다. 한 차종을 여러 각도에서 찍은 것들이었다.

"S사의 신형 스포츠 카입니다. 이건 광고에 이용할 사진들입니다."

그 사진들을 어떻게 입수했는지에 대해서 비서실장은 말하지 않았고, 동세도 묻지 않았다. 동세는 무표정하게 책상 위에 펼쳐진 사진들을 내려다보았다. 그의 생각은 딴 데 가 있었다. 그는 지금 그런 것에 신경을 쓸 여유가 없었다.

경쟁사의 기밀 자료들은 비밀 루트를 통해 계속 은밀하게 흘러들어와 부회장의 책상 위에 놓이곤 했다. S자동차가 만들고 있다는 스포츠 카에 관한 자료들도 그 동안 계속 그의 책상 위에 놓여 왔다.

"이름도 최종 결정됐답니다."

동세는 고개를 쳐들고 실장을 쳐다보았다. 그 눈은 다음을 묻고 있었다.

"킬리만자로라고 했답니다."

"아프리카의 킬리만자로 말인가요?"

"네, 해발 5천9백69m의 세계 최고의 화산입니다. 헤밍웨이의 소설 중에 「킬리만자로의 눈」이라는 게 있습니다. 영화화도 됐는데 그 때문에 더욱 유명해진 산입니다."

실장이 아는 체를 하는 바람에 동세는 미간을 찌푸렸다. 그 정도는 그도 알고 있었다.

"값은?"

"우리보다 훨씬 비쌉니다. 스탠다드가 1천 2백으로 결정됐답니다. 포커스하고 무려 4백이나 차이가 납니다. 우선 가격 면에서 비교가 되지 않습니다. 상류층을 노린 것 같습니다."

비서실장은 자신 만만하게 말했다. 동세는 팔짱을 끼고 창문쪽으로 몸을 돌렸다.

"8월 5일에 신차 발표회를 갖고 25일부터 출고가 시작된답니다. 8월 한 달 동안 집중적인 선전 공세를 펼 모양입니다."

그의 귀에는 비서실장의 말소리가 시끄러운 잡음으로밖에 들리지 않았다. 그가 한 마디도 하지 않자 비서실장은 궁금한 모양이었다. 동세의 뒷모습을 바라보는 그의 가는 실눈이 더욱 가늘어졌다. 그의 얼굴에는 아니꼽다는 표정이 노골적으로 드러나 있었다.

"회장님께서 보시자고 하십니다."

"지금 계시나요?"

동세는 창 밖을 바라본 채 물었다.

"네, 한 시간 전쯤 오셨습니다."

회장은 회사에 어쩌다가 들른다. 동세는 저고리를 입고 방을 나섰다.

회장실은 부회장실과 같은 층에 있었다.

부회장실로부터 회장실에 이르는 복도에는 고급 카펫이 깔려 있었고 곳곳에는 경비원들이 지키고 있었다. 호텔 로비처럼 되어 있는 곳에는 기다란 책상들이 놓여 있었고 그 앞에는 예쁘게 생긴 안내 여비서들이 앉아 있었다.

그 곳까지 온 방문객들은 일단 거기서 체크를 받은 다음 비서실로 안내하도록 되어 있었다.

경비원들과 비서들이 부회장을 향해 기립 자세로 머리를 숙였다. 그는 그들은 거들떠보지도 않은 채 회장실로 들어섰다. 회장실은 비서실을 통해야만 들어가도록 되어 있었다. 회장 개인 비서실에 앉아 있던 두 명의 남녀 직원이 발딱 일어서서 고개를 숙였다. 뒤따라 온 비서실장이 회장실 문을 노크했다. 동세는 안으로 들어가 회장에게 고개를 숙였다.

회장은 가죽 소파에 몸을 깊숙이 묻은 채 눈을 감고 있다가 인기척에 고개를 돌렸다.

"음, 실장은 나가 봐."

실장이 밖으로 나가자 노인은 따뜻한 눈으로 막내아들을 바라보았다.

아버지와 아들 1

"서 있지 말고 거기 앉아라."

노인은 부드럽게 말하고 나서 쿨럭쿨럭 잔기침을 했다. 동세는 맞은편 자리에 앉으면서 아버지의 얼굴을 유심히 바라보았다. 지난 며칠 사이에 놀랄 정도로 수척해지신 것 같다고 생각했다. 혈색이 좋던 얼굴은 누르스름하게 변해 있었고 꼿꼿하던 자세도 많이 흐트러진 것 같았다. 그런데 노인은 오히려 아들을 걱정하고 있었다.

"안색이 안 좋구나. 좋지 않은 일이라도 생긴 게구나."

"아, 아닙니다. 아버님, 어디 편찮으십니까? 안색이 좋지 않으신데……."

"음……."

노인은 끄덕이면서 갈쿠리 같은 손으로 얼굴을 쓰다듬었다. 회장의 표정이 심각해지는 것을 보고 동세는 긴장했다.

"오 박사를 부를까요?"

오 박사는 회장의 주치의이다.

노인은 천천히 머리를 흔들었다. 그는 헐렁한 회색 양복을 입고 있었다. 목에 걸려 있는 넥타이는 색상이 유치한 것으로 보아 남대문 시장 같은 데서 구입한 싸구려 같았다. 양복도 아주 오래된 것이었다. 그가 소유하고 있는 백화점에 그렇게 물건이 가득 쌓여 있는데도 그는 거기에는 손 하나 대려고 하지 않았다. 언제나 남대문 같은 데서 싸구려 물건을 사서 쓰는 것이었다. 고급 제품이 선물로 들어오더라도 결코 그것을 쓰지 않고 모아 두었다가 다른 사람들한테 선물로 주곤 했다. 그런 선물들을 많이 받은 사람들은 대부분 양로원 같은 데 있는 불우한 노인들이었다.

노인은 다시 잔기침을 했다. 그는 탁자 위에 놓여 있는 따뜻한 녹차를 한 모금 마시고 나서 다시 막내아들을 따뜻한 눈으로 바라보았다.

"편찮으시면 좀 누우시죠."

옆방은 노인이 언제라도 쉴 수 있게 침실로 꾸며져 있었다.

"괜찮다. 그보다도 너한테 할 말이 있다."

그렇게 말해 놓고 나서 노인은 한참 동안 말없이 창 밖을 바라보았다.

비바람치는 창 밖을 물끄러미 바라보고 있는 그의 옆모습은 자식 하나 없는 노인처럼 쓸쓸해 보였다. 동세가 아버지한테 그런 모습을 보기는 처음이었다.

노인이 고개를 돌렸다. 동세는 두 손을 맞잡고 긴장했다.

"어떠냐? 이젠 내가 없어도 잘 해 나갈 수 있겠지?"

동세는 주춤했다.

"그게 무슨 말씀입니까?"

"묻는 말에 대답이나 해. 내가 없어도 잘 해 나갈 수 있겠지?"

동세는 숨을 죽인 채 잠시 아버지의 말뜻을 생각해 보다가 입을 열었다.

"아버님이 안 계시면 어떻게 잘 해 나갈 수 있겠습니까. 그건 생각할 수도 없는 일입니다."

아들을 지그시 바라보는 노인의 입가에 보일 듯 말 듯한 가는 미소가 흘렀다.

"그런 못난 소리 들으려고 물은 게 아니야. 내가 직접 결재할 때보다도 네가 맡고 난 뒤에 회사가 더욱 잘 돼 가고 있어. 이제 난 비로소 마음이 놓인다."

"그렇지 않습니다. 아버님께서……."

노인은 손을 들어 막내아들의 말을 막았다.

"그런 말은 입밖에도 내지 마. 난 못난 소리는 듣고 싶지 않아. 넌 내가 생각했던 것보다 훨씬 더 잘 해 내고 있어."

"그렇지 않습니다."

동세는 가슴이 흥분으로 뛰고 있는 것을 느꼈다.

"너희들은 단결해서 금원을 잘 꾸려 나가야 해. 난 이 그룹을 만드는데 50년이 걸렸다. 지난 50년 동안 나는 돈 한 푼 낭비하지 않았지만 그에 못지 않게 시간도 낭비하지 않았다. 후회 없이 매우 부지런히 살아왔었다고 생각한다."

그것은 마치 독백처럼 조용히 들려왔다. 동세는 숨을 죽인 채 귀를 기울였다.

회장이 그를 불러 놓고 이렇게 독백처럼 말하기는 처음 있는 일이었다.

"내 나이 일흔아홉이니까 이제 살 만큼 산 것 같다. 자연 현상을 거부할 수는 없는 일이지. 아무래도 나는 오래 살 것 같지 않다. 금년을 넘기기가 어려울 것 같다."

너무도 담담한 어조로 그런 말을 했기 때문에 동세는 어리둥절했다.

"아버님, 왜 그런 말씀을 하십니까? 아버님은 아직 정정하시기 때문에 얼마든지 오래 사실 수 있습니다. 아버님은 오래 사셔야 합니다."

갑자기 아버지가 조그맣고 나약해져 보이는 것이 그는 안타까웠다. 키는 작지만 언제나 거인처럼 보이던 아버지였다. 오늘따라 왜 이러실까? 날씨 때문일까?

"오래 살 수 없다는 진단이 나왔어. 몇 달밖에 살 수 없다는 거야."

동세는 소스라치게 놀랐다.

"그게 무슨 말씀입니까? 진단이라니요?"

감기 한 번 걸리지 않던 노인이 느닷없이 그런 말을 했기 때문에 그는 정신을 차릴 수가 없었다. 회장은 여전히 담담한 표정이었다.

"며칠 전에 그런 진단이 나왔어."

"무슨 진단 말입니까?"

"간암이래."

너무도 가볍게 내뱉은 말에 동세는 자기 귀를 의심하지 않을 수 없었다. 그가 멍하니 있는데 회장이 다시 말을 잇는다.

"여러 군데서 알아봤는데 의심할 여지가 없어. 간암이 분명하다는 거야. 중증이라 고칠 수도 없대. 잘 하면 연말까지는 살 수가 있대."

　마치 남의 이야기하듯 하는 말에 동세는 머리가 혼란스러웠다. 그는 아버지가 이상한 말씀을 하고 있다고 생각했다. 혹시 이상해지신게 아닐까.

　그래서 아버지를 유심히 살폈지만 노인의 표정은 평소처럼 평온하기만 했다. 어쩌면 저럴 수가 있을까. 모든 것을 초월한 표정이 아닌가.

"나도 처음에는 믿지 않았어. 그렇게 건강했는데 간암이라니 믿어지지가 않았어."

"오 박사도 확인했습니까?"

"확인했어."

"언제 확인했습니까?"

"며칠 됐어."

"어떻게 그럴 수가……."

　동세의 목소리가 떨리고 있었다. 그는 창백한 얼굴로 아버지를 응시했다.

"그럴 리가 없습니다. 그건 잘못된 겁니다. 절대 그럴 리가 없습니다."

"이미 여러 군데서 확인된 거야."

동세는 눈물을 글썽이며 아버지로부터 눈을 떼지 않았다.

"현대 의학은 못 고치는 게 없습니다."

"암은 안 돼. 초기 단계라면 몰라도 난 중증이야. 여기 한 번 만져 봐라."

노인은 와이셔츠를 헤치더니 아들 앞에서 자신의 배를 드러냈다. 그리고 거리낌없이 아들의 손을 잡아 그것을 자신의 배에다 갖다 댔다.

"눌러 봐. 단단하지?"

아버지가 대 준 부위가 과연 돌처럼 단단하게 만져졌다. 동세는 머리를 흔들었다.

"믿을 수가 없습니다."

"난 죽을 때가 됐어. 이건 때가 됐다는 것을 말해 주는 거야."

"아닙니다. 여기서 확인이 났다면…… 그럼 저하고 미국으로 가시죠. 거기서 다시 한 번 정확히 진찰받고 나서 틀림없다면 병원에 입원하시죠. 미국 의학은 세계 최고입니다."

"쓸데없는 짓이야."

"쓸데없는 짓이 아닙니다. 한국 의학은 믿을 수가 없습니다."

동세의 얼굴은 눈물로 흥건히 젖어 있었다.

"한국 의학은 믿을 만해. 내가 간암에 걸렸다는 게 알려지면 시끄러우니까 당분간 너하고 나하고만 알고 있기로 해. 네 형들이나 누이들한테는 당분간 비밀로 하는 게 좋을 거다. 그 동안 너는 준비나 하고 있어. 나를 대신해서 금원을 이끌어 갈 준비를 하고 있으란 말이야."

동세는 소리 없이 눈물만 흘리고 있다가 자세를 가다듬고 물었다.

"어머님도 알고 계십니까?"

"네 엄마도 모르고 있어. 지금 알려 줄 필요 없어. 난 아무렇지도 않아. 사람이 태어나서 얼마쯤 살다가 죽는 건 자연의 이치야. 생각하면 죽는 게 아니라 자연에 회귀하는 거야. 가을이 되어 나뭇잎이 떨어지는 것처럼 말이야. 난 죽는 게 아니라 너희들을 통해 다시 살아나는 거야."

동세의 얼굴은 눈물로 흥건히 젖어 있었다. 소리 없이 흘러내리는 눈물이 볼을 적시고 있었지만 그는 닦으려고도 하지 않은 채 아래를 내려다보고 있었다. 냉혹한 사나이로 알려져 있는 그가 눈물을 보이기는 참 오랜만이었다. 노 회장의 눈에는 그런 아들이 예나 지금이나 귀여운 막내아들로만 보일 뿐이었다.

"슬퍼할 것 없다. 죽는 건 자연 현상이고 그걸 거역할 수는 없는 것 아니냐. 비록 병에 걸렸다고 하지만 난 살 만큼 살았고 그래서 당연히 갈 때가 된 거야. 그러니 하나도 슬퍼할 것 없다. 난 평온해. 간암이라는 말을 듣고는 이제야 고향에 돌아갈 수 있게 됐구나 하고 생각했고, 그런 생각을 하니까 기분이 더 없이 평온해지더구나. 객지에서 평생을 보내는 동안 내 마음 한 구석에는 언제나 고향 마을이 떠나지 않고 있었다. 내가 태어나고 내가 어린 시절을 보낸 그 가난한 시골 마을이 그렇게 그리울 수가 없었고, 모든 거 다 훌훌 털어 버리고 고향 마을로 돌아가고 싶을 때가 한두 번이 아니었단다. 도시에서 태어나 자란 너는 내 말에 실감이 가지 않을 거다. 이제 죽어서야 고향에 돌아간다고 생각하니까 오랫동안 객지에서 떠돌아다니다가 돌아가는 기분이다. 내가 죽으면…… 내가 태어나 자란 고향 마을 뒤 양지 바른 곳에다 묻어 주면 좋겠다. 알았지?"

동세는 대답하지 않고 눈물만 흘렸다. 노인은 녹차를 다시 한 모금 마시고 나서 말을 이었다.

"못나게시리 울긴 왜 울어. 난 고향에 돌아가 이제 잠을 좀 자야겠어. 따뜻한 곳에 누워서 말이야. 묘를 쓰되 절대 남의 눈에 띄게 어마어마하게 만들면 안 된다. 그저 남들이 쓴 것처럼 조그맣게 만들면 돼. 돌로 장식을 한다든지 비석을 세운다든지 그런 것은 제발 하지 마라. 내가 제일 싫어하는 게 죽어서 묘 크게 쓰는 거라는 거 너도 잘 알고 있겠지. 그런 점에서 난 죽은 드골 대통령을 존경한다. 우리 나라 대통령은 죽고 나니까 국장이다 뭐다 해서 어마어마하게 장례를 치르지 않았냐. 그뿐이 아니지. 국립묘지에다가 대리석으로 으리으리하게 묘를 만들었지. 대통령뿐만 아니야. 나라에서 녹을 좀 먹었다는 사람들, 이를테면 장관이나 국회의원, 장군들 묘도 모두가 다 눈에 띄게 호화롭게 꾸며놨단 말이야. 그런데 꽃다운 20대 나이에 장가도 못 가 보고 죽은 일등병 묘는 조그만 비석 하나만 세워져 있을 뿐이야. 20대 젊은 나이에 나라를 지키다가 죽어서 국립묘지에 묻힌 젊은이들이 몇이나 되는지 아니? 자그마치 10만이 넘는다. 나라를 위해서 일하다가 죽기는 다 마찬가지인데 왜 대통령이나 장관들, 국회의원이나 장군들 묘는 으리으리하게 만들어

놓고 그 졸병들 묘는 그렇게 초라하게 만들어 놓았지? 내 어리석은 생각일지는 몰라도 적어도 국립묘지에 묻히는 사람들의 묘는 모두 일률적으로 똑같이 만들어야 한다고 생각한다. 네 생각은 어떠냐?"

"저도 그렇게 생각합니다."

동세는 손수건으로 눈물을 훔치고 나서 아버지를 바라보았다. 이제 슬픔 대신 아버지의 말씀 하나하나가 감동이 되어 가슴 속으로 들어와 박히고 있었다.

"드골은 자기가 죽으면 국장 같은 거 하지도 말라고 했다. 성대한 장례식 같은 건 제발 싫으니 하지 말라고 했다. 음악도 연주하지 말고 국립묘지에도 묻지 말고 고향에 가져가서 어릴 때 죽은 딸 옆에다 묻어 달라고 했어. 묘도 아주 검소하고 평범하게 만들어 달라고 했어. 유언이 그러했기 때문에 그의 시신은 기차에 실려 조용히 고향으로 운구됐지. 그리고 소원대로 딸 옆에 묻혔어. 작은 묘비에는 누구의 묘라는 것만 알아볼 수 있게 드골이라는 이름자와 함께 태어난 해와 죽은 해만 새겨 놓았어. 그런 것만 봐도 드골은 역시 큰 사람이었다는 걸 알 수 있어. 묘가 작다고 해서 드골의 위대함이 평가절하되는 건 아니지 않니! 생각할수록 그 사람은 그릇이 크고 아주 멋있는 정치가였다는 생각이 들어. 멋이란 바로 그런 사람을 두고 하는 말이 아니겠니?!"

"옳은 말씀입니다."

동세는 아버지의 새로운 면을 처음 보는 것 같았다. 아버지한테서 그런 말을 듣기는 처음이었고, 아버지한테 그런 안목이 있었다는 것을 알게 된 것도 처음이었다.

"내가 곧 죽게 되었다 해서 떠들 것은 하나도 없다. 어디 여행 떠난 것처럼 조용히 가고 싶으니까 절대 떠들지 말고 평상시처럼 조용히 일을 처리해야 한다. 알았지?"

"네, 알겠습니다."

"그건 그렇고…… 너도 아들이 하나 있어야 할 텐데, 네 생각은 어떠냐?"

동세는 가슴이 써늘해 왔다. 마치 아버지가 협이의 존재를 알고 하는 말 같아서 가슴이 두근거려 왔다.

"별로 생각해 보지 않았습니다."

"그건 말도 안 돼. 자식은 많아야 하고 특히 아들이 많아야 돼. 여자는 소용없어. 아들이 하나도 없다는 건 말도 안 돼. 지금도 늦지 않으니까 아들을 낳도록 해 봐."

회장은 막내며느리가 더 이상 자식을 낳을 수 없다는 것을 아직 모르고 있었다. 그 사실을 알고 있는 사람은 동세 내외와 처가 쪽 사람들 정도였다.

"왜 대답이 없냐? 아들이 없어도 좋다는 거냐?"

"아, 아닙니다."

"하나 더 낳도록 해."

"알겠습니다."

"그럼 가 봐."

회장실을 나오면서 동세는 온몸에 심한 무력감을 느끼지 않을 수 없었다.

자기 방으로 돌아온 그는 한동안 창가에 서서 생각에 잠겨 있었다. 그는 처음으로 아버지가 촌스럽지 않고 아주 멋진 분이란 생각이 들었다. 회장은 초등학교도 제대로 나오지 못했지만 오랜 경륜과 독서를 통해 인생의 진실에 접근해 있다는 생각이 들었다. 아니, 회장은 이제 모든 것으로부터 초월한 경지에 들어가 있는 것 같았다. 옳고 그름을 판단할 줄 알고, 인내할 줄 알고, 근면하고 검소하며, 진실에 접근하려고 애써 온 삶이 자신의 죽음을 자연에 회귀하는 것이라 생각한다면 그것이야말로 모든 것으로부터 초월한 경지가 아닌가.

그 때 갑자기 가슴에 통증이 왔다. 실제로 가슴이 아픈 것 같은 통증에 그는 미간을 찌푸렸다. 아버지 생각으로 잊었던 협이 생각이 났던 것이다.

그는 자기에게 갑자기 불어닥친 크나큰 불행을 어떻게 감당해야 할지 알 수가 없었다. 아들이 유괴된 마당에 그의 아버지는 간암으로 죽음의 선고를 받았다. 왜 갑자기 이런 일들이 일어났을까? 하늘이 나를 시험해 보려고 그러는 것일까. 누구에게 상의하고 도움을 청할 수도 없다는 사실이 그를 더욱 무력하고 고독하게 만들었다.

그는 생각난 듯 책상 쪽으로 다가가 회장의 주치의인 오병국 박사에게 전화를 걸었다. 비밀이 샐까 봐 비서를 통하지 않고 전용 회선의 전화를 이용하여 직접 다이얼을 돌렸다.

오 박사는 자리에 없었다. 전화를 부탁한 다음 책상 앞에 앉아 두 손으로 얼굴을 가린 채 앉아 있는데 전용 회선의 전화벨이 울렸다.

그는 재빨리 손을 뻗었다.

"서동세 부회장님 계세요?"

젊은 여자의 매끄러운 목소리에 그는 불쾌한 느낌이 들었다. 기쁨에 넘치는 그런 목소리를 수용하기에는 그는 지금 너무 절망적인 기분에 빠져 있었던 것이다. 술집 여자 정도로 생각하면서 이쪽의 신분을 밝히자 상대방은 호들갑스럽게 나왔다.

"어머, 그러세요. 이렇게 부회장님과 직접 통화하게 돼서 정말 영광이에요."

"누구시죠?"

"제 이름은 아실 필요 없고요…… 협이가 하도 아빠를 찾아서 전화 건 거예요. 협이 바꿔 줄께 이야기해 보세요."

여자의 목소리가 사라지고 어린 아이 우는 소리가 가느다랗게 들려왔다. 그것은 분명히 협이의 목소리였다.

"엄마…… 엄마…… 무서워…… 엄마…… 엄마……."

아이는 아빠를 찾지 않고 엄마를 찾고 있었다. 하긴 지금까지 아빠라는 사람을 한 번도 보지 못했고, 그래서 아빠라는 말을 사용해 보지 못했으니 그럴 만도 하리라. 협이는 동세를 삼촌으로 알고 있었다.

모나리자

"협아! 나 삼촌이다! 나 삼촌이야!"

"삼촌…… 삼촌…… 엄마…… 엄마……."

아이는 더 이상 말을 잇지 못하고 심하게 기침했다. 목소리는 금방이라도 끊어질 듯 약했고 기침 속에서는 가래 끓는 소리가 났다. 아이는 많이 아픈 것 같았다.

"협아! 어디 아프니?"

"삼촌…… 엄마…… 엄마…… 빨리 와……."

"그래, 금방 데리러 갈 테니까 조금만 기다려. 조금만 기다리고 있어."

협이의 목소리가 사라지고 대신 젊은 여인의 목소리가 다시 들려왔다.

"협이는 지금 많이 아파요. 빨리 병원에 데리고 가지 않으면 안 될 것 같아요."

"넌 누구지? 왜 이러는 거지? 요구하는 대로 돈을 줄 테니까 빨리 그 애를 돌려보내! 당장 줄 테니까 돌려보내!!"

동세는 너무 흥분한 나머지 온몸을 부들부들 떨고 있었다. 그러나 상대방은 놀리기라도 하는 듯 너무도 여유작작한 태도를 보여 주고 있었다.

"흥, 그게 어디 그렇게 쉬운 일인가요. 돈을 준다고 해서 우리가 덥석 받을 줄 알아요? 그게 낚싯밥이란 걸 우리가 모를 줄 알아요? 밥을 먹기도 전에 낚시에 걸려들걸요."

"아니야! 경찰에는 절대 연락하지 않아! 그건 약속할 수 있어! 그런 어리석은 짓은 하지 않아!"

"흥, 그 말을 어떻게 믿어요. 모두가 그런 식으로 말하죠.. 그 말을 믿고 나갈 만큼 그렇게 어리석지 않다는 걸 알아야 해요. 우리는 달라요. 시시한 인질범하고는 다르단 말이에요."

"그럼 어떻게 하란 말이야? 이 더러운 인간! 순진한 어린애를 유괴하다니 너 같은 년은 천벌을 받을 거다! 이 악마! 어디 두고 보자! 그 애의 몸에 조금이라도 이상이 있으면 가만 두지 않을 거야!"

자지러질 듯 깔깔대는 웃음소리가 한동안 수화기를 울렸다. 그는 수화기를 내려놓을 수도 없어 그대로 몸을 떨며 그 웃음소리를 듣고 있었다.

"서동세 씨, 왜 그렇게 사람을 웃기세요? 당신이 그렇게 희극적인 줄은 예전엔 미처 몰랐어요."

"전부터 나를 알고 있었나?"

"알고말고요. 당신에 대해서는 속속들이 알고 있어요. 그건 그렇고 좀 고분고분해질 수 없어요? 당신이 그렇게 거칠게 나오면 당신의 귀여운 아들이 그 대가를 치른다는 걸 아셔야죠.

바늘로 손가락 끝을 찌르는 고통이 어떤 건 줄 아세요?"

그 말이 끝나기가 무섭게 협이의 비명 소리가 들려왔다. 동세는 그 소리를 듣지 않으려고 수화기를 내리고 싶었지만 그럴 수가 없었다. 마치 바늘로 귓속을 후비는 것 같은 고통이 엄습해 왔다.

"그만! 그만 해! 제발 아이한데 그러지 마! 제발 부탁이야!"

"들었죠? 사랑하는 아들이 고통으로 죽어 가는 걸 보고 싶지는 않겠지?"

"그 애는 내 아들이 아니야. 아들이 아니고 조카야."

다시 깔깔대는 웃음소리가 들려왔다.

"제발 웃기지 좀 말아요. 우리는 당신에 대해 속속들이 알고 있다니까요. 협이가 유지명과의 사이에서 낳은 불륜의 씨라는 걸 다 알고 있다니까요. 모든 걸 다 알고 있는 사람 앞에서 사실을 부인한다는 것은 괜한 시간 낭비일 뿐이에요. 우리는 시간을 절약할 필요가 있어요. 안 그래요? 부회장님."

동세의 몸뚱이가 밑으로 꺼지는 듯 내려앉았다. 방안에는 그 혼자만 있었지만 그는 누가 옆에서 보고 있기나 한 듯 주위를 불안한 눈으로 돌아보았다.

"도대체 당신은 누구요?"

"이제 인정하시나요? 내 이름은 모나리자예요. 앞으로 나를 모나리자라고 불러도 좋아요. 난 앞으로 당신의 추악한 비밀을 이 세상에 공개하려고 해요. 유지명과의 관계를 공개하고 그 사이에 사랑하는 아들까지 있다는 걸 세상에 알릴 거예요. 그걸 알리면 아마 볼 만할 거예요. 사모님께서는 어떻게 나오실까요? 그리고 회사 사람들, 특히 당신의 형님 되시는 분들은 어떤 반응을 보이실까요? 당신은 그러고도 금원에 남아 있을 수 있을까요?"

동세는 갑자기 벙어리라도 된 듯 아무 말 못하고 떨고만 있었다. 누군가가 목을 조여 오는 것만 같아 그는 자신도 모르게 목을 어루만졌다.

"이제 남아 있는 건 어떤 방식으로 언제 공개하느냐 하는 거예요."

"이봐요…… 도대체……."

그는 숨을 몰아쉬고 나서 말을 이었다.

"…… 도대체 당신이 요구하는 게 뭐요? 당신은 뭘 요구하느냐 말이오?"

"옳지. 이제 이쪽의 실력을 인정하시나 보지요? 반말을 쓰지 않고 존대어를 쓰는 걸 보니까요. 앞으로 존대어를 쓰도록 해요. 숙녀한테 반말을 쓰면 되나요."

"요구하는 게 뭐요? 아이를 유괴했으면 됐지 그 이상 또 뭘 바라는 거요? 당신이 요구하는 대로 10억 원을 줄 테니까 우리 끝냅시다."

"고작 10억 원 가지고 끝내자는 거예요? 생각했던 것보다는 깍쟁이셔."

"그럼 얼마?"

"그건 차차 생각해 보겠어요."

"모나리자, 이러지 말아요. 왜 사람을 이렇게 괴롭히는 거요? 목적이 뭐요?"

"경찰에 신고하지 말아요. 경찰에 신고하면 난 꽁꽁 숨어 버릴 거예요."

"이미 신고가 됐어요. 협이 엄마가 내 허락도 받지 않고 신고해 버렸어요. 그래서 내가 혼내 줬어요."

"바보 같으니! 유지명은 생각보다는 바보군요. 참, 물어 볼게 있어요. 유지명의 어디가 좋아서 당신은 그 애한테 푹 빠졌어요? 침대에서의 행위가 기막히던가요? 흡인력이 대단하던가요?"

"어쩌다 그렇게 됐소."

"말려들었단 말이군요?"

"그렇다고 볼 수 있지. 모나리자…… 이러지 말고 요구 조건을 말해 봐요."

"어떤 쪽을 희생시키겠어요? 아이를 희생시키겠어요, 아니면 당신의 지위와 명예를 희생시키겠어요? 둘 중에 하나를 선택해 봐요."

"악랄하군."

"당신은 한쪽을 희생시키지 않으면 안 돼요. 양쪽 다 차지할 생각은 하지 말아요."

"제발 공개하지 말아요."

그는 기어들어가는 목소리로 말했다.

"그럼 협이를 희생시키겠다는 거예요?"

"희생시킬 수 없어요. 절대······."

"흥, 욕심도 많으시군. 욕심대로 되지 않을 거예요."

"모나리자, 제발 그러지 말고 요구 조건을 말해 봐요."

"차츰 말하겠어요. 나는 바쁜 건 하나도 없으니까. 오늘 실례 많았어요."

"모나리자!"

그러나 전화는 찰칵 하고 끊어졌다.

동세는 비틀거리며 일어섰다. 노크 소리가 나더니 비서실장이 안으로 들어섰다가 그의 모습을 보고 멈칫했다.

"어디 편찮으십니까?"

"괜찮아요. 좀 나가 있어요."

비서실장은 당황해하면서 도로 밖으로 나갔다.

동세는 방에 딸려 있는 화장실로 들어가 냉수로 땀에 젖은 얼굴을 씻었다. 그리고 거울 앞에 한참 동안 서서 자신의 모습을 바라보았다. 그 얼굴은 불안에 몹시 떨고 있었다. 언제나 자신에 차 있고 도전적인 얼굴이 지금은 창백하게 질린 모습으로 떨고 있었다.

"당하고만 있을 수 없다!"

그는 주먹을 쥐고 속으로 부르짖었다. 상대가 계속 공세를 가해 오면 이쪽에서도 상대에게 역공을 가해야 살아 남을 수 있다. 몰리다 보면 한이 없는 법이다. 몰리는 사람의 최후는 파멸과 죽음 뿐이다.

상대는 단순한 유괴범이 아닌 것 같았다. 모나리자는 그에 대해 속속들이 알고 있었다. 그가 가장 드러내기를 두려워하는 비밀을 그녀는 소상히 알고 있었다.

도대체 누구일까? 누가, 무엇 때문에 그러는 것일까? 문제는 그렇게 간단히 끝날 것 같지 않다는 생각이 들었다. 그녀는 분명히 말하지는 않았지만 단지 10억 원 정도로 문제를 끝낼 것 같지가 않았다. 그 이상 무엇인가 노리는 게 있는 것 같았다. 그녀는 「우리」라는 말을 자주 사용함으로써 공범이 있는 것을 은연중 암시했다. 공범이 있다면 일당은 몇 명일까?

그들은 내 비밀을 알고 있다는 말이 된다. 어떻게 알았을까? 협이의 존재를 알고 있는 사람은 이 세상에 지명과 자신뿐인 줄 알았는데…….

누군가가 목을 조이고 있다고 생각하자 그는 가슴이 답답해져 왔다. 그는 숨을 몰아쉬면서 방으로 나왔다.

"오 박사님 전화입니다."

인터폰을 통해 여비서의 목소리가 흘러나왔다.

주치의

    회장의 주치의인 오병국은 금원병원의 원장이었다.
    금원병원은 이름 그대로 금원 그룹에서 설립한 종합병원이었다. 회장은 의과대학을 설립할 목적으로 그 종합병원을 세웠는데 아직 정부의 인가가 나지 않아 의과대학을 설립하는 문제는 보류 상태에 있었다.
    금원병원은 최신 의료시설과 우수한 의료진으로 하여 불과 10년 사이에 국내 최고의 병원으로 발돋움했고, 그래서 병원은 언제나 환자들로 초만원을 이루고 있었다.
    오 박사는 50대 초반의 사나이로 내과 계통에서는 국내 최고의 권위자로 평가받고 있었다. 특히 암 분야에 대해서는 발군의 실력을 갖춘 의사로 알려져 있었다.
    서동세가 전화를 받자 그는 사태를 짐작한 듯 꽤 긴장하는 것 같았다.
    "나 조금 전에 회장님을 만나 이야기 다 들었습니다. 회장님은 지금 모든 걸 각오하고 계셨습니다. 그런데 그 말씀이 정말입니까?"

감정을 억제하느라고 무진 애를 쓰는 바람에 동세의 목소리는 무엇에 억눌린 듯 이상하게 흘러나왔다.

"네…… 죄송합니다…… 회장님의 엄명으로 알려드릴 수가 없었습니다."

오 박사는 몹시 당황해하고 있었다.

"지금 좀 만날 수 있을까요?"

"네, 제가 그리로 가겠습니다."

"아니, 그럴 필요 없어요. 내가 그리 가겠습니다."

그가 사무실을 나서자 대기하고 있던 비서실장이 당황해서 말했다.

"어디 가십니까?"

"어디 좀 다녀올 데가 있어요."

그는 최만기를 쳐다보지도 않은 채 복도로 나갔다.

"제너럴 다이내믹스에서 사람이 왔습니다. 지금 호텔에서 전화를 기다리고 있습니다."

비서실장이 엘리베이터 승강장 앞에까지 따라와 말했다. 제너럴 다이내믹스라면 보잉, 노드롭 등과 함께 미국 최대의 항공기 산업체이다.

서동세는 그 동안 제너럴 다이내믹스사의 간부를 눈이 빠지게 기다리고 있었다.

그런데 지금 그의 반응은 놀라울 정도로 냉담했다.

"이따가 전화하겠다고 해요."

엘리베이터 안으로 사라지는 그를 비서실장은 의아한 눈으로 바라보았다.

서동세는 비서도 없이 혼자 금원병원으로 향했다. 그는 포르셰 959를 직접 운전해서 그 곳으로 갔다.

비바람치는 날씨인데도 병원은 많은 사람들로 마치 장터처럼 북적대고 있었다. 오 박사는 병원 현관 앞에까지 나와 있다가 동세를 맞았다.

그는 마치 자신이 큰 죄나 지은 듯이 몸둘 바를 몰라 하고 있었다. 그는 나이보다는 훨씬 젊어 보이는, 중키에 단아하게 생긴 남자였다. 반듯하게 생긴 이마 밑에 걸려 있는 검은 테의 안경은 그의 부드럽고 총기 있는 눈과 함께 그의 지성미를 한층 돋보이게 해 주고 있었다.

"커피 한 잔 하시겠습니까?"

"네, 좋아요."

동세는 원장실에 가득 꽂혀 있는 책들을 둘러보면서 무표정하게 말했다.

오 박사는 여비서에게 커피 두 잔을 시킨 다음 조심스럽게 입을 열었다.

"죄송합니다. 먼저 알려 드렸어야 하는 건데…… 회장님께서 워낙……."

"아, 그건 괜찮아요. 그보다도…… 회장님은 정말 회복될 가망이 없나요?"

"없습니다. 죄송합니다."

원장은 죄인처럼 두 손을 모아 쥐면서 탁자 위로 시선을 떨어뜨렸다. 앞에서 그를 내려다보는 동세의 두 눈이 차갑게 굳어지는 듯했다.

"언제부터 알게 됐나요?"

"사실은…… 약 한 달쯤 됐습니다. 회장님께서는 얼마 되지 않은 걸로 알고 계시지만 제가 감지한 건 벌써 한 달 전쯤이었습니다."

"어떤 조치를 취했나요?"

동세는 갑자기 따지듯 물었다. 오 박사의 이마에서 땀방울이 솟기 시작하고 있었다.

"저 혼자 가지고는 아무래도 부족해서 S대의 박문구 박사, 한강 K병원의 한대동 박사, H대의 문정일 박사 등에게 보였습니다. 결과는 마찬가지였습니다. 아주 중증이라는 판단이 나왔습니다."

그는 일어서더니 자기 책상 서랍에서 파일을 하나 꺼내 가지고 돌아왔다. 그것은 서인구 회장에 대한 그 동안의 진료 기록을 모아 놓은 것이었다.

"국내에서 그 병 치료가 불가능하다면 미국이나 일본은 어떤가요?"

예쁘게 생긴 여비서가 커피를 들고 들어왔기 때문에 그들 사이에는 잠시 침묵이 흘렀다. 비서가 나가자 원장은 동세에게 커피를 권했다.

"드시죠."

"난 오늘처럼 무력함을 느끼기는 처음입니다."

동세는 입으로 잔을 가져가면서 말했다.

"죄송합니다. 그 동안 미국과 일본, 그리고 스위스에서 사람이 다녀갔습니다. 회장님께서 외국에 나들이하시는 것을 싫어하시고 또 은밀히 일을 해야 했기 때문에 할 수 없이 외국 의료진을 초청하지 않을 수 없었습니다."

"누가 누가 다녀갔나요?"

"미국에서 뉴욕 메디컬센터의 로버트 조르단 박사팀이 다녀갔습니다. 조르단 박사는 저하고도 잘 아는 사이로 암에 대해서는 세계적으로 실력을 인정받고 있는 사람입니다. 일본에서는 동경대의 이노모토 마스지로 박사팀이 왔었습니다. 이노모토 박사는 일본에서 개발된 최신 항암제를 투여해 보도록 권했습니다만 별로 효과가 없었습니다. 스위스에서는 국립 암연구의 에드워드 제이콥스 박사가 다녀갔습니다. 그는 방사선 치료의 세계적인 권위자입니다. 하지만 검사를 해 보고는 이미 늦었다고 했습니다."

"희망적인 말을 한 사람은 한 명도 없었나요?"

동세는 들고 있던 찻잔을 내려놓으면서 차갑게 오 박사를 응시했다.

"죄송합니다."

오 박사는 동세의 시선을 피하면서 더듬거렸다. 동세는 한숨을 내쉬면서 두 손을 깍지끼고 비틀었다. 손가락 관절에서 우두둑 하는 소리가 났다.

"암은 조기 발견하면 치료가 가능하지 않습니까?"

"네, 그렇습니다. 그런데 회장님의 경우에는 너무 늦게 발견됐습니다."

"왜 그랬나요? 지금까지 정기적으로 건강 검진을 하지 않았습니까?"

동세는 힐난하듯 물었다. 그것은 회장의 주치의로서의 책임을 묻는 것이었다.

오 박사는 이마에 땀을 흘리면서 어쩔 줄 몰라했다. 정기적으로 검진을 했으면서도 간암을 발견하지 못했다면 그가 성의 없었거나 그만큼 실력이 없음을 말해 주는 것이다. 그리고 거기에는 책임 문제가 따른다. 책임 문제가 따른다면 그는 더 이상 금원병원의 원장 자리에 앉아 있을 수 없게 된다. 그가 땀을 비오듯이 흘리는 것도 무리는 아니었다.

"제가 회장님 방에 가서 정기적으로 검진은 했습니다만…… 깊이 있게 검진하지는 못했습니다. 종합 검진을 하려면 회장님께서 병원으로 오셔야 하는데…… 회장님께서는 필요 없다고 하시면서 한사코 종합검진 받으시는 것을 회피하셨습니다. 회장님께서는 당신이 건강하시다는 것을 누누이 강조하시고, 사실 제가 보기에도 건강해 보이셨기 때문에 그만…… 소홀히 하고 말았습니다. 면목이 없습니다."

그것은 사실이었다. 서인구 회장은 자신이 한국 굴지의 병원을 세웠으면서도 병원을 이용하는 것을 아주 싫어했다. 그는 자신의 건강에 대해서는 자부심이 대단했고, 사람은 밥 잘 먹고 잠 잘 자는 게 바로 보약이라고 말하곤 했다.

그 나이에 그는 놀라울 정도로 식욕이 좋았고 거의 매일이다시피 냉수 마찰을 즐겨 했으며 1년 내내 가야 감기 한 번 걸리지 않았다. 혈압도 맥박 수도 정상 수치에서 크게 벗어나지 않아 오박사 자신도 회장의 건강에 대해서는 마음을 놓고 있었다. 회장은 혈압과 맥박 수를 재고 몸의 이상 유무에 대한 물음에 답하는 정도에서 검진을 끝내곤 했다. 그 이상 요구하면 펄쩍 뛰면서 나는 아무 이상 없으니 바쁜데 어서 가 보라고 주치의를 거의 내쫓다시피 하는 것이었다.

그래서 그에 대한 검진은 외형상의 형식적인 것에 그칠 수밖에 없었고, 그 결과가 마침내 이렇게 엄청난 사태를 몰고 왔던 것이다. 이유야 어떻든 오 박사는 주치의로서 책임을 면할 수 없게 되었다.

오 박사가 변명을 늘어놓는 동안 동세는 아무 말도 하지 않고 굳은 표정으로 상대방을 바라보다가 벽 쪽으로 시선을 돌려 버렸다. 그의 얼굴에는 더 이상 듣고 싶지 않다는 뜻이 강하게 드러나 있었다. 오 박사는 더 이상 변명을 늘어놓는 것을 삼가고 입을 다물었다.

질식할 것 같은 침묵이 한동안 두 사람 사이를 두터운 벽처럼 가로막고 있었다. 그들 사이에는 그 이상의 대화가 무의미한 것처럼 보였다. 죄송하다는 말도 낯간지러운 것 같아 오 박사는 숫제 숨을 죽이고 앉아 있었다.

동세는 식은 찻잔을 들었다가 도로 탁자에 내려놓았다. 그리고 다시 오 박사를 바라보았다. 그의 얼굴에는 냉담한 표정이 나타나 있었다.

"회장님은 돌아가시면 안 됩니다. 치료할 방법이 없을까요? 전 세계를 뒤져서라도 그 방면의 최고의 의료진을 찾아내어 치료를 해 보도록 하죠. 회장님을 그대로 죽음을 기다리시게 할 수는 없습니다."

억눌린 듯한 목소리로 동세가 말했다. 오 박사는 얼굴을 들 수가 없었다.

"좋아질 수만 있다면 무슨 짓인들 못하겠습니까마는 현재의 의학 수준으로는 불가능하다는 진단이 나왔습니다. 모든 사람들의 의견이 일치했습니다."

"동경대에서 왔다는 교수가 권했던 일본에서 개발된 최신 항암제는 뭐였나요?"

"그건 폴리사카라이드—K라고 하는 약입니다. 일본에서 개발된 것으로 최신 항암제로서는 부작용이 거의 없고 효능이 뛰어난 것으로 알려진 약입니다. 그런데 간암보다는 소화기 계통의 식도암, 위암, 결장암, 직장암 등에 보다 효과가 큰 것으로 나타나고 있습니다. 이노모토 박사는 현재로서는 그 이상의 약이 없다고 했습니다."

다시 침묵이 흘렀다. 그러나 이번의 침묵은 짧았다.

"단 1%도 가능성이 없나요?"

"없습니다."

오 박사는 절망적인 표정으로 중얼거렸다.

"언제까지 사실 수 있습니까?"

"금년을 넘기기가 어려우실 겁니다. 잘 하면 앞으로 6개월 정도는 사실 수 있습니다만…… 그렇게 되려면 약을 많이 투여해야 하는데 결과적으로 부작용이 많이 나타나 결국은 마찬가지 결과가 나타납니다. 중증이라 약을 제대로 받을 수 있을지 어떨지도 모르겠습니다."

"그럼 어떡하면 좋겠습니까?"

"각오할 수밖에 다른 도리가 없습니다."

"난 받아들일 수 없습니다!"

동세는 벌떡 몸을 일으켰다. 원장도 놀라서 엉거주춤 일어섰다. 그는 두 손을 비비며 어쩔 줄 몰라했다. 동세의 얼굴은 갑자기 시뻘겋게 달아올라 있었다. 그가 격노하고 있다는 것을 원장은 분명히 느낄 수가 있었다.

그러나 동세는 즉시 분통을 터뜨리지는 않았다. 그는 숨을 몰아쉬고 나서,

"이 사실을 알고 있는 사람이 몇이나 됩니까?"

하고 원장을 외면한 채 물었다.

"회장님 자신하고 저하고 그리고 부회장님, 이렇게 세 사람 외에는 아직 아무도 모릅니다."

"당분간 비밀을 지켜 주십시오. 외부에 알려지면 잡음이 일 소지가 있으니까요."

"네, 알겠습니다."

오 박사는 고개를 꾸벅했다.

동세는 밖으로 나가려다 말고 뒤돌아보았다. 그리고,

"각오하고 있겠습니다만 암의 진행 속도를 계속 체크해서 연락해 주셨으면 합니다."
하고 말했다.
"네, 그렇게 하겠습니다."
원장은 손등으로 이마에 흐르는 땀을 닦았다.
"앞으로 우리 사이에 통화할 때는 암이라는 말을 사용하지 말고 Cancer의 앞부분을 따서 캔이라고 부릅시다. 비밀을 유지하기 위해서 말입니다."
"네, 캔의 진행 상황을 보고드리겠습니다."
"직접 만나는 건 피하고 전화로 연락해 주십시오."
동세는 원장이 밖에까지 따라 나오려는 것을 말렸다. 남의 눈에 띄지 않게 하기 위해서였다.
"못된 자식 같으니."
복도를 걸어가면서 동세는 중얼거렸다.

동세가 운전하는 포르셰 959가 병원 주차장을 빠져 나가자 검은색 승용차 한 대가 급히 그 뒤를 따랐다.
차 안에는 남자 한 명이 운전석에 앉아 있었다. 그는 선글라스로 눈을 가리고 있었다. 검은색 승용차는 일정한 간격을 유지하면서 포르셰 959를 따라갔다.
선글라스의 사내는 쉴새없이 껌을 씹어대고 있었다. 껌을 씹어대는 모습이 꽤 방정맞아 보였다. 코밑에는 코믹하게 콧수염이 자라 있었다. 기름이 자르르 발라진 머리는 올백으로 넘어가 있었고 깡마른 얼굴은 햇볕에 가무잡잡하게 그을려 있었다. 위에 걸치고 있는 옷은 노란색 점퍼였다. 점퍼 안에는 빨간색 티셔츠를 입고 있었다.

앞서 가던 포르셰 959가 교차로 정지 신호를 받고 멈춰서자 검은색 승용차가 그 옆으로 가만히 다가섰다. 코밑수염은 차 안에 크게 틀어 놓은 팝송에 맞춰 어깨를 흔들기 시작했다. 그러면서 자연스럽게 곁눈질로 고급 외제 스포츠 카 안에 앉아 있는 사나이를 훔쳐보았다.

동세는 누군가의 시선을 느끼고 오른쪽으로 시선을 돌렸다. 건달처럼 생긴 놈이 껌을 부지런히 씹어대며 어깨를 들썩이고 있었다. 동세는 미간을 찌푸리며 고개를 돌렸다.

그 때 카폰의 벨이 부드럽게 울렸다. 그는 손을 내려 수화기를 집어 들었다.

"여보세요."

"저예요."

지명의 목소리가 들려왔다. 그녀의 목소리는 잔뜩 주눅이 들어 있었다.

"어디서 거는 거야?"

"공중전화예요."

"나한테도 그 여자한테서 전화가 왔어. 자기 이름을 모나리자라고 했어."

그 말에 그녀는 멈칫하는 것 같았다.

"뭐라고 그래요?"

"대단한 여자 같았어. 먼저 협이를 바꿔 줬는데…… 협이는 몹시 아픈지 심하게 기침을 하고 있었어. 울면서 엄마만 부르다가 말았어."

신호가 초록색으로 바뀌었다. 뒤에서 클랙슨 소리가 시끄럽게 들려왔다.

"잠깐 기다려. 차를 빼야 하니까."

그는 수화기를 내려놓고 오른쪽으로 조심스럽게 차를 빼다가 옆길로 들어가 차를 세웠다.

다시 수화기를 집어 들었다. 수화기를 통해 여자의 흐느끼는 소리가 들려오고 있었다.

"그 여자는 우리 관계를 알고 있었어. 모든 것을 속속들이 알고 있었어. 무엇을 노리고 있는지 정확하지가 않아."

"돈이 아닌가요?"

"돈이 아닌 것 같아. 그들이 요구한 대로 10억 원을 주겠다고 하자 시시하게 그 정도 받아 가지고 되겠느냐고 했어. 아주 악질이었어."

"그럼 얼마를 달라는 거예요?"

"얼마를 달라고 딱 부러지게 말했으면 좋겠는데 그런 말은 하지도 않고 우리 관계를 세상에 알리겠다고 했어. 협이가 있다는 것도 공개하겠다는 거야."

"그럴 수가……."

"아주 악질이었어. 그런 악질이 없었어."

"어떻게 그럴 수가……."

"언제 어떤 방식으로 공개할 것인지 그것만 남았다고 했어. 내가 생각하기에는 협박 같았어. 무언가를 노리고 그런 협박을 하는 것 같았어. 차라리 공개되면 좋겠어."

그는 절망적으로 말했다. 너무 화가 나다 보니 될 대로 되라는 식의 마음이 되어 있었다.

"안 돼요. 그러면 안 돼요. 그렇게 되면 큰일 나잖아요!"

그는 그녀가 마음에도 없는 말을 한다고 생각했다. 그녀 입장에서는 모든 비밀이 공개되어 자신의 입장이 확립되고 협이도 그의 호적에 입적되기를 바라고 있을 것이다.

"둘 중 하나를 선택하라고 했어. 비밀을 공개하든가 협이를 희생시키든가……. 나는 그 어떤 것도 안 된다고 했어."

검정색 승용차에서 내린 코밑수염의 사나이는 포르셰 959가 정차해 있는 곳에서 얼마 떨어지지 않은 곳에 세워져 있는 공중전화 부스 안으로 들어가더니 어디론가 전화를 걸었다.

"금원병원에 들렀습니다. 지금 차 속에서 전화를 받고 있습니다."

마산댁

 부산행 비행기는 공중에서 몹시 흔들렸다. 거센 비바람 때문에 운항이 중지됐다가 비행기가 다시 뜨기 시작한 것은 오후 6시가 지나서였다.

 승객들은 요동치는 비행기 안에서 모두가 불안해했지만 뚱뚱하게 생긴 30대 초반의 그 사나이만은 비행기가 목적지에 닿을 때까지 코를 골며 자는 바람에 주위를 놀라게 했다.

 부산에도 비바람이 몰아치고 있었다.

 공항에 내리자마자 우 형사는 택시를 집어타고 곧바로 유지명이 서울로 올라오기 전에 살았던 주소지를 찾아갔다. 그 주소지는 광안리 해변가에 있었다. 무허가로 보이는, 처마가 낮은 블록집들이 다닥다닥 붙어 있는 해변가 뒷골목으로 들어가 이 사람 저 사람에게 물어 보면서 기웃거리다가 마침내 그 집을 찾아냈을 때 그는 속으로 적잖게 놀랐다.

 그도 그럴 것이 그 집이란 게 너무도 초라해서 서울의 45평짜리 호화 아파트에서 아들 하나만을 데리고 살고 있는 유지명과 비교가 되었던 것이다.

그 초라한 집이 유지명이 과거에 살았던 집으로, 현재의 그녀와는 아무 상관도 없는 곳이라면 그는 별로 놀라지 않았을 것이다. 그런데 이웃 사람들의 말을 들어 보니 거기에는 분명 지명의 어머니와 동생들이 지금도 살고 있는 모양이었다. 이웃 사람들은 지명의 어머니를 마산댁이라고 부르고 있었다.

일단 집을 알아 놓은 그는 무턱대고 그 집에 들이닥치기보다는 그 전에 그 집안과 유지명에 대해 대강 알아두는 게 좋겠다 싶어 부근에 있는 구멍가게 안으로 다시 들어갔다.

비좁은 가게 안에서 소주잔을 놓고 떠들고 있던 남루한 차림의 남자들이 그를 쳐다보았다.

우 형사는 오징어 한 마리와 소주 한 병을 사서 술자리에 끼어들었다. 그들은 그 동네에서 오랫동안 살아온 사람들이라 지명이네 집안에 대해 잘 알고 있었다. 그들은 처음에는 우 형사가 경찰임을 알고는 선뜻 입을 열려고 하지 않다가 시간이 흐르자 차츰 열을 내어 이야기하기 시작했다.

그 동네의 정보통인 가게 여주인도 남자들 틈에 끼어 덩달아 입을 열었는데, 그녀의 이야기가 남자들보다 오히려 자세하고 흥미로웠다. 이야기가 흥미로워진 것은 유지명에 대한 이야기가 시작되면서 부터였다.

한 시간쯤 지나 우 형사는 그들의 이야기를 대강 다음과 같이 정리할 수 있었다.

유지명은 열 살 때부터 홀어머니의 손에서 자랐다. 그녀는 세 자매의 맏이였다. 그녀의 아버지는 원양어선의 기관사였는데 그녀가 열 살 때 타고 가던 배가 북양에서 침몰하는 바람에 다른 선원들과 함께 실종되고 말았다.

마산댁은 그 때부터 혼자서 세 딸을 키워 왔다. 그녀는 광안리 바닷가 한쪽 구석에서 주로 생선 횟감을 파는 것으로 생계를 유지해 왔으며 지금도 여전히 그 장사를 하고 있다.

그녀는 성실하고 부지런하며 인정이 많아 주위에 좋은 인상을 심어 주고 있었다. 서른넷에 과부가 된 그녀는 그 동안 혼자 자식들을 키우느라고 워낙 고생을 많이 해 얼굴이 많이 상했지만 과부가 되었을 그 당시만 해도 꽤나 미인이었다.

그래서 여기저기서 남자들의 유혹이 뻗쳐오고 매파가 심심찮게 드나들면서 그녀의 재혼 의사를 떠 보곤 했지만, 그녀는 북태평양에서 실종된 남편이 언젠가는 돌아올 것이란 가느다란 희망을 안고 지금까지 정절을 지켜왔던 것이다.

그녀의 세 딸들은 그녀를 닮아 모두 예뻤는데 그 중에서도 지명이 제일 예쁜 편이었다.

고등학교를 졸업한 지명은 가정 형편이 어려워 대학진학을 포기한 채 집에서 빈둥거리며 놀고 있다가 어느 날 갑자기 서울에 있는 금원백화점에 취직이 되어 올라갔다.

그 정도의 미인이라면 서울의 큰 백화점에 들어갈 만하다고 사람들은 생각했는데, 얼마 후 그녀는 금원의 비서실 직원이 됨으로써 그들을 놀라게 하고 말았다.

얼마 전까지만 해도 광안리 바닷가에서 남자애들하고 히히덕거리며 빈둥빈둥 놀고 있던 그녀가 서울에 올라간 지 얼마 안 되어 대재벌 회사의 비서실에 들어갔으니 가난한 동네 사람들이 놀라는 것도 무리는 아니었다.

그래서 한동안 그녀가 동네의 화제의 대상이 되었음은 물론이다. 사람들은 이제 마산댁도 고생을 그만하고 딸 덕에 서울로 올라가 살 줄로 알았다. 그러나 마산댁은 그 전과 조금도 다름없이 새벽이면 바닷가에 나가 언제나 그 자리에 쭈그리고 앉아 생선을 팔곤 했다.

딸 이야기가 나오면 마산댁은

"지가 취직했으면 몇 푼이나 받겠느냐, 월급 받아 용돈이나 쓰고 옷이나 사 입고 좀 남으면 저축해서 시집갈 밑천이나 삼을 수 있으면 다행이지, 내가 지 덕 볼 마음은 조금치도 없다, 서울은 눈 뜨고도 코 베 갈 곳이라는데 그 순진한 것이 나쁜 꾐에 빠져 몸이나 망치지 않고 좋은 남자 만나 시집이나 잘 가 주면 더 이상 바랄 게 없지 않느냐."

이렇게 말하는 것이어서 주위 사람들을 감동케 했다.

"그 딸은 지금도 비서실에 나가고 있나요?"

"벌써 그만 둔 모양이던데요."

마산댁에게 동정적이던 사람들의 표정이 비아냥거리는 투로 변했다.

"그럼 결혼했나요?"

사람들은 난처한 표정이 되면서 입을 다물었다. 뭔가 숨기는 것 같아 우 형사는 다그쳐 물었다.

"아직 결혼하지 않았나요?"

"그렇지도 않은가 봐요."

가게 주인이 참지 못하고 뱉듯이 말했다. 그러자 그 중 나이 든 남자가 혀를 끌끌 차면서,

"허어, 쓸데없는 소리……."

하고 핀잔을 주었다.

"쓸데없는 소리는 무슨 쓸데없는 소리예요. 동네 사람들은 다 아는 일인데 뭐가 쓸데없는 소리예요."

"다 알긴 뭐가 다 알아. 확실하지도 않은 이야기를 가지고서 이러니저러니 하다가 마산댁 귀에라도 들어가면 어떡하려고 그래. 입 조심하라구."

"아이구, 이 양반 사람 잡네. 아니, 마산댁 귀에 아직까지 그 말이 안 들어간 줄 알아요. 들어가도 골백 번 들어갔다구요. 이 동네 사람치고 그 이야기 모르는 사람 있는 줄 알아요!"

이와 같은 입씨름을 거쳐 가까스로 얻어 낸 그 이야기란 유지명이 정식으로 결혼도 하지 않았으면서 어떤 돈 많은 남자와 동거 생활을 하고 있으며 그들 사이에 아들까지 하나 두고 있다, 또는 동거 생활을 하고 있는 게 아니라 사생아를 낳아 혼자 기르고 있는데, 생활비는 내연의 관계에 있는 남자가 충분히 대주고 있으며 그녀는 아주 큰 아파트에서 자가용을 굴리며 살고 있다 라는 것 등이었다.

그러나 밑도 끝도 없이 굴러다니는 그런 소문이 정말인지 거짓말인지 동네 사람들로서는 알 도리가 없었다. 동네 사람들은 얼마 동안 마산댁의 눈치를 살폈지만 그녀는 그런 소문을 아는

지 모르는지 그저 꿀 먹은 벙어리처럼 거기에 대해서는 입도 뻥긋 하지 않았다. 그녀는 더욱 말이 없어지고 생선 파는 데만 온 정신을 쏟고 있는 듯이 보였다.

"그 따님은 그 동안 여기에 내려온 적이 없었나요?"

"오긴 왔었지요. 작년 여름에도 왔었는데 빨간 자가용을 몰고 왔었지요."

"소문이 맞다면 아이도 데려왔겠군요?"

"혼자 왔었어요. 그거야 뭐 아이는 누구한테 맡겨두고 혼자 내려올 수도 있잖아요."

"그렇겠군요."

우 형사가 가게를 나왔을 때 날은 완전히 저물어 있었다.

그는 어둡고 질퍽거리는 골목길을 얼마쯤 걸어가다가 이윽고 마산댁 집 앞에서 걸음을 멈추었다.

마산댁은 부엌에서 밥을 푸다가 당황해서 우 형사를 맞았다. 예쁜 처녀 두 명이 의아한 표정으로 그를 바라보았다. 총각인 그는 조금 당황했다.

뚱뚱한 그가 방안으로 안내되어 들어가자 방안은 비켜 앉을 자리도 없을 정도로 가득 차 버렸다. 방이라고는 그것 하나뿐인 것 같았다.

"식사 좀……."

마산댁의 말에 우 형사는 손을 흔들었다.

"전 먹었습니다. 어서 드십시오."

그러나 세 모녀는 저녁 밥상을 부엌에 그대로 놓아둔 채 우 형사의 주위에 둘러앉았다.

그가 먼저 신분을 밝혔기 때문에 마산댁은 꽤나 놀라는 표정이었고, 두 처녀는 눈을 동그랗게 뜨고 그를 바라보았다. 그는 마산댁보다도 처녀들의 맑고 투명한 눈빛에 그만 당황하고 말았다.

둘째 지희는 고등학교를 졸업한 후 가정 형편 때문에 대학 진학을 못하고 은행에 들어가 지금까지 은행원으로 근무하고 있었다.

그 아래 지린은 대학에 다니고 있었다. 세 자매 중 그래도 대학 문을 밟아 본 사람은 막내였다. 지린은 고등학교 때 공부를 잘했기 때문에 진학을 포기시키기에는 너무 아까웠고, 지희가 자신은 대학에 못 갔지만 그 대신 동생만은 자기가 학비를 대 줄 테니 대학에 보내야 한다고 강력히 주장하는 바람에 대학에 진학하게 되었던 것이다.

우 형사가 지명에 대해 알아볼 것이 있어서 왔다고 하자 마산댁은 안색이 창백해지면서 지명한테 무슨 일이 생겼느냐고 되물어 왔다.

우 형사는 마산댁의 말을 먼저 듣고 싶었기 때문에 거기에 대해서는 답변을 회피했다.

"제가 묻는 말에 먼저 대답을 해 주십시오."

지희가 커피를 내놓았다. 우 형사는 지희의 분위기가 지명과는 아주 딴판이라고 생각했다.

"지명 씨는 결혼을 했나요?"

"언니는 결혼하지 않았어요."

지린이 난처해서 어쩔 줄 몰라 하는 어머니를 대신해서 냉큼 대답했다. 그녀는 아주 총명하게 생긴 처녀였다. 우 형사는 마산댁을 바라보았다.

"정말 결혼하지 않았습니까?"

그녀는 우 형사의 시선을 피하면서 가만히 고개를 끄덕였다.

"그럼 결혼하기로 약속한 사람은 있습니까?"

"모르겠어요."

마산댁은 기어들어가는 목소리로 대답했다. 우 형사는 하는 수 없다고 생각하면서 잔인한 질문을 던졌다.

"지명 씨한테 아들이 하나 있다는 것을 알고 계십니까? 그러니까 아주머니한테는 외손자가 되겠군요."

순간 마산댁은 멈칫하는 것 같았다. 그녀는 아무 대답도 하지 않고 머뭇거리기만 했다. 그것을 보고 지린이 참을 수 없다는 듯 다시 나섰다.

"엄마, 이제 더 이상 숨길 필요 없잖아요? 이미 알고 있는 사실인데 부인하면 뭘 해요?"

"넌 가만 좀 있어."

지희가 지린을 제지했다.

"알고 계시다면 다행이군요."

우 형사는 커피를 입 속으로 흘려넣었다.

"부끄러워서 차마 말씀드릴 수가 없군요."

마산댁이 입을 열었다.

"결혼식을 올리면 될 거 아닙니까?"

다시 침묵이 흘렀다.

이번에는 지린도 입을 열지 않았다. 긴 침묵을 깬 사람은 그때까지 별 말이 없던 지희였다.

"알고 싶으신 게 뭔가요?"

"협이의 아버지가 누구인지 그걸 알고 싶어서 왔습니다."

방안은 물을 끼얹은 듯 조용해졌다. 세 모녀는 서로 눈치만 보고 있었다. 우 형사는 내친김에 다시 입을 열었다.

"그 아이는 출생 신고도 되어 있지 않은 것 같더군요. 이런 말 해서 안됐습니다만 아무리 사생아라 해도 아버지는 있을 거 아닙니까? 아버지는 누굽니까?"

지린이 단발머리를 흔들었다.

"우리도 몰라요. 언니가 입을 다물고 있어서 우리도 모르고 있어요."

"아주머니께서는 알고 계시겠죠?"

마산댁은 가만히 머리를 가로 저었다.

"그 애가 입을 다물고 있어서…… 저도 모르고 있습니다. 아무리 물어도 알려 주지를 않아요."

"손자를 보셨습니까?"

"네, 세 번인가…… 서울 올라가서 봤어요."

그녀는 깊은 한숨을 내쉬면서 바닷바람에 거칠어진 얼굴을 한 손으로 가렸다.

"손자가 귀엽던가요?"

마산댁의 입가로 쓸쓸한 미소가 살짝 스쳐갔다. 아무런 대답도 하지 않았지만 그녀가 외손자를 귀여워하고 있다는 것을 알 수가 있었다.

"지명 씨는 왜 어머니한테도 협이 아빠가 누구인지 말씀드리지 않은 걸까요? 적어도 어머니한테 만은 그것을 알려 줄 만도 한데요."

"언니는 때가 될 때까지는 아무것도 말할 수 없다고 했어요. 누가 물어도 알려 주지 않아요. 그런데 왜 그건 알려고 하시는 거예요?"

지린이 당돌하게 물었다.

"그럴 일이 있습니다."

"그럴 일이라는 게 뭐예요?"

지희가 제지하는 것도 무시하고 계속 날카롭게 물었다. 그 바람에 우 형사는 꽤나 당황했다. 그녀들은 아직 협이가 유괴된 사실을 모르고 있는 것 같았다.

"지명 씨한테서 아무 연락도 없었나요?"

"아무 연락 없었어요."

여자들은 긴장한 표정으로 우 형사를 주시했다.

"우리 그 애 한테 무슨 일이라도 일어났나요?"

마산댁의 목소리는 어느 새 겁에 질려 있었다. 우 형사는 더 이상 숨길 수가 없었다.

"아직 모르고 계시는군요. 댁의 따님한테 좋지 않은 일이 일어났습니다."

"좋지 않은 일이라니요?"

그의 시선을 피하기만 하던 마산댁이 두 눈을 크게 뜨고 똑바로 우 형사를 쏘아본다.

"협이가…… 없어졌습니다. 누군가가 데려갔습니다."

여자들의 안색이 창백하게 굳어졌다. 마산댁의 얼굴에 경련이 스쳐갔다.

"데려가다니요?"

"누군가가 유괴해 간 것 같습니다."

그녀들로부터 유지명에 관한 것을 알아 내기 위해서는 그녀들에게 사건 경위를 이야기해 주지 않을 수 없었다.

경악한 세 모녀는 우 형사가 이야기하는 동안 숨을 죽이고 그를 지켜보고 있었다. 그는 마지막으로 왜 경찰이 협이의 아버지를 찾고 있는지 그 이유를 설명했다.

"지명 씨가 협이의 아버지를 알려 줬으면 제가 여기까지 찾아오지는 않았을 겁니다."

마산댁은 잠자코 눈물만 훔치고 있었다. 지린이 홍분하고 있는데 반해 지희는 침착해 보였다. 그녀가 물었다.

"협이 아빠를 찾는 이유는…… 그 사람이 협이를 데려갔기 때문인가요?"

"아닙니다. 유괴범이 누군지는 아직 모릅니다. 경찰이 그 사람을 찾는 이유는 그 사람이 협이의 아버지이고 협이와 가장 긴밀한 관계에 있기 때문입니다. 그 사람뿐 아니라 우리는 협이의 주변 인물들을 한 명도 빼 놓지 않고 조사할 겁니다. 그것은 수사의 기본이니까요."

성미가 급한 지린은 이미 서울의 지명한테 확인 전화를 걸고 있었다.

그녀는 지명이 나오자 다짜고짜,

"언니, 그거 정말이야? 협이가 유괴된 거 정말이야?"
하고 물었다.

"어, 어떻게 알았지?"

"형사가 지금 집에 와 있단 말이야! 협이 아빠가 누구냐고 묻고 있어. 협이를 찾는 게 중요하지 그까짓 협이 아빠 신분을 숨기는 게 중요하진 않잖아! 수사에 도움이 된다면 그런 건 알려줘야잖아!"

지린은 거침없이 쏘아붙였다. 우 형사는 약간 어이없는 표정으로 그녀를 바라보기만 했다.

마산댁이 전화를 받자 지명은 끝내 울음을 터뜨렸다. 모녀는 서로 우느라고 제대로 이야기를 나눌 수가 없었다.

지명과 통화를 끝낸 마산댁은 당장 밤차로 서울의 딸에게 가봐야겠다고 하면서 서둘렀다. 그러자 지린도 함께 가겠다고 따라 나섰다. 그러나 지희는 직장 때문에 따라 나설 수가 없는 입장이었다.

우 형사는 자신 때문에 소동이 벌어진 것만 같아 미안한 마음으로 그녀들의 움직임을 잠자코 지켜보았다.

"잘 부탁합니다. 그 어린 것…… 꼭 좀 찾아 주십시오."

집에서 나와 택시에 오르기 전에 마산댁은 우 형사에게 머리를 깊이 숙여 인사했다.

"알겠습니다. 꼭 찾아 드리겠습니다."

마산댁과 지린이 택시를 타고 부산역 쪽으로 떠나자, 우 형사와 지희는 거기서 헤어지지 않고 비를 피해 바닷가에 자리잡은 어느 카페로 들어갔다. 우 형사가 카페에 가서 칵테일 한 잔 사겠다고 하자 지희는 거절하지 않고 선뜻 따라왔다.

그들은 바다가 바라보이는 2층 창가에 자리잡고 앉았다. 우 형사는 스카치를, 지희는 진토닉을 한 잔씩 시켰다.

바다는 어둠 속에 묻혀 있었지만 파도가 허옇게 일어섰다가 부서지는 것이 똑똑히 보이고 있었다. 파도는 모래밭을 거의 뒤덮을 듯이 밀려왔다가 이내 어둠 속으로 다시 사라지곤 했다.

바닷가에서

 바다를 향하고 있는 지희의 얼굴 옆모습이 매우 아름답다고 그는 생각했다. 그런 모습이 사라지는 것이 싫어 그는 한동안 입을 다문 채 그녀의 모습을 지켜보기만 했다. 그녀의 맑은 두 눈에 물기가 번지고 있음을 그는 뚜렷이 볼 수가 있었다.
 웨이터가 술잔을 가져오자 그녀는 손수건을 꺼내 눈물을 닦고 나서 그를 바라보았다.
 "범인은 단지 돈이 필요해서 아이를 유괴한 건가요?"
 그녀의 목소리는 낮으면서도 맑았다.
 "아직 확실하지가 않습니다. 돈을 10억 원이나 요구한 걸로 봐서는 돈 때문에 그런 것 같기도 한데…… 아직 뭐라고 단정을 내릴 수가 없습니다. 좀더 두고 봐야 확실한 것을 알 수 있을 것 같습니다."
 "아이를 구할 수 있을까요?"
 "구할 수 있을 겁니다."
 그는 마음에도 없는 말을 했다. 지희는 한숨을 내쉬고 나서 술잔을 집어 들었다.

"협이는 아주 귀여운 애예요. 언니가 잘못해서 낳긴 했지만…… 아주 귀여운 애예요."

"잘못해서 낳다니요?"

바닷가에 서 있는 가로등이 고장났는지 불빛이 깜박거리고 있었다.

"결혼도 하지 않고 처녀가 아이를 낳았으니까 잘못한 거 아니에요?"

"하긴 그렇군요."

"언니가 미워요. 언니는 지금 아이한테 큰 죄를 짓고 있는 거예요. 아이가 무슨 잘못이 있다고……."

그녀의 눈에 다시 물기가 번지고 있었다. 우 형사는 바닷가에 서서 비를 고스란히 맞으며 오줌을 누고 있는 사내를 바라보다가 다시 지희 쪽으로 시선을 돌렸다.

"정말 조카의 아버지가 누구인지 모릅니까?"

지희는 가만히 머리를 흔들었다. 그녀가 들고 있는 술잔 속의 술이 흔들렸다.

"정말 몰라요. 저희가 아무리 물어 봐도 언니는 알려 주지 않아요."

"밝혀서는 안 되는 인물인가 보죠? 아니면 언니가 밝히기 싫든가……."

"저희들도 이젠 알려고 하지 않아요. 언니가 워낙 화를 내기 때문에 아예 말을 꺼내지도 않아요."

"언니의 아이의 성이 서가인 걸 보면 아이의 아버지가 서씨인 모양이죠?"

"그러니까 그렇게 이름을 지었겠죠."

그녀의 섬세한 손이 다시 잔을 집어 들었다. 그러나 그녀는 그것을 들고만 있을 뿐 입으로 가져가지는 않았다. 그녀는 거의 술을 마시지 않았다.

우 형사는 조금밖에 남아 있지 않은 술잔을 들어 스카치를 마저 마셨다.

"지명 씨가 서울로 올라간 건 언제였나요?"

"고등학교를 졸업하던 해였어요. 그러니까 7년 전쯤이었을 거예요."

"왜 서울로 올라갔나요?"

"취직이 돼서 올라갔어요."

그녀의 말은 우 형사가 동네 사람들한테서 미리 얻어들었던 내용과 거의 일치했다. 그녀는 우 형사가 묻는 대로 지난날의 지명의 서울 생활에 대해 그녀가 알고 있는 것들을 그에게 이야기해 주었다.

우 형사의 흥미를 끈 것은 금원백화점에 취직되어 근무하던 그녀가 불과 두 달 만에 그룹 본부 비서실로 발탁되어 자리를 옮긴 점이었다. 어떻게 그렇게 될 수 있을까. 금원 그룹 내에 든든한 백이 있었기 때문일까.

그러나 지희 말에 따르면 금원 그룹 내에 지명을 끌어 줄 만한 인맥은 전혀 없으며, 지명은 순전히 혼자 힘으로 그렇게 되었다는 것이다. 광안리에서 생선을 파는 가난한 여인의 딸이 혼자 서울로 올라가 불과 두 달 만에 대그룹의 비서실에 근무하게 되었다는 것은 확실히 놀라운 일이 아닐 수 없었다. 그렇다고 지명에게 특출한 재능이 있는 것도 아니었다. 굳이 재능이라고 한다면 지명이 노래를 잘 부르고 춤을 잘 춘다고나 할까. 하지만 그런 것이 재벌 그룹 비서실에 근무하는 데 필요한 요건은 아니었다.

"아마 제 생각에는…… 언니가 워낙 미인이었기 때문에 거기서 일하게 되지 않았나 생각해요."

"그렇다면 누군가가 지명 씨를 잘 봤다는 말이 되겠군요. 그래서 비서실 쪽으로 발탁한 게 아닐까요?"

"글쎄요. 거기에 대해서는 잘 모르겠어요."

금원 그룹은 서씨 일가가 쥐고 있다. 서인구 회장을 정점으로 부회장직은 그의 막내아들이, 그 밖의 요직에도 그의 혈육과 친족들이 포진하고 있다.

우연인지는 몰라도 지명이 낳은 사생아의 성도 서가이다. 혹시 양쪽에 어떤 관련성이 있는 것일까. 우 형사는 스카치 한 잔을 다시 주문했다.

"언니는 금원 비서실에서 얼마나 근무했나요?"

"한 2년 가까이 근무했을 거예요."

"그 다음에는 어디에 근무했나요?"

"그 직장이 처음이자 마지막이었어요."

"왜 그 좋은 직장을 그만두었나요?"

"모르겠어요."

지희는 다시 침착한 표정으로 돌아가 있었다. 그녀는 진토닉을 조금씩 마시기 시작했다.

우 형사는 잠시 생각에 잠겨 따져 보았다.

유지명은 20세에 금원 비서실에 근무하게 되었다. 2년 가까이 거기에 근무하고 있었다니까 22세쯤에 회사를 그만두었을 것이다. 그녀는 지금 26세이고 협이는 다섯 살이다. 회사를 그만둔 것은 아이를 낳게 되었기 때문이 아닐까. 협이 나이가 다섯 살이니까 그녀는 회사를 그만두던 해에 아이를 낳았다는 계산이 나온다.

그러니까 그녀는 금원 비서실에 근무하고 있을 때 서씨 성을 가진 남자의 아이를 밴 것이다. 서씨 성을 가진 그 남자는 금원에 근무하는 사람일까 아니면 다른 곳에 있는 사람일까. 금원 그룹 내에는 우수한 남자들이 많다. 그 남자는 금원 직원일 가능성이 높다.

분명한 것은 그 남자가 말단 사원이 아닌 간부 사원일 것이라는 점이다. 왜냐하면 지명이 그렇게 사치스러운 생활을 할 수 있게끔 충분한 생활비를 대 줄 수 있으려면 그만한 경제력이 있어야 하기 때문이다. 말단 사원이 과연 그렇게 정부에게 생활비를 줄 수 있을까. 서씨 성을 가진 간부 사원은 금원 그룹 안에 몇 명이나 있을까.

"언니가 잘 살고 있다는 거 알고 있습니까?"

좀 잔인한 질문이라고 생각하면서 우 형사는 지희를 바라보았다. 그녀는 그의 시선을 피해 바다 쪽으로 눈을 돌렸다. 그녀가 대답하지 않았기 때문에 그는 다시 물었다.

"지명 씨는 현재 직장에 나가지 않고 있습니다. 그렇다고 장사를 하는 것도 아닙니다. 그런데 일정한 수입원도 없으면서 큰 아파트에서 자가용을 굴리면서 부유하게 살고 있습니다. 그런 생활비는 협이의 아버지 되는 사람이 대 주는 걸까요?"

지희는 미동도 하지 않은 채 바다를 바라보고 있었다. 그녀의 얼굴은 어느 새 딱딱하게 굳어져 있었다.

"그 정도의 생활비를 대 주는 사람이라면 아주 돈이 많은 사람인가 보지요?"

모욕적인 질문인 줄 알면서도 그는 물었다. 그러자 그녀가 고개를 돌려 그를 똑바로 쳐다보았다.

"수치스러워요."

그녀가 너무도 분명하게 말했기 때문에 그는 속으로 적이 놀랐다.

"언니가 그런 생활을 하고 있다는 거 전 수치스러워요."

그녀의 어조에는 날카로움이 배어 있었다. 우 형사는 잠자코 그녀의 다음 말을 기다렸다.

"그런 생활은 결코 자랑할 게 못 돼요. 그렇게 해서 잘 살면 뭐 하나요. 그게 행복한 생활인가요? 수치스럽고…… 부끄러워요. 전 언니를 이해할 수 없어요."

그녀는 머리를 흔들다가 화가 나는지 남은 술을 단숨에 들이켰다.

고장난 가로등은 계속 깜박거리고 있었다. 비바람은 더욱 거

세어지고 있었다.

"결국…… 언니한테 일어난 이런 불행한 일은 자업자득의 결과예요."

그는 아무 말도 할 수 없었다. 그는 잠자코 스카치를 입 안에 흘려넣었다.

"협이를 찾아 주세요. 부탁이에요."

그녀의 말투가 갑자기 애원조로 변했다.

"알겠습니다. 꼭 찾아 드리겠습니다. 혹시 짐작이 가는 사람이라도 없습니까?"

"없어요."

그녀는 냉정히 대답했다.

밖으로 나온 그들은 지희의 집 쪽으로 향했다.

우산이 하나뿐이었기 때문에 그들은 비에 젖지 않으려고 몸을 밀착하고 걸어갔다. 우 형사가 비에 젖은 그녀의 어깨를 감싸안았지만 그녀는 뿌리치지 않고 그대로 걸어갔다.

로비

날짜는 자정이 지나 7월 31일로 접어들고 있었다.

서동세는 폭발할 것만 같은 감정을 누른 채 맞은편에 앉아 있는 미국인을 바라보았다. 상담을 성사시키기 위해 상대측 사람을 접대한다는 것은 고역 중의 고역이었다. 더구나 그는 지금 상대방의 비위나 맞추고 있을 그런 입장이 아니었기 때문에 그 자리가 더욱 괴로울 수밖에 없었다.

그는 원래가 상담의 명수였다. 화술이 능란한데다 고급의 뛰어난 외국어 실력과 교양, 그리고 박식 등으로 해서 아무리 어려운 상담도 끝내 성사시키고야 마는 것이었다. 그렇다고 아무 상담에나 뛰어드는 것은 아니었다. 처음 그룹 일을 보게 되었을 때에는 많은 상담에 뛰어들었지만 경험과 연륜이 쌓인 지금은 그가 나서지 않으면 안 될, 회사의 사활이 걸려 있을 정도의 아주 큰 상담에만 자신이 직접 나서곤 했다.

50대의 미국인은 돼지도 서러워할 정도로 뚱뚱했다. 그 곁에 찰싹 달라붙어 있는 요정 아가씨는 그의 체구의 반도 못 돼 보였다. 그는 상담보다도 곁에 앉아 있는 미녀에게 더 관심이 있는 것 같았다. 동세의 곁에도 미녀가 앉아 있었지만 그는 그녀에게 조금도 관심이 없었다.

미국인은 대머리에 안경을 끼고 있었고 거기다 콧수염까지 기르고 있었다. 동세는 그 미국인이 마치 미국 영화 「대부」에 나오는 마피아 보스같이 생겨 먹었다고 생각했다. 미국인의 거대한 배를 두 손으로 꾹꾹 눌러 보던 아가씨가 참을 수 없다는 듯 깔깔거리고 웃었다. 동세는 상대방이 눈치채지 못하게 그녀에게 눈을 흘겼지만, 미국인은 그래도 기분이 좋은지 히죽히죽 웃으면서 그녀의 손을 잡아 자신의 거대한 배를 계속 쓰다듬게 했다.

동세는 다시 한 번 금원의 미래가 걸려 있는 상담의 칼자루를 쥐고 있는 외국인 남자를 바라보았다.

그는 미국 최대의 항공기 산업체인 JD사의 부회장인 해롤드 멜키오였다. 지금 벌어지고 있는 상담에서 제일 장애가 되는 인물이라고 할 수 있었다. 다른 업체들, 이를테면 노드롭, 보잉, 제너럴 일렉트릭, 플래트 앤드 위트니, 더글러스, 휴즈 헬리콥터, 영국의 브리티시 에어로스페이스 등은 지금까지 금원측에 긍정적인 반응들을 보여 왔고, 언제라도 계약을 체결할 준비가 되어 있는 듯 호의적이었기 때문에 별 문제가 없었지만 JD측만은 꽤나 까다롭게 굴고 있었다.

이번 상담은 5개사로 나뉘어져 있는 국내 항공기 산업의 주도권이 걸려 있는 아주 중요한 상담이라고 할 수 있었다. 종합과학의 꽃이라 할 수 있는 항공기 산업은 그 분야의 역사가 거의 없다시피 한 국내 업체들한테는 미래의 주력 산업으로서 군침을 흘릴 만한 업종이라고 할 수 있었다. 그래서 재벌 기업들은 수년 전부터 그 분야에 눈독을 들이고 은밀히 사업을 추진해 왔던 것이다. 분야가 분야인 만큼 재벌 그룹이 아니고는 손을 댈 수 없을 만큼 막대한 자금이 필요한데, 금원도 수년 전부터 그 분야에 뛰어들어 착실히 기반을 다져 오고 있는 터였다.

금원을 포함한 5개 재벌 그룹들은 항공기 산업에서 튼튼한 교두보를 확보하지 않으면 앞으로 살아 남지 못할 것이라는 판단 아래 가히 필사적이라 할 만큼 치열한 선두 다툼을 벌이고 있었다.

국내 항공기 산업체들이 항공기를 생산하여 수출한다는 것은 아직은 요원한 일이었다. 그 대신 그들은 부품 생산에 열을 올리고 있었다. 보잉 747기 하나만 보더라도 그것의 대당 가격은 1억 달러나 되고 부품 수만도 450만 개에 이른다. 따라서 어느 나라이든 항공기 제작을 하는 데 있어서 한 회사가 일괄해서 그것을 생산한다는 것은 거의 불가능한 일이다. 수많은 부품 업체들로부터 부품들을 조달받아야만 한 대의 항공기를 만들어 낼 수가 있는 것이다.

국내 항공기 산업체들의 주요 수출 시장은 역시 미국이다. 세계 굴지의 항공기 메이커들이 거의 미국에 몰려 있기 때문이다. 그런데 미국의 항공기 메이커들이 한국으로부터 부품을 수입하기 시작한 것은 불과 수년 전부터였다. 그것은 가격 경쟁력의 열세를 만회하기 위해서였다. 미국의 항공 산업계는 가격 경쟁

면에서 너무 비싸다는 이유로 최근 들어 유럽 업체들에게 밀리고 있는 실정이었다. 한 예로 미항공사인 팬암사는 얼마 전까지만 해도 미국의 전통적 자부심 때문에 월등히 비싼데도 불구하고 보잉 항공기만을 구입해 왔었다.

그러다가 갑자기 가격이 너무 비싸다는 이유로 보잉기를 제쳐 두고 유럽의 에어버스 38대를 구매했다. 보잉사를 비롯한 미국의 항공업계는 큰 충격을 받고 가격 경쟁력을 강화하기 위해 외국에서 부품을 수입하지 않을 수 없게 되었다. 한국의 항공 산업계가 아연 활기를 띠기 시작한 것은 미국 항공업계가 위와 같은 딜레마에 봉착했기 때문이다.

국내 업계는 현재 부품 생산뿐만 아니라 항공기 정비와 개조 사업에도 활발히 뛰어들고 있었다.

그러나 치열한 혈전을 벌이고 있는 국내의 5개 항공 산업체들이 가장 관심을 기울이고 있는 것은 뭐니뭐니해도 시스팀 인티그레이터(SYSTEM INTEGRATER) 지정을 누가 받느냐는 데 쏠려 있다. 시스팀 인티그레이터란 이를테면 항공기 산업 종합 수행 업체라 할 수 있다. 외국 항공기 제작사들로부터 종합 수행 업체로 지정을 받게 되면 그 회사는 그 때부터 주도권을 잡고 종합 하청 방식에 따라 각 전문업체들에게 생산 물량을 나눠 주게 되어 있다.

한국의 경우 이번 지정이 처음이자 마지막이 될 가능성이 크기 때문에 각 업체들이 그것을 따내기 위해 그야말로 수단 방법을 가리지 않고 치열한 로비전을 벌이고 있는 것이다.

금원의 서동세가 미국 JD사의 해롤드 멜키오를 상대로 고통스러운 시간을 보내고 있는 것도 사실은 시스템 인티그레이터를 따내기 위한 로비 활동이었던 것이다.

미국의 다른 항공기 메이커들은 금원정밀이 시스템 인티그레이터로 지정을 받는데 대해 긍정적인 반응을 보이고 있었다. 그것은 금원의 치열한 로비 활동 덕이었다. 서동세는 그들로부터 동의를 받아내기 위해 직접 로비 활동에 나섰고, 그들을 하나씩 설득시켜 언제라도 계약을 체결할 수 있게끔 일을 성사시켜 놓았던 것이다. 그런데 단 한 군데, 즉 JD사가 브레이크를 걸고 있었다.

동세는 빨리 마무리를 짓고 싶었다. 다른 경쟁사들은 금원이 시스템 인티그레이터로 지정받기 일보 직전에 있다는 것을 모르고 있을 것이라고 동세는 생각했다. 그런데 지금 그는 상대방을 차분하게 설득시켜 나가기에는 너무 초조하고 불안한 상황에 놓여 있었던 것이다.

시스템 인티그레이터로 지정받으려면 한국과 계약을 맺고 있는 외국의 항공기 메이커들의 동의를 먼저 받아야 한다. 그것도 만장일치의 동의를 얻어야 한다. 한국 정부의 판정과 승인은 그 다음 문제이고 그것은 형식적인 절차에 지나지 않는다.

멜키오는 조금도 양보할 기미를 보이지 않고 있었다. 망할 자식, 동세는 상대방의 살찐 얼굴에 술을 끼얹고 싶은 것을 꾹 참았다. 멜키오는 동의를 해 주기 전에 너무 엄청난 것을 요구하고 있었다.

지난 봄 금원정밀은 JD사와 3천5백만 달러어치의 부품 공급 계약을 체결, 이미 생산에 들어가 있었다. 그것은 첩보 여객기 3백 대분의 날개 부품이었다. 그런데 이제 와서 JD측이 느닷없이 계약 금액에서 자그마치 5백만 달러나 깎아달라고 요구하고 나선 것이다.

이미 계약이 끝난 것을 가지고 다시 말썽을 부리는 것은 국제 거래 관계에 있어서 있을 수 없는 일이었다. 그것은 금원측의 약점을 알고 있기 때문에 걸고넘어진 술책임이 분명했다. 그간 교함에 동세는 분통이 터졌지만 그렇다고 현실적으로 그 요구를 무조건 거절할 수도 없는 입장이었다.

그래서 처음에는 1백만 달러 정도는 깎아줄 수도 있다고 말해 보았다. 하지만 상대방은 5백만 달러에서 한 푼도 양보할 수 없다고 강경하게 나왔다. 계약을 위반한 쪽은 그쪽인데 오히려 큰소리치고 있었다. 그리고 5백만 달러를 깎아 주면 시스템 인티그레이터 문제를 협의하는 데 응하겠다는 것이었다. 그쪽은 급한 것이 없었지만 금원측은 그 문제를 차일피일 뒤로 미룰 입장이 아니었다.

1백만 달러를 깎아 주겠다는 것이 2백이 되고, 다시 3백까지 올라갔지만 미국측은 요지부동이었다. 그러면서 다른 데서 3천에 계약할 수 있다는 것이었다. 구체적으로 그 다른 데가 경쟁사인 S사라는 데는 화술이 뛰어난 동세도 그만 할 말을 잃었다. 그리하여 다시 깎아 주겠다는 액수가 4백으로 올라갔다. 그러나 멜키오는 고개를 내저었다. 그래서 이야기는 4백선에서 정지되어 있었다.

"밤이 늦었으니까 낮에 시간을 내어 다시 만납시다."

동세는 억지로 웃으며 부드럽게 말했다. 돼지처럼 살이 찐 미국인은 아가씨의 엉덩이를 쓰다듬고 있다가 고개를 천천히 가로저었다.

"낮에는 시간이 없어요. 오전에 약속이 있고 오후에 런던에 가 봐야 해요."

동세는 속에서 부글부글 끓어오르는 것을 간신히 눌러 참았다. 미국인은 날이 새기 전에 상담을 끝내려 하고 있었다. 그가 아가씨에게 치근덕대는 것이 정말로 그녀에게 마음이 있어서 그러는 것인지 아니면 이쪽의 마음을 초조하게 만들려는 술책에서 그러는 것인지 알 수가 없었다. 멜키오가 상담의 명수라는 것은 벌써부터 들어온 바였지만, 지난 봄에 처음 만나 보았을 때 동세는 느낌으로 상대가 만만치 않다는 것을 눈치챘었다.

"오늘 이야기를 끝내지 않으면 우리는 다른 쪽에 부탁할 수밖에 없어요. 약속을 이행하지 않은데 대한 배상은 물론 해 주겠어요."

멜키오는 배짱 좋게 나오고 있었다. 동세는 어금니를 깨물었다. 그는 멜키오의 콧대를 꺾고 싶었다. 그것을 꺾을 수 있다고 자신하고 있었다. 그러나 그는 지금 너무 혼란스러워 머리가 터져나갈 것만 같았다. 더 이상 그 자리에 앉아 있다가는 미쳐 버릴 것만 같은 기분이 들었다.

"당신이 이겼소."

동세는 앞에 있던 술잔을 집어 들어 코냑을 입 속에 들어부었다. 멜키오의 메기 같은 입이 찢어질 듯 벌어졌다. 그는 아가씨를 와락 끌어안고 뺨에 입을 맞추었다. 그러고 나서 술잔을 집어 들더니

"브라보!"

하고 소리쳤다.

동세도 술잔을 집어 들었다. 두 개의 술잔이 맑은 소리를 내면서 부딪쳤다.

"시스템 문제에 대해서 확답을 듣고 싶습니다."

시스템 문제란 시스템 인티그레이터를 말하는 것이었다. 동세는 뚫어지게 상대방을 노려보았다. 미국인의 한쪽 손이 아가씨의 겨드랑이 밑으로 들어가고 있었다.

"아, 그건 염려하지 말아요. 그 문제는 자연스럽게 해결된 거나 마찬가지니까 안심해도 됩니다."

아가씨가 마침내 멜키오의 허벅지 위에 올라앉았다. 동세는 숨을 죽였다.

"보다 확실한 게 필요합니다. 그 문제에 대해 동의를 표하는 각서를 한 장 써 주시면 고맙겠습니다."

그 말에 미국인은 너털웃음을 터뜨렸다. 그는 두 팔로 아가씨의 허리를 끌어안으며 장난조로 말했다.

"메모 같은 거야 얼마든지 써 드릴 수 있습니다. 그렇게 못 믿겠다면 써 드리지요. 하지만 그건 어디까지나 내 개인적인 메모이기 때문에 구속력이 없다는 걸 알아야 합니다. 시스템 문제

같은 건 내 개인적인 의사만으로는 결정할 수가 없습니다. 그런 문제는 간부 회의에서 검토를 거쳐 결정이 되는데 내가 한국에 오기 전에 이미 금원측을 지지하기로 대충 합의를 봤으니까 안심해도 될 겁니다. 물론 그런 합의는 금원이 우리의 요구를 들어 주는 것을 전제로 한 것입니다만……."

"그래도 나는 당신의 각서가 필요합니다."

"좋아요. 오전 중으로 각서를 타이핑해서 보내 드리지요."

그가 콧수염으로 귓가를 간지럽히자 아가씨가 깔깔거리고 웃었다.

"자, 아가씨는 이쪽으로 좀 비켜 주실까. 내가 뭘 좀 써야 하니까요."

멜키오가 아가씨의 둥근 엉덩이를 두 손으로 받쳐들자 그녀는 싫다고 몸을 흔들었다.

"미스 최, 비켜."

동세가 눈을 홀기자 그녀는 깜짝 놀라 남자의 무릎에서 내려앉았다.

멜키오는 자기 앞에 놓여 있는 그릇들을 치우고 손을 벌렸다. 동세는 준비해 온 서류 가방에서 두꺼운 백지와 펜을 꺼내 미국인에게 주었다. 멜키오는 백지 위에다 장난스럽게 영문 글자를 휘갈겨 쓴 다음 그것을 동세에게 내밀었다. 동세는 그것을 받아 꼼꼼히 들여다보았다.

「나 해롤드 멜키오는 한국의 금원정밀을 시스템 인티그레이터의 최적격 업체로 지정하는데 적극 동의합니다.」

메모의 끝에는 그의 사인이 갈겨져 있었다.

동세는 그것을 서류 가방 속에 집어 넣고 나서 다시 한 번 다짐했다.

"그럼 시스템 문제는 이것으로 일단락된 거로 알고 일을 추진하겠습니다."

"그렇게 하십시오. 우리한테 보내야 할 물건도 차질 없게 부탁합니다."

멜키오가 불쑥 손을 내밀자 동세는 마지못해 그 손을 잡았다.

"사무적인 이야기는 이제 끝내기로 하고 자리를 옮기는 게 좋겠습니다. 호텔보다 좋은 잠자리가 마련되어 있으니 오늘 밤은 이곳에 투숙하십시오. 아가씨가 안내해 드릴 겁니다."

동세의 말이 끝나기가 무섭게 아가씨가 미국인을 부축해 일으켰다. 멜키오는 비틀거리며 몸을 일으켰다. 그들은 다시 한 번 악수를 나누었는데 멜키오가 만족스러운 표정인데 반해 동세의 표정은 굳어 있었다.

미스 최가 멜키오를 부축해서 밖으로 사라지자 동세는 그 자리에 다시 털썩 주저앉았다.

"피곤하신가 보죠?"

아가씨가 차가운 물수건으로 그의 이마에 번진 진땀을 닦아 주며 말했다. 그는 피곤한 눈으로 그녀를 바라보았다. 그 방에 들어와서 처음 그녀를 눈여겨보는 것이었다. 그녀는 놀라울 정도로 빼어난 미녀였다.

주위에서 미녀들만 보아온 그는 웬만한 미녀는 눈에 들어오지 않는데 지금 곁에 앉아 있는 아가씨는 시선을 끄는 매력을 지니고 있었다.

"외국인을 상대하면 피곤해. 이름이 뭐라 그랬지?"

"황보희라고 해요."

그는 팔을 뻗어 그녀를 가만히 끌어당겼다. 그녀는 아무 저항 없이 그의 품에 와 안겼다.

"나이는?"

"스물 하나예요."

"학교에 다니나?"

"네……."

그녀는 나직이 말하면서 고개를 끄덕였다. 그는 저고리를 가져오게 해 안주머니의 수표책을 꺼냈다. 그리고 수표 한 장에다 「50만 원정」이라고 썼다. 그것을 뜯어내 그녀에게 건네주면서

"팁이야."

하고 말했다.

"어머나, 이렇게 많이……."

그녀는 어쩔 줄 모르며 그것을 두 손으로 받았다. 그는 자리를 털고 일어섰다. 그녀는 그의 저고리를 들고 밀실 쪽으로 걸어가려고 했다.

"아, 저고리 이리 줘요."

그가 손을 흔들어 그녀를 제지했다.

"주무시고 가시지 않을 건가요?"

그녀가 의아해하면서 그에게 저고리를 건네주었다. 그렇게

많은 팁을 주고 나서 그대로 간다는 것이 아무래도 이해가 안 간다는 표정이었다. 그녀는 정성을 다해 그를 서비스할 마음의 준비가 되어 있었던 것이다.

그는 그녀의 어깨 위에 손을 얹으면서 몹시 괴로운 표정으로 말했다.

"가 봐야 해. 나중에 또 올게."

그가 밖으로 나서자 옆방에 대기하고 있던 비서실장과 비서실 직원이 급히 따라 나섰다.

"어떻게 됐습니까?"

비서실장이 따라오면서 물었다.

"지독한 놈이야. 집에들 가 봐요."

그 말만 하고 동세는 요정 마당에 대기하고 있는 벤츠에 올랐다. 중년의 운전사가 뒷문을 닫고 나서 재빨리 운전석에 뛰어올라 시동을 걸었다.

연인들

남자의 이글거리는 눈빛을 보고 여자는 멈칫거렸다.

다른 때 같으면 남자가 손을 벌리자마자 품 속으로 돌진했을 텐데 지금은 그렇지가 않았다. 지금 남자의 표정과 분위기가 여느 때와는 달리 살기마저 감돌고 있었기 때문이다.

이건우(李建宇)는 발가벗은 채 화가 나서 그녀를 노려보고 있었다. 그의 큰 성기는 그의 얼굴 만큼이나 화가 나서 위로 솟구쳐 있었다.

오명희(吳明姬)는 남자의 얼굴이, 그리고 그의 성이 나 있는 성기가 무서웠다. 그래서인지 그것은 오늘따라 유난히도 크고 흉물스러워 보였다. 다른 때 같으면 그것은 그녀의 주된 애무의 대상이었을 테지만 지금은 그렇지가 않고 무섭게만 보일 뿐이었다. 마치 난생 처음 남자의 성기를 보았을 때처럼.

"빨리 벗어!"

건우가 명령조로 말했다. 그의 기분이 어떻다는 것을 그녀는 충분히 헤아려 알고 있었다.

그녀는 체념한 표정으로, 몸에 마지막 남아 있는 조그만 삼각

팬티를 끌어내렸다. 허리를 굽히자 그녀의 젖가슴이 묵직하게 흔들렸다. 그녀는 남자를 힐끗 쳐다보고 나서 기계적으로 침대 위로 올라가 누웠다.

이윽고 남자가 그녀 위로 올라왔다. 명희는 체념한 듯 눈을 감고 남자를 받아들이면서 어서 관계가 끝나 남자와 헤어졌으면 하고 바랐다. 이것이 그들의 마지막 밤이라는 것은 남자도 인정하고 있었다.

그들의 관계는 3년 가까이 계속되어 왔었다. 그들은 서로 뜨겁게 사랑했고 남자 쪽에서는 그녀와 결국 결혼하게 될 것이라고 믿어 왔었다.

그런데 명희 쪽에서 어느 날 갑자기 다른 남자와 결혼하게 되었다고 폭탄 선언을 했던 것이다. 그것이 한 달 전의 일이었다. 그리고 그녀는 결혼식을 1주일 앞두고 있었다.

그녀의 결혼 상대는 오래 전부터 사귀어 온 사람이 아닌, 부모가 얼마 전에 정해 준 남자였다. 그녀는 그 남자와 맞선을 한 번 보고 나서 그와 결혼하기로 마음을 굳혔던 것이다. 그 남자는 사법고시 출신으로, 검사로 발령받은 지 얼마 안 되는 사람이었다.

그녀가 그 남자를 택한 것은 이건우에 대한 싫증이 가장 큰 원인이라고 할 수 있었다. 거기다 건우는 장래가 불확실한 건달 같은 남자였다. 한때의 불장난 상대로서는 적합할지 모르지만 남편감으로는 문제가 많은 남자였다.

그에 비해 사법고시 출신의 햇병아리 검사는 비록 촌티가 나고 못생기긴 했지만 장래가 확실히 보장되는 사람이라고 할 수 있었다. 건우는 그녀의 돌연한 변심에 길길이 날뛰면서 배반자라고 그녀를 매도했지만 이미 식어버린 그녀의 마음을 되돌릴 수는 없었다.

그러니까 오늘 밤은 이별의 마지막 의식을 치르는 밤이라고 할 수 있었다. 그래서인지 남자는 그녀의 몸에 영원히 지워지지 않는 화인이라도 찍어 놓으려는 듯 격렬한 몸놀림으로 그녀를 공격하고 있었다.

처음엔 별로 내키지 않은 마음으로 그를 받아들였던 명희는 그의 격렬한 몸부림에 어느 새 휩쓸려 들어 자기도 모르게 높은 신음 소리를 내고 있었다. 그녀의 성감은 아주 예민한 편이었고, 거기에 걸맞게 그녀의 신음 소리 또한 시끄러울 정도로 높은 편이었다. 그리고 쾌감이 극치에 다다르면 신음 소리는 거의 울음소리로 변하는 것이었다.

"배반자! 너는 배반자야!"

남자가 저주를 퍼부으면서 미친 듯 몸을 부딪쳤다.

"미안해요…… 아, 미안해요…… 아……."

"그런 말이 어딨어! 결혼한 후에도 날 만나야 해! 만날 거야 안 만날 거야?"

"아, 그래요. 만나겠어요…… 아아, 제발…… 제발…… 그만……."

"아직 멀었어. 오늘 밤은 밤새도록 할 거야."

"아아, 제발……."

남자는 이를 악물고 그녀를 밀어붙이고 있었다. 남자가 워낙 힘차게 밀어붙이는 바람에 그녀의 몸뚱이는 자꾸만 위로 밀려갔고, 그러면 그는 그녀를 아래로 끌어내려 다시 시작하는 것이었다.

"배반자, 잘 먹고 잘 살아라!"

남녀의 하체가 서로 부딪치는 소리가 둔탁하게 방안을 울렸다. 남자는 섹스를 통해 그녀에게 증오심을 마음껏 발산하고 있었다. 그렇게라도 하지 않으면 그녀를 죽일 것만 같았기 때문이었다.

그의 말대로 명희는 밤새도록 남자에게 시달렸다. 그녀도 3년 동안의 애정 행각에 종지부를 찍는 마지막 의식이라는 생각에 온 힘을 다해 그를 받아들였기 때문에 아침이 되었을 때에는 완전히 녹초가 되어 몸도 가누기 어려울 정도였다. 남자 역시 지칠 대로 지쳐 있었다.

"1주일 뒤에는 다른 놈의 품에 안겨 있겠지?"

그가 천장을 향해 담배연기를 내뿜으며 중얼거렸다.

"아이, 그런 말 하지 말아요."

그녀는 이제 의식은 끝났다는 듯이 말하고 욕실로 들어갔다. 그녀는 만족스러웠다. 맛있는 음식을 잔뜩 먹고 났을 때와 같은 포만감이 가슴을 뿌듯하게 했다. 원 없이 실컷 섹스를 즐겼으니 이제 한동안 그것을 하지 않아도 되겠다고 생각하면서 샤워기를 틀었다.

건우는 욕실 쪽에서 샤워하는 소리가 들리자 침대에서 일어나 옷걸이가 놓여 있는 쪽으로 걸어갔다. 그리고 거기에 걸려 있는 자신의 사파리 주머니 속에서 소형 녹음기를 꺼냈다. 녹음 테이프는 끝까지 돌아가 있었다.

지난 밤 그녀의 신음 소리가 절정에 달했을 때 그는 담배를 꺼내는 척하면서 작동 버튼을 눌러 놓았다. 그리고 한쪽 면에 모두 녹음된 것을 확인하고 나서 뒤쪽 면에도 녹음해 두었었다. 그녀가 화장실에 간 사이에 준비했기 때문에 그녀는 전혀 눈치채지 못하고 있었다.

그는 테이프를 뒤로 돌렸다가 스톱 스위치를 눌렀다. 리시버를 귀에 꽂고 나서 플레이 버튼을 눌렀다. 볼륨을 키우자 쾌감에 몸부림치면서 질러 대는 명희의 들뜬 목소리가 귀를 가득 채웠다. 간간이 그의 말소리와 함께 그녀의 말소리도 신음 소리에 섞여 들려왔다. 그는 그녀의 말소리를 녹음하기 위해 그녀에게 자주 말을 걸었었는데 그것은 효과가 있었다.

그는 녹음기를 끄고 나서 전화기 앞으로 다가섰다. 수화기를 집어 들고 어디론가 전화를 걸었다.

명희가 욕실에서 나왔을 때 건우는 수화기에다 대고 이렇게 말하고 있었다.

"……그건 만나서 이야기합시다…… 네, 입수했습니다…… 10시가 좋겠습니다…… 네네, 알겠습니다…… 물론 잘 알고 있습니다……."

수화기를 내려놓고 돌아선 그는 방 가운데 명희가 서 있는 것을 보고 당황한 빛을 감추지 못했다. 그녀는 타월로 몸을 두르고 있었다.

"어디다 전화 걸었어요?"

"그건 알 필요 없잖아."

그가 불쾌한 듯 그렇게 대꾸하자 그녀는 몸에서 타월을 걷어 냈다.

"하긴 그래요."

그녀는 이젠 끝났다는 생각에 옷을 입기 시작했다. 그는 벌거 벗은 채 침대에 걸터앉아 그녀가 옷을 입는 모습을 가만히 지켜보았다. 그녀는 푸르스름한 원피스를 입은 다음 허리에다 검은색 벨트를 둘렀다. 마지막으로 머리를 매만지고나서 백을 집어들었다.

"가는 거야?"

그의 두 눈이 번득였다. 그녀는 피가 식는 것을 느끼면서 고개를 끄덕였다. 그는 천천히 일어나 그녀를 끌어안더니 입을 맞추었다.

그녀는 그것이 마지막 작별 키스라고 생각해서 그의 목을 끌어안고 정열적으로 그의 입술을 받아들였다. 그런데 갑자기 그가 그녀를 밀쳐내더니 커다란 오른손으로 그녀의 뺨을 힘껏 후려갈겼다.

"작별 선물이야!"

그녀는 너무 놀란 나머지 처음에는 멍하니 그를 바라보았다. 그녀의 두 눈에 차츰 물기가 번지기 시작했다. 그녀는 고개를 홱 돌리더니 밖으로 뛰쳐나갔다.

건우는 그녀의 모습이 사라지자 입술을 뒤틀면서 기분 나쁜 웃음소리를 냈다.

그는 건장한 키에 이국적인 얼굴을 하고 있었다. 얼굴과 몸뚱이가 그럴 듯하게 생겼기 때문에 그의 주위에는 언제나 여자들이 끊이지 않았다. 그 중에는 30대와 40대의 유부녀들도 많이 있었다.

오명희는 그런 여자들 가운데서 가장 출신 성분이 좋은, 그래서 결혼 상대로서는 안성맞춤인 아가씨였다. 그녀와 결혼하면 자신의 처지도 월등히 나아지리라는 것을 그는 잘 알고 있었다. 그런데 그 꿈이 좌절되어 버린 것이다.

"망할 년 같으니!"

그는 주머니에서 녹음기를 꺼내 볼륨을 최대로 해 놓고 버튼을 눌렀다.

녹음 테이프

10시 조금 지나 이건우는 호텔방을 나와 1층에 자리잡고 있는 커피숍으로 내려갔다.

그 사나이는 먼저 와서 기다리고 있었다. 코밑수염을 기른, 얼른 보기에 건달같이 생긴 그자는 껌을 부지런히 씹어대면서 앉아 있었다.

그는 자신의 모습이 드러나는 것이 싫은지 선글라스를 끼고 있었다. 빨간색 티셔츠 밖으로 드러난 팔뚝이 깡마른 얼굴과는 대조적으로 굵고 튼튼한 것으로 보아 운동으로 몸이 단련된 듯 보였다.

웨이터가 커피잔을 놓고 갈 때까지 말없이 앉아 있다가 건우는 주머니에서 녹음기를 꺼내 놓았다.

"녹음이 아주 잘됐어요. 한 번 들어 봐요."

코밑수염은 고개를 끄덕이면서 리시버를 귀에 꽂았다. 건우는 작동버튼을 눌렀다.

사내 얼굴에 웃음꽃이 피기 시작했다.

"야아, 이건 굉장한데…… 굉장해. 여자가 숨 넘어가겠어. 자지러지는군."

건우는 녹음기를 껐다.

"30분은 될 겁니다. 앞뒤로 녹음해 뒀습니다."

"멋있게 놀았군."

"아주 죽여 놨습니다. 엉금엉금 기어가게 만들었습니다. 당분간 여자라면 생각 없어요."

건우는 녹음기에서 테이프를 꺼내 상대방에게 건네주었다.

"나도 한번 놀아보고 싶은데……."

"그건 안 돼요!"

건우가 정색하고 말하자 코밑수염은 씨익 웃었다.

"한번 해 본 소리야. 되게 생각해 주는군."

사내는 테이프를 주머니 속에 넣고 나서 봉투를 하나 꺼냈다. 봉투는 두툼해 보였다.

그가 그것을 탁자 위에 내놓기가 무섭게 건우는 잽싸게 그것을 집어 들었다.

"약속대로 맞습니까?"

사내는 끄덕였다.

"의심나면 세어 봐요."

"맞겠죠 뭐."

그는 커피도 마시지 않고 일어섰다.

사내와 헤어진 그는 화장실로 들어가 변기에 앉아 변을 보면서 봉투 속의 돈을 헤아려 보았다. 때묻은 만 원권 지폐가 1백 장 들어 있었다.

코밑수염의 그 사나이는 음란 테이프를 수집하는 자였다. 자기를 그렇게 소개했으니 건우로서는 그렇게 알 수밖에 없었다. 그 사내는 돈을 주고 테이프를 산 다음 그것을 대량으로 복사하여 소비자들에게 공급하는 것 같았다. 목소리만 듣고는 그것이 오명희의 신음 소리인 줄 모를 것이라는 생각에서 그는 안심하고 그 테이프를 그자에게 팔았던 것이다. 그자는 웬일인지 이쪽이 요구하는 대로 돈을 내놓았던 것이다.

금원병원 원장 오병국 박사는 서류에서 눈을 떼고 여비서를 올려다보았다.

"문 검사라는 분한테서 전화 왔습니다."

그녀가 되풀이해서 말했다. 문 검사라면 앞으로 그의 사위가 될 사람이다. 웬일일까? 여기로 전화를 다 걸어 오고. 그는 고개를 끄덕하고 나서 수화기를 집어 들었다.

"여보세요."

"오 원장이십니까?"

유들유들한 목소리가 물었다. 그것은 사위가 될 사람의 목소리가 아닌 것 같았다.

"네, 그렇습니다만……."

"전화로 실례합니다. 직접 찾아뵙고 말씀드려야 하는 건데……."

"누구십니까? 문 검사 아닌가?"

"아닙니다. 전화를 안 받으실 것 같아서 잠깐 사위될 사람의 신분을 이용한 겁니다. 미안합니다."

오 박사는 어리둥절했다. 그와 함께 누구인지는 모르지만 괘씸하다는 생각이 들었다.

"누구십니까?"

"에또, 이쪽 신원을 밝힐 수는 없습니다."

"아니, 무슨 일입니까?"

"아주 중요한 일로 전화 걸었습니다. 따님인 오명희 씨에 관한 겁니다. 우선 말씀드리기 전에 따님의 특이한 목소리를 한번 들어 보시죠."

말이 끝나는 것과 동시에 젊은 여인의 야릇한 신음 소리가 들려오기 시작했다. 그것이 무엇 때문에 나는 신음 소리인지 오 박사가 모를 리 없었다.

그것은 일부러 녹음을 위해 지어낸 소리가 아니었다. 오르가즘에 오른 젊은 여인이 쾌감을 이기지 못해 토해 내는 자지러지는 소리였다. 신음 소리 사이로 여인의 말소리도 들려오고 있었다. 남자의 말소리도 들렸다.

남자가 말을 걸면 여인은 헐떡이는 소리로 대답하곤 했다.

"미안해요…… 아, 미안해요…… 아……."

"결혼 후에도 날 만나야 해…… 만날 거야 안 만날 거야?"

"아, 만나겠어요…… 아아, 제발…… 제발 그만……."

"아직 멀었어…… 오늘 밤은 밤새도록 할 거야."

"아아, 제발……."

오 박사는 뭔가 잘못 되어 가고 있다고 생각했다. 그는 자기 귀를 의심했다.

신음 소리만 듣고는 정확히 알 수가 없었지만 말소리를 들으니 틀림없는 명희의 목소리였다. 그래도 그는 자신이 뭔가 잘못 듣고 있다고 생각했다.

얼굴이 화끈거려 그는 더 이상 그것을 들을 수가 없었다. 그래서 수화기를 놓아 버렸다. 그러자 조금 후에 다시 전화벨이 울렸다. 벨소리가 그치더니 여비서가 들어와 문 검사라는 사람한테서 다시 전화가 왔다고 말했다. 오 박사는 숨을 몰아쉰 다음 가만히 수화기를 집어 들었다.

"오 박사, 전화를 끊지 말아요."

상대방이 명령조로 말했다.

"당신은 누구요? 뭣 때문에 이러는 거요?"

아무리 침착하려고 해도 그래지지가 않는다. 입안이 바짝 타 들어가고 말소리까지 떨리고 있었다.

"오 박사, 내 말을 잘 들어요. 그렇지 않으면 오명희의 신상이 좋지 않을 테니까."

그 말 한 마디에 오 박사는 말문이 막혔다.

"녹음된 목소리는 잘 들었겠지요? 그건 당신 딸의 목소리가 분명해요."

"무슨 소리를 하는 거야! 그건 내 딸이 아니야! 내 딸 목소리는 그렇지 않아!"

"흐흐…… 믿고 싶지 않겠지요. 하지만 당신 딸이 분명해요. 1주일 후에 문 검사와 결혼하기로 되어 있는 당신 딸의 목소리란 말이오. 당신이 믿거나 말거나 내 말을 잘 들어 봐요. 명희 양이 상대한 남자가 문 검사라면 문제될 게 없겠지요. 하지만 명희 양이 상대한 남자는 문 검사가 아닌 다른 남자란 말입니다. 어떤 건달 놈인데 그놈하고 당신 딸하고는 지난 3년 동안 열렬히 사랑했지요. 물론 육체 관계야 무수히 했지요. 오 박사가 들은 그 녹음은 지난 밤 정사 때 녹음한 최신의 것입니다. 그것이 문 검사의 손에 들어가면 어떻게 될까요? 그건 오 박사께서 더 잘 아시겠지요. 이런 전화를 해서 미안합니다. 당신이 믿지 않겠다면 난 이 녹음 테이프를 지금 바로 문 검사한테 우편으로 보낼 겁니다. 그래도 되겠지요? 그럼……."

상대방이 전화를 당장 끊으려고 하자 오 박사는 깜짝 놀라 소리쳤다.

"잠깐 기다려요!"

"내 말을 알아들으셨나 보군요. 이런 일은 질질 끌면 끌수록 당신한테 손해라는 걸 알아야 해요."

"그래, 용건이 뭐요?"

오 원장은 숨을 죽이고 물었다. 가슴은 해머로 두드려대듯 계속 쿵쿵 울리고 있었지만 그는 가능한 한 작은 소리로 말하려고 애를 썼다.

"어제 오후, 서동세 부회장이 당신을 찾아갔었지요?"

오 박사는 멈칫했다. 상대방은 이쪽 사정을 손바닥 보듯 다 알고 있는 무서운 놈이라는 생각이 들었다. 부인해도 소용 없는 짓일 것 같았다.

"그렇소, 찾아오셨지요. 그게 어떻다는 건가요?"

"두 사람이 만나서 무슨 이야기를 나눴나요? 나는 다 알고 있는 거니까 숨기지 말고 사실대로 말해 봐요. 거짓말하면 재미없어요."

바로 그것이었구나, 하고 오 박사는 생각했다. 이자는 금원에 관계하고 있는 놈인 것 같다. 그리고 귀중한 정보를 알아 내려고 하는 것으로 보아 모종의 음모를 꾸미고 있는지도 모른다. 이를 어쩌지.

"몸이 좋지 않다고 해서 진찰을 해 봤는데 결과는 이상이 없었습니다."

"거짓말 마! 오 박사, 당신 정말 그러면 재미 없어! 서 회장 건으로 만난 거 알고 있는데 왜 거짓말하는 거야? 난 되풀이해서 말하고 싶지 않아. 성미가 급하단 말이야. 당신 딸이 어떻게 되든 난 상관하지 않아. 테이프를 수백 개 복사해서 병원에 다 돌릴까? 여기 저기 중요한 데 모두 돌리고 나서 반응이 어떻게 나오는지 한 번 두고 볼까? 당신 현명하지 못하군."

오 박사는 어쩔 줄 모르면서 이마에 흐르는 땀을 손바닥으로 닦아냈다.

"마, 만나서 이야기합시다."

"만날 필요까지는 없어요. 전화로 충분히 이야기할 수 있으니까. 서 부회장과 무슨 일로 만났나요?"

오 원장은 머뭇거리다가 입을 열었다.

"만일 내가 사실대로 이야기해 주면 테이프를 이쪽으로 넘겨

주나요?"

"물론이지요. 이건 어디까지나 거래니까요."

"당신이 약속을 지킨다는 것을 무엇으로 보장할 수 있지요?"

"보장은 무슨 보장, 그런 건 필요 없어요. 난 약속을 지키는 사람이니까."

오 원장은 조금 침착해졌다.

"당신은 누가 시켜서 이런 짓을 하는 겁니까, 아니면 당신 자신이 필요해서 이러는 겁니까?"

"그런 건 알 필요 없어요. 내가 묻는 말에 대답이나 해요."

"당신은 아주 나쁜 사람이군요. 비열하기 짝이 없는 나쁜 사람이군요."

"응, 이거 봐요. 이 세상은 어차피 그런 거 아닌가요. 싸워서 이기는 사람만 존재할 수 있는 세상 아닌가요. 난 내 자신 정의로운 사람이라고는 조금도 생각지 않으니까 당신 말에 화를 내지 않겠어요."

"그걸 알아서 뭘 하려고 그러는 거요? 목적이 뭐요?"

"그건 당신이 상관할 일이 아니에요. 당신은 사실대로 말해주기만 하면 돼요."

"내 딸은 결혼시키지 않겠어! 그 사람한테 결혼시키지 않으면 돼!"

오 박사는 분연히 말했다. 그렇게 말하고 나자 온몸이 분노로 부들부들 떨렸다.

"그래요? 그거 생각 잘 하셨군요. 대단한 결단이십니다 그려. 그렇다면야 더 이상 협상의 여지가 없군요. 하지만 당신 딸이 문 검사와 결혼 못하는 정도로 일이 끝나지는 않을 거요. 그 정도로 순순히 문제를 덮어둘 줄 아셨다간 큰 코 다칠 겁니다. 당신 딸이 강의 나가고 있는 대학에다 이 테이프를 뿌리면 어떻게 될지 한번 생각해 봤나요? 이 테이프는 죽을 때까지 당신과 당신 딸의 귀를 괴롭혀 줄걸요."

"이 나쁜 놈!"

오 박사는 주먹을 부르쥐고 떨었다. 그러나 상대방은 여유 있게 나왔다.

"오 박사, 흥분하지 마세요. 그런다고 해서 문제가 해결되는 건 아니니까요. 냉정히, 아주 냉정히 판단해서 결정하세요."

"말하기 전에 약속을 해야겠어. 나한테서 들었다는 말을 누구한테도 절대 하지 않겠다고 약속을 해."

"아, 그거야 당연한 일 아닙니까. 그런 건 걱정하지 않으셔도 됩니다."

"어떻게 그걸 믿지?"

오 박사의 얼굴에 불안한 표정이 나타났다.

"나를 믿을 수가 없으면 우리 협상은 이뤄질 수가 없는 거 아닙니까?"

잠시 침묵이 흐르고 난 뒤 오 박사가 마침내 입을 열었다. 그의 목소리는 한결 작아져 있었다. 그는 속삭이는 소리로 금원그룹이 현재 처해 있는 제1급의 극비 사실을 모두 이야기하기 시작했다.

녹음 테이프 · 193

한참 동안 이야기를 듣고 난 상대방은 별로 놀라는 기색도 없이 말했다.

"별것도 아니군요. 사람은 어차피 한 번 죽어야 하는 거 아닙니까. 그건 그렇고, 만일 오 박사 말이 거짓말일 경우에는 우리 약속은 무효가 된다는 걸 당신은 알아야 합니다."

"난 사실대로 말했소."

오 박사의 창백한 얼굴은 온통 땀에 젖어 있었다.

"좋아요. 그걸 증명할 수 있는 걸 나한테 보여 줘요. 서 회장의 진료 차트를 나한테 한 부 복사해서 넘겨줘요. 간암이란 걸 증명할 수 있는 차트 말입니다."

교 환

 오 박사가 흥분을 가라앉히기까지는 한참이나 걸렸다. 상대방은 자신을 각종 섹스 테이프를 수집하는 「컬렉터」라고 소개하면서 서인구 회장에 대한 진료 차트를 자기에게 전달하는 방법을 일러준 뒤 전화를 끊었다.

 오 박사는 손등으로 이마에 흐르는 땀을 닦고 나서 벽에 걸려 있는 시계를 올려다보았다. 시계 바늘은 상오 11시 46분을 가리키고 있었다. 컬렉터는 오후 1시까지 그 진료 차트 사본을 지정한 장소에 갖다 놓으라고 말했다. 만일 시간을 어기면…….

 오 박사는 눈을 한 번 지그시 감았다 떴다. 1시까지는 한 시간 남짓밖에 남아 있지 않다. 그는 서둘러야겠다고 생각하고 벌떡 몸을 일으켰다. 그리고 책상 위에 장치되어 있는 부저를 눌렀다. 여비서가 급한 걸음걸이로 들어왔다.

 "차를 대기 시켜. 한 시간쯤 다녀올 데가 있으니까."

 여비서가 나가자 그는 뒤쪽 구석에 놓여 있는 금고 문을 열었다. 그리고 누런색의 대형 봉투를 꺼냈다.

 행선지도 밝히지 않고 창백한 얼굴로 사라지는 원장을 여비서가 의아한 눈으로 쳐다보았다.

비상계단을 통해 3층에서 내려온 오 박사는 겉으로 침착을 가장하면서 복도를 천천히 걸어갔다. 병원 직원들이며 그를 알아보는 환자들이 그에게 공손히 인사를 건넸다. 그 때마다 그는 정중히 인사를 받으며 화장실 쪽으로 걸어갔다.

그는 사랑하는 외동딸이 그런 짓을 하리라고는 도무지 믿을 수가 없었다. 그렇게 얌전하고 남자라고는 손목 한번 안 잡았을 것 같은 그 애가 결혼도 하지 않은 몸으로 건달 같은 남자와 그런 엄청난 짓거리를 저지르고 있다니! 그것도 결혼을 1주일 앞두고 말이다!

그는 화장실 안으로 들어갔다. 그 화장실은 병원을 찾아오는 사람들이 주로 사용하는, 조금은 지저분한 화장실이었다. 원장이 그런 화장실에 들어가는 일은 거의 없었다. 화장실 앞에서 청소를 하고 있던 중년의 여인이 놀란 표정으로 물러섰다.

화장실 안으로 들어간 그는 오른쪽 첫 번째 칸을 노크했다. 아무 반응이 없자 그는 안으로 들어가 문을 잠근 다음 변기 위에 그대로 주저앉았다. 상체를 앞으로 숙인 채 두 손으로 머리를 감싸쥐고 눈을 감았다.

만일 명희의 그 목소리가 담긴 녹음 테이프가 공개되면 집안 망신은 물론이려니와 그의 명예도 큰 손상을 입게 될 것이고, 결국은 원장직마저 내놓지 않으면 안 될 것이라고 그는 생각했다. 차트를 넘기지 않고 조용히 해결하는 방법이 없을까. 경찰에 의뢰하면 어떨까. 경찰은 컬렉터를 붙잡을 수 있을지 모른다. 그러나 그 테이프가 확산되는 것까지 막을 수는 없을 것이다. 그는 머리를 움켜잡고 흔들었다. 딸에 대한 배신감과 범인에 대한 분노 그리고 앞을 예측할 수 없는 불안감으로 견딜 수가 없었다.

그의 외동딸은 대학에서 성악을 전공했는데, 학교 재학 중에 각종 콩쿠르를 휩쓸어 그 재능을 인정받고 있는 장래가 촉망되는 아가씨였다.

거기다 집안까지 좋아 최상의 신부감으로 일찍부터 여인네들의 입에 오르내려 왔던 터였다. 대학을 졸업한 그녀는 오 박사에게 유학을 보내달라고 졸랐지만 그는 딸을 너무 사랑한 나머지 외국에 보내는 것을 가까스로 만류하고 그 대신 대학원에 가게 했다. 대학원을 마치고 나면 유학을 한번 고려해 보겠다고 달랬는데, 그녀가 대학원을 마치자 마침 대학에 강의 자리가 생겼고, 시간 강사가 된 그녀는 유학을 뒤로 미룬 채 강의를 나가다가 장래가 약속되어 있는 청년 검사와 약혼을 하게 되었던 것이다. 그녀는 결혼 조건으로 결혼 후에 유학을 보내 줄 것을 요구했고, 오 박사와 문 검사는 그 요구를 받아 주기로 약속했던 터였다. 그런 딸이 그의 사랑과 기대를 배반하고 그런 짓을 하다니! 컬렉터의 말을 빌린다면 명희는 3년 동안이나 어떤 건달 같은 놈과 그 짓을 해왔다고 하지 않은가!

그 건달 같은 놈은 누구일까? 어떤 놈이 감히 내 사랑하는 딸을……. 그는 주먹을 부르쥐고 몸을 떨다가 뒤로 손을 뻗어 손잡이를 눌렀다. 물이 쏴 하고 빠지는 소리가 들려왔다. 컬렉터는 수조 속에 열쇠를 넣어 두었다고 말했었다. 오 박사는 뒤로 돌아서서 수조의 뚜껑을 열었다. 어두워서 잘 보이지가 않는다. 그는 손을 집어 넣고 더듬어 보았다. 무엇인가 손에 만져지기에 꺼내 보니 사과였다. 열쇠는 사과 속에 박혀 있었다. 그는 컬렉터의 말이 빈 말이 아님을 알고는 소름이 끼쳤다.

병원 건물 앞으로 나가자 운전사가 차를 세워 놓고 기다리고 있었다. 운전사가 뛰어나와 차 뒤를 돌아 뒷문을 열었다. 그는 차 안으로 들어가 시트에 몸을 묻었다. 그의 차는 일제 로열살롱이었다. 금원에서 제공해 준 것이고 운전사도 물론 거기에 딸려온 사람이기 때문에 그는 돈 한 푼 낼 필요가 없었다. 그런 모든 편리함과 배려는 그가 원장이기 때문에 가능한 것이었다. 원장직을 잃게 되면 그런 모든 것도 함께 잃게 된다. 그는 처음으로 가시방석에 앉은 느낌이었다.

종로 1가에서 차를 내린 그는 운전사에게 1시 30분에 차를 YMCA 건물 앞에 대기시키라고 이른 다음 2가 쪽으로 천천히 걸어갔다. 조금 후 샛길로 들어선 그는 어느 복사집으로 들어가 가지고 온 차트를 한 부 복사해 달라고 부탁했다. 새 봉투를 하나 사서 사본을 그 안에 넣고 풀로 봉했다. 복사집을 나온 그는 다시 2가 쪽으로 걸어가다가 지하도로 내려갔다.

주의 깊게 주위를 살피면서 지하도를 걸어가던 그의 눈에 물품 보관함이 보였다. 푸른색의 철제 박스들이 한쪽 벽면에 설치되어 있었다. 그는 열쇠를 꺼냈다. 그 열쇠에는 65번이라고 적힌 플래스틱 조각이 달려 있었다. 박스 앞으로 다가서서 주위를 한번 둘러보았지만 그를 주목하는 사람은 아무도 없는 것 같았다. 열쇠를 65번 박스의 자물쇠 구멍 안으로 밀어넣어 보았다. 그것은 부드럽게 안으로 밀려 들어갔다. 왼쪽으로 돌리자 자물쇠 장치가 찰칵하고 돌아가는 소리가 들렸다. 문을 당기자 그것은 소리 없이 열렸다. 박스 안에는 편지 봉투 하나가 들어 있었다. 그것을 꺼내 안에 들어 있는 것을 빼내 보았다. 봉투 안에는 테이프가 한 개 들어 있었다. 그것을 도로 봉투 안에 넣어 자신의 호주머니 속에 집어 넣은 다음 차트 사본이 들어 있는 서류 봉투를 박스 안에 넣었다. 문을 닫고 나서 동전 투입구에다 백 원짜리 동전 3개를 집어 넣고 나서 자물쇠를 잠갔다. 열쇠를 호주머니 속에 넣고 난 그는 돌아서서 다시 지하도를 걸어갔다.

지하도를 벗어나려다 말고 그는 공중전화기 앞에서 걸음을 멈추었다.

전화기 앞은 비어 있었다. 그는 집으로 전화를 걸었다.

"어쩐 일이세요?"

낮에 집으로 좀처럼 전화를 거는 법이 없는 그였기 때문에 그의 아내가 의아해하며 물었다.

"음, 그냥 걸어 봤어."

"이따가 아파트 계약하기로 했어요. 명희가 포커스는 싫대요. S에서 나온 킬리만자론가 뭔가 그걸 사 달래요."

그의 아내는 시집 보내는 딸의 혼수에 대해서 계속 뭐라고 이야기했지만 그의 귀에는 그저 소음 정도로만 들릴 뿐이었다. 시집가는 그의 딸은 아파트를 사 가지고 가는 것은 물론이고 자가

용까지 몰고 간다. 대신 신랑될 사람은 불알만 두 쪽 달고 온다고 한다. 그것은 매파가 중간에서 이미 그려 놓은 설계도이고, 당사자들은 그대로 따르기만 하면 되는 것이다. 오 박사는 미간을 찌푸리면서,

"명희는 어딨어?"

하고 물었다.

"지금 자고 있어요. 어젯밤 오페라 준비로 꼬박 밤을 샜나 봐요. 9시 지나서 들어왔어요."

어젯밤 늦게 명희는 오페라 준비 관계로 집에 못 들어온다고 알려 왔었다. 미국에서 온 외국인 연출자가 어떻게나 열성인지 따라가기가 벅차다고 호들갑까지 떨면서. 그녀는 프리마돈나 역을 맡고 있는 모양이었다.

오 박사는 잠자코 수화기를 내려놓은 다음 지하도를 빠져 나왔다. 가게에 들러 사과를 한 개 산 다음 YMCA 건물 안으로 들어갔다. 컬렉터는 2층에 있는 화장실에다 열쇠를 갖다 놓으라고 했었다. 그는 2층으로 올라가 지정된 화장실 안으로 들어갔다. 컬렉터가 한 것처럼 사과에다 열쇠를 박은 다음 수조 안에다 그것을 넣고 나서 뚜껑을 덮었다.

오후가 되면서 날씨는 찌는 듯이 무더워지고 있었다. 어제까지만 해도 전국적으로 비바람이 치는 험한 날씨였는데 지금은 구름 한 점 없는 하늘에서 태양이 이글거리고 있었다. 불볕 더위에 모든 것들이 녹아드는 것 같았지만 거리의 시민들은 여느 때와 다름없이 바쁘게 움직이고 있었다.

오후 2시 조금 지나 선글라스를 낀 깡마른 한 사나이가 YMCA 건물 안으로 들어섰다. 기름을 발라 올백으로 빗어넘긴 것하며 코밑에 기른 수염, 그리고 부지런히 껌을 씹어대는 모습 등이 얼른 보기에도 제비족 같아 보였다.

건물 안으로 들어선 그는 빠른 걸음으로 계단을 통해 2층으로 올라갔다. 아래에는 흰 바지를, 그리고 위에는 노란 점퍼를 걸치고 있었다. 이윽고 2층 화장실 앞에 이른 그는 주위를 한번 휘둘러보았다. 아래층과 달리 2층은 아주 조용했다. 그는 문을 밀고 안으로 들어갔다. 화장실 안에는 중년 남자 한 명이 소변기 앞에 서서 오줌을 누고 있었다. 코밑수염은 멈칫하다가 소변기 앞으로 다가섰다. 조금 전에 소변을 보았기 때문에 오줌이 조금밖에 나오지 않는다. 중년 남자가 소변기 앞에서 물러나 세면대 쪽으로 다가섰다. 코밑수염은 중년 남자 뒤로 다가서서 차례를 기다렸다. 우선 상대가 오 박사가 아니라는데 그는 조금 안심이 되었다.

그러나 마음을 놓을 수는 없었다. 상대가 경찰일 수도 있기 때문이다. 중년 남자가 그를 힐끗 돌아본 다음 서둘러 밖으로 사라졌다. 전형적인 월급쟁이 같아 보였다. 코밑수염은 천천히 손을 씻으면서 생각에 잠겨 있다가 갑자기 몸을 돌려 가운데 칸을 노크했다. 아무 반응이 없자 그는 문을 밀고 안으로 들어갔다. 안으로 문을 잠그고 나서 변기에 앉아 5분쯤 기다려 보았다. 화장실 안에서는 아무런 인기척도 들리지 않았다.

그는 손을 뒤로 돌려 수조 속의 물을 뽑았다. 물이 모두 빠지기를 기다려 뚜껑을 열고 안을 들여다보았다. 안에는 사과가 한 개 들어 있었다. 그는 사과를 집어 들고 살펴보았다. 사과 안에는 열쇠가 하나 박혀 있었다.

그가 열쇠를 사과에서 막 잡아 뽑았을 때 노크 소리가 들렸다. 소스라치게 놀란 그는 헛기침을 하면서 문을 두드렸다. 그러자 노크 소리가 옆으로 이동했다. 이윽고 옆칸으로 사람이 들어오는 기척이 들리더니 오물을 쏟아 내는 소리가 요란스럽게 났다. 컬렉터는 얼굴을 찡그리면서 재빨리 그 곳을 빠져 나왔다. 아무도 미행하는 자가 없는 것을 확인한 그는 여유 있는 걸음걸이로 지하도로 통하는 계단을 내려갔다.

지하도에는 많은 사람들이 오가고 있었다. 그는 약국으로 들어가 피로회복제 한 병을 사서 마시면서 물품 보관함 주위를 살펴보았다. 한참 동안 살펴보았지만 주위에 경찰이 잠복해 있는 기미 같은 것은 보이지 않았다.

그는 약국을 나와 보관함 쪽으로 다가갔다. 65번 박스에 열쇠를 꽂고 문을 열었다. 안에 갈색의 서류 봉투가 하나 들어 있었다. 그는 미소를 지으면서 그것을 꺼냈다. 봉투는 풀로 봉해져 있었다. 그 때 누군가가 그의 팔을 낚아챘다.

"이 나쁜 놈!"

이어서 낮은 외침이 그의 귀를 때렸다. 그는 깜짝 놀라 돌아보았다. 언제 나타났는지 오 박사가 땀을 뻘뻘 흘리며 거기에 서 있었다.

컬렉터는 재빨리 주위를 살폈다. 오 박사가 동행 없이 혼자인 것을 알자 그는 입가에 차가운 미소를 지었다.

"아, 오 박사, 돌아가시지 않고 지금까지 여기 계셨군요?"

"네 놈을 기다렸어. 가자! 나하고 함께 가!"

오 박사는 절대 놓치지 않겠다는 듯 컬렉터의 옷자락을 움켜잡은 채 낮게 소리쳤다. 그가 큰 소리로 외치지 않은 것은 주위의 눈을 의식해서였다.

"어디로 가자는 겁니까?"

"경찰에 가!"

"경찰에 말입니까?"

그는 비웃는 표정으로 오 박사를 노려보았다.

"그거 이리 내!"

오 박사는 컬렉터의 손에 들려 있는 봉투를 거칠게 빼앗았다. 컬렉터는 순순히 그것을 돌려 주었다.

"마음대로 하십시오. 나야 손해 볼 거 없으니까. 이거 놓고 이야기해요."

그는 그의 옷자락을 붙들고 있는 오 박사의 손을 후려쳤다. 손을 얻어맞은 오 박사는 갑자기 기가 꺾이면서 더 이상 상대방을 붙들지 않았다. 행인들이 두 사람이 옥신각신하는 것을 재미있게 바라보면서 지나갔다. 그들 주위로 사람들이 한두 명씩 모이기 시작하자 오 박사는 창피스러웠다. 그것을 눈치챈 컬렉터는 여유 있게 나왔다.

"오 박사, 잘 생각해서 놀아요. 창피당하는 건 당신 쪽이지 내 쪽이 아니니까."

그렇게 말한 후 컬렉터는 걸어가기 시작했다. 오 박사가 그를 놓칠세라 따라붙었다.

"나하고 함께 가. 너 같은 놈은 감옥에 처넣어야 해."

"감옥 좋아하시네. 그럼 왜 경찰을 데리고 오지 않았지?"

그들은 지하도를 빠져 나왔다. 컬렉터는 저만치서 다가오고 있는 두 명의 순찰 경찰관을 가리켰다.

"파출소까지 갈 필요 없잖아. 저기 경찰이 오고 있으니까 고발할 테면 고발해 봐요. 난 도망가지 않을 테니까. 그 대신 각오해. 당신 딸은 끝장이니까. 당신이 그렇게 나올까 봐 난 테이프를 복사해 두었지."

"뭐라고 이놈?"

오 박사는 상대방의 멱살을 움켜잡을 듯하다가 그만두고 몸을 부들부들 떨었다.

"너무 흥분하지 말아요. 몸에 해로우니까."

"테이프는 모두 돌려준다고 하지 않았어, 이놈아?!"

"이놈아 저놈아 하지 마. 당신이 약속을 지키면 난 복사해 둔 테이프를 모두 지워 버릴 생각이었어. 지워 버리지 않은 게 다행이지."

경찰 두 명이 그들 앞으로 다가왔다. 오 박사는 땀을 뻘뻘 흘리며 그들을 바라보았다. 시선이 마주치자 그는 얼른 고개를 돌렸다. 순찰조는 그들 곁을 지나 지하도로 내려갔다. 오 박사의 어깨가 축 늘어졌다. 컬렉터가 손을 뻗어 봉투를 가져가는데도 그는 맥빠진 모습으로 그 자리에 서 있었다.

"오 박사, 집에 가서 딸이나 잘 간수하시오."

컬렉터는 오 박사의 어깨를 두드려 주고 나서 골목 쪽으로 걸어갔다.

이윽고 그의 모습이 골목 안으로 사라지자 오 박사는 허둥지둥 그를 쫓아갔다.

"어쩌자는 거야? 대체 왜 이러는 거야?"

오 박사에게 팔을 잡힌 컬렉터가 아까와는 달리 험한 목소리로 물었다. 그는 주먹으로 오 박사의 손을 후려쳤다. 오 박사는 고통을 느끼면서 손을 풀었다.

"이야기 좀 해. 이대로 보낼 수는 없어."

"이야기야 얼마든지 할 수 있지. 여기서 이럴 게 아니라 어디 조용한 데로 가지. 따라와요."

조금도 두려워하는 기색도 없이 당당히 행동하는 컬렉터 앞에 오 박사는 오히려 주눅이 든 모습이었다.

컬렉터는 오 박사를 데리고 어느 조그만 카페로 들어갔다. 칸막이가 되어 있어서 남의 눈을 의식하지 않고 이야기하기에 좋은 곳이었다.

"박사님은 뭘 드시겠습니까? 시원한 맥주라도 한 잔 하시겠습니까?"

컬렉터가 은근한 목소리로 물었다. 그는 완전히 오 박사를 손아귀 안에 쥐고 있는 듯한 태도였다.

"커피……."

"냉커피 드시겠습니까?"

"아니, 뜨거운 거 줘요."

컬렉터는 웨이터에게 뜨거운 커피와 냉커피를 시켰다.

"그 안경 좀 벗을 수 없소?"

오 박사가 참을 수 없다는 듯 상대방의 선글라스를 가리키며 말했다.

어떻게 생겨먹은 놈인지 얼굴을 한 번 보고 싶었지만 선글라스에 가려져 볼 수가 없었다. 컬렉터는 머리를 흔들었다.

"이걸 벗을 수야 없지요. 그런데 지금 무슨 이야기를 하자는 거요?"

"누가 시켜서 이런 짓을 하는 거요?"

그 물음에 컬렉터는 코웃음을 쳤다.

"그건 말할 수가 없어요."

베일 속의 얼굴

 형사 배세인은 유지명이 차려 준 점심 식사에는 거의 손을 대지 않았다. 위장병이 있는 그는 입에 닿는 대로 아무 음식이나 먹어 치울 정도로 그렇게 식욕이 왕성하지가 못했다. 식욕은 커녕 음식만 보면 속이 쓰려서 얼굴을 돌리곤 했다. 그러니 사람이 비쩍 마를 수밖에 없었다.

 그가 오전 11시경에 지명의 집에 들렀을 때 거기에는 낯선 여자들 두 명이 더 있었다. 지난 밤 부산에 내려간 우 형사로부터 전화 연락을 받은 바 있었기 때문에 그는 지명으로부터 소개를 받지 않고서도 그들이 지명의 모친과 동생임을 알아볼 수가 있었다.

 그들을 처음 보았을 때 그가 속으로 적이 놀란 것은 지명과 대비되는 그녀 모친의 모습이 너무도 초라하고 꾀죄죄해 보였기 때문이다. 햇볕과 짠 바닷바람에 까맣게 찌든 그 얼굴을 보고 있자니 어떻게 저런 여자한테서 저렇게 아름다운 딸들이 태어날 수 있었을까 하는 생각이 들었다. 아니야, 자신의 모습이 저렇게 되도록 헌신적으로 뒷바라지를 했기 때문에 딸들이 저렇게 예쁘게 자랄 수 있었던 게 아닐까.

마산댁의 얼굴에는 눈물 자국이 남아 있었다. 지명의 동생 지린은 불안한 듯하면서도 야무지고 총기 어린 눈으로 배 형사를 주시하고 있었다. 그녀한테는 형사라는 사람이 호기심의 대상으로 보이는 것 같았다.

배 형사가 오전에 그 곳에 들른 것은 무엇보다 먼저 범인으로부터 무슨 연락이 오지 않았나 해서였다. 지명의 집 전화에는 주인 몰래 이미 도청 장치를 해 두었기 때문에 모든 통화는 빠짐없이 경찰에 체크되고 있었다. 그런데 도청 장치를 하기 전에 어제 오후에 범인으로 부터 10억 원을 내놓으라는 첫 번째 협박 전화가 지명에게 걸려온 이후 아직까지 두 번째 전화는 걸려오지 않고 있었다.

첫 번째 전화에서 범인은 지명에게 10억 원을 내놓으라고 했을 뿐 그것을 전해 주는 방법도, 시간도, 그리고 장소도 구체적으로 말하지 않은 채 전화를 일방적으로 끊어 버렸었다. 그래서 곧 두 번째 전화를 걸어 오겠거니 하고 기다렸는데 아직까지 아무 연락이 없었다. 도청당할까 봐 혹시 다른 경로를 통해 지명에게 연락을 취한 게 아닐까 하는 생각이 불현듯 들었고, 그래서 그것을 알아보려고 지명의 집을 방문했던 것이다. 하긴 수사를 맡은 담당 형사가 피해자의 집을 방문하는 것은 하등 이상할 게 없는 너무도 당연한 일이었다.

지명은 범인이 자기 집 전화가 아닌 다른 경로를 통해 아무런 연락도 취해 오지 않았다고 말했다. 웬일일까. 그 점에 대해서는 지명 역시 이상하게 생각하고 있는 것 같았다. 그녀는 눈에 띄게 수척해져 있었고, 너무 울어서 두 눈이 퉁퉁 부어 있었다. 그녀는 눈물을 글썽이면서 빨리 아들을 찾아 달라고 배 형사에게 애원했다.

"아들을 빨리 찾고 싶으면 경찰에 협조해야 합니다. 왜 협이 아빠가 누군지 밝히지 않습니까? 수사는 거기서부터 시작해야 합니다."

배 형사는 그녀를 설득했지만 그녀는 그 점에 대해서만은 입을 다물어 버렸다. 어떤 말로도 그녀를 설복시킬 수는 없을 것 같았다. 그녀의 말인 즉 협이의 아빠 되는 사람은 유괴 사건에 아무 관계가 없기 때문에 이번 일에 끌어들이고 싶지 않다는 것이었다.

"이런 답답한 일이 있나?"

배 형사는 노골적으로 불만을 나타내며 도움을 청하는 눈으로 마산댁을 바라보았지만, 그녀 역시 어쩔 수 없다는 듯이 입을 다물고 있을 뿐이었다.

"가끔씩 여기 찾아오는 중년 남자는 누굽니까? 협이가 삼촌이라고 부르는 키가 작달막한 남자 말입니다. 언제나 색안경을 끼고 나타난다고 하던데……."

그 말에 지명의 얼굴빛이 더욱 창백해지는 것 같았다. 그러나 그녀는 이내 정색을 하고 말했다.

"뭔가 잘못 아신 것 같은데…… 저한테는 삼촌이 없어요. 그런 사람이 찾아온 일도 없어요."

그녀의 시침떼는 모습에 배 형사는 화가 치밀었다.

"그럼 경비원이 나한테 거짓말을 했다는 건가요? 도대체 아이를 찾을 마음이 있는 겁니까 없는 겁니까? 그렇게 비협조적으로 나오면 우리도 일을 할 수가 없어요."

두 사람이 주고받는 말을 듣고 있던 마산댁은 중간에서 어쩔 줄 몰라했다.

"죄송합니다. 저것이 아직 철이 없어서 그러니 이해를 해 주십시오."

마산댁이 머리를 조아리며 사죄를 하는 바람에 배 형사는 더 이상 지명을 추궁하는 것을 그만두었지만 그렇다고 화가 풀린 것은 아니었다.

그는 잠자코 일어나 밖으로 나오려다가 갑자기 생각난 듯 몸을 돌려 지명을 바라보았다.

"만일 범인이 10억 원을 받고 아이를 돌려주겠다고 한다면 범인한테 돈을 줄 건가요?"

"협이를 구할 수만 있다면 돈이 문제겠어요."

지명은 당연하다는 듯이 말했다.

"그 돈이 있나요?"

"마련해 봐야죠."

조그만 소리로 말했지만 단호한 뜻이 느껴지는 말투였다. 거기서 그는 지명이 경찰을 제쳐 놓고 범인과 단독으로 협상을 벌일지도 모른다는 강한 암시를 받았다. 그래서 그는 그녀에게 주의를 주었다.

"범인과의 협상은 반드시 경찰에 알려야 합니다. 경찰 몰래 범인과 단독으로 협상해서는 안 됩니다. 그런 짓을 하면 결국 두 가지 다 잃게 되니까요."

지명은 아무런 대꾸도 하지 않은 채 얼어붙은 표정으로 배 형사를 바라보기만 했다.

지명의 아파트를 나온 그는 도청 장치를 해둔 곳으로 향했다. 그 곳은 지명의 아파트로부터 2백 미터쯤 떨어져 있는, 역시 같은 아파트 단지 내에 있는 어느 빈 아파트였다. 그 곳을 향해 걸어가면서 배 형사는 생각에 잠겼다.

먼저 생각난 것은 협이가 삼촌이라고 부르는 그 작달막한 40대 초반의 남자였다. 아직 정체를 드러내고 있지 않지만 선글라스를 끼고 두 달 만에 한 번 정도 나타나는, 그것도 밤에만 나타나는, 올 때마다 선물을 한 아름씩 들고 오는 그 남자가 지명의 정부임에 틀림없다는 생각이 들었다.

그는 택시를 타고 온다고 했다. 신분을 감추려고 그랬을 것이다. 지명과 그 사나이가 통화하는 것을 잡으려고 해 봤지만 아직까지 그런 통화는 잡히지 않고 있었다. 도청당하고 있는 줄 알고 지명한테 전화를 거는 것을 삼가하고 있는지도 모른다. 지명 역시 남자한테 전화 거는 것을 피하고 있는 것 같다. 그녀가 집 전화를 피하고 대신 공중전화를 이용하는 것을 잠복 형사가 목격한 적이 있었다. 그 40대의 사나이가, 다시 말해 협이의 아버지 되는 사람이 비록 이번 사건과 관계가 없다 하더라도 그는 그 사나이를 꼭 찾아내고 싶었다. 사건의 발단이 그들 두 남녀의 불륜의 관계에서 비롯된 것인지도 모르기 때문에…….

불현듯 그 40대의 사나이가 금원백화점에 있던 지명을 본부 비서실로 끌어들인 장본인이 아닐까 하는 생각이 들었다. 그는 가로수 그늘 밑으로 들어가 한동안 멍하니 서 있었다. 불볕 더위에 나뭇잎들도 힘없이 늘어져 있었다.

그 사나이는 그렇다치고 범인은 유지명에 대해 속속들이 잘 알고 있는 자임에 틀림없다. 잘 알고 있다는 것은 주변 인물이라는 뜻이다. 범인은 먼 데 있지 않고 의외로 가까운 곳에 있는지도 모른다. 멀리서 찾을 게 아니라 가까운 곳을 더듬어 봐야 하지 않을까. 그는 다시 걸어갔다.

도청 장치를 해 둔 그 아파트는 주인이 다른 지방에 살고 있는 사람으로, 복덕방에 팔려고 내놓은 것인데 1층이라 잘 팔리지가 않고 있었다.

주인은 아예 아파트 열쇠를 복덕방에 맡겨둔 터였다. 배 형사가 그 곳을 잠시 이용할 수 있게 된 것은 그 복덕방 주인과 잘 알고 있기 때문이었다. 복덕방 주인은 배 형사에게 각종 정보를 물어다 주는 정보원이기도 했다. 아파트 안으로 들어가자 부산에 내려갔던 우 형사가 와 있었다.

"왜 이렇게 늦었어?"

"고속버스 타고 오느라고 늦었습니다."

비행기를 타고 빨리 올라 올 것이지, 하고 말하려다가 배 형사는 그만두었다. 쥐꼬리만한 수사비를 생각한다면 차마 그런 말을 할 수가 없었던 것이다.

우 형사는 이미 전화로 보고를 했었기 때문에 따로 특별히 배 형사에게 보고할 것이 없었다.

"범인한테서 다시 연락이 왔었나요?"

우 형사가 도청 장치를 바라보면서 물었다. 배 형사는 고개를 가로저었다.

"아무 연락도 없었어."

도청 장치는 전화벨이 울리고 나서 신호가 떨어지면 통화 내용이 자동적으로 녹음기에 녹음되도록 되어 있었다. 이쪽에서 어딘가에 전화를 걸더라도 녹음되기는 마찬가지였다. 그와 함께 목소리가 흘러나오도록 되어 있었기 때문에 가만히 앉아서 통화 내용을 들을 수가 있었다. 도청 장치 앞에는 지원나온 형사 한 명이 자리를 뜨지 않고 지키고 있었다. 자리를 지키지 않더라도 통화 내용이 녹음되기 때문에 나중에라도 그것을 들을 수 있지만 급한 경우에 대비해서 자리를 지키게 한 것이다.

"도움이 될 만한 통화도 없었어. 협이 아버지 되는 사람한테서라도 전화가 걸려올 만한데 그런 전화도 없었어. 그 여자도 그 남자한테 전화를 걸지 않는 것이 아무래도 다른 전화를 이용하는 것 같아."

"도청당하는 것을 아는가 보죠?"

"그런 것 같아."

"빌어먹을."

우 형사는 투덜거리면서 전화통을 노려보았다. 배세인은 두꺼운 안경너머로 후배 형사를 힐끗 쳐다보고 나서 입을 열었다.

베일 속의 얼굴 · 213

"부산까지 다녀왔으면 뭘 하나라도 물어 왔어야 하지 않아. 난 잔뜩 기대를 걸었었는데 말이야."

그 말에 우 형사는 머리를 긁적였다.

"미안합니다. 아무리 알아 내려고 했지만 그럴 수가 없었습니다. 그 여자의 가족들도 아이의 아버지가 누구인지 모르는 것 같았습니다."

우 형사는 부산에 내려가 보고 들은 것들을 배 형사에게 자세히 이야기해 주었다. 그 이야기를 하면서 그는 불현듯 유지희와 바닷가 카페에서 보냈던 그 칠흑 같던 밤이 생각났다. 바로 지난 밤이었는데도 그것이 아주 오래 전에 있었던 일처럼 아련히 떠오르는 것은 웬일일까 하고 그는 생각했다.

"…… 유지명이 사치스럽게 살고 있는데도 부산에 있는 그녀의 어머니와 동생들은 아주 가난하게 살고 있었습니다. 너무 대조적이라 놀랄 정도였습니다. 마산댁은 큰딸의 도움을 받는 것을 거부하고 있는 것 같은 인상을 받았습니다. 심지어 둘째딸인 지희라는 아가씨는 언니의 생활이 수치스럽다고까지 말했습니다. 그 아가씨는 언니와 아주 딴판이었습니다. 세 자매가 모두 미인이었지만 각자가 독특한 개성을 가지고 있는 것 같았습니다."

"그 지희라는 아가씨는 지금 무슨 일을 하고 있지?"

"은행에 나가고 있습니다."

배세인은 한동안 생각에 잠겨 있는 표정이다가 조심스럽게 물었다.

"그런 가난한 집안에서 고등학교밖에 나오지 않은 아가씨가 상경한 지 두 달 만에 대그룹의 비서실에 발탁되어 일하게 되었다는 것은 아무리 생각해도 수수께끼가 아닌가? 그렇다고 실력이 뛰어난 것도 아니고 특출한 재능이 있었던 것도 아니었는데 말이야."

"네, 정말 그 점이 수수께끼입니다. 지희라는 아가씨 말로는 언니가 너무 예뻤기 때문에 비서실로 발탁된 것 같다고 했는데…… 그 말이 아주 틀린 말도 아닌 것 같습니다."

"그 점을 알아봐야겠어. 그 수수께끼를 풀면 그 여자의 정부가 누구인지 알아 낼 수 있을 거야. 그리고 금원 그룹 내에 서씨 성을 가진 간부가 몇 명이 되는지 구체적으로 알아봐야겠어. 내 생각에는 아무래도 그 중에 유지명의 정부가 있을 것 같아."

"서씨 일족이 경영하는 회사니까 아무래도 서씨 성을 가진 간부들이 상당수 있겠죠."

그 때 전화벨이 울렸다. 그들은 대화를 멈추고 긴장한 표정으로 전화통을 노려보았다. 벨이 두 번 울린 다음 신호가 떨어졌고, 이어서 지명의 긴장한 목소리가 들려왔다.

"여보세요!"

"…… 여보세요! 여보세요!"

"협이는 죽었어."

속삭이는 목소리가 들려왔다. 그것은 아무 감정도 없는, 소름끼치도록 조용하고 사무적인 젊은 여인의 목소리였다.

"무슨 소리를 하는 거예요?"

지명의 목소리는 차라리 비명 같은 것이었다.

"협이가 죽었단 말이야. 그래서 가마니에 싸서 강에다 갖다 버렸어."

마치 쓰레기를 갖다 버렸다는 식으로 간단히 내뱉는다.

"뭐라구요?! 그게 정말이에요?!"

"내가 왜 거짓말해."

"아니, 그럴 수가……."

"내가 죽였어. 귀찮아서 죽여 버렸지."

깔깔거리는 웃음소리가 들려왔다. 장난기 섞인, 그러나 섬뜩하도록 차가운 웃음소리였다.

"이봐요! 당신 누구예요?! 어떻게 그런 말을 할 수가 있어요?!"

지명 대신 지린의 성난 목소리가 들려왔다. 아마도 지명은 아들이 죽었다는 전화에 기절이라도 한 것 같았다.

"넌 누구지? 처음 듣는 목소리인데……?"

범인이 묻는다.

"난 협이 이모예요! 제발 그러지 말고 협이를 돌려줘요! 돈이 필요하면 돈을 주겠어요. 어린애를 유괴한다는 것은 큰 죄악이에요. 지금이라도 돌려주면 아무 일도 없었던 것처럼 할 테니까 제발 돌려줘요. 부탁해요."

"제법 똑똑하게 구는군. 언니보다는 똑똑한 것 같은데……."

"여보세요! 협이 목소리라도 듣게 해 줘요!"

"협이는 죽었다니까."

"그럼 시체가 있는 곳이라도 가르쳐 줘요!"

지린은 대들 듯이 말했다. 그녀는 냉정하고 당돌했다.

"강에다 버렸으니까 떠내려갔을 거야!"

전화가 끊어지는 소리가 찰칵하고 들려왔다. 작동하던 녹음기도 멎었다. 형사들은 잠시 어리둥절한 표정으로 서로를 마주 바라보고 있었다. 그들이 범인의 목소리를 듣기는 처음이었다.

"악랄한데요."

우 형사가 침묵을 깨고 말했다. 배 형사는 두꺼운 안경을 밀어 올렸다.

"정말 협이가 죽었을까!"

"글쎄요, 어쩐지 믿기지가 않는데요."

우 형사가 고개를 갸우뚱했다. 배 형사가 다시 말했다.

"유괴범이 인질을 죽였다고 자진해서 알려 오는 것 봤어?"

"보지 못했습니다. 그 점이 이상하군요."

배세인은 헛기침을 하고 나서 고개를 끄덕였다.

"나도 보지 못했어. 지금까지 유괴 사건을 더러 다뤄 봤지만 범인이 인질을 죽였다고 알려 오는 건 보지 못했어."

"그럼 무슨 이유가 있는 걸까요?"

"분명히 이유가 있을 거야. 이야기하는 걸로 봐서는…… 유지명한테 쇼크를 주려고 그런 것 같아. 돈이 목적이라면 인질을 죽였다는 걸 숨길 텐데 그렇지 않고 알려 온 걸 보면 목적이 딴 데 있는 것 같아. 돈에 대한 언급은 전혀 없었어."

그들은 녹음된 통화 내용을 다시 한 번 들어 보았다.

"20대 여자의 목소리인데요."

"유지명은 충격이 컸을 거야."

"그 여자한테 쇼크를 주어서 어쩌자는 걸까요?"

"노리는 바가 있겠지. 지금 금원에 가서 유지명의 과거에 대해 알아볼 수 있는 데까지 알아봐. 난 다시 그 여자의 집에 다녀와야겠어."

배 형사가 지명의 아파트에 들어섰을 때 그녀는 의식을 잃고 쓰러졌다가 막 깨어나고 있는 참이었다.

이윽고 의식을 차린 그녀는 한동안 울기만 했다. 배 형사는 시침을 떼고 무슨 일이 있었느냐고 물었다. 지명을 대신해서 지린이 범인으로부터 협박 전화가 걸려 왔었다고 말해 주었다. 이야기를 듣고 난 배 형사는 협이는 죽지 않았을 거라고 지명을 위로했다.

"그 여자 말을 믿지 마세요. 정말로 아이가 죽었다면 그렇게 알려 오지는 않았을 겁니다."

"정말 그럴까요?"

마산댁이 눈물을 찍으며 물었다.

여인의 과거

금원 그룹 본부의 인사부장은 깐깐하게 생긴 40대 후반의 사내였다.

우 형사가 신원을 밝힌 다음 찾아온 용건을 이야기하자 그는 긴장된 표정으로 우 형사를 사무실 한쪽에 있는 응접실로 안내했다. 그가 대접하는 커피를 한 모금 마시고 나서 우 형사는 입을 열었다.

"유지명이라고 아십니까? 수년 전에 비서실에서 근무했던 아가씨인데……."

느닷없는 질문에 박상구 부장은 경계를 늦추지 않은 채 안경 너머로 두 눈을 깜박이다가 뒤늦게 생각난다는 듯 고개를 끄덕였다.

"아, 네…… 그러고 보니까 생각납니다. 네, 그런 아가씨가 비서실에 한 명 있었습니다."

"당시에 근무했던 그 아가씨에 대한 인사 기록 카드 좀 볼 수 없을까요?"

박 부장이 무슨 이유 때문에 이 여자에 대해 경찰에서 조사하는 거냐고 묻는 것을 우 형사는 묵살하고 재차 카드를 보여 줄 것을 요구했다.

"너무 오래 전 것이라 있을지 모르겠습니다. 한번 찾아보겠습니다."

"불과 몇 년 전의 것인데요, 뭐. 여기서는 그만둔 사람들의 기록 카드를 없애 버립니까?"

우 형사의 말에 인사부장은 난처한 표정으로 밖으로 사라졌다가 10분쯤 지나서 돌아왔다. 그의 손에는 카드가 한 장 들려 있었다.

우 형사는 그것을 받아 들고 들여다보았다. 그 카드의 오른쪽 상단에는 유지명의 명함판 사진이 한 장 붙어 있었다. 갓 입사할 때 찍은 것인 듯 지금처럼 세련된 여인의 모습이 아닌 앳되고 싱그러운 모습의 사진이었다.

인사 기록 카드에는 유지명이 공채 1기로 금원백화점에 입사한 것으로 되어 있었다. 입사한 날짜는 1981년 5월 18일이었다. 그리고 두 달 뒤인 7월 20일자로 그룹 비서실로 전보 발령을 받은 것으로 되어 있었다. 지명이 회사를 그만둔 것은 2년쯤 뒤인 83년 6월의 일이었다. 우 형사는 그 날짜를 짚어 보이며 인사부장에게 물었다.

"유지명은 입사 두 달 만에 그룹 비서실로 발탁되어 자리를 옮겼는데 어떻게 해서 그렇게 됐습니까?"

문제가 몇 년 전에 회사를 그만둔 어떤 여자에 국한되어 있다는 것을 간파했는지 인사부장은 처음과는 달리 고자세로 나왔다. 자신에 대한 문제였다면 그렇지는 않았을 것이다. 하긴 대재벌회사 간부의 눈에 일개 형사 나부랭이가 대단하게 보일 리는 없는 것이다.

"글쎄요. 오래 전 일이라 잘 모르겠지만…… 그룹 내에서 계열 회사로 자리를 옮기는 경우는 흔히 있는 일입니다."

"어떻게 옮기게 되었는지 그걸 알고 싶습니다."

"그건 곤란한 일입니다."

"인사를 맡으신 분께서 그걸 모르신다면……."

"난 그 때 이 자리에 있지 않았습니다."

"그럼 당시의 인사 책임자는 누구였습니까?"

"당시의 인사 책임자는 지금 상무로 계십니다. 그분은 지금 해외 출장 중이십니다."

상대방은 미리부터 방어선을 쳐 놓고 있었다. 일정한 선은 넘어오지 못하게 하겠다는 태도였다. 우 형사는 화가 치밀었다. 그러나 그 정도는 각오하고 왔으므로 순순히 물러날 그가 아니었다.

"인사부장께서 모르시겠다면 다른 방법을 강구할 수밖에 없겠군요. 우리는 조사를 해야 하니까요. 우리는 공무로 일하기 때문에 누구라도 만나 볼 수가 있습니다. 회장님까지도 말입니다. 그리고 누구든 우리의 조사에 성실히 응해 주어야 할 의무가 있습니다."

그렇게 말한 다음 우 형사는 몸을 일으켰다.

"아니, 누구를 만나시려고?"

인사부장이 당황해서 그를 가로막았다. 우 형사는 담배를 꺼내 물고 거기에다 라이터를 켜서 불을 붙였다.

"인사부는 비서실에 속해 있지요?"

"네, 그렇습니다."

"그럼 비서실장의 관리 감독을 받겠군요?"

"그, 그렇습니다."

"그렇다면 비서실장을 만나 보겠습니다. 비서실장은 제 요구를 들어 주시겠죠."

"아, 잠깐!"

인사부장은 밖으로 나가려던 우 형사를 제지하고 나서 다시 자리를 권했다.

"잠깐 앉아 계십시오. 좀 나갔다 오겠습니다."

"그러죠. 하지만 너무 시간을 끌지 마십시오. 난 가야 할 데가 있으니까요."

인사부장은 어느 새 저자세로 돌아가 있었다. 급히 밖으로 사라진 그는 10분쯤 지나서 돌아왔다. 그의 얼굴은 땀에 젖어 있었다.

"우리 실장께서 좀 보시잡니다."

"비서실장 말입니까?"

응접실을 나온 우 형사는 인사부장을 따라 널따란 사무실을 가로질러 갔다. 반팔 와이셔츠 바람에 넥타이를 맨 깔끔하게 생긴 젊은 직원들이 냉방이 잘 된 수백 평 넓이의 사무실에서 분주하게 돌아가고 있었다. 잘 훈련되고 다듬어진 가장 현대적인 젊은이들 가운데를 걸어가는 동안 그는 자신의 초라한 모습이 그들과 비교되는 것을 어떻게 할 수가 없었다. 시대에 아주 뒤떨어진 못난 자식이라는 생각이 그 자신을 스스로 주눅들게 만들어 주고 있었다.

안으로 들어가자 한 사나이가 책상 앞에 앉은 채 전화를 받고 있는 모습이 보였다.

그는 우 형사를 힐끔 보고 나서 계속 전화기에다 대고 이야기했는데, 우 형사는 그의 말을 한 마디도 알아들을 수가 없었다. 그는 영어로 유창하게 말하고 있었고, 우 형사는 영어에 대해서는 굿모닝 정도밖에 알아들을 줄 몰랐다. 비서실장이 통화하는 동안 우 형사는 인사부장과 함께 엉거주춤 서 있어야 했다. 인사부장이 앞에 두 손을 모은 채 서 있었기 때문에 그도 그렇게 서 있을 수밖에 없었다.

몇 분 후 비서실장이 수화기를 놓고 만족한 표정으로 몸을 일으켰다. 일어서는데 보니 키가 꽤나 커 보였다.

"이분이 바로 경찰에서 오신……."

인사부장의 소개에 비서실장은 미소를 지으며 다가와 세련된 태도로 손을 내밀었다.

우 형사는 얼결에 두 손으로 그 손을 잡았다. 소파에 자리를 잡고 앉자 비서실장이 명함을 꺼내 주었다. 우 형사도 자기 명함을 그에게 주었다. 최 실장은 다리를 포개고 나서 여유 있는 표정으로 우 형사를 바라보았다. 무엇이든 받아 주겠다는 그런 표정이었다.

"여기에 근무했던 어떤 아가씨에 대해 좀 알아볼 것이 있어서 왔습니다만……."

우 형사는 두 손을 마주 잡은 채 조심스럽게 입을 열었다.

"대강 이야기를 들었습니다. 그런데 무슨 이유로 그 여자에 대해 조사하는가요?"

부드러우면서 날카로움이 느껴지는 어조로 비서실장이 물었다. 우 형사는 아래를 내려다보았다. 자신의 더러운 구두가 비싼 카펫을 더럽히는 것만 같아 마치 가시 방석에 앉아 있는 기분이었다.

"그 이유는 여기서 말씀드릴 수 없습니다. 본인을 위해서도 그렇고 또 수사상의 비밀이기도 합니다. 이유를 말씀드릴 수 없어 죄송합니다."

"아, 천만에요! 수사상의 비밀이라면 지켜야지요. 하긴 우리도 꼭 그 이유를 알아야 할 필요는 없습니다. 우리 사람이라면 몰라도 지금은 우리하고 상관 없는 사람이니까요."

"실장님께서는 언제부터 이 자리를 맡아 오셨습니까?"

자신에 관한 것에 질문이 던져지자 최 실장은 멈칫하는 것 같았다. 그러나 그는 노련하게 그 질문을 받아넘겼다.

"에 또, 그러니까 한 7년쯤 된 것 같은데요."

"정확한 연도가 언제였습니까?"

"그게 언제였더라……."

최 실장이 생각해 보는 표정을 짓자 인사부장이 냉큼,

"81년 8월이었습니다."

하고 대답했다. 최 실장의 가는 실눈이 더욱 가늘어지는 것 같았다.

"아, 그쯤 될 거야."

그렇다면 유지명이 비서실에 온 후에 이 사람은 비서실장이 되었다는 말이 된다. 이 사람은 그녀의 인사 문제에 대해 그 당시 관계가 없었을 가능성이 크다.

"당시 유지명을 백화점에서 이쪽으로 스카우트한 사람은 실장님이셨습니까?"

"아, 아닙니다."

실장은 완강하게 고개를 내저었다.

상대방은 태연한 표정을 짓고 있었지만 우 형사가 보기에는 어쩐지 그가 무엇을 숨기고 있는 것만 같이 생각되었다.

"그럼 그 여자를 스카우트한 사람은 누굽니까?"

그 질문에 비서실장은 씨익 하고 미소지었다.

"글쎄요. 그거야 알 수 없지요. 그리고 누가 꼭 그 여자를 스카우트했다고만 볼 수도 없지요. 자신이 지원해서 오는 수도 있으니까요."

"연막을 치지 마라."

하고 우 형사는 속으로 말했다.

"실장님께서 이 자리를 맡으시기 전에 유지명이라는 아가씨는 비서실에 들어왔습니다. 이 기록 카드를 보니까 그 아가씨가 금원백화점에서 비서실로 옮긴 게 81년 7월 20일로 되어 있습니다. 그리고 실장님께서는 그 해 8월에 오셨다고 하니까 실장님보다 한 달 먼저 그 아가씨가 비서실에 들어왔다고 볼 수 있겠군요."

"기록 카드에 그렇게 적혀 있다면 맞겠지요. 그 아가씨가 이제 기억이 나는군요. 내가 비서실장이 되어 들어와 보니까 그 아가씨가 비서실에 있었어요. 처음 느낀 것은…… 얼굴은 뛰어나게 예쁜데 일을 처리하는 솜씨가 매우 서툴다는 점이었어요. 그 아가씨는 고등학교밖에 나오지 않아 실력이 떨어질 수밖에 없었지요. 그래서 주로 잔심부름 정도나 하면서 시간을 때웠던 걸로 압니다."

"이 자리를 맡으시기 전에는 어디에 계셨습니까?"

우 형사는 무표정하게 물었다. 그러나 그의 두 눈은 안쪽에서 맹수처럼 빛나고 있었다.

"여기 오기 전에 나는 자동차에 있었습니다."

"금원 자동차 말입니까?"

"네, 그렇습니다."

"거기서 무슨 일을 맡아 보셨습니까?"

"생산관리 이사직을 맡고 있었습니다."

"미안합니다. 실장님의 인사 기록 카드를 제가 좀 볼 수 없을까요?"

그 때까지 부드럽게 꼬리치던 실장의 조그만 실눈에 긴장하는 빛이 나타났다. 그는 불쾌한 표정을 지으면서 인사부장에게 턱짓을 보냈다.

"카드 보여 드려요."

인사부장도 불쾌한 표정을 지으며 밖으로 나갔다. 당신들이 아무리 기분 나쁜 표정을 지어도 소용 없어. 난 공무집행중이란 말이오. 우 형사는 비서실을 천천히 휘둘러보고 나서 다시 실장에게 물었다.

"실장님이 여기에 오시기 전에는 어떤 사람이 이 자리에 있었습니까?"

그 질문에 비서실장은 얼른 대답하지 않았다.

왜 이렇게 뜸을 들이는 걸까. 우 형사가 재촉하듯 쳐다보자 비서실장은 마지못한 표정으로 입을 열었다.

"내 앞에는 서동세 씨가 계셨습니다."

서동세라는 이름은 우 형사도 익히 들어 알고 있었다. 금원 그룹의 후계자라는 사실만으로도 그는 최근까지 뉴스의 인물이었으니까.

"서동세 씨라면 지금 부회장 되시는 분 말입니까?"

"그렇습니다."

비서실장은 무겁게 고개를 끄덕였다. 그의 얼굴에서는 이제 미소가 사라져 있었다.

"그분이 금원 그룹의 실질적인 다음 후계자라는 거 정말 사실입니까?"

최 실장은 흘기듯이 우 형사를 바라보고 나서 고개를 가로 저었다.

"글쎄요. 그거야 알 수 없지요. 아직까지는 회장님께서 엄연히 살아 계시니까요."

왜 쓸데없는 걸 물어 보느냐. 실장의 말은 아마도 그런 뜻인 것 같았다.

"아직 정식으로 후계자를 결정하지는 않았습니까?"

최 실장은 대답 대신 고개를 가로 저었다. 그 때 인사부장이 카드를 들고 들어왔기 때문에 거기에 대해서는 더 이상 물어 보는 것을 그만두었다.

비서실장 최만기의 인사 기록 카드에는 그가 조금 전에 진술했던 몇 가지 점들이 사실 그대로 적혀 있었다. 그가 비서실장 직을 맡은 것은 정확히 81년 8월 28일의 일이었다. 그 전에 그는 금원 자동차에서 생산관리 이사직을 맡은 것으로 되어 있었다. 우 형사는 카드를 인사부장에게 돌려주었다.

"이상 없습니까?"

비서실장이 묘하게 입술을 비틀면서 물었다.

"네, 이상 없습니다."

우 형사는 조금 당황했다. 그러나 그는 물러나지 않고 새로운 인물에 도전했다.

"그러니까 지금 부회장인 서동세 씨가 비서실장으로 계실 때 유지명이라는 아가씨가 이곳 비서실에 들어왔군요?"

한동안 침묵이 흘렀다. 우 형사는 그들 두 사람을 번갈아 바라보고 나서 다시 다그쳐 물었다.

"안 그렇습니까?"

"따져보니까 그렇군요."

비서실장이 심히 못마땅한 얼굴로 중얼거렸다.

"그럼 그분이 그 아가씨를 스카우트한 건가요?"

우 형사의 당돌한 질문에 그들은 약속이나 한 듯 몸을 도사리는 것 같았다. 그러다가 비서실장은 재빨리 표정을 누그러뜨리면서 말했다.

"하하, 그럴 리가 있습니까. 그분은 사소한 인사 문제에는 전혀 관계하시지 않습니다."

우 형사는 적당히 얼버무리고 넘어가려는 상대방을 똑바로 쏘아보았다.

"그걸 어떻게 단언할 수 있습니까?"

유지명의 정부는 서씨 성을 가진 인물이다. 그렇다면 서동세라는 인물도 그 가능성이 있다는 말인가. 그런 인물이 어떻게 그럴 수가…….

우 형사는 그런 생각을 지우기라도 하려는 듯 담배를 꺼내 들었다가 남의 사무실에서 실례되는 것 같아 도로 그것을 탁자 위에 올려놓았다. 그러자 비서실장이 웃으면서 얼른 라이터를 켜 주었다.

"상관 마시고 피우십시오."

"감사합니다."

우 형사는 라이터불에 담배를 가져갔다.

"아무튼 유지명의 인사 문제에 우리 부회장님께서 관계가 있었다고 생각지는 마십시오. 그럴 리가 없다는 것을 나는 단언할 수 있습니다."

"그건 옳은 말씀입니다. 오해 없으시기 바랍니다."

인사부장이 맞장구를 쳤다.

그 때 문이 홱 열리면서 40대의 작달막한 사나이가 안으로 들어섰다.

그의 손에는 신문이 들려 있었다. 그는 와이셔츠 바람이었는데 어깨에는 검정색 멜빵이 걸려 있었다. 키는 작았지만 주위를 단숨에 압도하는 것 같은 중후함이 몸에 배어 있었다. 눈에는 금테안경을 끼고 있었는데 쏘는 듯한 눈매가 상당히 위압적인 느낌을 주고 있었다. 그와 함께 짙은 눈썹이 강한 인상을 풍기고 있었다.

우 형사는 그 얼굴이 신문지상이나 잡지 같은 데서 많이 보아온 얼굴임을 당장 알아보았다. 호랑이도 제 말 하면 온다더니 그가 바로 서동세 부회장이었다.

비서실장과 인사부장은 어느 새 부동자세로 서 있었다. 그들은 하나같이 나쁜 짓을 하다가 들킨 것 같은 표정들을 하고 있었다.

우 형사는 쓴웃음이 나오려는 것을 참으며 일어설까 말까 망설였다. 하긴 자신도 마찬가지라는 생각이 들었다. 윗사람, 이를테면 서장 같은 사람이 나타나면 자신도 벌떡 일어나 부동자세를 취하지 않는가.

서동세의 시선이 잠시 우 형사의 얼굴 위에 머물렀다.

우 형사는 몸이 얼어붙는 것 같았다. 나하고는 전혀 관계가 없는 사람이다. 나는 그의 고용인이 아니다. 이 사람한테서 돈한 푼 받아먹은 적 없다. 내가 그에게 꿀려야 할 이유가 하나도 없다. 그렇게 생각하는 데도 그는 몸이 경직되는 것을 느끼고 있었다.

비서실장실에 앉아 있는 초라한 행색의 낯선 방문객과 어쩐지 어색한 것 같은 분위기에 저항감을 느꼈던지 작달막한 사나이는 몸을 돌려 나가면서 조용히 말했다.

"실장, 나 좀 봅시다."

비서실장은 앉아 있는 우 형사는 거들떠보지도 않고 허둥지둥 그 뒤를 따라 나갔다. 이제 방안에는 인사부장과 우 형사만이 남았다.

"바로 저 분이 서동세 부회장이신가요?"

"네."

인사부장은 굳었던 표정을 풀면서 끄덕였다.

40대 초반의 작달막한 사나이―유지명의 집에 나타나곤 했던, 협이가 삼촌이라고 불렀던 그 남자와 서동세의 모습과는 어쩐지 비슷한 것 같지 않은가.

염우작

 비서실장실에 얼굴을 내밀었다가 낯선 방문객을 보고 도로 밖으로 나와 버린 서동세는 그 사나이의 몸에서 풍기는 심상치 않은 분위기와 날카로운 눈빛이 아무래도 마음에 걸렸다. 그 사내를 본 순간 평범한 방문객은 아닌 것 같은 느낌이 와 닿았던 것이다. 혹시 수사기관 같은 데서 온 사람이 아닐까?
 그의 예감은 적중했다.
 "그 사람…… 뭐 하는 사람이에요?"
 비서실장이 부회장실로 들어서자마자 동세가 물었다. 그는 앉지도 않고 책상 앞에 버티고 서 있었다.
 최만기는 머뭇거리다가 마지못해하는 표정을 지으면서 입을 열었다.
 "경찰에서 온…… 형사인 모양입니다."
 그렇지 않아도 굳어 있던 동세의 표정이 더욱 굳어지는 것 같았다.
 "형사가 왜?"
 동세의 의혹에 찬 시선을 받자 최 실장은 자신이 오해받을까 봐 얼른 이야기했다.

"몇 년 전에 그만둔 여사원에 대해 알아볼 것이 있어서 왔답니다. 그 여사원한테 문제가 있는 모양인데…… 무슨 일인지는 말하지 않습니다."

"어떤 여사원 말인가요?"

"기억하실지 모르겠습니다. 비서실에 근무하고 있던 유지명이라고……."

동세는 끄덕였다.

"알아요. 기억나요."

그는 어느 새 무표정한 모습으로 돌아가 있었다. 그는 팔짱을 끼고 창가로 다가섰다. 그리고 최 실장을 쳐다보지 않은 채 물었다.

"그 아가씨에 대해서 무얼 물었어요?"

최 실장은 난처한 표정으로 동세를 힐끗 바라보았다.

"이상한 것을 물었습니다. 먼저 인사부에 가서 그 아가씨의 인사기록 카드를 보고 나서 저한테 찾아온 것 같습니다. 저한테 와서는 그 아가씨가 금원백화점에 근무하다가 어떻게 해서 입사 두 달 만에 그룹 비서실로 스카우트 됐는지 그 경위를 물었습니다. 왜 그런 것을 묻는지 모르겠습니다."

"그래, 뭐라고 그랬어요?"

"모르겠다고 그랬습니다. 비서실에 한 때 근무한 사실은 분명하지만 어떻게 해서 백화점에서 비서실로 오게 됐는지 그 경위는 모르는 일이라고 대답했습니다. 그리고 카드를 보니까 그 아가씨, 제가 여기에 오기 한 달 전에 왔더군요."

"그렇다면 내가 있을 때 왔나 보군."

"아마 그랬을 겁니다. 그런데 경찰이 알고 싶은 것은 누가 그 아가씨를 비서실로 발탁했는가 하는 점이었습니다. 경찰은 누군가가 있어 그 아가씨를 백화점에서 비서실로 데려온 걸로 믿고 있는 것 같았습니다. 상식적으로 이해할 수 없는 인사였기 때문에 그렇게 생각하고 있는 것 같습니다."

동세가 천천히 돌아섰다. 그는 무표정하게 비서실장을 바라보았다.

"그게 왜 이제 와서 문제가 되지?"

"글쎄 말입니다. 인사가 문제가 아니라 경찰은 그 아가씨를 비서실로 발탁한 사람을 찾고 있는 것 같았습니다."

"그렇다면 나까지 만나 보겠다는 것 아닌가?"

"아직까지는 그런 말이 없었습니다만, 설사 그렇더라도 제 선에서 적극 제지하겠습니다."

"수사관이 만나겠다는 데야 제지할 명분이 없지. 저쪽에는 어디까지나 공무 집행중이니까 말이야."

동세는 형사가 비서실에까지 나타나 유지명의 과거를 캐고 있다는 사실에 적잖게 놀랐다. 수사 속도가 매우 빠르다는 느낌과 함께 머지않아 형사가 자기 앞에 나타날 가능성이 크다는 생각이 들었다. 거기에 대비해서 자신은 어떻게 처신해야 할지 아직은 감이 잡히지 않았다.

동세는 책상 위에 놓아둔 신문을 집어 들었다. 그리고 한 곳을 가리켰다. 그것은 국내 항공 산업에 관한 기사로, 주위에 테두리까지 두른 것이 꽤 크게 취급되어 있었다.

기사를 읽어 본 비서실장의 얼굴이 납빛으로 변했다.

"아니, 이럴 수가……."

"그럴 수가 있지."

동세는 신음하듯 중얼거렸다. 그는 끓어오르는 분노를 속으로 다져누르고 있었다.

기사 내용은 국내 항공 산업에 참여하고 있는 업체들의 최대 관심사인 시스팀 인티그레이터 문제가 거의 결정 단계에 들어가 있으며, S그룹이 금원을 젖히고 시스팀 인티그레이터 업체로 선정될 가능성이 크다고 보고 있었다. 그 가능성을 90%까지 보고 있었다. 거기에 곁들여 JD 부회장 해롤드 멜키오와의 인터뷰 기사까지 싣고 있었는데, 멜키오는 한국 항공 산업의 미래는 매우 낙관적이며 특히 S그룹의 높은 기술 축적과 재력을 높이 평가하고 있었다.

"형편없는 작잔데요!"

비서실장이 흥분해서 말했다.

"상대는 미국인이야. 놈들은 단돈 1달러에도 마음이 변해요. 그걸 알면서도 말려들었으니……."

"그럼 지난 밤 그것은 쇼였나요?"

"그렇지. 놈은 쇼를 부린 거지. 이미 S그룹으로 결정을 해 놓고 우리한테 와서는 딴소리를 한 거지. 극진한 대접을 받으면서까지 말이야."

"사기꾼이군요?"

최 실장이 이를 갈면서 말했다.

"그들의 입장에서는 사기가 아니겠지. 어디까지나 장사꾼 입장에서 거래를 한 것뿐이니까. 완전히 당했어. S그룹이 끼어들어서 잘 되는 일은 하나도 없어!"

동세는 분을 이기지 못해 주먹으로 책상을 쳤다. 최 실장은 긴장해서 그를 바라보았다.

"이게 사실이라면 5백 깎아 주는 것도 취소할 수밖에 없어. 아무튼 내막을 알아봐요. 어떻게 된 일인지 철저히 조사해서 알려 줘요. 멜키오 그 자식, 지금 어디 있는지 수배해서 나하고 통화할 수 있게 해 줘요."

최 실장은 손목시계를 들여다보고 나서 말했다.

"지금 런던행 비행기에 타고 있을 겁니다."

"그래도 수배해 봐요. 런던 지사에도 연락을 취해 놔요."

"알겠습니다."

"S한테 절대 뺏길 수는 없어."

밖으로 나가는 최 실장의 뒤에다 대고 동세는 신음처럼 중얼거렸다.

S그룹이 막강하다는 것은 자타가 공인하는 바였다. 그도 그것은 인정하고 있었다. 그러나 그 막강한 힘을 빌어 남의 영역에 저돌적으로 파고든다는 데에 문제가 있었다.

혹시 나 자신한테 문제가 있는 게 아닐까 하고 그는 생각했다. 기업이 도덕적이어야만 할 필요가 있을까? 기업의 제1목표는 이윤 추구이다. 이윤 추구를 위해 수단 방법을 가리지 않고 저돌적으로 파고드는 것이 과연 이상한 일일까? 문어발식으로 잠식해 들어가고 있는 S그룹은 가장 정상적인 사고방식을 가지고 있는지도 모른다.

하나의 조그만 얼굴이 갑자기 크게 크로즈업되어 다가왔다. S그룹 기획 조정실장인 염가의 얼굴이었다.

염우작(廉宇作)은 과거에 그의 친구였다. 그들 두 사람이 처음 만난 것은 고등학교 때부터였다. 같은 고등학교에 함께 입학한 그들은 절친하면서도 경쟁 관계에 있었다. 그러나 학업 성적 면에서 염은 언제나 동세보다는 한 수 위였다.

동세가 재벌 집안의 자식인데 반해 염우작은 도시락도 변변히 못 싸올 정도로 찢어지게 가난한 집안 출신이었다. 동세도 키가 작지만 염은 그보다도 더욱 작았다. 거기다 영양실조에라도 걸린 듯 핏기 없는 얼굴과 쇠약해 보이는 비쩍 마른 몸뚱이는 학우들의 조소의 대상이 될 만도 했지만, 그런 단점들을 커버해 준 것이 바로 그의 머리였다.

그의 비상한 두뇌에 대해서는 교사들도 혀를 내두를 정도였다. 그는 언제나 수석의 자리에 앉아 있었고, 동세는 그 자리에 끊임없이 도전해 보았지만 그 때마다 번번이 참담한 실패를 맛보곤 했었다. 도수 높은 두꺼운 안경에 가려진 염의 얼굴은 난공불락의 요새처럼 보였고, 그래서 학우들은 그를 가리켜 크레믈린이라고 불렀다.

고등학교를 졸업한 뒤 그들은 나란히 같은 대학 같은 학과에 입학했는데, 대학에서도 상황은 마찬가지였다.

염은 대학에서도 계속 최고의 성적을 유지했고, 동세는 그 밑에서 맴돌았다.

동세에 대해서는 재벌의 자식이라는 점이 그의 진정한 면을 가리는 약점이 되기도 했다. 그의 장점도 단점도 모두 재력 탓으로 돌리는 것이었다.

염과 동세는 경쟁 관계이면서도 아주 가까이 지냈다. 동세는 특히 염 앞에서는 재벌의 자식 티를 내지 않으려고 노력했고, 가능한 한 염과 같은 수준에서 지내려고 애를 썼다.

그런 그들이 결정적으로 갈라서게 된 것은 여자 때문이었다. 그녀는 같은 과에 다니는 여학생이었는데 그녀가 처음 관심을 둔 사람은 염 쪽이었다. 남학생들은 거의가 재색을 겸비한 그녀에게 연정을 품고 있었는데, 결국 염이 수재라는 점에서 그녀의 관심을 끌게 되었던 것이다.

염도 그녀에게 연정을 품고 있었기 때문에 그들의 관계는 급속도로 뜨거워졌다. 그들은 항상 붙어 다녔고, 그래서 그들을 보는 눈들은 그들이 사랑의 보금자리를 마련하는 것은 시간 문제라고 보고 있었다. 그런데 시간이 흐르면서 사정은 달라지게 되었다. 그녀, 그러니까 이시화가 슬그머니 서동세 쪽으로 돌아서 버린 것이다.

동세 역시 그녀를 사모하고 있었는데 염우작이 먼저 그녀를 차지하자 그는 참을 수가 없었다. 학교 성적은 그렇다치고 여자까지 그에게 빼앗길 수는 없다 싶어 그는 은밀하게 그녀에게 손을 뻗쳤다.

그러나 그녀는 처음에 그를 거들떠보지도 않았다. 그녀에게는 오직 염우작만 있는 것 같았다. 그럴수록 동세는 집요하게 그녀에게 달라붙었다. 좀 비열한 방법이긴 했지만 그는 어느 날 교외에 있는 호화 별장으로 학우들을 초대해 파티를 열었다. 그들 가운데는 물론 염우작과 이시화가 끼어 있었는데, 동세로서는 그녀에게 자신의 별장을 보여줌으로써 그의 집안의 재력이 어느 정도인가를 은연중에 과시하고 싶었던 것이다.

그것은 확실히 효과가 있었다. 거기서 그는 재벌의 아들로서의 실체를 충분히 보여 줄 수 있었고, 하룻밤을 꼬박 뜬눈으로 지새면서 어마어마한 재력의 단면을 실감하게 된 그의 학우들은 꽤나 큰 충격을 받았다.

그 때부터 이시화가 동세를 보는 눈이 달라졌음은 물론이다. 그녀는 동세가 말을 걸면 따뜻하고 부드러운 눈길로 그를 바라보았는데 그러한 눈길 속에는 어느 새 그의 유혹을 기다리는 듯한 빛이 반짝이고 있었다. 이윽고 그가 데이트를 신청하자 그녀는 기다렸다는 듯이 응해 왔고, 그것을 시작으로 그들의 관계는 급속도로 가까워졌다. 얼마 후에 이시화는 염에게 결별을 선언했고, 염은 깊은 상처와 패배감을 안은 채 도서관에만 틀어박혔다.

동세와 시화는 대학을 졸업한 후 정식으로 결혼식을 올리고 부부가 되었다. 그리고 두 사람은 함께 서독으로 유학을 떠났다. 얼마 후 염우작도 미국으로 공부하러 떠났는데 그의 유학은 자비가 아닌 S사의 장학금을 받고 떠난 유학이었다.

대학 졸업 후 동세와 염은 아주 오랫동안 서로 만나지 못했다. 거기에는 그들이 서로 만나지 않으려고 상대방을 피한 데에도 원인이 있었다.

대학 졸업 후 동세는 한 가지 충격적인 사실을 알게 되었다. 누가 귀띔을 해 줘서 우연히 알게 된 사실이었는데, 염우작의 아버지가 금원 그룹 계열사에서 선반공으로 일하고 있다는 것이었다. 확인해 보니 그것은 사실이었다. 염우작의 아버지 염창업이 금원 그룹 계열사에서 일한 지는 15년이나 되었는데 그렇게 오래 근무했으면서도 그는 그 때까지 별로 진급도 하지 못한 채 밑바닥에서 근로자로 일하고 있었다. 우작은 자기 아버지가 금원 계열에서 근무하고 있다는 사실을 그들이 고등학교에서 처음 만나게 되었을 때부터 대학을 졸업할 때까지 계속 숨겨 왔던 것이다. 그 사실을 접하는 순간 동세는 처음으로 우작에게 죄를 지은 것 같은 기분이 들었다.

우작은 미국의 유명 대학에서 경영학 박사학위를 취득한 다음 귀국하여 곧바로 S그룹에 들어갔다. 얼마 후 그가 S그룹 회장의 막내딸과 은밀히 결혼식을 올렸다는 소식을 동세는 들을 수 있었다. 뒤이어 들려오는 소식은 우작이 계속 그룹 내에서 성장가도를 달리고 있다는 것이었다. 그 즈음에는 우작의 아버지도 금원에서 정년 퇴직한 뒤였다.

동세가 우작을 다시 만나게 된 것은 5년 전쯤, 그러니까 대학을 졸업한 뒤 15년 만인가, 그쯤 해서였다. 경제인 관계 만찬회장에서였는데 그 때 우작은 S그룹 회장을 그림자처럼 따르고 있었다. 그것을 보고 동세는 우작이 S그룹 내에서 상당한 파워 맨으로 활약하고 있다는 것을 직감할 수 있었다. 그 때 그들은 반갑게 악수를 나누었다. 과거의 추억과 고뇌를 모두 잊은 듯이. 그러나 동세와는 달리 그의 손을 놓고 돌아서는 우작의 얼굴은 어느 새 차갑게 굳어 있었다.

그 때까지만 해도 금원과 S는 밀월 관계까지는 아니더라도 상대측의 영역을 감시하는 짓은 될수록 삼가하면서 지내 왔다고 볼 수 있었다.

그런데 우작이 S의 파워맨으로 등장하는 것과 때를 같이하여 양측은 충돌을 일으키는 일들이 잦아졌고, 그러다 보니 관계가 급속도로 악화되어 갔다. 충돌의 발단은 언제나 S쪽이었고, 금원은 일방적으로 당하는 격이었다. 금원도 당할 수만은 없다는 판단하에 반격을 개시했고, 차츰 공격적인 패턴을 보여 주기 시작했다.

급기야 재계에서는 양쪽의 관계를 더 이상 방치해서는 안 되겠다는 의견들이 모아졌고, 그래서 양측을 화해시키려는 사자가 한동안 이쪽저쪽으로 왔다갔다하면서 양쪽을 화해의 협상 테이블로 불러들이려고 해 보았지만 그것 역시 제대로 되지 않았다.

협상 대표로 S그룹쪽에서는 염우작을 내세웠는데 그것을 알고 금원측 대표인 동세는 완강하게 머리를 흔들었다. 염우작과는 절대 자리를 같이 할 수 없으니 다른 인물을 내세우라고 그는 주장했다.

그러나 S측은 양보하지 않았다. 그들이 협상 대표로 누구를 파견하든 금원측이 간섭할 일은 아니라는 것이었다. 그것은 맞는 말이었다. 그러나 동세의 마음은 결코 우작과 테이블을 사이에 두고 마주 앉을 만큼 뻔뻔스럽지가 못했다. 그는 여하한 일이 있어도 우작만은 피하고 싶은 심정이었다. 반면 우작은 당당하게 나오고 있었다. 양측의 이해를 조정하기 위한 테이블이라면 상대가 누구이든 얼마든지 나가겠다는 태도였다.

동세의 귀에 들어온 정보를 종합해 보면 우작은 S그룹 회장의 사위라는 점과 비상한 두뇌 그리고 뛰어난 실력 등을 최대한 이용하여 그룹 전체에 돌풍을 일으키고 있다고 했다. 그를 평가하는 사람들은 그가 모든 일에 도전적이고, 일을 처리하는데 매우 냉혹하다고 했다.

"바로 그거야."

동세는 자기도 모르게 중얼거리면서 어금니를 깨물었다. 다 된 판에 뛰어들어 시스템 인티그레이터를 채간 것도 염우작의 공작이라는 생각이 확신처럼 가슴에 와 닿았다.

왜 그는 그러는 것일까? 그는 나에게 결코 지울 수 없는 감정을 품고 있는 게 아닐까? 내가 그의 여자를 채 갔으니 그럴 만도 하겠지. 하지만 그건 젊은 시절 흔히 있을 수 있는 일이 아닌가. 자기 아버지가 금원의 밑바닥에서 일하고 있는 사실을 숨긴 채 나와 친구로 지내는 동안 그의 가슴 한 구석에는 나에 대한 증오가 커가고 있었던 게 아닐까? 그것이 여자 문제로 결정적으로 굳어져 버렸던 게 아닐까?

 그를 한번 만나 볼까? 동세는 머리를 흔들었다. 그를 만나기는 싫었다. 그를 만나 과거의 상처를 건드리고 싶지도 않았고, 그에게 사과하고 싶지도 않았다. 이제 와서 그런 것을 사과한다는 것은 너무 멋쩍은 일일 뿐 아니라 굳이 사과할 이유도 없다는 것이 그의 생각이었다.

 그렇다면 남은 길은 하나밖에 없다. 그의 도전을 받아 주는 거다. 그리고 그를 쓰러뜨리는 것이다. 그가 비신사적으로 나오면 이쪽도 그렇게 나갈 수밖에 없다. 그가 내 눈을 파면 나도 그의 눈을 파버릴 수밖에 없다.

 동세는 책상 앞에 앉아 두 손을 깎지끼고 그 위에 턱을 올려놓았다.

 그러나 저러나 지금 급한 문제는 협이를 찾는 일이다. 모든 문제는 그 뒤의 일이다.

모나리자의 배후

 그 때 전용 회선의 전화벨이 울렸다. 그는 몸을 돌려 전화통을 노려보았다.

 전화를 받기가 이젠 겁이 난다. 그는 벨이 세 번 울린 뒤에야 수화기를 집어 들었다.

 "여보세요."

 이쪽에서 불렀지만 전화를 걸어온 쪽은 침묵을 지키고 있었다. 두 번 더 부르고 나서 수화기를 내려놓으려고 하자 여자의 속삭이는 듯한 목소리가 들려왔다.

 "안녕하세요? 저…… 모나리자예요."

 마치 연인에게 전화를 걸어온 것 같은 말투였다. 동세는 심장이 멎는 것 같았다.

 지금 들려온 목소리는 지난번의 목소리와는 전혀 딴판이었다. 지난번의 여자가 아닌 다른 여자가 걸어온 전화가 아닐까 생각될 정도로 아주 다르게 느껴졌다. 지난번의 목소리는 얄밉도록 매끄러웠는데 지금의 목소리는 억양이 조금도 없는, 흡사 땅 속으로 꺼져 들어가는 것 같은 그런 목소리였다.

"모나리자, 지난번에 전화 걸어온 모나리자가 맞나요?"

동세 역시 낮은 목소리로 물었다.

"네, 난 모나리자예요. 지금 난 매우 슬프단 말이에요. 슬퍼서 한참 울었단 말이에요."

연인에게 하소연이라도 하는 듯한 말투였다.

"협이는 어떻게 됐나요? 잘 있나요?"

"협이가 날 슬프게 만들었어요. 왜 슬프게 만든 줄 아세요?"

"무슨 말을 하는 거요? 당신이 요구하는 대로 모두 해 줄 테니까 제발 협이를 돌려보내 줘요. 원하는 대로 해 줄 테니까……."

그의 말을 모나리자가 가로막았다.

"서 부회장님, 그럴 수 있으면 얼마나 좋겠어요. 그런데 협이는 영영 볼 수 없게 됐어요. 어떡하죠?"

"그게 무슨 말이지요?"

"아직 소식 못 들으셨어요?"

"무슨 소식 말인가요?"

동세는 숨을 죽이고 물었다. 그의 얼굴은 너무 긴장한 나머지 납덩이처럼 굳어 있었다.

"어머나, 아직도 소식 못 들으셨어요? 지명 씨한테는 벌써 말해 줬는데요."

이년이 능청을 떨고 있구나 하고 동세는 생각했다. 네년의 능청에 넘어갈 내가 아니야, 하고 생각하고 있을 때 그녀의 다음 말이 그의 머리를 후려쳤다.

"협이가 죽었단 말이에요!"

낮게 소리치더니 이윽고 흐느끼는 소리가 들려왔다. 동세는 몸을 떨었다. 거친 숨을 몰아쉬면서 그는 이럴 때는 어떻게 대응하는 게 좋은 방법일까 하고 생각했다. 그가 침묵을 지키고 있자 그녀가 조금 큰 소리로 다시 되풀이해서 말했다.

"협이가 죽었단 말이에요! 협이가 죽었는데도 아무렇지도 않으세요? 하긴 당신 같은 사람은 돈 버는 일밖에는 관심이 없을 테죠."

"그, 그게…… 정말인가요?"

"내가 왜 거짓말을 하겠어요. 난 협이한테 그 동안 정이 들었었단 말이에요. 협이는 정말 귀여운 애였어요. 그런 애가 죽다니……."

훌쩍거리는 소리에 동세는 완전히 도깨비에 홀린 기분이었다. 이 여자는 정신병자가 아닐까. 그렇지 않다면야 어떻게 이럴 수가 있을까. 아니면 지금 나를 놀리고 있는지도 모른다.

"왜 협이가 죽었지요?"

"귀엽지만 너무 귀찮았어요. 협이가 자꾸 울어대기만 해서 귀찮았어요. 그래서 내가 목을 눌러 죽여 버렸어요. 날 이해하시겠죠?"

하도 어이가 없어 동세는 한동안 아무 말도 할 수가 없었다. 상대방이 지금 정상적인 상태에서 이야기를 하고 있는 것 같지가 않았고, 그래서 그는 더욱 혼란스럽기만 했다.

"왜 아무 말도 안 하세요? 협이는 사실 서 부회장님한테는 귀찮은 존재가 아니었던가요? 그렇죠? 은근히 그 애가 없어지기를 바라시지 않았나요? 그런 점에서 나는 부회장님을 위해서 아주 좋은 일을 한 셈이에요. 안 그래요?"

"협이를 죽였다면…… 그럼 시체는 어디 있지?"

"한강에다 버렸어요. 자루에다 넣어서 버렸어요."

"한강 어디에?"

"어딘지는 잘 모르겠어요. 하여간 한강에다 버렸다는 것만 알아 주세요. 정말 협이는 안됐어요. 그 애는 태어날 때부터 잘못 태어난 아이 아니에요? 비극의 씨니까 비극적으로 죽는 게 당연하지 않겠어요?"

"모나리자, 사람을 이렇게 괴롭히는 이유가 뭐지? 왜 나를 괴롭히는 거지? 이유가 뭐야? 당신은 처음에 10억 원을 요구했어. 그래서 내가 10억 원을 주겠다고 하니까 그것도 거절했어. 10억 원 아니라 1백억 원도 줄 수 있어. 그런데 당신은 이제 와서 협이를 죽였다고 말하고 있어. 도대체 난 무슨 말을 믿어야 할지 갈피를 잡을 수가 없어. 꼭 미친 여자하고 말하고 있는 것 같은 기분이야. 모나리자, 당신은 미친 여자야! 난 미친 년하고는 말하고 싶지 않아!"

그의 말이 끝나자마자 까르르 하고 웃는 소리가 들려왔다. 소름끼치는 그 웃음소리를 듣고서야 동세는 그 목소리가 지난번의 목소리와 같다는 것을 느낄 수 있었다.

"아무리 나하고 말하고 싶지 않다고 해도 나보다 먼저 전화를 끊지는 못할 걸요. 안 그래요?"

그건 사실이었다. 지금 그는 그녀보다 먼저 전화를 끊을 수는 없었다.

"개 같은 년! 잡히기만 하면 내 손으로 직접 찢어죽일 테다! 네가 잡히지 않고 배길 줄 아냐? 난 어떻게든 널 잡아내고 말 거야? 내 사조직을 최대한 이용해서 널 잡아내고 말 거야! 평생이 걸리더라도 잡아내고 말 거야!"

그렇게 말하는 동세의 얼굴에서는 계속해서 경련이 일고 있었다.

"어머나, 그래요? 그럼 얼마든지 잡아 보세요. 제발 저를 잡아 보세요. 기다리고 있을 테니까 제발 저를 잡아가 주세요. 나는 당신 같은 사람한테 잡혀 보는 게 소원이에요."

"협이는 정말 죽었나?"

"정말이에요."

"그렇다면 이제 또 뭐가 남았지?"

"당신의 파멸이 남았어요."

동세는 써늘한 바람이 가슴을 쓸고 지나가는 것을 느꼈다. 그는 숨을 죽인 채 그녀의 다음 말을 기다렸다.

"당신이 파멸하는 것을 보고 싶어요. 그건 아주 멋진 장면일 거예요."

"난 파멸하지 않아!"

"두고 봐야죠."

까르르 웃는 소리가 길게 이어지더니 이윽고 아무 소리도 들리지 않았다. 동세는 거칠게 숨을 몰아쉬면서 수화기를 내려놓앉다.

그는 머리가 혼란스럽고 가슴이 마구 떨려서 한동안 아무 일도 할 수 없었다. 생각하는 것조차 힘이 들었다. 한참 후에야 그는 가까스로 혼란스러운 상태에서 벗어날 수가 있었다.

협이는 정말 죽었을까? 그렇다면 왜 굳이 그런 식으로 나에게 그 죽음을 알려 오는 것일까? 충격을 노리고 그런 짓을 했다고밖에 달리 생각할 수가 없었다. 내가 충격을 받고 쓰러지는 것을 보고 싶다는 말인가? 그것은 파멸과 직결되는 말이다. 그녀 말이 앞으로 남은 것은 나의 파멸이라고 했다.

파멸! 그렇다! 그녀가 노리고 있는 것은 바로 나의 파멸이다. 내가 파멸하는 것을 그녀는 보고 싶어하고 있다. 그녀는 하수인에 불과할 것이다. 그녀의 배후에 도사리고 있는 음모의 정체가 있을 것이다. 그들은 나의 파멸을 노리고 협이를 우선 유괴해 간 것이다.

그런데 나의 파멸을 원한다면 왜 지금 바로 모든 비밀을 세상에 공개하지 않는 것일까? 그들은 나와 유지명과의 관계도 알고 있고, 협이도 유괴해 가지 않았는가? 그런 것들이 세상에 알려지면 나는 아주 치명적인 상처를 입게 될 것이고, 어쩌면 그룹에서 손을 떼야 할지도 모른다.

그런데도 그들은 직접적인 방법을 피하고 우회적인 방법으로 나의 목을 조여 오고 있다. 왜 그럴까? 그들은 직접적인 방법으로는 나를 파멸시킬 수 없다고 생각했기 때문일까? 하긴 그 정도에 쓰러질 내가 아니다. 지명과의 관계가 세상에 알려지고 유괴 사실이 퍼지면 얼마간 시끄럽겠지.

 아내는 또 한 번 자살 소동을 벌일지 모르고, 나는 일선에서 물러나야 할지도 모른다. 하지만 그것은 한동안이다. 나는 다시 일어설 것이고, 다시 일선에 나서게 될 것이다. 왜냐하면 내 뒤에는 아버지가 있지 않은가! 그리고 나는 그렇게 맥없이 쓰러지는 인간이 아니다.

 상황이 절망적일수록 쓰러지지 않고 거기에 맹렬히 반발하고 도전하려는 의지가 그에게는 있었다. 거기에 덧붙여 그는 지금 무서울 정도로 분노하고 있었다. 그의 온몸은 분노의 불길 속에 휩싸여 활활 타오르고 있었다. 그가 그렇게 분노를 느껴 보기는 난생 처음이었다.

 이윽고 그는 망설이다가 유지명의 집으로 전화를 걸었다.

 "여보세요."

하고 전화를 받는 목소리가 지명이 아니었다.

 도청당하고 있을 것이기 때문에 그는 아무 말 않고 전화를 끊었다. 그리고 다시 한 번 반복해서 전화를 걸었다가 또 끊었다. 그것은 전화를 걸어 달라는 신호였다.

 잠시 후에 지명으로부터 전화가 걸려올 것이다. 그녀는 밖에 나가 공중전화나 아니면 다른 전화를 이용할 것이다.

 10분쯤 지나 그의 전용 회선의 전화벨이 울렸다. 지명의 목소리가 조그맣게 들려왔다.

 "그 여자한테서 또 전화가 왔었나?"

 그는 화가 나서 거칠게 물었다.

"네, 왔었어요."

그녀의 목소리는 거의 기어들어가는 듯했다.

"좀더 큰 소리로 말해 봐. 그 여자가 뭐라고 했어?"

지명은 얼른 대답하지 않고 울기부터 했다.

"우는 건 나중에 하고 빨리 말 해 보란 말이야!"

그가 버럭 소리를 지르자 지명은 움찔하고 놀라는 것 같았다.

"협이가 죽었다고 했어요."

"조금 전에 나한테도 그런 전화가 왔었어."

그는 숨을 깊이 들이마셨다가 내쉬었다.

"저도…… 죽을 거예요."

그녀의 절망적인 중얼거림이 송곳처럼 날카롭게 귓속을 후비고 들어왔다.

"무슨 소릴 하는 거야?"

그는 다시 분노에 차서 소리쳤다.

"협이가 없으면 저도 살고 싶지 않아요. 저도 죽을 거예요."

그녀의 말투가 심상치 않은 것이 정말 금방이라도 목숨을 끊을 것만 같았다.

"바보 같은 것! 협이는 죽지 않았어!"

"어떻게 알아요? 죽여서 한강에다 갖다 버렸다고 했어요."

"그 망할 년의 말을 그대로 믿고 있나?"

"그럼 어떻게 해요?"

그녀가 다시 울기 시작했다.

"울지 말고 내 말 잘 들어. 이럴수록 침착해야 해. 협이는 죽지 않았어. 정말로 죽었다면 연락해 오지도 않았어."

"그럼 왜 그런 전화를 걸어왔죠?"

"우리를 골탕 먹이려고 그런 거야. 목적은 나야. 나를 파멸시키려는 음모가 분명해. 거기에 말려들어서는 안 돼!"

그는 주먹을 쥐고 흔들며 목소리를 낮췄다.

"그걸 어떻게 알아요?"

지명은 그의 말을 납득할 수 없는 모양이었다.

"전후 사정을 따져볼 때 그런 결론이 나와. 10억 원을 요구해 놓고 정작 이쪽에서 주겠다고 하니까 받으려고 하지 않고 초점을 흐리는 거야. 유괴 목적이 돈이라면 어떻게든 돈을 받아내려고 기를 쓸 텐데 전혀 그런 기미가 없어. 우리가 고통을 당하고 있는 것을 즐기고 있는 것 같아. 나는 협이가 죽었다는 말을 믿지 않아. 돈이 목적이라면 협이가 죽은 사실을 일부러 알려 줄리가 있겠어?"

"그럼 어떡하죠? 협이는 언제 돌아오죠? 언제까지 이렇게 당하고만 있어야 하죠? 전 미칠 것 같아요."

"이럴수록 희망을 가지고 침착하게 대응하지 않으면 안 돼. 그런다고 해서 아이가 돌아오는 것도 아니니까……."

"하지만 지금까지 아무 일도 하지 않고 가만히 계시지 않았어요? 경찰만 믿지 말고 어떻게든 손을 쓰셔야 하지 않아요? 너무하세요."

그녀는 설움이 북받치는지 갑자기 큰 소리로 울기 시작했다. 그가 지금까지 협이를 찾기 위해 아무런 손도 쓰지 않은 것은 사실이었다. 그는 지금까지 괴로워하고 분노에 사로잡혀 우왕좌왕했을 뿐 시간만 잡아먹고 있었다. 하지만 어떻게 손을 쓴단 말인가!

"울지 마. 어떻게 해 볼 테니까 죽느니 어쩌니 하지 말고 기다리고 있어. 나도 경찰에만 전적으로 의지할 생각은 없으니까. 아까 전화 받은 사람은 누구야?"

"동생이에요. 엄마하고 올라오셨어요. 어제 형사가 부산 집에까지 나타나 협이가 유괴된 걸 알려 줬나 봐요."

그는 지금까지 지명의 가족들 누구도 본 적이 없었다. 하지만 그녀로부터 가족 관계에 대해서는 이야기를 들어 대강은 알고 있었다. 가족사진도 본 적이 있는데 지명의 동생들도 하나같이 예뻤었다.

"형사한테 우리 관계를 이야기했나?"

"아뇨. 그런 말한 적 없어요. 무슨 일 있었나요?"

그녀가 새로운 두려움을 안고 물었다.

"형사가 찾아 왔었어. 나는 직접 만나지 않고 내 코 앞에까지 왔다가 갔는데 너에 대해서 여러 가지를 물어 본 모양이야. 아무래도 무슨 냄새를 맡은 것 같아. 조만간 나한테 올 것 같아."

"어떡하죠?"

동세는 한숨을 내쉬었다. 그것은 회한의 한숨이었다. 지명이라는 존재가 이렇게 원망스럽고 거추장스럽게 느껴지기는 처음이었다.

"최악의 경우에는 각오해야지. 하지만 그런 경우가 오지 않도록 손을 써야지. 형사하고 이야기할 때는 조심해."

 전화를 끊고 난 동세는 팔짱을 낀 채 실내를 빙빙 돌아갔다.

 그 때 문 밖이 소란스러워지는 것 같더니 거칠게 문을 두드리는 소리가 났다. 그리고 이쪽에서 채 응답하기도 전에 문이 벌컥 열리면서 한 젊은 사내가 안으로 들어섰다. 아까 보았던 그 낯선 사나이였다. 간 줄 알았는데 그 때까지 가지 않고 있었던 모양이다. 아니면 가다가 되돌아왔는지도 모른다.

 "이거 왜 이래요? 아무리 경찰이지만 절차도 무시하고 함부로 이럴 수가 있습니까?"

 비서실장이 그 사나이의 팔을 낚아채면서 화가 잔뜩 나서 소리쳤다. 그러나 젊은 형사는 막무가내로 비서실장을 밀어 내는 것이었다.

 "난 공무 집행 중이란 말입니다. 방해하지 말아요."

 "아무리 공무 집행이라지만 절차가 있는 거 아닙니까. 여기가 어디 구멍가게인 줄 압니까. 지금은 안 되니까 나가 주세요. 나중에 시간을 내줄 테니까 나가 주세요. 여기가 어디라고 함부로 들어서는 거예요!"

 "여기가 부회장실이란 거 잘 알고 있습니다. 하지만 난 구멍가게이든 대 회사의 회장실이든 그런 건 별로 상관하지 않습니다. 난 수사관이니까 수사만 하면 됩니다."

 젊은 형사는 무례할 정도로 당당하게 나오고 있었다. 일찍이 수사관이 부회장실에 들어온 적은 없었다. 그런 방문자는 최종적으로 비서실에서 알아서 처리하게끔 되어 있었다. 다시 말해 회장이나 부회장실은 그런 방문자가 들어올 수 없는 성역이었던 것이다.

"정 이러면 경찰청장한테 연락할 겁니다!"

비서실장이 위협조로 눈을 부라렸다. 그의 위협은 공연히 그러는 게 아니었다. 그는 그럴 수 있는 능력을 갖추고 있었다.

우 형사는 멈칫해서 비서실장을 바라보았다. 이윽고 그의 얼굴에 쓴웃음이 나타났다.

"경찰청장은 왜 들먹이는 겁니까? 제가 직무유기라도 했나요? 아니면 돈을 달라고 했나요? 점잖지 못하게 이거 왜 이러시는 겁니까? 경찰청장한테 연락하고 싶으면 연락하세요. 하지만 분명히 말해 두는데, 대통령도 나를 막을 수는 없습니다. 아시겠습니까?"

워낙 배짱 좋게 당당하게 나오는 바람에 비서실장은 그만 어안이벙벙해지고 말았다.

동세는 지금까지 그 앞에서 이렇게 배짱 좋게 거침없이 나오는 사람을 본 적이 없었다. 이상하게도 그 사나이의 무례함이나 당돌한 행동이 불쾌하게 여겨지지가 않고 오히려 그에 대해 호감이 느껴졌다. 그래서 그는 손을 들어 비서실장을 제지했다. 그리고 시침을 떼고 그렇게 들이닥친 이유를 물었다.

"무슨 일로 오셨습니까?"

그러자 실장이 우 형사를 흘기면서 그가 찾아온 용건을 대신 이야기했다.

대좌

동세는 비서실장을 밖으로 내보냈다. 그리고 형사와 단둘이 남게 되자 부드러운 미소를 지으며 상대방을 바라보았다.

"꽤나 저돌적이시군요."

여유 있는 첫마디에 우 형사는 기세가 수그러지면서 당황한 표정을 지었다.

"시끄럽게 해서 죄송합니다. 아주 급하게 해결하지 않으면 안 될 사건이 발생해서 실례를 무릅쓰고 이렇게……."

"아, 괜찮아요."

동세는 손을 들어 형사를 제지했다.

"사과하지 않아도 됩니다. 급한 일이라면 경찰로서는 당연히 그래야겠지요."

"이해해 주셔서 감사합니다."

우 형사는 머리를 꾸벅 숙였다. 그는 어느 새 도량이 크고 기품이 있어 보이는 상대방에게 위압감을 느끼고 있었다. 막상 단둘이 얼굴을 마주 대하고 앉아 있으니 그런 느낌이 드는 것을 어찌할 수 없었다.

"유지명이라면 기억이 나요. 내가 비서실장으로 있을 때…… 여기에 근무했었는데…… 어떻게 해서 비서실로 오게 되었는지 그건 잘 모르겠군요. 참, 그 아가씨를 비서실로 발탁했던 사람을 찾는다고 하셨던가요?"

"네, 그렇습니다."

우 형사는 상대방의 표정을 하나도 놓치지 않겠다는 듯 뚫어지게 그를 바라보았다. 그러나 상대방의 얼굴에는 부드러운 미소만 감돌고 있을 뿐 조금도 변화가 보이지 않았다.

"그 때 누가 이 아가씨를 발탁했는지는 잘 모르겠군요. 난 중요한 인사 문제 외에는 관여를 하지 않았으니까요. 인사부에 가서 알아보시면 될 텐데요."

우 형사는 상대방이 시침을 떼고 있다고 생각했다. 시침을 떼고 있는 것치고는 표정이 전혀 없다는 생각이 들었다.

"그 아가씨를 발탁한 사람이 바로 당신 아닌가요."

하고 묻고 싶은 것을 그는 겨우 참아냈다.

"그렇지 않아도 인사부에 가서 알아봤는데, 그쪽에서 모른다고 했습니다. 그래서 이렇게 찾아온 겁니다."

"인사부에서 모르는 일을 내가 어떻게 알겠습니까. 웬만하면 협조하고 싶습니다만……."

진지하고 예의바른 말씨에 우 형사는 자신의 판단이 흔들리는 것을 느꼈다. 내가 잘못 생각하고 있는 것 아닐까. 이 사람은 정말 아무 관계가 없는지도 모른다. 좀더 파고들어 본 다음에 일어서야지.

"전 부회장님께서는 잘 아실 것이라고 생각해서 찾아왔습니다만……."

"모릅니다."

동세는 부드러우면서도 단호하게 말하면서 머리를 좌우로 흔들었다.

솔직히 말해 그는 거칠고 집요해 보이는 그 젊은 형사가 꽤 두려운 생각이 들었다. 그의 방에까지 밀고 들어온 것을 보면 상당히 박진감이 있어 보이고, 어떤 확신이 있기 때문에 찾아온 것 같았다. 비밀을 알게 되면 할 수 없는 일이다. 하지만 그것은 그 때 가서 대처할 일이고, 지금은 잡아떼야 한다. 이쪽에서 자진해서 이야기해 줄 필요는 없다.

"유감이군요."

우 형사가 눈을 치뜨고 똑바로 그를 마주 바라보았다.

"그건 무슨 말씀입니까?"

"아닙니다. 제가 잘못 생각했는지도 모르죠."

우 형사는 당황해서 머리를 흔들었다.

"도대체 무슨 일 때문에 그 아가씨에 관한 것을 조사하는 겁니까? 그 아가씨를 금원의 비서실로 발탁한 사람을 찾는 이유가 뭡니까?"

"그건 말씀드리기 곤란합니다."

"그렇다면 나도 협조해 드리기가 어렵겠군요. 급하게 해결하지 않으면 안 될 사건이란 게 뭡니까? 내가 알면 안 될까요?"

우 형사는 머리를 흔들다가 결심한 듯 동세를 바라보았다.

"좋습니다. 수사에 협조해 주실 걸로 알고 수사 기밀을 말씀드리겠습니다."

"협조할 수 있으면 협조해야죠."

"사실은 유지명 씨한테 협이라는 어린 아들이 하나 있는데…… 그 사실을 아십니까?"

"처음 듣는 말입니다."

"그 여자가 여기서 나간 뒤로 소식을 못 들었습니까?"

"전혀……"

동세는 완강하게 머리를 흔들었다. 그 여자에 대해서는 관심 없다는 그런 표정이었다. 우 형사는 고개를 끄덕이고 나서 다시 말을 이었다.

"그런데 그 협이라는 아들이 사생아입니다. 그 여자는 아마 결혼도 하지 않고 아이를 낳은 모양인데 남자가 누구인지는 모르겠습니다."

"아하, 그래요? 그랬군요."

동세는 짐짓 놀라는 표정을 지어 보였다. 그는 표정의 변화를 드러내지 않으려고 애를 쓰고 있었지만 그게 마음대로 되지 않는 바람에 고통스러워졌다. 형사는 서서히 위협적으로 다가오고 있었다.

"그 여자가 사생아를 낳았든, 그리고 그 아이의 아버지가 누구이든 그런 건 우리가 알 바 아닙니다."

"그럼 뭐가 문제입니까?"

우 형사는 잠시 동안 입을 다문 채 동세를 지그시 노려보다가 다시 입을 열었다.

"그 협이라는 아이가 유괴되었습니다."

"그래요?"

동세는 포개고 있던 다리를 바꾸었다.

"지난 28일에 유괴됐습니다."

"누가 유괴했나요?"

"모릅니다. 그래서 그 여자의 과거까지 캐고 있는 겁니다."

동세는 이해가 간다는 듯 크게 고개를 끄덕였다.

"이제 알겠습니다. 그러니까 유괴 사건을 수사하고 있는 거군요. 그것 참 안됐군요. 나하고는 관계 없는 일이지만 과거에 여기에 근무했던 여직원한테 그런 불행한 사건이 발생했다는 건 정말 유감입니다. 그럼 그 아이를 찾을 가능성은 얼마나 있습니까?"

"현재로서는 예측하기 어렵습니다. 그래서 경찰은 유괴된 아이의 아버지를 먼저 만나 보려고 하는 겁니다. 유지명 씨가 아이의 아버지가 누구인지를 속시원하게 털어놓으면 좋겠는데 그렇지가 않고 한사코 입을 다물고 있는 바람에 이렇게 찾아나서게 된 겁니다."

"그러니까 그 아이의 아버지 되는 사람이 우리 회사에 있을지도 모른다고 생각하시고 찾아오신 겁니까?"

"네, 그렇습니다. 솔직히 말해 그렇습니다. 당시 그 아가씨를 비서실로 발탁한 사람이 그 아가씨와 관계를 맺지 않았나 생각됩니다."

"그러니까 그 사람이 협이라는 아이의 아버지일지도 모른다 이 말씀입니까?"

"네, 그렇습니다. 단언할 수는 없지만 여러 가지를 따져볼 때 그런 생각이 듭니다."

"어째서 그렇게 생각하십니까?"

그렇게 묻는 동세의 표정에는 더 이상 미소가 보이지 않있다. 그의 표정은 어느 새 딱딱하게 굳어 있었다.

"협이의 성은 서가입니다. 아버지의 성을 땄겠지요. 그런데 유지명 씨가 근무했던 이 회사는 유난히 서씨 성을 가진 사람들이 많더군요. 특히 간부진 가운데 말입니다."

"그야 그렇겠지요. 창업주부터가 서씨이니까요."

우 형사는 내친김에 속에 품고 있는 것들을 모두 털어놔 버려야겠다고 생각했다.

"유지명 씨는 현재 직업도 갖고 있지 않으면서 사치스러운 생활을 하고 있습니다. 그 여자가 호화 아파트에서 그렇게 분에 넘치는 생활을 할 수 있는 것은 누군가가 생활비를 대 주고 있기 때문이라고 생각합니다. 제 생각에는 생활비를 대 주는 그 사람이 아이의 아버지라고 생각됩니다만……."

"아이까지 두었다면 책임을 져야겠지요."

능청 떨지 마라. 우 형사는 가슴이 끓어오르는 것을 느꼈다.

"그런데 그 정도의 생활비를 대 주려면 월급쟁이 정도의 수입으로는 어림없고 적어도 회사 중역 정도의 인물이 아니고는 어림없다는 생각이 드는군요. 중역 정도라면 그런 아가씨를 정부로 두고 충분히 생활비를 대 줄 수 있을 것이라고 봅니다."

동세의 굳어진 얼굴에 순간적으로 불쾌한 빛이 스쳐갔다. 그의 표정이 일그러지는 것 같더니 갑자기 그의 입에서 너털웃음이 터져나왔다.

"생각하는 거야 자유이지만…… 우리 회사 중역 중에 그런 사람이 있을 거라고 생각하시는 건 오해입니다. 그렇게 생각하신다니 정말 유감스럽군요. 우리 금원의 중역 가운데는 그런 사람이 없을 겁니다. 모두가 가정적이고 모범적인 사람들이기 때문에 그런 불미스러운 관계를 유지하고 있는 사람이 있다는 건 생각할 수도 없는 일입니다."

동세는 너털웃음을 거두면서 말했다. 어느 새 그의 얼굴에는 근엄한 표정이 나타나 있었다. 그러나 우 형사는 물러나지 않고 자기 생각을 말했다.

"네, 하지만 회사에서는 모범적일지 몰라도 남이 볼 수 없는 사생활 측면에서는 그 반대의 생활을 하는 사람이 더러 있지 않습니까. 열길 물 속은 알아도 사람 속은 모른다고…… 사실 수사를 하다 보면 전혀 그럴 것 같지 않은 사람이 상식 이하의 짓을 하고 있는 것을 종종 볼 수가 있습니다. 회사 내에 이중 인격자가 전혀 없다고 장담할 수는 없는 것 아닙니까. 사생활을 들여다볼 수 없는 한 말입니다."

"마치 우리 금원의 중역들 가운데 그런 사람이 있다는 식으로 말씀하시는 군요. 그런 것은 우리 금원의 명예와 관계되는 것이기 때문에 모욕적으로 느껴지는군요."

"그렇게 느끼셨다면 죄송합니다. 저는 개인의 사생활은 비밀이기 때문에 남들은 그것을 알 수 없다는 뜻으로 말씀드린 겁니다. 제 말에 불쾌하셨다면 죄송합니다."

말은 그렇게 했지만 우 형사의 얼굴에는 죄송해하는 빛이 조금도 없었다. 동세는 굳어진 표정을 풀면서 말을 돌렸다.

"협이라는 아이를 유괴한 이유가 뭡니까?"

"범인은 10억 원을 요구했습니다. 아들 하나 데리고 혼자 살고 있는 여자에게 10억 원이나 요구한 것을 보면 범인은 그 여자를 노린 게 아니고 그 여자의 배후에 있는 남자, 그러니까 정부를 노린 것 같습니다. 그 정부가 돈이 많은 걸 알고 10억 원을 요구하지 않았나 생각되는데…… 확실한 것은 좀더 두고 봐야겠죠. 경찰의 입장에서는 그 여자의 정부를 알아 내어 수사에 도움을 청하고 싶은데 그게 마음대로 되지 않아 답답합니다. 그 남자가 사회적인 지위나 명성이 높을수록 자신을 다치지 않으려고 한사코 숨어 있을 가능성이 크다는 건 알고 있습니다. 하지만 그건 옳은 생각이 아닙니다. 그 남자가 자신을 숨길수록 아이를 찾는 건 더욱 어려워질 수밖에 없습니다. 그 남자가 작달막한 키에 40대의 중년 남자라는 건 알고 있습니다."

"그렇다면 곧 찾아내겠군요?"

동세는 재빨리 젊은 형사의 표정을 살폈다. 우 형사의 조그만 눈이 깜박거렸다.

"네, 찾아내는 건 시간 문제입니다."

방에는 미묘한 분위기가 감돌고 있었다.

동세는 젊은 형사가 지명의 정부가 누구인지 이미 그 정체에 대해 그 나름대로 심증을 굳히고 있다고 생각했다. 그렇게 생각하자 그와의 대화가 허공에 맴도는 공허한 소리처럼 들렸다. 그들은 핵심을 피한 채 변죽만 울리고 있는 꼴이었다. 그렇다고 해서 동세는 먼저 자신이 스스로 지명의 정부라고 말하고 싶은 마음은 추호도 없었다. 형사가 증거를 들이대며 꼼짝 못하게 몰아붙이면 하는 수 없이 인정은 하겠지만…….

"부탁 하나 드리고 싶습니다……."

젊은 형사가 조그만 눈을 반짝이며 동세를 바라보았다.

"네, 무슨 부탁입니까? 들어 줄 만한 부탁이면 들어 줘야죠."

"서 부회장님이라면 충분히 들어 주실 수 있습니다. 다름 아니고…… 유지명 씨를 당시 백화점에서 이쪽으로 빼내 온 사람이 누구인지 알아봐 주셨으면 하는 겁니다. 부회장님이시라면 충분히 알아보실 수 있으리라 생각합니다."

동세는 미간을 살짝 찌푸렸다.

"또 그 말씀이군요. 부탁하시는데 안 된다고 할 수는 없겠지요. 알겠습니다. 알아볼 수 있는 데까지 알아보겠습니다. 오래전 일이라 가능할는지 모르겠지만……."

"될수록 빨리 알아봐 주시면 고맙겠습니다."

"알겠습니다."

동세는 젊은 형사가 꽤나 능청스럽다는 생각이 들었다. 앞으로 그가 어떻게 나올지 궁금했다. 동세는 이제 이야기를 끝내는 것이 좋겠다는 듯이 자리에서 일어나며 말했다.

"그 아이를 빨리 찾아내야 할 텐데 문제이군요."
"찾아낼 수 있습니다!"
형사가 자신만만하게 말했기 때문에 동세는 멈칫했다.
"어떻게 그렇게 자신할 수 있습니까?"
"우리는 확신을 가지고 일합니다."
"범인도 체포할 수 있습니까?"
"물론입니다. 범인이 체포되는 건 시간 문제입니다."
"말씀대로 아이도 빨리 구하고 범인도 체포될 수 있기를 빌겠습니다."

동세는 젊은 형사에게 악수를 청했다. 이제 나가 달라는 뜻이었다. 두 사람은 상대방의 손을 힘주어 잡고 흔들었다.

"참, 명함을 한 장 주시겠습니까?"

동세가 우 형사의 손을 놓으며 말하자 우 형사는 주머니에서 재빨리 명함을 꺼내 그에게 주었다. 동세도 명함을 주었다.

"B서에 계시는군요. 형사계에는 얼마나 계셨습니까?"
"7년 정도 됐습니다."
"그렇다면 베테랑이시겠군요."
"그렇지도 않습니다."
"유괴 사건도 다뤄 보셨나요?"
"네, 몇 번······."

그 시간에 배세인은 지명의 집에 앉아 있었다. 차까지 얻어 마시며 두 시간 가까이 앉아 이것저것 물어 보다가 일어섰을 때

차임벨 소리가 들려왔다. 지린이 나가 문을 열어 주자 한 청년이 안으로 들어왔다. 한 손에 가방을 든 초라한 차림의 젊은이였다. 쭈글쭈글한 바지 위에 남방을 걸치고 있었는데 중키에 흡사 영양실조라도 걸린 듯 비쩍 마른 모습이었다. 그런데 넓은 이마 밑에서 빛나고 있는 두 눈이 그런 단점을 커버하고 있었다. 그의 두 눈은 컸고 유난히 투명하게 빛나고 있었다.

거실로 들어선 그는 거기에 있는 사람들을 한번 둘러본 다음 지명을 걱정스런 눈으로 바라보았다.

"아직 소식 없습니까?"

배 형사는 젊은이의 낮고 조심스러운 목소리에서 매우 침착한 느낌을 받았다.

지명이 슬픈 표정으로 머리를 흔들자 젊은이는 구석진 자리에 가서 조용히 앉았다.

실내에 한동안 무거운 침묵이 흘렀다. 배세인은 손을 들어 젊은이를 가리키면서 지명에게 물었다.

"이분은 누구십니까?"

지명은 젊은이를 한 번 바라보고 나서 대답했다.

"협이 가정교사예요."

"아, 그렇습니까?"

배 형사와 젊은이의 시선이 차갑게 부딪쳤다. 젊은이의 시선이 너무도 냉랭했기 때문에 배 형사는 조금 당황했다. 그는 자기 소개부터 했다.

"B경찰서 형사계 배세인입니다."

"조 명이라고 합니다."

젊은이는 들릴 듯 말 듯한 소리로 말했다.

"실례지만 대학에 다니십니까?"

"네……."

"어느 대학입니까?"

"S대학에 다니고 있습니다."

"좋은 대학에 다니고 있군요."

지린이 차를 가지러 주방 쪽으로 갔다.

"범인한테서는 연락이 없습니까?"

조 명이 지명을 향해 물었다.

"왔었어요."

지명은 조 명을 보지 않고 말했다.

"뭐라고 했습니까?"

대학생은 지명으로부터 눈을 떼지 않고 있었다.

"협이가…… 죽었다고 했어요."

"뭐라구요! 그게 정말입니까?!"

조 명은 엉거주춤 일어설 듯하다가 도로 자리에 앉았다. 지명은 머리를 흔들었다.

"모르겠어요. 뭐가 뭔지 모르겠어요."

철학도

조 명은 S대학교 철학과 4학년에 재학 중이었다. 배 형사는 그의 첫 인상이 별로 좋게 받아들여지지가 않았다. 대학생이라면 생기발랄하고 패기 같은 것이 엿보여야 하는데 조 명한테서는 전혀 그런 것이 보이지가 않았다. 배 형사가 조 명을 처음 보았을 때 느낀 것은 음울한 분위기였다. 그것은 기분 나쁜 분위기였다. 거기에다 조 명은 수사관을 깔보는 듯한 태도까지 보여 주고 있었기 때문에 배 형사는 불쾌감마저 느끼고 있었다.

조금 후 배 형사는 조사할 것이 있다고 하면서 조 명을 밖으로 데리고 나왔다. 조 명은 핼쑥한 표정으로 그를 따라 나섰다. 배 형사가 조 명을 데리고 간 곳은 어린이 놀이터였다. 놀이터에 놓여 있는 벤치에 앉으면서,

"바로 여기서 협이가 놀다가 유괴당했지."

하고 말하자 조 명은 알고 있다고 대꾸했다.

배 형사가 자리를 권하자 그는 벤치에 앉으면서 주위를 유심히 살폈다.

그가 협이의 가정교사로 지명의 집에 들락거리게 된 것은 1

년쯤 전부터였다. 그 집에 들어가게 된 것은 어느 카페 주인 마담의 소개를 통해서였다. 그 마담은 조 명의 누이 친구였기 때문에 그는 가끔씩 그 곳에 들러 차를 마시기도 하고 일을 거들어 주기도 했었다.

지명은 그 카페의 단골 손님이었다. 집에서 가까울 뿐 아니라 강이 바라다보이는 곳에 예쁘게 차려진 분위기가 마음에 들어 자주 찾게 되었던 것이고, 그러다 보니 주인 마담과 친숙해지게 되었던 것이다.

지명과 조 명은 「江」이라는 이름의 그 카페에서 몇 번 마주치기는 했지만 이야기를 나눈 적이 없었다. 그러던 어느 날 지명은 마담에게 조 명에 대해 물으면서 인상이 참 특이해서 좋다고 말했다. 그리고 마담이 가난한 시골 출신 대학생이라 서울서 공부하는 데 어려움이 많아 조금씩 도움을 주고 있다고 하자, 그렇다면 마침 어린 아들의 가정교사를 구하고 있던 참인데 아르바이트로 아들의 교육을 좀 맡아줄 수 없겠는지 알아봐 달라고 했다.

마담으로부터 이야기를 들은 조 명은 즉시 지명을 단독으로 만나 그녀의 제의를 받아들였고, 지명은 그에게 협이의 가정교사직을 맡아 주는 대가로 파격적인 대우를 해 주기로 약속했다.

"파격적인 대우라면 어느 정도를 말하는 겁니까?"

배 형사는 철학도에게 담배를 권하며 물었다.

"이틀에 한 번씩 하루 두 시간 정도 봐 주는 대가로 40만 원을 받기로 했습니다. 그리고 식사도 한 끼 제공받기로 했습니다."

"정말 파격적인 대우이군요."

배 형사는 그렇게 중얼거리면서 고개를 갸우뚱했다. 보통 교통 정리에 나서거나 카페나 대중음식점 같은 데서 일하는 아르바이트 대학생들의 경우 일당 5천 원 정도 받는 게 고작인 것을 생각하면 이 철학도는 파격적인 대우를 받은 게 틀림없다.

"유지명 씨는 조 군한테 어떻게 해서 그런 파격적인 대우를 해 줬을까?"

배 형사는 의심스러운 눈초리를 상대방에게 던졌다.

"협이를 잘 봐 달라는 뜻으로 그랬겠지요."

"잘 봐 줬나요?"

"제 나름대로 열심히 가르쳤습니다."

철학도는 진지한 표정으로 대답했다.

"협이는 다섯 살밖에 되지 않은, 아직 학교에도 다니지 않는 아이인데 도대체 뭘 가르쳤지? 천재를 만들 셈이었나?"

그 물음에 철학도는 얼른 대답하지 않고 한참 동안 불쾌한 표정으로 침묵을 지키고 있다가 입을 열었다.

"기초 교육에 필요한 것들을 주로 가르쳤습니다. 한글, 산수를 주로 가르쳤고, 그림 그리는 것도 도와 줬습니다. 한자도 가르쳤는데 영리한 애라 천자문을 모두 떼었습니다."

"그 나이에 천자문을 떼었다면 영리한 아이군요. 유지명 씨는 아들의 교육에 그렇게 열성적이었나요?"

"네, 열성적인 정도를 넘어서 광적이었지요. 협이를 천재로 만들 생각이었습니다."

"그럴 가능성이 있는 아이인가요?"

철학도는 얼른 대답하지 않고 머무적거리기만 했다.

"협이 아버지 되는 사람을 본 적 있나요?"

"보지 못했습니다."

철학도는 머리를 흔들었다.

"그 아이의 아버지가 누구인지 알고 있나요?"

"모릅니다."

"그 아이의 아버지에 대해서 알고 있는 것이 있으면 빠짐없이 말해 봐요."

"아는 건 하나도 없습니다. 미국에 가 있다는 것 말고는 아무것도 모릅니다."

"미국에 가 있다는 건 누구한테 들었나요?"

"협이한테서 들었습니다."

조 명은 협이 엄마한테는 협이 아빠에 대해서 한 번도 물어보지 않았다고 했다. 웬지 협이라는 아이의 출신이 꺼림칙한 생각이 들어 거기에 대해 물어 보는 것이 실례일 것 같았기 때문에 모른 체했다고 했다.

배 형사는 협이의 삼촌이라는 사람이 지명의 집에 가끔 찾아오곤 했다는데 혹 본 적이 없느냐고 물었다. 철학도는 고개를 설레설레 흔들었다.

"협이의 출생이 어쩐지 꺼림칙하다고 말했는데…… 그 말은 그 아이가 정상적인 부부 관계에서 태어난 아이가 아니라는 말인가?"

철학도 · 271

그 말에 철학도는 당황한 표정을 지었다.

"아니라고 말하지는 않았습니다. 어쩐지 그런 느낌이 들었다고만 말했습니다."

배 형사는 고개를 끄덕였다.

"조 군이 느낀 것은 사실이에요. 그러니까 협이는 사생아라고 할 수 있지. 범인은 여자인데 공범이 있는지 없는지는 아직 몰라요. 하여간 범인은 처음에 10억 원을 요구했다가 오늘은 협이가 죽었다고 알려 왔어요. 범인이 무엇을 노리는지 종잡을 수가 없어요. 조 군 생각은 어때요? 이번 사건에 대해서 뭐 아는 거 없어요? 특별히 생각나는 거나 이상한 점 같은 거 말이에요. 아무거나 좋으니까 말해 봐요. 협이 엄마의 주변 인물에 대해서도 아는 대로 말해 봐요."

철학도는 한참 동안 철학적인 표정을 짓고 있다가 천천히 머리를 흔들었다.

"별로 아는 바가 없습니다."

"협이 엄마에 대해서는 어때? 그 여자의 생활이 어떤지 아는 대로 말해 봐요."

"전혀 모릅니다."

대학생은 조용하나 단호하게 대답했다.

"그 여자는 아무것도 하지 않으면서 사치스런 생활을 하고 있어. 이틀에 한 번밖에 오지 않는 가정교사한테 월 40만 원씩이나 주기도 하면서 말이야. 도대체 그 돈이 어디서 나는지 한 번쯤 의심을 품어 봤을 거 아니야? 안 그래요?"

배 형사는 철학도의 표정을 하나도 놓치지 않으려는 듯 상대방의 얼굴을 들여다보듯이 하면서 물었다.

"네, 하지만 그건 제가 상관할 일이 아닙니다. 저는 아이를 가르치고 돈만 받으면 됐으니까요."

배 형사의 두 눈이 두꺼운 안경 안쪽에서 흐릿해지는 것 같이 보였다.

"7월 28일, 그러니까 협이가 유괴되던 날에도 협이를 가르치러 왔었나요?"

"네, 유괴된 줄도 모르고 왔다가 뒤늦게야 사건을 알게 됐죠. 그 날은 화요일이었는데…… 저는 화 목 토에 오기로 되어 있습니다. 시간은 저녁 7시부터 9시까지인데 정해진 대로 엄격히 지켜지지는 않았습니다. 9시가 지나서 끝나는 수도 있고 그 전에 끝내는 수도 있었습니다."

"그 날 일과를 좀 자세히 말해 봐. 어디서 몇 시에 무슨 일을 했는지 자세히 말해 봐요."

배 형사는 수첩과 볼펜을 꺼내 들고 철학도를 쳐다보았다.

대학생은 곤혹스런 표정으로 바닥을 내려다보다가 고개를 쳐들었다.

"하루 종일 학교에 있었습니다."

그의 대답은 너무 간단했다. 배 형사는 볼펜을 손가락 사이에 끼우고 흔들었다.

"방학 중인데 학교에 있었다는 말인가?"

"네, 학교 도서관에 있었습니다. 졸업 논문을 준비해야 했기

때문에…….'

 배 형사는 수첩에다 볼펜을 찍어눌렀다. 그는 한 자도 쓸 수 없었다. 방학 중에 졸업 논문을 준비하기 위해 하루 종일 학교 도서관에 죽치고 있었다는 진술은 하등 이상할 게 없었다.

 "졸업 논문의 주제는 뭔가요?"

 배 형사의 물음에 조 명은 별것을 다 물어 본다는 듯 불쾌한 표정이다가 말했다.

 "실존주의 철학이 현대문학에 미친 영향입니다."

 당신 같은 형사 나부랑이가 이 말뜻을 알겠느냐는 그런 표정이었는데, 사실 배 형사로서는 그것은 이해하기 힘든 주제임에 틀림없었다. 그래서 그는 다만 고개를 끄덕이는 반응밖에 보일 수가 없었다. 그는 그 논문 주제를 수첩에다 적기 위해 두 번이나 다시 물어야 했다.

 "매우 어려운 주제 같군요. 그건 그렇고…… 그 날 학교에서 나온 다음 어디로 갔습니까?"

 "6시경에 학교에서 나와 협이네 집으로 왔습니다."

 "하루 종일 학교에 있었다는 것을 증명해 줄 수 있는 사람은 있나요?"

 대학생은 피우고 있던 담배를 내던져 그것을 구두 끝으로 짓이긴 다음 배 형사를 보고,

 "네, 한 사람 있습니다."

하고 대답했다.

 "그 사람이 누구죠?"

"어떤 여학생입니다."

"같은 학교 여학생인가요?"

"네……."

조 명은 자신 없는 투로 대답했다.

"그 여학생의 인적 사항을 말해 봐요."

"자세한 건 잘 모르고…… 영문과 학생이란 것만 알고 있습니다."

"이름은?"

"임주미라고 합니다. 현재 4학년 학생으로 알고 있습니다."

"잘 아는 사이가 아닌가?"

"아닙니다."

그는 임주미라는 여학생과 특별히 친한 관계는 아닌 것 같았다. 개인적으로 알고 지내는 사이도 아닌 듯했다. 그도 그녀도 도서관에 자주 출입하기 때문에 얼굴을 자주 마주치다 보니 상대가 무슨 과 누구인지 정도나마 알게 된 것 같았다.

"그렇다면 그 여학생이 자네가 그 날 도서관에 있었다는 것을 모를 수도 있겠군?"

"그렇지는 않을 겁니다. 그 날 그 여학생은 제 옆에 앉아 있었고, 돌아갈 때 함께 우산을 쓰고 갔기 때문에 저를 기억하고 있을 겁니다."

"그 우산은 누구 것이었나요?"

"그 여학생 우산이었습니다."

"어디까지 우산을 함께 쓰고 갔지요?"

"학교 밖의 버스 정류장까지 함께 쓰고 갔습니다."

"혹시 그 아가씨 집 전화번호를 알고 있나?"

"모릅니다."

"자네 부친은 무슨 일을 하고 있나?"

"농사짓고 있습니다."

그는 전라남도 K군이 고향이었다.

"몇 마지기나 짓고 있어?"

"열 마지기 정도 됩니다."

"그걸로 생활이 되나?"

"어렵습니다."

여덟 식구가 겨우 굶지 않고 살아갈 정도의 식량밖에 나오지 않기 때문에 아버지한테 학비 같은 것은 전혀 기대하지도 않는다고 그는 덧붙여 말했다. 그는 지금 누이 집에 얹혀 살고 있었다. 그의 누이 남편은 하급 공무원이었다.

조 명과 헤어져 아파트로 돌아온 배 형사는 S대 학생처로 전화를 걸어 영문과 4학년 학생들 가운데 임주미라는 여학생이 있느냐고 물어 보았다. 학생처 직원은 그런 여학생이 있다고 대답해 주었다.

그녀의 집 전화번호를 알아 낸 배 형사는 그녀의 집으로 전화를 걸어 보았다. 임주미는 외출 중이었다. 전화를 받은 사람은 하숙집 여주인이었다.

외출에서 돌아온 임주미는 하숙집 여주인으로부터 다음과 같은 말을 들었다.

"두 시간 전쯤 경찰이라고 하면서 학생을 찾는 전화가 걸려 왔어요. 학생에 대해서 이것저것 꼬치꼬치 캐물었어요. 그러면서 들어오는 대로 자기한테 전화를 걸어달라고 했어요. 무슨 일이 있어요?"

하숙집 여주인은 사뭇 걱정스러워하는 표정이었다.

주미는 방으로 들어가 옷을 벗었다. 마른 몸매였지만 탄력이 있는 몸이었다. 마른 몸매에 비해서 유난히 젖가슴이 크고 엉덩이도 커 보였다. 얼굴은 미인이라고 할 수는 없었지만 개성미가 풍기고 있었고 아주 영리한 인상이었다. 그녀를 알고 있는 사람들은 그녀를 수재라고 부르고 있었다.

그녀는 땀에 젖은 옷을 갈아입은 다음 하숙집 여주인한테서 전해 받은 메모 쪽지를 들여다보았다. 거기에는 배세인이라는 남자 이름과 전화번호가 적혀 있었다. 그녀는 알 수 없다는 듯 고개를 갸우뚱했다. 경찰이 전화를 걸어왔다는 것은 결코 유쾌한 일이 못 된다. 그녀는 전화를 걸어 줄까말까 망설이다가 하숙집을 나섰다. 하숙집에도 전화가 있긴 하지만 경찰에 거는 전화는 공중전화를 이용하는 게 낫겠다 싶어 공중전화 부스가 있는 큰길로 나갔다.

"조 명이라는 남학생을 아십니까?"

그녀가 배 형사와 통화를 시작했을 때 상대방이 처음 던져온 질문이었다.

"아뇨, 그런 이름은 들어 보지도 못했어요."

그녀는 딱 부러지게 대답했다. 상대방은 예의 바르고 부드럽게 나오고 있었다.

"그 남학생은 학생 이름을 알고 있던데……?"

"하지만 전 그런 이름은 몰라요."

"지난 화요일에는 어디서 무슨 일을 했나요? 그 날 비가 왔었는데……."

그녀는 갑자기 묻는 말에 생각이 나지 않았기 때문에 한참 동안 생각해 보지 않을 수 없었다. 이윽고 그녀는 생각난 듯이 입을 열었다.

"학교 도서관에 있었어요."

"하루 종일 말인가요?"

"네, 아침 9시부터 저녁 6시쯤까지 도서관에 있었어요."

"그 남학생도 그 날 도서관에 있었다고 하던데…… 그러니까 학생 옆자리에 앉아 있었고…… 나중에 집에 돌아갈 때 우산을 함께 썼다던가 그런 말을 하던데 기억나지 않아요?"

"아, 이제 생각이 나요. 그런 말씀을 하시니까 생각이 나요. 그 날 옆자리에 앉아 있던 남학생하고 버스 정류장 있는 데까지 함께 우산을 쓰고 갔어요. 하지만 그 학생 이름은 몰랐어요. 도서관에서 더러 보긴 했지만 아는 사이는 아니었어요. 무슨 과 학생인지도 모르는걸요."

"그 학생은 임주미 양한테 관심이 있는데 임 양은 관심이 없나 보지요?"

형사의 웃음소리가 기분 나쁘게 느껴졌다.

"그 학생이 저한테 관심이 있는지 없는지 저는 그런 건 잘 모르겠어요."

"그 날 그 남학생은 하루 종일 임 양 곁에 앉아 있었나요?"

"네, 그랬던 것 같아요. 점심때를 빼고는 하루 종일 제 옆자리에 앉아 공부했던 것 같아요."

"몇 시부터 앉아 있었나요?"

"제가 자리에 앉은 지 조금 지나서였으니까 아마 9시에서 10시 사이에 제 옆자리에 앉았을 거예요. 그런데 그 학생한테 무슨 일이 생겼나요?"

"아니, 그런 건 아니고 뭐 좀 알아볼 게 있어서 그럽니다. 실례 많았습니다. 전화를 걸어 줘서 고맙습니다."

상대방은 갑자기 바쁜 듯이 전화를 끊었다.

공중전화 부스에서 빠져 나온 그녀는 맞은편 길 건너에 있는 카페 쪽으로 걸어갔다.

S대학교 앞이기 때문에 그 거리에는 카페가 많았다. 그녀는 카페 안으로 들어가 훤히 내다보이는 창가에 자리를 잡았다. 그리고 뜨거운 커피를 시켰다.

조 명이라고? 이제야 그 남학생의 이름을 알게 되었다. 그의 이름을 알고 싶은 생각은 조금도 없었다. 그는 언제나 그녀의 시야 안에서 움직이고 있었다. 하지만 접근해 온 적은 한 번도 없었기 때문에 그가 이쪽에 눈독을 들이고 있다고는 생각지 않았었다.

도쿄 황

어둠과 정적 속에 잠겨 있는 집안에 갑자기 전화벨이 요란스럽게 울리기 시작했다. 그것은 마치 어떤 불길한 징조이기라도 하듯 순식간에 집안의 정적을 휘저어 놓고 말았다.

"빌어먹을…… 이 시간에 어떤 놈이 전화야……."

뚱뚱한 사내는 풍선처럼 부풀어 있는 배를 쓸면서 한쪽으로 끙 하고 돌아누웠다. 그는 팬티만 걸치고 있었다. 방안은 그의 입에서 풍겨나오는 술 냄새로 가득 차 있었다.

남자 옆에서 자고 있던 여인이 부스스 몸을 일으킨다. 그녀는 손을 더듬어 스탠드의 불을 켠 다음 늘어지게 하품을 하면서 앉은 채로 전화기가 있는 쪽으로 엉덩이를 밀고 갔다. 그녀는 잠옷 바람이었고 머리는 수세미처럼 뒤엉켜 있었다. 수화기를 집어드는 그녀의 손은 늙어 보였지만 손톱에는 빨간 매니큐어가 칠해져 있었다.

"누구신데 이렇게 한밤중에 전화를 거는 거예요?"

그녀는 용건도 들어 보지 않고 대뜸 상대방을 나무랐다.

"죄, 죄송합니다. 아주 급한 일이라서 실례를 무릅쓰고 밤 늦게 전화를 걸었습니다. 서 의원님 계시면 바꿔 주십시오."

전화를 걸어온 사람은 남자였다. 중년의 목소리였는데 본래의 목소리를 바꾸려고 애쓰는 것 같이 느껴졌다. 어디서 듣던 목소리 같은데 생각이 나지 않는다.

"조금 전에 돌아오셔 가지고 지금 곤히 주무시고 계시기 때문에 바꿔드릴 수 없어요. 용건이 있으면 아침에 하세요. 댁은 누구세요?"

그녀는 아주 도도하게 물었다.

"도쿄의 황이라고 하면 잘 아실 겁니다."

"그럼 이 전화, 지금 도쿄에서 거시는 거예요?"

"네, 그렇습니다."

국제전화라는 말에 여인의 태도가 금방 달라졌다. 그녀는 수화기를 내려놓고 남편을 불렀다.

"여보, 전화 받아보세요."

돼지도 서러워할 정도로 뚱뚱한 사내는 그대로 꼼짝하지 않고 누워 있었다. 두 번 불러도 움직이지 않자 그녀는 남자 쪽으로 다가앉아 그를 잡아 흔들었다.

"전화 왔대두요. 전화 받아보세요."

"어, 어떤 놈이 이 시간에 전화 걸었어?"

"도쿄에 있는 황이라는 사람이래요. 잘 아는 사람이라고 하던데요. 국제전화니까 빨리 받아보세요."

사내는 튕기듯 일어났다. 그리고 무릎걸음으로 기어가 수화기를 집어 들었다.

"도쿄 황입니다. 밤 늦게 죄송합니다. 급히 드릴 말씀이 있어서 낮부터 찾았습니다. 연락이 안 돼서 이렇게 밤 늦게 전화 걸게 됐습니다."

"아, 괜찮아, 괜찮아요. 낮에 제주도에 좀 다녀왔지. 잠깐 기다려요. 서재에 가서 전화 받을 테니까, 이 전화는 끊고 서재로 전화를 걸어요."

"알았습니다."

뚱보는 수화기를 내려놓고 일어섰다. 그의 아내가 요 위에 드러누운 채 졸리운 눈으로 그를 올려다본다.

"여기서 전화 받으시면 안 되나요? 몹시 중요한 이야기인가 보죠?"

거기에는 대꾸도 하지 않고 뚱보는 안방에서 나와 서재로 들어갔다.

문을 닫자 전화벨이 울리기 시작했다. 서재의 전화는 은밀한 통화가 필요할 때 그 혼자만 이용하고 있는 것이었다. 그는 방 안의 불을 켠 다음 전화를 받았다.

"됐어요. 이야기해 봐요."

서종세는 가죽 의자에 살찐 엉덩이를 내려놓으며 귀를 기울였다.

"말씀드리기 뭣합니다만……."

도쿄 황은 머뭇거리고 있었다.

"괜찮으니까 빨리 말해 봐요."

종세는 책상 위에 놓여 있는 탁상시계를 힐끗 바라보았다. 시계바늘이 새벽 3시 17분을 가리키고 있었다.

"회장님께서 위독하십니다."

도쿄 황이 낮은 목소리로 속삭이듯 말했다.

"아까 초저녁에 나하고 통화하셨는데 그 때까지 아무렇지도 않으셨는데 그게 무슨 말이지?"

"간암 선고를 받으셨습니다."

"뭐라고?!"

종세는 자세를 바로 하면서 주먹을 움켜쥐었다.

"주치의 오 박사가 최종적으로 확인했습니다. 앞으로 잘 해야 6개월 정도밖에 사실 수 없다고 합니다."

뚱보는 자기 귀를 의심했다. 그러나 상대방은 그에게 중요한 정보를 알려 주는 인물이었고, 그의 정보는 지금까지 한 번도 틀린 적이 없었다.

잠시 무거운 침묵이 흐른 다음 뚱보가 다시 물었다.

"회장님은 지금 병원에 입원하셨나요?"

"병원에 입원하실 필요도 없습니다. 치료가 불가능하기 때문입니다."

정보원은 냉정한 어조로 보고했다.

"회장님도 알고 계시나요?"

"물론 알고 계십니다."

"다른 사람들도 알고 있나요?"

"모르고 있습니다. 이 사실은 극비 사항입니다. 이 사실을 알고 있는 사람은 회장님 본인과 오 박사…… 그리고 또 한 사람이 있습니다."

"또 한 사람은 누구요?"

"서 부회장입니다."

"그 애는 어떻게 알게 됐지?"

종세는 동세를 서슴없이 그 애라고 부르고 있었다.

"회장님께서 직접 말씀해 주신 것 같습니다. 다른 사람들한테는 절대 비밀에 붙이고 서 부회장한테만 말씀해 주신 모양입니다."

그 말은 곧 금원 그룹의 후계자가 누구인지를 암시해 주는 의미심장한 말이기도 했다. 그럴 수는 없다고 생각하면서 뚱보는 어금니를 깨물었다.

"제가 드릴 말씀은 아닙니다만…… 회장님께서는 크게 잘못하시고 계신 것 같습니다. 그런 중요한 사실은 누구보다도 먼저 의원님께 알려드리는 것이 서열상으로나 상식적으로 볼 때도 옳은 일일 텐데, 어떻게 해서 맨 막내 되는 부회장한테만 알려주시고 비밀에 붙이시는지 안타깝기 짝이 없습니다."

도쿄 황은 이쪽에서 생각하고 있는 점을 정확히 꼬집어 말하고 있었다. 종세는 떨리는 가슴을 진정하면서 입을 열었다.

"도쿄 황은 회장님이 6개월밖에 살 수 없다는 것을 어떻게 알았어요?"

그것은 정보의 출처를 묻는 말이었다.

"지금 제 손에는 회장님에 대한 진료 차트가 있습니다. 이 차트에 간암이라는 진단이 분명히 나와 있습니다. 오 박사는 회장님이 6개월밖에 살 수 없다고 했습니다. 그러니까 최대한으로 잡아서 그렇다는 말입니다. 한 달 이내에 돌아가실지 아니면 내일 돌아가실지 그건 아무도 모르는 일입니다. 빨리 손을 쓰지 않으면……."

도쿄 황은 말끝을 흐렸다. 빨리 손을 쓰지 않으면 안 된다는 말은 서 회장의 병을 두고 하는 말이 아닌, 부도덕하고 비인간적인 의미를 내포한 말이었던 것이다.

"그 차트는 오 박사가 주었나요?"

"저는 오 박사를 직접 만나 보지 않았습니다. 그런 일로 만나서는 안 되기 때문에 비밀리에 차트를 입수했습니다."

"오 박사를 한 번 만나 봐야겠군. 전화를 걸든가……."

"안 됩니다. 그건 안 됩니다. 오 박사한테는 함구령이 내려져 있습니다. 의원님께서 오 박사한테 그것을 확인하시게 되면 문제가 시끄러워집니다. 그렇게 되면 결국 모든 사람들이 알게 되어 앞으로 내밀하게 일을 처리하는 데 있어서 어려움을 겪게 됩니다. 회장님이 노하시게 되면 공개적으로 문제를 결정해 버릴지도 모릅니다. 매스컴이 떠들게 될 테고……."

"그 차트를 좀 봅시다."

"네, 보여 드리겠습니다."

"그건 그렇고…… 그게 사실이라면 앞으로 어떡하면 좋지?"

"당연히 상주 되시는 분이 앞으로 제사도 모셔야 하고 그룹도 이끌어가야 하는 거 아닙니까?"

상대방이 충동질을 하고 있다는 것을 알면서도 그는 그 말이 너무나도 당연한 말처럼 들렸다.

그의 아버지 서인구 회장은 올해 나이 79세이니 막말로 말하면 살 만큼 살았다고 할 수 있었다. 그러나 그럴수록 부모님이 더 오래 살아 주었으면 하는 것이 자식들의 일반적인 생각이자 도리라고 할 수 있었다. 하지만 종세는 그런 일반적인 생각에서 거리가 좀 먼 사람이었다.

그렇지 않아도 냉정한 데가 있는 그는 서 회장에 대해 감정이 많았다. 따라서 그는 아버지가 내일 당장 세상을 떠난다 해도 그렇게 서러워 한다거나 자신의 불효를 후회할 사람이 아니었다. 아버지가 사형선고나 다름없는 간암으로 앞으로 6개월밖에 살지 못한다는 말을 듣고 그가 충격을 받은 것은 그 죽음 자체 때문이 아니었다.

아버지의 갑작스런 죽음이 몰고 올 엄청난 변화와 그 변화에 대해 자신은 전혀 무방비 상태에 있다는 사실, 그리고 아버지 사후의 금원 그룹 문제가 자신이 도외시된 채 이미 착착 정리되고 있는지도 모른다는 불안감이 그를 충격 속으로 몰아넣었던 것이다.

아버지가 그 사실을 큰아들인 자신한테는 비밀로 한 채 막내인 동세한테만 알려 주었다는 사실이야말로 불안의 가장 큰 요인이라고 할 수 있었다. 그것은 다시 말해 아버지가 자신의 사후 문제를 동세와 이미 상의했다는 의미로 해석할 수 있는 것이다. 사후 문제를 상의했다는 것은 곧 후계자 문제를 상의했다는 것일 테고, 그것은 다시 말해 동세를 후계자로 지목했다는 뜻일 수도 있는 것이었다. 그러니 그의 몸이 달아오르는 것도 무리는 아니었다.

그가 아버지의 신임을 얻지 못한 채 회사 경영권 밖에서 겉돌게 된 것은 벌써 오래 전부터의 일이었다. 따라서 아버지의 두터운 신임을 얻고 있는 막내동생이 언젠가는 그룹의 후계자로 지명될 것이라는 것은 이미 예견돼 온 일이었다. 하지만 막상 후계자 지명 문제가 바로 눈앞에 닥치고 보니 종세는 맏아들로서 가만히 앉아 그대로 당할 수만은 없다는 생각이 가슴 속에서 마치 분노처럼 끓어올랐다.

통화를 끝낸 그는 서재에 앉아 연달아 줄담배를 피워대면서 부글부글 끓어오르는 가슴을 진정시키느라고 무진 애를 썼다.

그가 아버지의 눈 밖에 난 것은 기업 경영보다는 정치판에 더 관심을 두었기 때문이다. 일찍부터 정치에 뜻을 둔 그는 돈의 힘을 믿고 서너 번 지역구 공천을 받아 국회의원에 출마했지만 그 때마다 번번이 떨어지는 바람에 주위 사람들을 적잖게 실망시키곤 했었다. 특히 서 회장의 실망은 이만저만 큰 게 아니었다. 서 회장은 자신의 말을 듣지 않고 집안 망신만 시키는 큰아들에 대해 더 이상 기대를 걸지 않게 되었다.

그럴수록 정치에 대한 종세의 집념은 병적일 정도로 집요했다. 무슨 수를 쓰든지간에 옷깃에 금배지를 달고야 말겠다는 그의 집념은 마침내 지역구를 버리고 전국구 공천을 받는 쪽으로 방향을 바꾸었다. 전국구 공천을 받아서라도 기어코 금배지를 달고야 말겠다는 그의 생각에 서 회장은 노발대발했고, 심지어는 미친 놈이라고 극단적인 욕까지 해댔다.

 당선 가능성이 있는 전국구 공천 자리를 얻는 데는 적어도 20억 원이 필요했다. 그것은 20억 원을 주고 금배지를 사는 것이나 다름없었다. 그 동안 많은 돈을 정치판에 갖다 버린 그는 염치없는 짓인 줄 알면서도 아버지에게 마지막으로 20억 원만 대 주면 더 이상 손을 벌리지 않겠다고 애걸했다. 그러나 서 회장은 맏아들의 그런 요구를 한 마디로 거절했다. 하는 수 없이 종세는 동생들한테 손을 벌렸다. 형님의 마지막 소원이라는데 동생들이 거절할 도리가 없었다.

 그의 동생들은 아버지 몰래 돈을 갹출했는데 동세가 제일 많은 10억 원을 냈고 나머지는 호텔을 경영하고 있는 문세와 골프장을 운영하고 있는 윤세, 그리고 여동생들이 적당히 나누어 냈다. 종세한테는 동생들이 개인적으로 돈을 낸 것으로 보고 되었지만 그것은 나중에 그룹 차원에서 적당히 처리되었음은 물론이다. 서 회장의 귀에 그 말이 안 들어갔을 리 없었다. 그러나 그는 모른 체했다. 그것으로 맏아들에 대한 아버지로서의 배려가 마지막이라고 생각했는지도 모른다.

 어쨌든 그렇게 해서 종세는 그토록 소원했던 금배지를 옷깃에 달았다. 그러나 막상 그 소원을 이루고 보니 그렇게 허망할 수가 없었다. 그것을 달기 위해 허비한 인생과 정열이 아까워 견딜 수가 없었다. 그가 그렇게 허망감을 느끼게 된 데에는 정치판에 대한 회의가 가장 큰 원인이라고 할 수 있다.

정치판은 한 마디로 개판이라고 할 수 있었다. 그 속으로 휩쓸려 들면 들수록 남는 것은 같은 판에서 노는 인간들에 대한 실망과 구역질뿐이었다. 그 판에서 정치라는 것은 존재하지도 않았고 하물며 그런 데서 정치가로서의 야망을 달성한다는 것이 얼마나 부질없는 짓인가를 깨달으면 깨달을수록 정치판에 대한 회의는 깊어만 갔다.

뒤늦게야 한국에서 정치를 한다는 것이 일종의 도박임을 깨달은 그는 크게 후회하고 뉘우쳤지만, 나이가 60이나 된 이제 와서 갑자기 생활을 바꾼다는 것도 쉬운 일이 아니었다. 그러나 정치판에서 손을 떼게 될 경우 자신이 돌아가야 할 곳은 역시 금원동산밖에 없다는 것을 그는 깊이 인식하고 있었다. 그런 인식은 요즈음에 와서는 강한 욕구로 변했고, 그래서 금원동산에 들어갈 기회만을 노리고 있었다. 금원에 들어가되 할 일 없이 월급이나 받아먹는 한직이 아닌 막강한 실권을 행사할 수 있는 자리에 바로 앉을 수 있어야 한다는 것이 그의 생각이었다. 그러고 있던 차에 비밀 정보원을 통해 서 회장의 목숨이 앞으로 6개월 정도밖에 남지 않았다는 사실을 알게 된 것이다.

빨리 손을 쓰지 않으면 안 된다. 손을 쓰지 않으면 동세 놈한테 모든 것을 빼앗길지도 모른다. 그대로 있을 수 없다. 큰아들은 엄연히 나다.

그는 담배를 비벼 끄고 나서 벌떡 몸을 일으켰다. 일을 끝내려면 아버지 살아 생전에 끝내야 한다. 방에서 나온 그는 안방으로 들어가지 않고 거실의 소파에 털썩 주저앉았다.

"무슨 전화예요? 무슨 일이 있어요?"

그의 아내가 안방에서 나오면서 불안한 기색으로 물었다. 스탠드 불빛에 아내의 흐트러진 모습이 마치 무슨 괴물처럼 보였다. 그는 미간을 찌푸리면서 고개를 돌렸다.

"잠이나 자요. 난 좀 앉아 있다가 들어갈 테니까."

그러나 그녀는 들어가지 않고 그의 곁에 바싹 붙어 앉는다. 그는 가슴이 답답해 왔다. 그는 아내를 싫어했다. 그러나 그럴수록 그의 아내는 그에게 찰거머리처럼 달라붙고 있었다.

"무슨 일이 있어요?"

"아무 일도 아니야."

퉁명스럽게 대꾸한 후 그는 파이프에 불을 붙였다.

"그런데 왜 그렇게 심각한 표정을 짓고 있어요?"

그녀의 늙은 손이 그의 튀어나온 배를 쓰다듬으려고 하자 그는 질겁해서 물러나 앉았다.

"아무것도 아니라니까. 혼자 있게 좀 내버려 둬!"

그가 버럭 소리를 지르자 그녀는 멈칫해서 손을 치웠다. 그러나 자리를 뜨지는 않았다.

"도쿄 황이라는 사람이 누구예요?"

"알 필요 없어."

도쿄 황이라는 암호명을 가진 인물은 현재 그에게 있어서 가장 중요한 정보를 물어다 주고 있었다. 그 인물은 교활하면서도 능력이 있는 자였다.

종세는 그 인물을 통해 금원에 들어갈 수 있는 발판을 구축하려 하고 있었다. 그 인물 역시 종세의 입성과 때를 맞추어 중요한 포스트를 얻으려고 기를 쓰고 있는지도 몰랐다. 그러니까 그들은 필요에 의해서 손을 잡았고 서로를 이용하고 있다고 볼 수 있었다.

종세는 도쿄 황을 통해 단지 정보만 입수하고 있는 게 아니었다. 그는 중요한 문제까지 그와 상의하고 있었고, 그의 의견에 전적으로 따르고 있었다.

객관적인 입장에서 보면 종세가 도쿄 황의 손끝에서 놀고 있는 셈이었다. 종세 자신도 그것을 알고 있었다. 하지만 어쩔 수가 없는 일이라고 그는 생각하고 있었다. 금원에 입성할 때까지만 참고 기다리는 수밖에 다른 도리가 없다는 것이 그의 생각이었다.

국제 전화

동세가 아침에 출근하여 집무실로 들어가자 비서실장이 런던으로 날아간 JD 부회장 해롤드 멜키오의 숙소를 알아 냈다고 보고해 왔다.

"런던 지사에서 알아봤는데 현재 힐튼 호텔에 투숙 중이랍니다. 어떻게 할까요?"

"런던은 지금 몇 시죠?"

"새벽 1시 정도 됩니다."

"곯아떨어졌겠군. 그 자식 불러요."

비서실장 최만기는 동세가 보고 있는 앞에서 런던 힐튼 호텔에 전화를 걸었다. 잠시 후 힐튼 호텔 교환이 나오자 그는 영어로 말했다.

"여기는 서울입니다. 1943호실 불러 주세요."

동세는 책상 위에 놓여 있는 결재 서류에 눈을 주고 있었다.

"미스터 멜키오? 잠깐 기다려 주십시오!"

최 비서실장의 목소리는 활기에 차 있었다. 동세는 침울한 표정으로 고개를 쳐들었다.

"멜키오가 나왔습니다."

동세는 비서실장이 내미는 수화기를 받아들었다.

"미스터 멜키오, 서울 금원의 서동세입니다."

한밤중에 전화를 걸어 잠을 깨운 데 대해 미안하다는 말 한마디 없이 그는 퉁명스럽게 영어로 말했다.

"아아, 난 또 누구시라고. 여기 있는 건 어떻게 알고……?"

아직 잠이 덜 깬 목소리였지만 꽤 놀라는 기색이었다.

"당신 같은 거물을 찾아내는 건 아주 쉬운 일이죠."

동세는 빈정거리는 투로 말했다.

"그래…… 무슨 일입니까?"

"몰라서 묻는 겁니까?"

동세는 거칠게 되물었다. 분노를 참느라고 그의 목소리는 떨리기까지 하고 있었다.

"무슨 말씀을 하는 건지 난 모르겠는데요. 무슨 일입니까?"

"모르다니요. 우리가 함께 술을 마신 게 언제였습니까? 불과 하루 전이었는데 어떻게 그렇게 변할 수가 있습니까? 당신이 한국 신문 기자와 인터뷰한 내용을 보고 나는 마치 사기당한 기분이었습니다. 도대체 어떻게 그럴 수가 있습니까?"

껄껄거리는 웃음소리가 들려왔다.

"난 또 무슨 말씀이라고. 한국 신문에 어떻게 기사가 나왔는지 난 보지 않아서 잘 몰라요. 기자와 인터뷰를 하긴 했지만 오해를 불러일으킬 만한 말은 하지 않았어요. 뭔가 단단히 오해하신 것 같은데……."

국제 전화 · 293

"그렇게 얼버무리지 말아요. 신문에 보면 당신은 시스템 인티그레이터 적격 업체로 S사를 추천했어요. S사야말로 가장 적합한 업체라고 말이에요. 전날 밤 우리는 그 문제에 대해서 이미 합의를 보았고, 나는 그 대가로 5백이나 깎아 주기로 했어요. 당신의 요구 사항을 모두 수용했단 말입니다. 굴욕을 감수하면서까지 말입니다. 우리의 합의 내용은 비록 문서화되지는 않았지만 다시 재론할 필요가 없게 이야기가 되었어요. 그래서 당신을 최대한 정중히 대접했던 거고 잠자리까지 보살폈단 말입니다. 그런데 당신은 날이 새자 전혀 엉뚱한 소리를 했어요. 그렇게 해도 되는 겁니까? 아무리 돈밖에 모르는 미국인이라 해도 하룻밤 사이에 그렇게 말을 바꾸어도 되는 겁니까? 당신 같은 상식 이하의 사람하고 상대했다는 것이 후회됩니다."

다시 웃음소리가 들려왔다. 무슨 말을 해도 결코 화를 낼 것 같지 않은 능글맞은 웃음소리였다.

"단단히 화가 나셨군요. 그렇게 기사가 났다면 화를 낼 만하시겠죠. 하지만 난 그렇게 말한 적이 없어요."

"그럼 기자가 엉터리로 기사를 썼단 말인가요? 잡아떼지 말아요!"

동세는 버럭 고함을 질렀다. 외국인들, 특히 미국인들이 잡아떼는 데 명수라는 것을 그는 잘 알고 있었다. 그들은 표정 하나 바꾸지 않고 잡아뗀다. 조금이라도 자기 이익에 배타되면 언제 그런 약속을 했냐는 듯 시침을 뗀다. 그것을 모르고 상대했다가는 큰 코 다친다.

"난 그런 말하지 않았어요. 다만 우수한 업체가 시스템 인티그레이터로 선정되는 게 바람직하다고 말했을 뿐이지요. 그 중에는 S사 같은 업체도 포함될 수 있다고 말했어요."

"왜 금원 이야기는 한 마디도 안 했나요? 우리가 합의한 사항에 대해선 왜 한 마디도 하지 않았나요?"

"금원도 우수한 업체라고 분명히 말했지요. 하지만 우리가 합의한 내용은 아직 발표할 단계가 아니기 때문에 말하지 않았어요. 그 문제에 대한 최종 결정은 내 선에서 이루어지는 게 아니니까요."

"이제 와서 발뺌하는 겁니까? 도대체 S쪽에서 무슨 제의를 받았나요? 우리보다 훨씬 유리한 제의를 받았겠지요?"

"그, 그렇지 않아요. 그쪽 사람은 만나지도 않았어요."

상대방은 계속 시침을 떼고 있었다.

"지금 나 피곤하니까 다음에 이야기합시다. 아침에 내가 그쪽으로 전화하겠소."

"여긴 아침입니다. 난 지금 얘기를 끝내고 싶어요."

"성미가 몹시 급하시군."

"당신은 여유작작하게 나올 수 있지만 난 그렇지가 못해요. 모든 게 S쪽으로 넘어간 마당에 내가 편안히 발을 뻗고 잘 수가 있겠어요?"

"오해하지 말아요."

"난 오해하고 있는 게 아니에요. 우리가 합의한 내용을 깬 쪽이 당신이라는 걸 잊지 말아요. 언젠가 입장이 뒤바뀔 때가 오겠지요."

"난 우리의 합의 내용을 깨지 않았어요."

"이봐요! 언제까지 나한테 사기를 칠 셈이지?"

"당신은 싸우자고 전화를 걸었군요. 그럼 이야기할 필요 없어요. 화가 가라앉으면 다시 전화해요. 난 내일까지 여기에 있을 테니까요."

"전화는 무슨 전화! 당신하고 통화하는 돈이 아까워요. 합의는 없었던 걸로 해요."

"맘대로 해요. 금원 아니라도 상대는 많으니까요."

"이제야 본색이 나타나는군. 형편없는 작자 같으니!"

동세는 던지듯 수화기를 내려놓았다. 그의 표정을 살피다가 비서실장이,

"뭐라고 그럽니까?"

하고 물었다.

"자기는 기자한테 절대로 그런 말한 적이 없다는 거야. 개자식 같으니!"

"상투적인 수법이군요. 아주 나쁜 놈인데요."

최 실장 역시 화난 투로 말했다.

"그 자식한테 저녁 사 주고 아가씨까지 안겨 준 게 억울해."

동세는 분을 삭이지 못해 방안을 빙빙 돌았다.

"하지만 이대로 물러설 수는 없는 거 아닙니까?"

동세는 팔짱을 낀 채 묵묵히 있다가 최 실장을 쳐다보았다.

"승산이 없어요. 이미 결정된 것 같아."

"회장님이 아시면 가만 계시지 않을 텐데요. 회장님이 가장 역점을 두시는 분야 아닙니까."

그건 사실이었다. 서 회장은 항공 산업 분야에 전력을 기울이라고 누차 지시내린 바 있었고, 특히 금원이 그 분야에서 주도권을 잡아야 한다고 기회 있을 때마다 말했었다.

"S쪽이 그 미국 놈한테 무얼 제의했는지 알아봐요."

동세는 번득이는 눈초리로 비서실장을 쏘아보면서 말했다.

"그건 아주 극비 사항일 텐데요."

비서실장은 난색을 표했다.

"정보원이 있잖아요. 그쪽을 통해서 알아봐요."

비서실장의 얼굴에 당황한 기색이 나타났다.

"네, 하지만 알아 낼 수 있을는지 모르겠습니다."

"꼭 알아봐요. 그걸 알아 내야만 대응책을 강구할 수 있으니까."

"해 보겠습니다. 그리고 오늘 저녁 H 호텔에서 S 자동차의 신차 발표회가 있다고 연락이 왔습니다."

"킬리만자로 말인가요?"

"네, 꼭 참석해 달라고 하는데 가시는 게 좋을 것 같습니다."

동세는 거기에 대해 아무 말도 하지 않았다. 속에서 새로운 감정이 부글부글 끓어오르는 것을 느끼면서 그는 한참 동안 창 밖만 응시하고 있었다.

시체

 최 실장이 막 밖으로 나가려는데 방안의 전화벨이 울렸다. 부회장이 전용으로 사용하는 전화였다. 최 실장이 멈칫하고 돌아보자 동세는 잠자코 수화기를 집어 들었다.

 "안녕하세요? 저 모나리자예요."

 젊은 여자의 목소리에 동세의 표정이 금방 굳어졌다. 최 실장은 부회장의 표정을 조금은 놀란 듯이 바라보다가 동세가 손을 들어 나가달라고 하자 밖으로 나갔다.

 "기분이 어떠세요?"

 여자가 물었다.

 "좋지 않소. 그만 좀 괴롭히고 아이를 돌려보내요."

 동세는 감정을 최대한 억제하면서 말했다.

 "어머나, 제 말을 믿지 않으셨군요? 어떻게 그럴 수가 있어요! 정말 유감이에요. 협이는 분명히 죽었다고 제가 말했잖아요. 왜 제 말을 그렇게 믿지 않으세요. 그러다가는 후회하실 거예요."

 "모나리자, 나를 이렇게 괴롭혀서 이로울 게 뭐지? 도대체 왜 괴롭히는 거요?"

"말했잖아요. 당신의 파멸을 원한다고요."

"나는 어떤 여자한테도 원한 살 일을 하지 않았어! 왜 내가 파멸하는 걸 원하는 거요?"

"이유는 말하고 싶지 않아요. 나중에 차차 알게 될 거예요."

"모나리자, 제발 그러지 말아요. 나는 당신이 나한테 원한이 있다고는 생각지 않아요. 누군가가 당신한테 협이를 유괴해서 나를 괴롭히라고 시켰을 거라고 생각해요. 그놈은 나쁜 놈이 틀림없어요. 그런 놈한테 빌붙어서 이런 짓을 하고 있는 당신이 불쌍해요. 그러지 말고 나한테 모든 것을 털어놔 봐요. 당신이 아이를 돌려주고 나한테 협조하면 난 당신을 아주 안전하게 보호해 주겠어. 물론 평생 먹고 살 수 있는 돈도 주겠고, 원한다면 외국으로 보내 줄 수도 있어요. 당신이 원하는 대로 해 주겠어. 그러니까……."

여자의 깔깔거리는 웃음소리에 그는 더 이상 말을 이을 수가 없었다.

"부회장 아저씨, 제가 어린앤 줄 아세요? 그런 말에 넘어갈 줄 아세요? 당신은 뭘 몰라, 바보야. 당신하고 말장난하고 싶지 않아요. 시간이 없으니까 요점만 얘기하겠어요. 협이 시체를 찾아가세요. 그대로 둔다는 건 너무 불쌍해요."

"어디서 찾아가라는 거야?"

"강변을 따라 천호대교 쪽으로 가세요. 천호대교 밑에 차를 세우고 기다리세요. 당신이 즐겨 타는 포르셰 959에는 물론 카폰이 있겠지요? 그 번호를 좀 가르쳐 주세요. 카폰으로 연락드리겠어요."

"093-222-2222······."

"지금 바로 출발하세요."

여자는 더 이상 말하지 않고 전화를 끊었다.

동세는 한동안 멍하니 서 있었다. 계속 괴롭힘을 당하다가는 언젠가는 미쳐 버릴 것만 같은 생각이 들었다. 모나리자는 그의 전용 회선 전화번호도 알고 있고, 그가 포르셰 959를 몰고 다니는 것도 알고 있었다.

그는 숨을 깊이 들이마셨다가 후우 하고 내쉬었다. 목이 바싹 타 들어오면서 가슴이 답답해져 왔다. 이제 그는 모나리자의 말에 따를 수도 따르지 않을 수도 없는 입장이었다. 그녀의 말에 따르자니 자신이 직접 현장에 가 보지 않을 수가 없었다. 협이의 존재가 떳떳하다면 경찰이나 혹은 다른 누구한테 부탁할 수도 있는 일이지만 지금 그의 입장은 그렇지가 못했다. 그는 지금 아무도 몰래 모나리자의 말에 따르지 않을 수 없는 입장이었던 것이다.

저고리를 입고 방을 나서자 여비서가 그를 쳐다본다.

"두 시간쯤 밖에 다녀오겠어."

목적지도 말하지 않고 서둘러 나가는 그를 여비서는 의아한 눈으로 쳐다보았다. 동세의 모습이 사라지자 그녀는 곧 비서실장에게 보고했다.

"어디로 가신다고 했어?"

"두 시간쯤 다녀오시겠다고 하면서 나가셨어요. 어디라고 말씀하시지는 않았어요."

"어디 가셨나?"

비서실장은 고개를 갸우뚱했다.

동세가 빌딩 밖으로 나가자 연락을 받은 그의 운전사가 포르셰를 지하 주차장에서 끌어 내오고 있었다. 포르셰는 그가 서 있는 앞에서 멈춰섰다. 중년의 운전사는 포르셰만은 동세가 직접 운전한다는 것을 알고 있었다. 동세는 자동차 열쇠를 받아들고 차 안으로 들어갔다.

포르셰 959는 햇빛을 받아 눈부시게 빛나고 있었다. 그는 그 차 안에 들어앉아 운전대를 잡으면 언제나 안정감을 느끼곤 했는데 지금은 그렇지가 않았다. 운전대를 잡고 있는 두 손이 웬지 불안정한 느낌이었다.

그 불안감을 떨치려고 그는 음악을 틀었다. 곧 영화 음악이 조용히 차 안을 채우기 시작했다.

시내를 벗어나 강변도로로 접어들었을 때 「빠삐용」의 주제가가 흘러나오기 시작했다. 그는 짙은 선글라스 너머로 푸른 강물을 바라보면서 빠삐용의 고독을 생각했다. 포르셰의 속도가 갑자기 높아졌다. 그는 속도를 늦추지 않고 그대로 달려갔다. 앞서 가던 차들이 계속 뒤로 밀려가고 있었다. 놀라서 비명을 지르며 비켜서는 차도 있었다.

그는 협이가 죽었다는 그녀의 말을 믿을 수가 없었다. 그러나 가 보지 않을 수 없었다.

강변을 달린 지 20분도 못 돼 그는 한강 둔치로 내려갔다. 저만치 천호대교가 보였고, 그 아래 그늘에서 아이들이 놀고 있는 것이 눈에 들어왔다. 그는 속도를 줄이고 천천히 다리 쪽으로 차를 운전해 갔다. 다리 밑으로 들어가자 놀고 있던 조무래기들이 몰려왔다. 그들은 처음 보는 차 모양이 신기한지 이리 보고 저리 보고 하면서 자기들끼리 떠들어 댔다.

동세는 엔진은 그대로 걸어둔 채 음악만 껐다. 주위를 둘러보았지만 아이들 외에는 아무도 보이지 않았다. 그는 침울한 눈으로 아이들의 노는 모습을 묵묵히 지켜보았다. 그렇게 15분쯤 지나자 마침내 카폰의 벨이 울렸다. 그는 재빨리 수화기를 집어 들었다.

"모나리자예요. 도착하셨나요?"

"지금 다리 밑에 있소."

"혼자 계시나요?"

"주위에 아이들이 있어요. 동행은 없어요."

"그럼 됐어요. 차를 몰고 상류 쪽으로 가세요. 둔치로 가세요. 가다 보면 둔치가 끝나는 데가 있을 거예요. 차에서 내려 1백 미터쯤 다시 상류 쪽으로 걸어가세요. 깨진 벽돌 두 개가 보일 거예요. 그 밑을 파 보세요. 안녕."

이쪽에 잠시 말할 틈도 주지 않고 그녀는 전화를 끊었다. 동세는 수화기를 내려놓고 정면을 노려보다가 차를 앞으로 전진시켰다.

호텔이 건너다보이는 건너편 강기슭에서 모터보트 한 대가 물살을 가르며 달려오고 있는 것이 보였다. 보트 뒤에는 사람이 한 명 줄을 잡고 서 있었다. 조금 위쪽에는 윈드서핑을 즐기는 사람들이 몇 명 있었다. 수상 스키 위에 서 있던 남자의 몸뚱이가 한쪽으로 휘어지는 듯하더니 물 속으로 나가떨어지는 것이 보였다. 동세는 엔진을 끄고 차에서 내렸다. 거기서부터는 차가 달릴 수 없는 모래밭이었다.

머리 위에서 뜨거운 태양이 이글거리고 있었다. 몇 걸음 옮겨놓기도 전에 그는 땀을 흘리기 시작했다. 그는 빠른 걸음으로 걸어갔다. 마치 태양으로부터 벗어나기라도 하려는 듯.

모래밭에는 잡초가 뒤엉켜 있었다. 곳곳에 웅덩이가 있었고 그 안에는 썩은 물이 고여 있었다. 풀잎을 스칠 때마다 날벌레들이 무수히 몸에 달라붙곤 했다. 1백 미터쯤 걸어가자 모나리자의 말대로 깨진 붉은 벽돌 두 개가 나란히 놓여 있는 것이 보였다. 그 주위의 잡초는 뽑혀져 있었고, 모래도 파헤쳐졌던 흔적이 있었다.

그는 먼저 주위를 휘둘러보았다. 주위에는 아무도 보이지 않았다. 보이는 것은 강변도로 위를 질주하는 차량들 뿐이었다. 그는 갑자기 공포가 엄습하는 것을 느꼈다. 모나리자의 말대로 모래밭 속에 협이의 시체가 있을지도 모른다는 생각에서 온 공포였다. 거기에 반발해서 모나리자의 말이 거짓말일 거라고 생각하고 싶은 마음이 강하게 일기도 했다. 그래서였는지는 몰라도 그는 자기도 모르게 두서너 걸음 뒷걸음질을 쳤다. 그러나 더 이상 물러설 수는 없었다.

발작적으로 그는 앞으로 달려들어 벽돌 조각을 구두 끝으로 밀어 내고 두 손으로 모래를 파헤쳤다. 얼마쯤 파헤치다가 손이 아파 주위에서 나무조각을 하나 찾아내고 그것으로 다시 파헤치기 시작했다. 한 뼘쯤 파헤치자 비닐이 나왔다. 더 좀 파내자 그것은 커다란 비닐 주머니였고, 그 안에는 아동복과 함께 커다란 짐승의 머리통이 하나 들어 있었다.

동세는 경련을 일으키면서 뒤로 물러났다. 아동복은 그가 얼마 전에 협이에게 사주었던 노란색 티셔츠와 파란색 반바지가 틀림없어 보였다.

짐승의 머리통은 개의 머리였다. 그것도 검은 개의 머리였다. 비닐 봉지 안에는 구데기가 우굴거리고 있었다.

동세는 웅크리고 앉아 토하기 시작했다. 쓴 물이 나올 때까지 그는 토했다. 토하면서 그는 계속 경련했다. 그것은 분노에서 오는 경련이었다.

그는 돌아서려다 말고 다시 한 번 비닐 봉지를 바라보았다. 협이의 옷가지들은 피에 흥건히 젖어 있었다. 개 피에 젖은 것들을 개 머리통과 함께 그대로 봉지 안에 넣어 물기가 많은 모래밭 속에다 묻어 두었기 때문에 그 때까지 젖은 상태로 놓여 있었던 것 같았다.

비틀거리면서 차로 돌아와 에어컨을 켠 다음 눈을 감고 앉아 있는데 카폰의 벨이 울렸다. 그는 벨이 한참 울리도록 내버려두고 있다가 하는 수 없이 그것을 가만히 집어 들었다.

"찾았어요?"

장난치듯 밝은 모나리자의 말에 그는 거칠게 숨만 내쉬었다.

"기분이 어떠세요?"

"어쩌자는 거야?"

그는 감정을 억제하면서 작은 소리로 물었다.

"기분이 어떠냐니까요?"

"도대체 어쩌자는 거야? 어쩌자고 이러는 거야? 왜 이러는 거야?"

까르르 웃는 소리가 들려왔다. 견딜 수 없을 정도로 재미 있어 죽겠다는 그런 웃음소리였다.

"당신의 놀라는 모습 눈에 선해요."

"망할 년!"

동세는 거칠게 숨을 쉬면서 이를 갈았다. 그녀가 눈앞에 있으면 당장이라도 죽일 것 같았다. 그토록 절실하게 살의를 느껴보기는 난생 처음인 것 같았다.

"입이 험하시군요. 숙녀한테 그런 욕을 하다니 말이에요."

"넌 숙녀가 아니고 악마야! 악마의 말로는 비참할 거다! 네가 안 잡히고 배길 줄 아냐?!"

"호호, 나를 협박하는 거예요? 맘대로 지껄이세요. 당신이 뭐래도 당신은 내 손아귀 속에 들어 있으니까요."

"협이는 어디 있어? 어떻게 됐어?"

"안심하세요. 협이는 잘 있어요. 결정적인 순간에 써먹기 위해 잘 보호하고 있으니 걱정하지 마세요."

"언제 아이를 돌려 줄 거야?"

"적당한 시기에……."

"모나리자, 그만 괴롭히고 요구 조건을 말해 봐요. 누구 죽는 꼴을 보고 싶어서 이러는 거야?"

"네, 맞아요. 당신 죽는 꼴을 제일 보고 싶어요. 이건 진심이에요."

그녀는 기다렸다는 듯이 말했다.

"왜 내가 죽는 꼴을 보고 싶어하는 거지? 나하고 무슨 원한 살 일이라도 있었나? 난 아무리 생각해 봐도 원한 살 일을 하지 않았는데……."

"당신은 많은 사람들한테 원한을 사고 있어요. 그걸 모르다니, 당신은 참 바보군요."

"바보는 당신이야! 당신은 지금 바로 그와 같은 짓을 하고 있는 거야! 어린 아이를 유괴했다는 것이 얼마나 큰 죄악인가를 당신은 알아야 해."

전화는 끊어져 있었다. 동세는 수화기를 내려놓으면서 분노에 찬 한숨을 내쉬었다. 그러나 한편으로 조금은 위안이 되기도 했다. 그것은 협이가 죽지 않고 살아 있다는 데서 오는 위안이었다. 확인할 길은 없지만 아무튼 다소 위안이 되는 것은 사실이었다.

그 시간에 서종세는 서인구 회장댁의 거실에 앉아 있었다. 그는 맏아들이었지만 부모와 함께 살고 있지 않았다. 서 회장 자신이 자식들과 함께 살기를 바라지 않았기 때문에 자식들은 모두 출가하여 따로따로 살고 있었다.

서 회장은 회사에 나가지 않고 집에 누워 있었다.

종세는 아버지가 부를 때까지 거실 소파에 앉아 기다리고 있었다. 오랜만에 찾아온 맏아들을 반긴 사람은 역시 그의 어머니인 박금녀였다.

서 회장보다 한 살 더 많은 올해 나이 여든 살인 그녀는 머리만 하얗다뿐이지 아직도 정정한 편이었다. 자그마한 키에 통통하게 살찐 그녀는 겉보기에는 후덕스럽게 생긴 시골 아낙 같은 인상을 지니고 있었다.

그녀는 회사 일에 대해서는 아무것도 모르고 있었고 알려고 하지도 않았다. 오로지 남편을 뒷바라지하고 아이들을 키우는 데 한평생을 지내온 터였다. 그녀는 현실에 만족하는 낙천주의자였고, 행복이라는 것을 먼 데서가 아닌 가까운 데서 찾았다.

"아버님 어디 편찮으신가 보죠?"

종세의 물음에 그의 어머니는 손수 참외를 깎다 말고 고개를 끄덕였다.

"나이가 있으시니까……."

그렇게 말하는 그녀의 얼굴 표정에 어두운 구석은 보이지 않았다.

"어디 특별히 아프신 데는 없나요?"

그녀는 고개를 가로 저었다.

"워낙 건강하시니까…… 특별히 아픈 데야 없지."

"오 박사에게 정기적인 진단을 받고 계시나요?"

"아침에도 다녀갔는데 별 이상은 없는가 보더라. 넌 참 그 약 다려 먹고 있니?"

"네, 먹고 있습니다."

그 약이란 보약을 말하는 것이었다.

그녀는 지금도 철마다 자식들에게 자신이 알고 있는 한약방에서 지은 보약을 보내 다려 먹게 했다.

"건강이 제일이야."

"네, 그렇지요."

종세는 어머니가 아직 아버지의 병명을 모르고 계신다고 생각했다. 아버지가 간암에 걸려 앞으로 6개월밖에 못 산다는 것을 알면서도 이렇게 편안한 몸가짐을 하실 수 있을까. 아직 모르고 계시는 게 분명해. 차라리 모르고 계시는 게 낫겠지.

"들어오시랍니다."

젊은 가정부가 다소곳한 몸가짐을 보이며 종세에게 말했다.

아버지와 아들 2

 종세는 어느 때보다도 경건한 표정을 지으면서 안방으로 들어갔다. 그리고 새삼스럽게 무릎을 꿇으면서 공손하게 머리를 조아렸다.

 "어디 편찮으십니까?"

 서 회장은 잠옷 바람으로 보료 위에 비스듬히 앉아 맏아들을 힐끗 바라본다. 영 못마땅하다는 표정이다. 저고리에 달고 있는 국회의원 배지가 더욱 못마땅한 모양이다. 맏아들이 그를 찾아오는 데는 목적이 있다.

 지금까지 그 목적이란 것은 오직 한 가지, 즉 돈을 뜯어내는 것이었다. 그러니 그에게는 맏아들이 못마땅한 존재일 수밖에 없었다.

 "웬일이냐?"

 서 회장은 쿨럭쿨럭 기침을 하며 무뚝뚝하게 물었다.

 "어디 편찮으십니까?"

 종세는 사뭇 걱정스런 표정으로 질문을 되풀이했다.

 "감기 기운이 좀 있나 봐."

대수롭지 않다는 듯 서 회장은 대꾸했다.

"오 박사가 뭐라고 했습니까?"

"아무것도 아니래."

서 회장은 대답하기 귀찮다는 듯 머리를 흔들었다.

종세는 서 회장의 표정을 부지런히 살폈다. 자신의 병명을 큰 아들 앞에 끝까지 숨기는 아버지가 그는 한없이 야속하기만 했다. 아버지가 나를 철저히 따돌리는구나 하고 생각하자 그는 견딜 수가 없었다. 머뭇거리는 아들을 서 회장이 다시 힐끗 바라보았다.

"그래, 무슨 일이냐? 국회의원이라면 바쁠 텐데 이 시간에 웬일로 여기에 다 왔지?"

아버지의 빈정거리는 말에 종세는 자못 비감스러운 느낌마저 들었다. 어쩌다가 내가 아버지한테 이렇게까지 천대받는 신세가 되었단 말인가! 그는 끓어오르는 감정을 누르면서 서 회장을 똑바로 바라보았다.

"제가 집에 오면 안 됩니까?"

아들의 볼멘소리에 서 회장의 안색이 변했다. 그는 미소를 지으면서 곁눈질로 아들을 바라보았다. 그리고 무슨 말을 할 듯하다가 험험 하고 헛기침만 했다.

"사실은 중요한 일을 상의 드리려고 왔습니다."

그러면 그렇지. 하고 노인은 끄덕였다.

"말해 봐. 간단히 말해."

간단히 말하라는 말에 종세는 주눅이 들었다.

"다름이 아니고…… 저도 이젠 나이도 나이고 해서 더 이상 정치판에서 뛰어다니기에는 적당치 않다고 생각되어 방향을 돌려 보고 싶습니다. 한국의 정치판은 외국과는 달리 한 마디로 개판이나 다름없어서 갈수록 실망만 안겨 줍니다."

"흥, 이제야 깨닫는가 보구나. 내가 누누이 말하지 않더냐. 정치판에는 뛰어들지 말라고."

"아버님 말씀을 듣지 않은 게 몹시 후회됩니다. 하지만 지금이라도 늦지 않다고 생각합니다."

노인은 발끈해서 손바닥으로 방바닥을 두드렸다.

"네 나이 60이야! 이젠 너무 늦었어."

"그, 그건…… 아버님 결정에 달려 있습니다."

"그게 무슨 말이냐?"

"아버님이 받아 주시느냐 안 받아 주시느냐에 달려 있습니다. 아버님이 저를 받아 주시면 저는 지금이라도 늦지 않다고 생각합니다. 정말 안정된 자리에서 열심히 일할 각오가 되어 있습니다. 이제는 한눈 팔지 않고 열심히 일할 각오가 되어 있습니다."

노골적으로 나오는 말에 서 회장은 어처구니없다는 표정으로 큰아들을 바라보았다.

"너 지금 제정신으로 하는 이야기냐?"

"제가 틀린 말을 했습니까? 장남이 가업을 계승한다는 것이 틀린 말입니까?"

"가업을 계승하겠다고? 헛참!"

노인은 가소롭다는 듯 코웃음쳤다.

"아버님만 허락하신다면 열심히 해 보겠습니다. 정치에서 완전히 손을 떼고 아버님을 돕겠습니다."

서 회장은 고개를 절레절레 흔들었다.

"안 돼. 너무 늦었어."

"늦지 않았습니다. 왜 저를 내쫓으려고만 하십니까? 정말 섭섭합니다."

"너 이놈!"

서 회장의 얼굴에 노기가 서렸다. 그는 눈을 부라리며 종세를 노려보았다.

회장의 고함 소리에 박금녀가 달려 들어왔다. 방안의 긴장된 분위기에 그녀는 두 사람의 눈치를 살피다가 아들의 옷소매를 잡아당겼다.

"할 얘기 있으면 나한테 하려므나. 지금 편찮으시니까 이러면 안 돼."

"이거 놓으세요! 어머님은 좀 나가 계십시오."

"아니야. 당신도 거기 앉아 좀 들어 봐."

서 회장이 무겁게 턱짓을 해 보이자 박금녀는 조심스럽게 한쪽에 주저앉았다.

"글쎄, 이 애가 정치에서 손을 떼고 이제부터 가업을 물려받겠다는데⋯⋯ 그러니까 쉽게 말해 회사를 하나 달라는 거겠지. 지금 나이에 체면도 있는데 동생들 밑에서 일할 수는 없는 거고. 그러냐 안 그러냐?"

속을 꿰뚫어보는 노골적인 물음에 종세는 적이 당황해 하면서 변명 비슷하게 대꾸했다.

"한 자리 달라고 하지는 않았습니다. 뒤늦게야 아버님 말씀이 옳았다는 걸 알았고, 저도 정치판에는 이제 너무 실망을 했기 때문에 남은 인생을 아버님 일을 도우면서 보내는 게 옳은 일일 것 같아 말씀드리는 겁니다. 수위 자리라도 좋으니까 아버님 곁에서 도와 드리고 싶습니다."

비굴할 정도로 공손한 아들의 말에 박금녀는 딱하다는 듯이 서 회장을 바라보았다. 그녀의 얼굴에는 웬만하면 큰아들의 요청을 한번 들어 주시지 그러느냐는 애원의 빛이 담겨 있었다. 그러나 서 회장은 완고했다. 그는 아들의 요구를 일언지하에 거절했다.

"금원은 체계가 완전히 잡혀 있어서 수위 자리 하나라도 아무나 함부로 집어 넣을 수 없어. 그리고 네가 돕지 않아도 금원은 잘 돼 나가니까 걱정하지 않아도 돼."

종세의 얼굴이 창백하게 굳어졌다. 금녀는 어쩔 줄 모르며 두 사람을 번갈아 쳐다본다.

"아버님, 어떻게 그렇게 말씀하실 수가……."

"왜? 내 말이 틀렸냐? 이제까지 돈만 갖다 쓰고 거들떠보지도 않다가 뒤늦게 돌아와서 뭘 어쩌겠다는 게야? 네가 가업 운운하는데 금원은 이제 가업이 아니야. 국민들이 지켜보는 거대 기업이야. 한 핏줄을 타고 났다고 해서 함부로 자리를 내 주거나 할 수 없어. 그러다가는 회사를 말아먹기 십중팔구지. 네 형제들 봐라. 그래도 자식이라고 중책을 맡겼더니 결국 다 거덜내고 말았잖니. 동세 하나 괜찮을까 나머지 놈들은 다 쓸모가 없어. 자식들은 많은데, 나처럼 자식복 없는 사람도 없어. 네 엄마가 자식 농사를 잘 지어놔서……."

서 회장이 곁눈질로 흘기자 금녀는 착잡한 표정으로 고개를 돌린다.

"영감두…… 그만하면 됐지……."

"내 철학은 최고 최선이 되지 않으면 살아 남을 수 없다는 거야. 적당히 어물쩡하게 넘기다가는 망하기 십상이야. 회사를 키우는 데는 수십 년이 걸리지만 망해 먹는 데에는 단 하루밖에 안 걸려. 알아들었어?"

"잘 알겠습니다."

종세는 입술을 깨물며 수모를 참지 않을 수 없었다.

"당신은 사형 선고를 받지 않았습니까?"

하고 묻고 싶을 것을 그는 가까스로 참고 있었다.

서 회장이 내뱉듯이 말하고 나서 자리에 누우려고 했지만 종세는 일어설 기미를 보이지 않는다. 그는 눙치고 앉아 거칠게 숨을 몰아쉬고 있었다.

"그리고 참…… 그 몸이 뭐냐. 살이 너무 쪘어. 몸 하나 관리 못해 가지고 무슨 일을 하겠다는 거야. 살 좀 빼라. 살찐 사람치고 오래 사는 사람 못 봤어."

"명심하겠습니다. 곧 살을 빼도록 하겠습니다."

종세는 머리를 조아렸다. 누가 보면 웃을 수밖에 없는 장면이었다. 그러나 그들은 조금도 웃지 않았다.

"너무 갑자기 살을 빼도 건강에 좋지 않아. 계획을 세워서 조금씩 빼 나가야지."

그것은 아버지가 자식을 생각해 주는 말이었다. 미우나 고우나 자식은 자식이었다.

"잘 알겠습니다. 명심하겠습니다."

"알았으면 이제 가 봐."

노인은 비스듬히 누웠다. 그러나 종세는 여전히 앉은 채 뭉기적거렸다.

"한 가지 물어 볼 게 있습니다."

박금녀가 아들의 소매를 잡아끌었지만 종세는 그대로 버티고 앉아서 서 회장을 바라본다.

"뭘 물어 보겠다는 거야?"

"저기…… 아버님께서는 앞으로 금원은 누구한테 맡기실 계획이십니까?"

너무도 노골적인 질문에 서 회장은 한동안 어안이벙벙해서 아무 말도 못하고 두 눈만 끔벅거렸다. 그의 표정이 점점 굳어 갔다.

박금녀는 안절부절못하면서 서 회장의 눈치만 살폈다. 종세는 내친김에 끝까지 알아야겠다는 듯 서 회장을 마주 바라보고 있었다. 그야말로 뻔뻔스러운 표정이었다. 서 회장은 입맛을 쩍 다시더니 돌연 아들을 쏘아보면서,

"넌 내가 죽기를 바라냐?"

하고 물었다.

종세는 당황해서 머리를 흔들었다.

"아, 아닙니다! 저는 절대 그런 뜻으로 아버님께 말씀드린 게 아닙니다!"

"이놈! 네 시꺼먼 속을 내가 모를 줄 알아?! 내가 죽으면 네놈이 금원을 어떻게 해 보려고 그러는 모양인데 그런 어리석은 생각은 하지도 마! 절대 그렇게는 안 될 거다! 네 맘대로는 절대 안 돼!"

노인의 얼굴에 경련이 스쳐갔다. 그는 격노하고 있었다. 박금녀가 그를 제지했다.

"아이구, 당신두…… 어떻게 그렇게 말씀을 하시우. 그냥 궁금해서 물어 본 걸 가지고 그렇게 화를 내시다니…… 몸에 해로워요. 그렇게 화를 내시면……"

"시끄러! 당신은 좀 가만있어."

노인은 콜록콜록 심하게 기침을 하고 나서 손등으로 입을 문질렀다.

"죄송합니다. 저는 그냥 단순히 궁금해서 물어 본 것뿐입니다. 아버님은 오래오래 사셔야 합니다."

종세는 고개를 숙이며 울 듯한 표정으로 말했다.

"난 오래 살지 못해. 살 만큼 살았으니까…… 그리고 일할 만큼 일했으니까 지금 죽어도 서운한 건 없어. 다만…… 금원의 장래 때문에 걱정이야. 사실은 그것 때문에 잠이 오지 않을 때가 많아."

"죄송합니다. 아무 도움도 되어 드리지 못하고 걱정만 끼쳐서 면목이 없습니다."

"알아서 다행이다. 앞으로 금원을 누구한테 맡기건 그건 네가 상관할 일이 아니야."

종세의 눈꼬리가 치켜올라갔다.

"어떻게 그렇게 말씀하실 수가 있습니까? 저는 그러면 도대체 뭡니까? 아버님의 아들이 아니라는 말씀입니까?"

그는 억울하다는 듯 눈물까지 글썽이며 서 회장한테 원망스런 눈길을 던졌다.

"아들은 아들이지."

"저는 엄연히 이 집안을 계승할 장남입니다!"

"그런 고리타분한 소리하지 마. 누가 그걸 몰라?"

지극히 보수적이어야 할 노인의 입에서 그런 말이 나왔다는 것은 실로 놀라운 일이었다. 종세도 박금녀도 놀라는 표정으로 서 회장을 바라보았다.

"장남이 집안을 계승하니 어쩌니 하는 시대는 지났어. 지금 시대는 능력 위주야. 능력이 없으면 장남이고 뭐고 도태되기 마련이야. 더구나 금원은 조그만 구멍가게가 아니야. 자식놈들 가운데 금원을 맡을만한 놈이 없으면 우리 가족이 아닌 제3자한테 그 운영을 맡길 수도 있어. 난 자식들한테 별로 기대를 걸지도 않고 혈연 따위에 연연하지도 않아. 내가 죽은 후 금원은 가장 능력 있는 사람이 맡게 될 거야. 그래야만 내가 안심하고 눈을 감을 수 있어. 금원은 단순한 기업이 아니야. 국민 기업이야. 장남이라고 해서 너무 기대를 걸고 넘보지 마. 그러다가는 너무 실망이 클 테니까. 내 말 알아들었어?"

종세는 대꾸하지 않은 채 입을 꼭 다물고 방바닥만 내려다보았다.

아버지의 말은 충분히 일리가 있는 말이라는 생각이 들었다. 하지만 그의 감정은 그것을 도저히 수용할 수가 없었다. 그는 아버지가 그지없이 야속하기만 했다. 좀더 따뜻한 감정으로 아들을 받아들일 수 없을까. 아버지는 어쩌다가 이렇게 인정사정도 없는 야박한 분이 되셨을까. 그는 자신이 더없이 초라하고 왜소해지는 것을 느끼면서 몸둘 바를 몰라했다. 이윽고 그는 더듬더듬 입을 열었다.

"아버님 말씀은 이해가 갑니다만…… 하지만 저는 절대 반대입니다. 금원을 남한테 넘겨주시면 안 됩니다. 어떻든 저희 형제들이 뭉쳐서 이끌어가야 합니다. 자식들이 아홉이나 되는데 모두 물리치고 남한테 회사를 맡긴다는 것은 생각해 볼 문제입니다. 그것은 집안의 수치입니다. 저희들은 충분히 금원을 키워나갈 자신이 있습니다."

그 말에 노인은 머리를 절레절레 흔들었다.

"내가 보기에는 별로 쓸 만한 놈이 없어. 거의가 회사를 말아먹을 놈들 뿐이야. 회사를 망하게 할 수는 없어."

"그렇지 않습니다. 잘 생각해서 판단해 주십시오."

"피곤하다. 물러가."

노인은 자리에 비스듬히 누우면서 한숨을 내쉰다.

"아버님은 너무 편파적이십니다. 한쪽만 편애하시고, 너무 섭섭합니다."

"아아, 물러가라니까."

"동세한테 금원을 맡기실 생각 아닙니까? 솔직히 말씀해 주십시오."

"아직 아무 결정도 내리지 않았다. 물러가."

노인은 무겁게 눈을 감았다.

집무실로 돌아온 동세는 방 옆에 붙어 있는 침실로 들어갔다. 땀투성이의 옷을 벗어던지고 나서 욕실로 들어갔다. 그리고 차가운 물을 머리에서부터 뒤집어썼다. 샤워 꼭지에서 쏟아져 내리는 냉수를 한동안 받고 있자 몸을 태우던 열기가 비로소 가라앉는 것 같았다. 그는 젖은 몸을 닦을 생각도 하지 않고 멍하니 서서 거울 속을 들여다보았다. 언제나 냉철하고 침착한 빛을 띠고 있던 그의 두 눈은 마치 열병을 앓고 있는 사람처럼 충혈되어 있었고 불안한 빛이었다. 불안해 하는 눈빛 속에는 그만이 감지할 수 있는 분노의 빛이 잠겨 있었다.

욕실 벽에 걸려 있는 전화기의 벨이 울렸다. 수화기를 집어 들자 여비서의 목소리가 들려왔다.

"회장님께서 댁으로 전화를 걸어 달라는 연락이 왔습니다. 지금 바로 전화를 걸어 달라고 하십니다."

"알았어요."

그는 가슴이 덜컹 내려앉았다. 회장이 시한부 인생을 살고 있는 것을 알고부터는 마치 살얼음 위를 걸어가는 것처럼 마음이 놓이지 않는다.

협이 때문에 정신을 차릴 수 없는 상태이지만 아버지의 죽음을 앞에 두고 아무런 손도 쓸 수 없는 자신의 무력감이 안타깝기만 하다.

재빨리 옷을 입고 집무실로 나가 전용 회선의 전화로 회장한테 전화를 걸었다. 가정부가 전화를 받은 뒤 조금 후에 서 회장의 부드러운 목소리가 들려왔다.

"아버님, 좀 어떠십니까?"

"괜찮아."

잔기침 소리가 들려왔다. 노인이 일부러 아무렇지도 않은 것처럼 말하는 것 같다고 그는 생각했다.

"식사는 좀 하십니까?"

"그럼, 잘 먹고 있어. 아까 네 형이 다녀갔다. 그 엉터리 국회의원 말이다."

맏아들에 대한 못마땅한 감정을 그는 막내아들에게 그런 식으로 표현한다.

"아, 그랬습니까?"

종세 형에 대한 못마땅한 감정은 동세 역시 마찬가지였다. 그는 종세를 형편없는 속물로 보고 있었다.

"너 종세한테 이야기했냐?"

"무슨 이야기 말씀입니까?"

동세는 바짝 긴장해서 물었다.

"오 박사 이야기 말이다."

"아, 아닙니다. 아무한테도 말하지 않았습니다. 형님이 알고 있던가요?"

"아니, 나한테 맞대 놓고 물어 보지는 않았는데…… 내 육감에 종세도 알고 있는 것 같아서 혹시 네가 말해 주지 않았나 해서 그런 거야."

"아, 아닙니다. 아버님 말씀대로 아무한테도 말하지 않았습니다. 혹시 오 박사가 말한 게 아닐까요?"

"오 박사는 아니야. 내가 절대 비밀을 지키라고 일러놨기 때문에 말했을 리가 없어. 종세가 눈치를 챈 것 같은데 확실하지는 않아."

"형님도 알고 있는 게 좋지 않겠습니까?"

동세는 마음에도 없는 말을 꺼내 보았다.

"안 돼! 아무한테도 내가 곧 죽는다고 말하면 안 돼! 너만 알고 있어야 해!"

회장의 단호한 말에 동세는 마음이 놓였다. 그것은 회장이 그를 얼마나 신임하고 있는가를 단적으로 말해 주는 것이라고 할 수 있었다.

"종세는 앞으로 정치에서 손을 떼고 회사 일을 하고 싶다고 했어. 이미 제 나름대로 결심이 섰나 봐. 하지만 제 마음대로 해 줄 수는 없어. 내가 살아 있는 한은……!"

회장의 마지막 말이 힘없이 여운을 끈다. 회장은 이제 살아 봤자 기껏 6개월 정도밖에 살지 못한다. 최대한으로 잡아서 그렇다는 이야기이다. 그것은 곧 그가 맏아들에게 제동을 걸 수 있는 기한이 그 정도뿐임을 의미하는 것이다. 그 기한이 지나면, 그러니까 회장이 죽고 나면 서종세를 제어할 수 있는 사람은 아무도 없다.

동세는 맏형이 회사 일을 맡겠다고 나서면 정말 큰일이라는 생각이 들었다. 그가 어느 정도 무모하고 아버님 말마따나 엉터리인가를 그 역시 잘 알고 있었다.

"종세는 안 돼. 절대 회사 안에 들여놔서는 안 돼. 종세가 들어오면 금원은 하루 아침에 망할 거다."

"그럴 리가 있습니까?"

동세는 짐짓 마음에도 없는 말을 또 했다.

"안 돼!"

노인은 고함치고 나서 격렬하게 기침을 토했다. 동세는 불안하게 그 기침이 가라앉기를 기다렸다.

"오 박사를 부를까요?"

"아니야, 괜찮아. 잘 들어라. 종세를 들여놓으면 안 된다는 거 명심해야 한다. 내가 죽은 후에도 절대 들여놔서는 안 된다. 명심해."

"제가 어떻게 형님을 막을 수가 있습니까?"

"무슨 말을 하는 게야?"

노인이 또 버럭 고함을 질렀다.

"금원은 이제 혈연 관계를 떠나서 인재 위주로 운영을 해야 해. 능력이 없으면 아무리 형제간이라 해도 수위 자리도 줘서는 안 돼! 내 말 알아들었나?"

"네, 잘 알겠습니다."

"명심해."

"그렇다면 저를 후계자로 분명히 못을 박고 밖에다 공표해 주십시오."

하고 말하고 싶은 것을 동세는 꾹 참았다.

일단 자신이 금원 그룹의 공식적인 후계자로 법적인 지위를 얻게 되면 만형뿐 아니라 다른 형들도 막아낼 수 있을 것이라고 그는 생각했다. 그런데 회장은 가장 중요한 그 한 마디를 해 주지 않는다.

"말씀은 잘 알겠습니다만 저한테는 아무 힘도 없지 않습니까? 법적인 뒷받침이 있어야 제가 아버님 말씀을 이행할 수 있지, 그렇지 않고서야 어떻게 그런 어려운 일을 할 수가 있겠습니까? 아버님이 세상을 떠나시고 나면 정말 큰 걱정입니다. 우선 형님들이 가만 있지 않을 텐데 어떻게 해야 좋을지 정말 걱정입니다."

"음……."

회장은 동세의 말뜻을 간파한 것 같았다. 한동안 아무 말 없이 침묵을 지키다가,

"그 문제는 내가 조만간에 모두 해결할 테니까 넌 걱정하지 않아도 돼. 법적으로 아무런 하자가 없게 할 테니까 그렇게 알고 있어."

라고 말했다.

"잘 알겠습니다."

"될수록 빨리 결정해 주십시오."

하고 덧붙이고 싶은 것을 동세는 가까스로 참아야 했다.

신차 발표회

 막 수화기를 내려놓고 나자 전용 회선의 전화벨이 울렸다. 수화기를 들자 그의 부인인 이시화의 목소리가 들려왔다.

 "S자동차에서 신차 발표회에 참석해 달라고 초대장이 왔는데…… 당신 가실 거예요?"

 생각지도 않은 아내의 물음에 그는 당황했다. 그래서 미간을 찌푸리며,

 "생각해 보지 않았어."

 라고 퉁명스럽게 대답했다.

 "가실 거면 함께 가요. 한번 가 보고 싶어요."

 이 여자가 왜 느닷없이 그런 데를 가겠다는 건가. 동세는 기묘한 감정의 변화를 느꼈다. 왜 하필 거기에 가겠다는 걸까? 그러자 갑자기 욱하고 치받치는 감정을 느끼면서,

 "알았어. 발표회가 몇 시부터 있지?"

 라고 물었다.

 "7시에 있어요."

 그녀가 들뜬 목소리로 말했다. 옛날 애인을 만나게 되니 들뜰

만도 하겠지, 하고 그는 생각했다.

"6시 반까지 이쪽으로 와. 아니, 그럴 게 아니라……."

그는 책상 위에 놓여 있는 초대권을 들여다보았다. 신차 발표회장은 H호텔이었다. 그는 아내가 회사에 나타나는 것을 지극히 싫어했다.

"…… 7시 10분 전에 H호텔 커피숍에서 만나."

"제가 회사로 가면 안 되나요? 회사에서 만나 함께 가면 되잖아요."

그녀는 몹시 회사에 오고 싶어했다.

"그럴 수 없어. 난 지금 외출해야 해. 이따가 호텔에서 만나."

지금 외출한다는 것은 거짓말이었다.

전화를 끊고 나자 노크 소리가 들렸다. 문이 열리고 비서실장이 들어섰다. 그의 마른 얼굴이 꽤 상기되어 있었다.

"S측에서는 JD측에 로비 명목으로 막대한 자금을 뿌린 모양입니다."

"얼마를 뿌렸다는 거예요?"

서동세는 최 실장을 힐끗 쳐다보고 나서 석간신문에 눈을 박았다.

"약 1천만 달러 정도를 쓴 모양입니다."

동세는 얼굴을 쳐들고 잠시 멀거니 최 실장을 쳐다보았다.

"미쳤군!"

"네, 미쳐도 단단히 미쳤습니다. 우리한테 노골적으로 도전장을 보낸 겁니다. 나쁜 놈들!"

최 실장은 매우 흥분해 있었다. 그러나 동세는 냉정한 태도를 유지하고 있었다.

"그것 말고는 없나요?"

"그것 말고도 JD와 한국에다 헬리콥터 공장을 세우기로 잠정적인 합의를 본 모양입니다. 물론 JD측에 유리하게 조건을 제시했겠지요."

"헬리콥터 공장?"

동세는 신음처럼 중얼거렸다.

"네, 그렇습니다."

"우리 정보가 새나간 게 아닌가?"

동세의 눈빛이 날카로워졌다.

"그랬을지도 모르지요."

최 실장도 그 가능성을 부인하지는 않았다.

금원도 현재 프랑스측과 헬리콥터 합작 생산 계획을 추진 중이었다. 공장은 한국에 세우기로 원칙적인 합의를 보았는데, 그 계획은 극비리에 추진 중이기 때문에 금원 내에서도 간부 몇 명을 제외하고는 아무도 모르고 있었다. 그 극비 계획이 S측에 새나가 그쪽에서 선수를 치는 모양이라고 동세는 생각하지 않을 수 없었다. 어떻게 해서 그 정보가 새나갔을까? 속에서 끓어오르는 분노를 겉으로 내색하지 않고 참으려니 동세는 가슴이 금방 터질 것 같았다.

최 비서실장은 필요한 정보를 제 때에 물어 온다. 그 나름대로 정보통을 가지고 있는 모양이다. 그리고 그런 정보들은 한 번도 틀린 적이 없기 때문에 동세는 그가 물어다 주는 정보를 전적으로 믿고 있었다.

하지만 그런 정보를 어떻게 물어 오는지에 대해서는 지금까지 물어 본 적이 없었다.

"S자동차의 신차 발표회에는 가실 겁니까?"

동세는 대답 대신 고개를 끄덕였다. 그는 지금 그런데 참석할 수 있을 만큼 여유 있는 기분이나 입장이 아니었다. 그러나 그는 거기에 참석해서 염우작을 한번 만나야겠다고 생각하고 있었다.

서동세 일행이 H호텔에 도착한 것은 7시가 조금 지나서였다. 동세가 로비에 서 있는 동안 비서실장이 먼저 커피숍으로 달려가 동세의 부인을 데리고 나왔다.

차가운 미모의 이시화는 눈에 띄게 화려한 차림을 하고 있었다. 자주색의 투피스에 머리에는 흰색의 터번 같은 모자를 쓰고 있었다. 목에 걸고 있는 목걸이와 귀에 달고 있는 귀걸이, 그리고 그 손가락에 끼고 있는 반지만 해도 수천만 원짜리 아파트 한 채 값은 될 것 같았다. 그녀는 병적일 정도로 보석에 집착하고 있었고 그런 것을 닥치는 대로 사모으는 것이 취미였다. 그 때문에 그녀는 항상 동세에게 거금을 요구했고, 그들은 그 같은 일로 다투는 일이 많았다.

아내의 화려하고 사치스러운 차림에 동세는 기분이 언짢았다. 그는 아내가 나들이 때에 검소한 차림을 해 주기를 바랐지만 그녀는 언제나 그의 마음과는 다른 차림을 함으로써 그의 기분을 상하게 하곤 했다.

이윽고 동세 부부는 어깨를 나란히 하고 발표회가 열리고 있는 곳으로 향했다. 그 뒤를 비서실장과 비서 두 명, 그리고 경호원이 따랐다.

발표회장은 1층 한쪽에 있는 대연회장이었다.

7시가 조금 지났는데도 연회장은 입추의 여지없이 수많은 사람들로 붐비고 있었다. 그것은 곧 S사의 뻗어나는 세를 말해 주는 것 같아 동세의 질투심마저 불러일으킬 정도였다.

연회장 입구에 S그룹의 간부들이 도열해 있었다. 그 가운데는 예상했던 대로 염우작의 모습도 보였다.

동세는 그쪽으로 다가가 그들과 차례대로 악수를 나누었다. 마침내 염우작과 악수할 차례가 되었다.

"야, 이거 누구야? 바쁜데 와 주었군."

염이 부드럽게 미소지으며 손을 내밀었다. 동세도 미소를 지었다.

"오랜만이야. 사람들이 많이 온 걸 보니까 장사가 아주 잘 되겠어."

동세는 상대방을 지그시 바라보았다.

언제나처럼 염우작은 자그마한 몸집에 창백한 얼굴을 하고 있었다. 도수 높은 안경을 끼고 있어서 눈빛은 흐릿하고 그래서 표정을 읽을 수가 없다. 그의 목소리는 낮고 부드럽다. 동세는 그를 지나쳐 안으로 들어갔다. 가능한 한 걸음을 늦추면서 아내와 염이 나누는 인사말에 귀를 기울였다.

"정말 오랜만입니다. 여전히 아름다우시군요."

"전 이제 할머니가 다 됐어요. 더 젊어지신 것 같아요."

"감사합니다."

그들의 대화가 동세의 귀에는 어쩐지 가식적인 것으로 들렸다.

그가 안으로 들어서자 많은 사람들이 그의 주위로 몰려들었다. 그가 금원의 실력자이고 후계자로 지명받을 가능성이 거의 확정적이기 때문이었다. 그의 형들도 그 곳에 와 있었는데 그들은 별로 사람들의 시선을 끌지 못하고 있었다.

누군가가 어깨를 탁 치기에 돌아보니 국회의원인 맏형 종세가 거기에 웃으며 서 있었다. 종세는 입가에 묘한 미소를 띠우며 서 있었다.

"아, 형님 오셨습니까?"

"오랜만이야."

형제는 악수를 나누었다. 동세는 맏형의 옷깃에 붙어 있는 금배지가 유치하다고 생각했다. 국회마저 아직도 금에 대한 숭배사상에 젖어 배지를 금으로 만들다니! 굳이 그런 걸 옷깃에 달고 다닐 필요가 뭐 있는가.

"얼굴이 안 좋은데 어디 아파?"

마치 10대 아우한테 10대 형이 묻는 투다. 동세는 형의 말투가 싫었다.

"아, 제수씨도 오셨군. 이 사람 얼굴이 형편없어요. 제수씨가 영양 보충을 잘 해 줘야겠어요. 동생이 더위를 타나 봐요."

종세는 큰 소리로 거침없이 말했다. 거기에 대해 시화는 한 수 더 떴다.

"그런 말씀 마세요. 저이는 자꾸 몸이 불어 야단이에요."

뒤에서 나누는 이야기를 듣자니 동세는 뒤통수가 근질근질 했다. 될수록 맏형과 떨어지려고 한가운데로 들어가는데 맏형이 따라와 그의 어깨를 툭 친다.

"나하고 이야기 좀 하자."

"다음에 하면 안 됩니까?"

"잠깐이면 돼."

종세가 팔을 잡아끄는 바람에 동세는 형을 따라 구석진 곳으로 갔다.

종세는 주위를 둘러보고 나서 조금 전과는 달리 목소리를 낮춰 입을 열었다.

"나 아버님 만나 말씀드렸는데…… 아버님한테서 무슨 말씀 듣지 못했어?"

"다녀가셨다는 말씀 들었습니다."

동세는 굳은 표정으로 말했다.

"그래, 뭐라고 하셔?"

"몸도 편찮으신데 너무 부담되는 말씀을 하신 것 같더군요. 아버님한테 너무 부담되는 말씀은 삼가해 주십시오."

종세는 얼굴빛이 붉어졌다. 그는 이글거리는 눈으로 동세를 노려보았다.

"난 아버님한테 부담되는 말 한 거 없어. 난 당연히 해야 될 말을 한 것뿐이야. 내가 말씀드린 건 앞으로 정치에서 손을 떼고 회사 일을 돕고 싶다는 거였어. 그게 어떻게 부담되는 말이라는 거야?"

"아버님은 지금 편찮으십니다. 그런 말씀은 나중에 하셔도 됩니다."

"나도 너만큼은 아버님을 생각하고 있어!"

맏형의 큰 소리에 사람들이 흘끔흘끔 쳐다보는 것 같아 동세는 창피스러웠다.

"나중에 이야기하죠. 사람들 눈도 있으니까요."

"돌아가신 다음에 이야기하면 아무 소용 없잖아!"

동세는 돌아서려다 말고 맏형을 쳐다보았다. 종세는 아차 싶었던지 입을 다물고 동세를 쏘아보기만 했다. 동세는 잠자코 돌아섰다. 주위에 사람들이 없다면 형한테 한바탕 고함이라도 지르고 싶은 심정이었다. 맏형은 아버님의 비밀을 알고 있음이 틀림없다. 그렇지 않고서야 어떻게 그런 말을 할 수 있겠는가! 어떻게 알았을까? 동세는 혹시나 해서 두리번거렸지만 오 박사의 모습은 보이지 않았다. 맏형이 그 비밀을 알고 있다면 앞으로 무슨 일이 벌어질지 모른다. 맏형은 가만 있을 사람이 아니다. 물불을 가리지 않는 형의 기질로 보아 결코 순순히 넘어갈 일이 아니다.

대연회장 안은 온통 축제 분위기에 젖어 있었다. 천장에는 울긋불긋한 휘장이 쳐져 있었고 무대 쪽에는 조명등이 현란하게 돌아가고 있었다. 무대 주위는 아름다운 꽃들로 단장되어 있었고, 무대 위에서는 인기 가수가 노래를 부르고 있었다. 가수 뒤에서는 무용수들이 음악에 맞춰 춤을 추고 있었다.

동세는 웨이터가 가져온 칵테일 잔을 하나 집어 들었다.

그 때 그의 비서가 급히 다가와 말했다.

"전화 왔습니다. 저쪽에 가서 받으시죠."

"어디서 온 전화야? 받지 않겠어."

그는 불쾌한 표정으로 말했다.

"매우 급한 용무랍니다. 모나리자라고 하면 아실 거라고 하면서……."

동세는 심장이 멎는 것 같았다. 거머리처럼 따라다닌다고 생각하자 소름이 쫙 끼쳤다. 그러나 그것은 거절할 수 없는 전화였다.

비서는 그를 연회장에 붙어 있는 조그만 방으로 안내했다. 그 방에는 호텔 여직원 한 명만이 방을 지키고 있었다. 그녀가 일어서서 수화기를 그에게 전해 주었다.

"고맙습니다."

동세는 수화기를 귀에다 갖다 댔다.

"여보세요."

"저 모나리자예요. 놀라셨죠?"

"이야기해. 무슨 일이야?"

"어머나, 전화 받는 태도가 그게 뭐예요? 예의를 좀 갖출 수 없어요?"

여직원이 옆에서 듣고 있어서 욕설을 퍼부을 수 없는 것이 그는 유감이었다.

"난 지금 바빠. 용건만 이야기해 봐."

"나도 킬리만자로 발표회장에 참석하러 왔어요. 이 전화 호텔에서 걸고 있는 거예요."

"용건만 이야기해."

그는 피가 마르는 것 같았다.

"믿지 않으시겠죠. 당신을 믿게 만들 수 있어요. 당신의 위선적인 사랑의 포로인 불쌍한 여인 이시화 씨의 옷차림 말이에요. 자주색 투피스가 너무 화려하다고 생각지 않으세요? 몸에 달고 있는 보석만 해도 수천만 원어치는 되겠던데요. 아무리 재벌의 며느리라고 하지만 너무한다고 생각지 않으세요?"

동세는 등골에 식은땀이 흐르는 것을 느꼈다. 모나리지가 H호텔에 와 있는 것은 사실인 것 같았다. 대담하고 무서운 여자라는 생각에 그는 입이 떨어지지 않았다. 그러나 무슨 말인가 해야 한다. 그는 입을 열었다.

"이야기 잘 들었어. 당신은 재주가 아주 비상한 사람이군."

"이봐요. 당신이 어딜 가든 당신을 지켜보고 있다는 걸 망각하지 말아요. 당신은 지금 내 손바닥 안에서 놀고 있어요. 알겠어요?"

"잘 알겠어."

그 말은 사실이었다. 그는 그녀의 손바닥 안에서 움직이고 있었다. 대체 이 악마 같은 여인은 누굴까?

"나도 그 발표회장에 들어갈 거예요. 우리 숨바꼭질해요. 당신 나 찾을 수 있겠어요?"

"아니, 그럴 수 없을 거야."

그는 한숨을 내쉬며 수화기를 내려놓았다.

방을 나서면서 그의 두 눈은 자기도 모르게 젊은 여인들 쪽으로 향했다.

연회장 안에는 젊은 여인들도 많이 눈에 띄었다. 그 점이 다른 신차 발표회장과 다르다고 볼 수 있을 정도로 젊은 여인들이 많이 돌아다니고 있었다. 그리고 그녀들은 하나같이 미인들이었고 사치스러운 차림들을 하고 있었다. 이른바 상류층 출신의 여인들 같았다. 젊은 여자들은 계속해서 발표회장 안으로 들어오고 있었다. 저 여자들 가운데 모나리자가 있단 말인가. 과연 어떤 년이 모나리자일까? 하나같이 아름다운 얼굴에 우아하고 부드러운 미소를 띠우고 있다.

좀더 확실한 느낌으로 다가온 것은 모나리자는 가까운 곳에서 어른거리고 있다는 점이었다. 눈에 보이는 곳에서 움직이고 있는데도 나는 그것을 보지 못하고 있는 게 아닐까.

"당신 형님은 참 별난 사람이에요. 사람들이 보든 말든 큰 소리로 떠들지를 않나……."

어느 새 다가왔는지 그의 아내가 옆에서 종알거렸다. 동세는 묵묵히 무대 쪽만 바라보았다. 아직 새로운 차는 그 모습을 드러내지 않고 있었다.

"무슨 이야기를 그렇게 심각하게 했어요? 화나셨어요?"

"화는 무슨……"

"모나리자가 누구예요?"

그는 깜짝 놀라 돌아보았다. 시화가 호기심 어린 눈으로 그를 바라보고 있었다. 아까 비서가 전한 말을 곁에서 들은 모양이었다. 아니면 비서한테 물어 보았든가.

"당신은 알 필요 없어."

"이름이 아주 특이하네요. 모나리자처럼 특이한 미소를 짓나 보지요?"

다른 여자들에 대한 시화의 질투는 병적일 정도로 심해 그를 곤혹스럽게 만들 때가 더러 있었다. 지금도 그 질투심이 발동한 모양이었다.

"왜 그렇게 안색이 안 좋으세요? 이런 데까지 전화를 걸어올 정도라면 보통 사이가 아닌가 보지요?"

그가 대답도 않고 잠자코 있자 시화는 계속 물고 늘어지려 하고 있었다.

"쓸데없는 소리!"

동세는 눈을 한번 부라리고 난 다음 아내를 떼어 버리려는 듯 다른 쪽으로 걸어갔다. 시화는 더 이상 그를 따라오지 않았다. 그는 아내가 홧김에 술을 많이 마실까 봐 걱정이었다. 그녀는 그가 놀랄 정도로 술을 많이 마신곤 했다. 결혼 초에만 해도 그녀는 술이라곤 입에도 댈 줄 몰랐었다. 그런데 그 동안 그가 모르는 사이에 술주정뱅이가 되어 버린 것이다. 그가 회사 일로 집을 비우는 때가 잦고 가정에 거의 무관심해 있는 동안 그녀는 혼자서 술을 마셔댄 모양이었다. 그러니까 그녀가 그렇게 된 데에는 그에게도 책임의 일단이 있다고 할 수 있었다.

갑자기 음악이 그치더니 사회자가 나와 봇물이 터지듯 말을 쏟아 내기 시작했다. 그는 새로 선보일 차에 대해서 잔뜩 궁금증을 불러일으키는 말을 쏟아 내더니 이윽고 악단 쪽에 신호를 보냈다.

요란스러운 음악이 울려퍼지는 것과 함께 무대 뒤쪽에 드리워져 있던 진홍색 커튼이 양쪽으로 천천히 갈라지기 시작했다. 동시에 실내의 전등이 갑자기 꺼졌다. 사람들은 조명등이 집중적으로 비치는 무대 위를 바라보았다.

"아!"

사람들의 입에서는 하나같이 탄성이 흘러나왔다. 무대 위로 빨간색의 스포츠 카 한 대가 천천히 굴러나오고 있었는데, 그것은 너무 멋지고 환상적으로 보였기 때문에 절로 탄성이 터져나올 만도 했다. 동세는 숨을 죽인 채 그 새로운 스포츠 카를 노려보았다.

「킬리만자로」라고 쓰인 휘장 아래로 스포츠 카는 굴러와 멎었다.

차 위에는 젊은 남녀 한 쌍이 타고 있었다. 운전석에는 여자가, 그 옆자리에는 남자가 타고 있었다. 그들은 차에서 내리더니 차 옆에 붙어서서 포즈를 취했다. 남자는 티셔츠에 반바지 차림이었고, 여자는 어깨가 드러나는 흰 셔츠에 핫팬티를 입고 있었다. 핫팬티 밑으로는 탄력 있는 두 다리가 미끈하게 뻗어 있었다.

킬리만자로를 본 순간 동세는 아차 싶었다. 그것은 사람들의 소비욕과 과시욕을 충족시키기에 아주 그럴싸해 보이는 상품이었던 것이다.

킬리만자로는 전면이 바닥에 가라앉은 듯이 납작해 보였고, 앞에서 뒤로 흐르는 곡선이 금원의 포커스보다 날렵하고 세련되어 보였다. 전체적인 느낌은 사치스럽고 귀족적인 멋을 풍기고 있었다. 무대 위에 세워져 있는 차는 지붕이 뒤로 젖혀져 있는 오픈 카였다. 무대가 천천히 돌아가고 있었기 때문에 차의 옆면과 뒷면까지도 볼 수가 있었다.

S자동차의 기술진 사원으로 보이는 남자가 킬리만자로에 대해 설명을 늘어놓고 있었지만 동세의 귀에는 아무것도 들어오지 않고 있었다.

참가한 사람들의 시선이 킬리만자로한테 일제히 빠져들고 있음이 피부로 느껴졌다. 사람들은 겉으로 내색은 하지 않았지만 모두 꽤 흥분하고 있는 것 같았다.

그들은 제각기 킬리만자로 위에 앉아 운전대를 잡고 있는 자신의 모습을 그려보면서 황홀감에 젖어 있는 것 같았다.

동세는 포커스가 킬리만자로의 위세에 눌리는 것은 시간 문제일 것이라는 생각이 들었다. 킬리만자로에 비해 포커스는 너무나 싸구려 같고 초라한 느낌이 들었다.

"어떻습니까?"

보이지 않던 최 비서실장이 언제 나타났는지 곁에 다가서서 낮은 소리로 묻는다.

"괜찮은데……."

동세는 무표정하게 중얼거렸다. 최 실장은 동세의 표정을 살피다가,

"S측은 잔뜩 흥분해 있습니다. 대성공이라고 생각하고 있는 것 같습니다."

라고 말했다.

"히트 상품이 될 것 같아요. 인정할 건 인정해야지."

"값이 너무 비쌉니다. 포커스보다 무려 4~5백이나 차이가 납니다. 중산층을 겨냥했다고 하는데…… 아무래도 값 때문에 외면당할 것 같습니다."

그러나 동세는 생각을 달리하고 있었다. 중산층한테는 무리이겠지만 그들의 소비욕과 과시욕을 적당히 자극해 주면 그들은 무리를 해서라도 분수에 맞지 않는 것을 구입한다.

그것이 일반 중산층 사람들의 속성이라는 것을 그는 알고 있었다. 온갖 선전과 그에 따른 자극으로 시민들이 분수에 맞게 살기는 어렵게 되어 가고 있다. 단칸 셋방살이를 하면서도 냉장고, 텔레비전 수상기, 세탁기 등을 구비해 놓는 것은 아주 당연한 것으로 받아들여지고 있다. 그리고 셋방살이를 하더라도 자가용은 한 대 있어야 한다는 생각이 젊은 층 사이에 넓게 번지고 있다.

"포커스가 참패를 당할 것 같아요."

그의 중얼거리는 말에 비서실장은 낭패한 얼굴이 되었다.

"그럴 리가 없습니다. 저 차는 너무 귀족적입니다."

"한국인은 귀족적인 걸 좋아해요."

"그래, 바로 그거야."

그들 사이로 한 사람이 끼어들면서 맞장구를 쳤다. 바로 S그룹의 기획실장인 염우작이었다.

두꺼운 안경에 가려진 그의 두 눈은 흐릿해 보였지만 그의 입가에는 야릇한 미소가 감돌고 있었다.

동세의 표정은 자기도 모르게 납덩이처럼 굳어지고 있었다. 그가 억지로 표정을 부드럽게 하려고 애를 쓰고 있을 때 염우작이 다시 말했다.

"한국인은 한 번도 귀족이 되어 보지 못했거든. 몇몇 돈 있는 사람들이 귀족 행세를 하고 있긴 하지만 외국의 진짜 귀족들이 볼 때는 촌놈에 불과하지."

마치 동세를 겨냥해서 하는 말 같아 속이 뒤틀리는 것 같았다. 그래서,

"꼭 그렇게 단정할 수는 없지."

라고 말했다.

최 비서실장은 열심히 두 실력자의 표정을 살피고 있었다. 두 사람의 가시 돋친 대화가 흥미있다는 듯이.

"아니야. 요즘 경제 사정이 좀 나아지고 하니까 귀족적인 냄새를 풍기려고 하는 사람들이 부쩍 늘어나고 있어. 우리한테는 뭐라고 할까…… 귀족 컴플렉스라고나 할까 그런 게 잠재해 있다고. 그래서 기회만 있으면 귀족 흉내를 내려고 기를 쓰지. 킬리만자로는 바로 그런 컴플렉스를 겨냥해서 만들어 낸 거지. 이

젠 대중적인 차는 인기 없어."

동세도 작은 키인데 염은 그보다 더욱 작아 보였다. 이 왜소한 사나이의 머리 속에는 과연 무엇이 들어 있을까. 이 사나이가 궁극적으로 노리는 것은 무엇일까.

"사람들 심리를 잘도 파악했군. 그건 결과적으로 사치를 조장시키는 게 아닌가?"

동세는 그렇게 말해 놓고 자신의 말이 어리석기 짝이 없다는 생각이 들었다. 아니나다를까 염은 그의 말의 허점을 찌르고 나왔다.

"언제 그렇게 도덕주의자가 됐지? 기업치고 소비와 사치를 부추기지 않는 기업이 있나? 기업에서 만들어 낸 제품치고 검소한 생활을 위해서 만들어 낸 게 있으면 손으로 한번 꼽아 보라구."

동세는 입 속이 바짝바짝 타 들어가는 것을 느꼈다. 어떻게든 상대방을 궁지로 몰아넣어야겠는데 그게 잘 되지 않는다. 오히려 이쪽에서 계속 당하기만 하고 있다. 그렇다고 화를 낼 수도 없기 때문에 속이 더욱 뒤틀리기만 하고 있다.

"난 킬리만자로의 생산을 축하해 주려고 왔으니까 말싸움은 그만하자구. 그보다 중요한 건 우리가 아주 오랜만에 만났다는 사실 아닐까."

그 말에 염은 야릇한 소리로 웃었다.

"서로 바쁘니까. 하지만 항상 소식은 듣고 있으니까 우리는 간접적으로 그 동안 대화를 해 온 셈이지. 아주 중요한 대화들을 말이야."

"그럴지도 모르지."

동세는 최 실장을 힐끗 바라보았다. 자리를 비켜 달라는 눈짓이었는데, 최 실장은 눈치를 채고 다른 곳으로 사라졌다.

"저쪽으로 가서 이야기 좀 할까."

동세가 구석진 곳을 가리키며 말하자 염은 긴장하는 표정을 지었다.

"난 심각한 이야기는 싫어. 하지만 그런 걸 피하는 것은 더욱 싫어."

그렇게 말하면서 염은 동세를 따라왔다.

그들은 약속이나 한 듯 새로 칵테일 한 잔씩을 받아들었다.

실내에는 어느 여자 가수의 최신 히트곡이 섹시한 음색을 띤 채 울려 퍼지고 있었다. 동세는 천장에 요란스럽게 드리워져 있는 울긋불긋한 휘장을 올려다보다가 시선을 내려 염우작을 똑바로 바라보았다.

"우리가 불편한 관계라는 게 난 아주 듣기 싫어. 그런 말을 들을 때마다 자존심이 상하고 슬퍼져. 좀더 유연하게 협조적으로 나갈 수 있는데 왜 이 지경이 되었을까 하고 자주 생각하고 있어. 모든 게 내 책임이라면 내가 책임지고 해결해 보겠어."

처음부터 이렇게 고개를 숙이고 나올 생각은 아니었는데 입을 열자마자 자신의 의지와는 상관 없이 흘러나오는 말에 그는 속으로 꽤나 당황했다. 하지만 이미 꺼내 놓은 말이었기 때문에 다시 주워담을 수도 없었다.

"호호…… 이상한 말을 다 하는군. 도대체 그게 무슨 말이야. 애들처럼 말이야."

염이 괴물처럼 웃으며 간단하게 동세의 심각한 말을 깔아뭉 갰다. 동세는 그만 찬물을 뒤집어쓴 기분이었다. 그는 창피하고 민망했지만 내친김에 계속했다.

"이상한 말이 아니야. 내가 이렇게까지 말하는데 계속 위선적인 태도를 견지할 필요는 없잖아. 보다 솔직하게 말해 보라구. 언제 한번 나한테 솔직하게 말해 본 적이 있어?"

"호호…… 일에 시달려서 신경이 날카로워졌나 보군. 난 말이야 월급쟁이라구. 넌 금원의 주인이지만 난 어디까지나 일해 주고 월급을 받아먹고 있는 처지야. 그러니까 우린 근본적으로 이야기가 다르잖아."

동세의 두 눈꼬리가 치켜올라갔다.

"그런 식으로 회피하지 마. 난 킬리만자로의 탄생을 축하해 주려고 여기 온 게 아니야! 할 말이 있어서 온 거야!"

"시간과 장소를 잘못 택했군."

"그렇지 않아!"

동세는 글라스를 들고 있는 손을 쳐들었다. 그 바람에 술이 넘쳐 손등을 적셨다. 그는 손수건을 꺼내 손등을 닦았다.

"금원은 지금까지 S를 친 적이 없어! 금원은 어디까지나 순리대로 일을 처리해 왔어. 그런데 S는 그렇지 않았어. 뒤에서 기습을 하든가 아니면 자기가 못 먹을 밥이라고 생각하면 재를 뿌리곤 했어. 다른 데는 빼 놓고 유독 금원만 붙잡고 늘어졌어.

우리도 참을 만큼 참아왔어. 하지만 협상이 되지 않으면 우리도 더 이상 참을 수 없어."

"전면전에라도 돌입하겠다는 건가?"

염이 글라스를 흔들면서 조용히 물었다. 그의 입가에는 더 이상 미소가 떠오르지 않고 있었다.

"S가 계속 그런 식으로 나오면 전면전에 돌입하고말고! 방어하는 데 우린 이젠 지쳤어. 모두가 불만이야! 왜 공격하지 않느냐고 성화야! 난 우리의 우정을 생각해서 지금까지 참아왔어."

"너무 신경과민이야. 그리고 오해야. 생각해 보란 말이야. 좁은 땅덩이에서 비정상적으로 비대해진 그룹들이 헤엄쳐 가노라면 서로 어깨를 부딪칠 수밖에 없잖아. 그건 숙명적인 거야. 단일 기업이라면 몰라. 그런 시절에는 어깨를 부딪칠 일이 없었지. 하지만 그룹을 거느리게 되니까 중복되는 게 많아지고 결국은 어깨를 부딪칠 수밖에 없게 된 거야. 우정이란 좋은 거지. 하지만 그건 바다에 떠 있는 한낱 지푸라기 같은 거야. 그것으로 버티기에는 파도가 너무 심해. 그래서 모든 사람들의 우정은 그 파도에 힘없이 휩쓸리고 있어. 우정 따위는 버틸 힘이 없어. 나도 그걸 보면 안타까울 때가 한두 번이 아니야. 하지만 그룹은 먹어도 먹어도 배가 고픈 속성을 가지고 있어. 우정 따위는 집어삼키고 또 눈 하나 까딱하지도 않아. 그런데 나보고 어쩌란 말이지? 난 로봇이야. 오로지 앞만 보고 달리는 로봇이야. 나보고 뒤로 가라는 말은 제발 하지 마."

동세는 한 대 갈겨주고 싶은 것을 가까스로 참았다. 결국 염은 하는 수 없다는 말로 그의 협상 요구를 거절하고 있었다.

"얼굴에 철판을 깔았군. 재벌의 사위가 되더니 그야말로 안하무인이야. 세상에 무서운 게 없는 모양이지."

그 말에 이번에는 염의 얼굴이 노래졌다.

"나를 모욕하는군."

그는 작은 소리로 중얼거렸다. 그 중얼거림 속에 분노가 깔려 있음을 동세는 충분히 느낄 수 있었다.

"모욕은 금원 쪽에서 많이 받아왔어."

"난 개인적인 모욕을 가하지는 않았어. 너처럼 이렇게 말이야. 나 같으면 즉시 사과하겠어."

그것은 즉시 사과하라는 말이었다. 그러나 동세는 사과하지 않았다. 그럴 생각은 추호도 없었다.

"사과를 받아야 할 쪽은 이쪽이야."

"적반하장도 유분수지……."

염의 얼굴빛이 더욱 노래지는 것 같았다. 그러나 그의 목소리는 갈수록 더욱 작아지고 있었다. 사람이 화가 나면 목소리가 커지는 법인데 그는 그 반대 현상을 보여 주고 있었다.

"인티그레이터 문제만 해도 그래. 그건 도둑질이지 사업이 아니야, 알았어? 그런 식으로 가져가는 건 도둑질이란 말이야."

"그건 싸움에서 정당하게 획득한 거야."

염의 목소리가 갑자기 높아졌다. 그러나 그는 이내 목소리를 낮췄다.

"그리고 그건 멜키오의 결정이었어. 오해하지 말라구."

"멜키오…… 그 자식은 인간도 아니야. 놈은 배신을 밥 먹듯이 하는 놈이야. 신용이 없는 거래는 성격 파탄자들만이 할 수 있는 거야. 우리 금원이 그런 놈한테 1천만 달러를 줄 수는 없어. 더구나 그런 놈하고 헬리콥터 공장까지 세우기로 약속한다는 건 상상도 할 수 없는 일이야."

염의 얼굴에 소스라치게 놀라는 빛이 나타났다. 그러나 그것은 도수 높은 안경에 가려 금방 흐려져 버렸다.

"정보망이 대단하군. 그런 것까지 다 알아 내고."

"그 정도는 얼마든지 알아 낼 수 있어. 인티그레이터 문제는 정말 대단한 충격이었어. 난 그것에 대해 S의 사과나 해명이 있을 줄 알았어. 그런데 오히려 그쪽에서 당당하게 나오니 내가 되레……."

그의 말을 염이 손을 들어 막았다.

"그런 환상적인 생각은 그만두는 게 좋아."

두 사람은 싸늘한 눈초리로 상대방을 쏘아보았다.

이윽고 동세가 끄덕이며 말했다.

"좋아. 하지만 난 환상적인 생각을 즐기고 있어. 아직도 말이야. 그걸 버릴 생각은 없어. 앞으로 환상적인 생각이 만들어 낸 작품을 보여 주겠어."

"좋을 대로 하라구. 얼마든지 구경할 테니까. 갈 데까지 간 친구하고 더 이상 이야기를 나눈다는 건 시간 낭비겠지."

"나도 그렇게 생각해."

그 때 시화가 끼어들었다.

"어머나, 두 분이 여기서 다정하게 이야기하고 계신 줄 몰랐어요."

그녀의 두 눈에는 불그레한 빛이 나타나 있었다. 그것은 그녀가 취하기 시작하고 있다는 증거였다. 동세는 불안한 눈으로 아내를 바라보았다.

"킬리만자로…… 정말 멋있어요. 세계 시장에 내 놔도 손색이 없겠어요."

"감사합니다."

염은 미소를 지으며 고개를 끄덕여 보였다.

"어쩌면 저런 차를 다 만드셨어요! 누구 아이디어예요? 염우작 씨 아이디어죠? 그렇죠?"

염은 대답 대신 입가에 조롱기 어린 미소만 가득 띠우고 있었다. 동세는 아내의 소매를 가만히 잡아끌었다.

"우리 중요한 이야기 중이니까 저쪽에 가 있어요."

그리고 그는 아내의 귀에다 대고 작은 소리로 속삭였다.

"제발 술 좀 작작 마셔!"

그러나 이시화는 별소리 다 듣겠다는 듯이 동세의 손을 뿌리쳤다.

"두 분 말씀하세요. 제가 좀 들으면 안 되나요. 이런 데 와서까지 사업 이야기하시나요? 남자들은 정말 알 수 없는 존재들이에요. 이것만 해도 그래요."

그녀는 술잔을 쳐들어 보였다.

"자기들은 실컷 술을 마시면서 여자들한테는 못 마시게 한단 말이에요. 그런 법이 어딨어요. 염우작 씨, 그렇지 않아요?"

"그렇죠. 모순이죠. 그래서는 안 되죠. 사실 남녀동등이라고 하지만 우리들 의식 속에는 여자에 대한 지배 의식이 뿌리 깊게 자리잡고 있죠."

동세는 두 사람이 죽이 맞아가는구나 하고 생각하니 더 이상 그 자리에 서 있기가 거북살스러웠다. 그러나 자신이 자리를 피한다는 것도 마음에 들지 않아 그대로 버티고 있었다.

"보세요. 염우작 씨 말이 맞아요. 당신은 반성하지 않으면 안 돼요. 당신은 제가 술만 입에 대도 마치 작부를 보듯 저를 멸시하는데 그게 다 여자에 대한 지배 의식이 강해서 그런 거예요. 제발 그러지 말아요. 저는 작부가 아니에요. 제가 작부처럼 보여요?"

그녀가 눈을 돌려 염우작을 바라보았다. 염은 여전히 냉소를 띠운 채 고개를 내저었다.

"작부라니요! 그런 실례의 말을 어떻게……."

"그런데 서동세 씨는 그렇지가 않은가 봐요. 날 작부처럼 보거든요. 그걸 보면 난 화가 나서 술을 더 마시게 된다구요."

"그만 마셔! 무슨 추태야?"

동세는 참을 수 없어 낮게 소리쳤다.

"흥, 추태라고요? 제가 무슨 추태를 부린다는 거예요? 옛날 동창을 만나 술 한잔 하는 게 뭐가 잘못 됐나요? 당신은 정말 멋도 없고, 낭만도 없는 인간이에요. 오로지 일밖에 모르는 기계적인 인간이에요."

"말 안 들으면 사람을 시켜 끌어낼 거야!"

"아, 그건 안 되지."

염이 손을 흔들어 보였다.

"우리가 초대한 손님을 맘대로 끌어낼 수는 없지. 우리가 초대한 손님은 우리가 보호해야 할 의무가 있거든."

끼어들지 않아도 될 일에 끼어들면서 염이 말했다. 이시화가 깔깔거리고 웃었다.

"어쩌면 두 사람이 그렇게 대조적이에요. 학교 다닐 때하고 조금도 변하지 않았어요. 염우작 씨는 여전히 신사예요. 여자를 보호해 줄 줄도 알고 말이에요. 자, 우리 학창 시절로 돌아가 건배해요."

두 사람이 술잔을 쳐들었지만 동세는 미동도 하지 않고 서 있었다.

"서동세 씨는 건배하기 싫은가 봐요. 염형, 우리끼리 건배해요. 자, 건배!"

두 개의 글라스가 부딪치는 소리가 맑게 들렸다.

"킬리만자로한테 홀딱 반했어요. 지금 한 대 계약하겠어요. 빨간색으로 하나 계약해 주세요."

시화의 말에 염이 맞장구를 쳤다.

"내가 하나 선물하죠."

"어머나, 고마워요!"

호들갑떠는 아내의 모습을 동세는 더 이상 두고 볼 수가 없어 몸을 돌렸다.
 "어, 가나!"
 뒤에서 염의 목소리가 들려왔지만 그는 돌아보지 않고 걸어갔다. 분노와 패배감으로 뒤얽힌 가슴 속은 용광로 끓듯 끓어오르고 있었다.

가족 회의

 국회의원 서종세는 아내가 흔드는 바람에 곤한 잠에서 깨어났다. 새벽 2시가 지나서야 만취된 상태로 집으로 돌아온 그는 그대로 곯아떨어진 채 계속 코를 골아대고 있던 중이었다.
 "원 세상에, 무슨 코를 그렇게 골아요! 전화 받아요! 꼭두새벽에 전화 걸지 말라고 하세요."
 아내의 신경질적인 말에 종세는 하품만 해댔다.
 "아, 전화 받으라니까요."
 "누군데 그래?"
 "도쿄에 있는 황씨래요."
 그 말에 국회의원은 냉큼 일어나 앉았다.
 "도쿄 황씨라고 하면 왜 그렇게 허둥대요?"
 그의 아내가 핀잔을 주면서 수화기를 그에게 건네주었다. 종세는 허둥대면서 수화기를 귀에다 갖다 댔다.
 "여보세요!"
 "도쿄 황입니다."
 정중한 목소리가 들려왔다.

"아, 난 또 누구라고. 이 전화 끊고 서재로 걸어 줘요. 서재 전화번호는 알고 있죠?"

"네, 하지만 그럴 필요까지는 없습니다. 듣기만 하십시오. 오늘 아침 조간 신문 보셨습니까?"

"아니, 아직 못 봤어요."

"H일보를 보십시오. 놀라운 사실이 보도됐습니다."

"무슨 내용인가요?"

"보시면 아십니다. 금원의 명예에 치명적인 상처를 안겨 줄 내용입니다. 한번 보십시오. 보시고 나서 어떤 조치를 취하지 않으면 안 될 겁니다. 다시 연락드리겠습니다……."

도쿄 황이 전화를 끊었는데도 종세는 멍하니 수화기를 들고 있다가 생각난 듯 그것을 내려놓고 허둥지둥 현관문을 열고 밖으로 뛰어나갔다.

"아니, 저 양반이…… 옷도 안 입고 웬 주착이야? 누가 보면 어쩌려고 저러지?"

그의 아내가 당황해서 거실까지 따라나와 말했다.

종세 역시 그 생각을 안 한 게 아니었지만 꼭두새벽에 아무도 보는 사람이 없겠다 싶어 팬티 바람으로 마당에 뛰어나갔던 것이다.

그의 집에는 그들 부부 외에 노처녀인 막내딸과 장모, 그리고 젊은 가정부가 함께 살고 있었다.

현관에서 대문까지는 30여 미터쯤 되었다. 겨울이라면 몰라도 여름철이었기 때문에 팬티 바람으로 나갈 수가 있었던 것이다. 이른 새벽이었지만 냉기가 조금도 느껴지지 않았다. 그는 누가 볼세라 허리를 굽힌 채 재빨리 슬리퍼를 끌면서 대문 쪽으로 달려갔다.

그의 집에서는 H일보 외에도 두 가지 신문을 더 보고 있었다. 대문 안쪽에 신문이 던져져 있는 것이 보였다. 그는 냉큼 신문 두 부를 집어 들었다. H일보와 S일보였다. 그는 몸을 돌려 다시 엉거주춤한 자세로 뛰었다. 그리고 막 현관으로 통하는 계단을 올라서는데 안쪽에서 누군가가 나오다가 기겁을 하면서 소리를 질렀다.

"어머나!"

마주친 사람은 젊은 가정부였다. 그녀는 들고 있던 책으로 얼굴을 가렸다. 그것은 성경책이었다. 그녀가 새벽 미사를 보러 다닌다는 말을 그도 들은 적이 있었다. 얼굴이 벌개진 그는 헛기침을 하면서 현관 안으로 들어섰고, 뒤로 물러섰던 가정부는 재빨리 밖으로 사라졌다.

그녀는 이제 막 스무 살로 물기가 오르기 시작한 나무처럼 싱싱하고 귀염성 있는 아가씨였다.

"아이구, 꼴 좋수다. 주착없이 그게 뭐예요?"

안으로 들어갔다가 가정부의 기겁하는 소리에 방에서 나온 종세의 부인이 종세를 보고 눈을 흘기면서 하는 말이었다.

국회의원은 헛기침을 하면서 멋쩍어하다가 그의 서재로 들어갔다.

아직 날이 완전히 밝지 않았기 때문에 방안은 신문을 보기에는 좀 어두웠다. 그는 불을 켜고 나서 책상 앞에 앉아 먼저 H일보를 펼쳤다.
 1면부터 차례대로 훑어나가던 그의 시선이 사회면에 이르러 딱 멎었다. 그는 숨소리도 죽인 채 조심스레 사회면 톱에 실린 기사를 읽기 시작했다.

〈5세 어린이 유괴 10일째 극비 속에 수사 진행
 유괴된 어린이는 모 재벌 후계자의 사생아〉

 이와 같은 제호와 함께 유괴된 어린이의 사진이 크게 실려 있었다.
 어린이는 남자아이로 귀엽게 생긴 모습을 하고 있었다. 그 얼굴에서 종세는 핏줄 같은 것을 찾아보려고 했지만 아무것도 느낄 수가 없었다. 동세와 닮은 데가 있는 것도 같고 전혀 그렇지 않은 것 같기도 했다.

〈△속보= 다섯 살 난 남자 어린이가 백주에 유괴된 지 10일째인데도 집에 돌아오지 않고 있어 부모가 애를 태우고 있다. 더구나 유괴된 어린이 부모가 비정상적인 관계임이 밝혀짐에 따라 경찰은 극비리에 수사를 해야 하는 어려움을 안고 있어 그 때문에 사건 해결이 난항을 겪고 있음이 알려져 충격을 던져 주고 있다.
 문제의 어린이는 서울 시내 S동 A아파트 5동 909호에 살고 있는 서 협 군으로 유괴된 것은 지난 7월 28일 오전 10시경 서 군이 집 가까이에 있는 놀이터에서 놀고 있다가 자가용을 타고 온 25세 가량의 젊은 여인에게 유괴당했다는 것이다. 범인이 타고 온 자가용은 백색으로 차 안에는 범인 이외에 아무도 없었다고 한다. 흰 옷 차림의 범인은 놀이터 옆에다 차를 세워 놓고 서 군을 유혹, 함께 놀고 있던 어린이들이 한눈을 파는 사이 서 군을 태운 채 사라졌다는 것이다.

서 군의 어머니 유모 씨(26)에 따르면, 서 군이 유괴된 지 이틀 후에 경찰에 신고했지만 경찰은 아직까지 단서도 못 잡고 있다. 범인임을 자처하는 여인으로부터는 그 동안 서너 차례 전화가 걸려 왔는데, 처음에는 서 군을 풀어 주는 대가로 10억 원을 요구했다가 피해자측에서 거기에 응할 뜻을 보이자 갑자기 태도를 돌변하여 협상 자체를 거부한 채 지금은 연락조차 하지 않고 있다고 한다.

수사를 벌이고 있는 경찰은 피해자측 내부 사정을 잘 아는 자의 소행으로 보고 수사를 벌이던 중 유괴된 서 군이 사실은 모 재벌 후계자의 사생아임을 밝혀내고 수사진을 보강, 극비리에 수사를 진행시키고 있다.

경찰은 유괴 사건의 경우 유괴된 어린이의 사진과 신원 등을 공개함으로써 일반 시민의 제보를 기다리는 것이 통례인데, 서 군의 경우에는 지금까지 감추어져 왔던 출생의 비밀이 세상에 밝혀질까 봐 공개 수사를 하지 못하고 극비리에 수사를 진행해야 하는 고충이 있다고 수사 관계자는 털어놓았다. 그러나 어린 목숨이 위기에 처해 있는 상황에서 자신의 체면과 명예가 실추되는 것을 두려워한 나머지 자신의 신분을 숨긴 채 경찰의 공개 수사를 꺼리고 있는 서 군 아버지의 무책임한 태도에 대해 수사 관계자들은 몹시 분개하고 있다.

서 군은 세상에 태어난 지 지금까지 5년 동안 출생의 비밀이 숨겨져 왔고, 그 때문에 출생 신고도 안 된 채 남 몰래 자라왔던 것으로 밝혀졌다. 서 군의 출생 사실이 이처럼 비밀에 붙여진 가장 큰 이유는, 만일 그 사실이 외부에 알려질 경우 모 그룹 후계자인 서 군 아버지의 사회적인 이미지가 크게 훼손되고 거대 그룹을 이끌어갈 후계자로서의 위상에 큰 도전을 받게 될 것을 크게 우려했기 때문인 것으로 알려졌다.

유괴된 서 협 군의 성은 아버지의 성을 따른 것으로 밝혀졌다. 서 군의 아버지가 국내 10대 재벌 기업 가운데 하나인 모 그룹의 후계자라면 결국 K그룹밖에 없다는 결론이 나온다. 왜냐하면 10대 재벌 기업 가운데 서씨 성을 가진 일족이 경영하고 있는 그룹이라면 K그룹이기 때문이다.

K그룹은 아직 공식적으로 후계자를 지명 발표한 적이 없다. 그러나 형식적인 지명 절차만 남았다 뿐이지 그룹의 후계자가 막내아들인 현 부회장이 될 것이라는 것은 이미 널리 알려진 사실. 현 회장의 나이가 79세의 고령인 점을 감안하면 공식적인 후계자 지명이 조만간에 있을 것이라는 소문이 뜬소문만은 아닌 것 같다.

그런데 공식적인 후계자 지명을 앞에 두고 그 동안 알게 모르게 형제들 사이에 암투가 벌어져 왔다는 것이 K그룹의 속사정을 잘 아는 사람들의 이야기이다. 현 회장은 슬하에 9남매를 두었는데 그 중 6명이 아들이고, 그 아들들 가운데 막내아들을 후계자로 지명할 것이라는 것이 지금까지의 지배적인 의견이었다. 이에 대해 그 동안 다른 형제들이 서열을 무시한 것이라고 항의하는 등 불만과 알력이 팽배했으나 회장의 카리스마적 권위에 압도되어 최근에는 거기에 대해 더 이상의 잡음이 없는 것으로 알려지고 있다.

그러나 이번에 뜻하지 않게 유괴 사건이 발생하여 그 동안 숨겨져 왔던 사생아의 존재가 드러나게 되고 그와 함께 불륜의 관계가 밝혀지게 되면 후계자 문제를 둘러싼 형제들의 불만과 도전은 노골화할 것으로 보인다는 것이 K그룹 내부 사정에 정통한 소식통의 말이다. 더구나 불륜 관계의 상대가 수년 전 K그룹 계열인 K백화점에 일시 근무했다가 그룹 본부 비서실로 특채된 적이 있는 미모의 여성이라는 말이 있고 보면 현 부회장의 입장은 더욱 난처해질 것으로 보인다.

후계자 문제를 둘러싼 K그룹 내부 사정이야 어떻든 지금 당장 급하고 중요한 일은 서 협 군을 구하는 일임은 말할 나위도 없다. 서 군이 비록 불륜의 관계에서 태어난 사생아라 하더라도 귀중한 어린 생명임에는 틀림없다. 따라서 그를 낳은 부모는 어떠한 희생을 감수하고서라도 서 군을 찾는 일에 전력을 기울여야 할 것이다. 체면과 명예, 또는 영달 때문에 어린 생명을 찾는 일에 주저한다면 그것은 인륜을 어기는 파렴치한 짓이라 아니할 수 없다. 현재 경찰 수사가 벽에 부딪쳐 있는 일차적인 원인이 서 군 부모의 비협조적인 태도에 있는 만큼 그들은 하루빨리 앞에 나서서 경찰의 공개 수사에 적극 협조해야 할 것이다.〉

신문 기사를 정신 없이 읽고 난 종세는 너무 흥분한 나머지 그 자리에 앉아 있지 못하고 벌떡 몸을 일으켰다. 마른 침을 삼키면서 그는 유괴된 아이의 사진을 뚫어지게 쏘아본다. 기사를 읽고 나서 보니 영락없이 동세를 닮은 것 같았다. 그는 그대로 있을 수가 없어 신문을 들고 안방으로 건너갔다. 그리고 자리에 비스듬히 누워 있는 아내의 얼굴에다 신문을 던졌다.

"사회면 기사 읽어 봐. 큰일 났어!"
"왜 새벽부터 일어나 야단이에요? 뭔데 그래요?"
"읽어 보면 알아."

그는 아내가 신문을 잘 볼 수 있게 천장에 걸려 있는 형광등을 켰다. 그녀는 일어나 앉아 하품을 늘어지게 한 다음 신문을 집어 들었다.

이윽고 종세가 가리키는 기사를 읽기 시작한 그녀의 얼굴에 긴장감이 서리기 시작했다. 그녀도 종세도 숨을 죽이고 있었다. 마지막에 가서 그녀의 손 끝이 떨리기 시작했다.

"아니, 이거…… 어떻게 된 거예요?"

그 기사를 다 읽고 난 그녀는 번득이는 눈으로 남편을 쳐다보았다.

"사실이라면 큰일이야."

"이 애 아버지가 동세란 말이에요?"

여인은 신문에 실린 협이의 사진을 가리켰다. 그녀는 남편과 둘이 있을 때에는 시숙의 이름을 함부로 부르곤 했다. 그것은 시숙에 대한 불만의 간접적인 표현이기도 했다.

"동세밖에 누가 더 있겠어. 그보다 더 확실한 표현이 어디 있겠어."

"아이구, 이거 어쩌지요! 집안 망신은 꼴뚜기가 시킨다더니, 어쩌면 이럴 수가 있어요! 그렇게 착하고 성실한 체하더니 뒤꽁무니로는 애를 다 낳아 기르고…… 다섯 살이 되도록까지 숨겼다니 어쩌면 이럴 수가 있어요! 이거 무슨 망신이에요."

"정말 큰일이야. 그 자식이 그런 줄은 몰랐어. 빨리 대책을 세우지 않으면 안 되겠어."

그는 전화통 앞으로 다가앉아 수화기를 집어 들었다가 도로 내려 놓는다. 전화를 걸어야 할 데가 너무 많아 어디에다 먼저 전화를 걸어야 할지 모르겠다. 먼저 전화를 거는 것보다는 모른 체하고 있다가 전화를 받는 쪽이 더 낫지 않을까. 다른 사람들도 알게 될 테니까. 멀지 않아 전화통에 불이 나겠지.

"아버님 아시면 큰일 나겠어요. 어떡하죠?"

"가만 계시지 않을 거야. 아마 큰일이 벌어질 거야."

"막내를 너무 편애하시더니 결국 이렇게 됐어요. 세상에 편애를 해도 유분수지, 형들이 그렇게 많은데 어떻게 막내한테 그 큰 회사를 맡길 수가 있어요? 이번에 딱 부러지게 말씀하세요! 회사에 망신을 끼친 사람을 어떻게 그대로 둘 수 있겠느냐고 강력하게 말씀하세요!"

 그녀는 막내 시동생을 몹시 미워하고 있었다. 그것은 막내 시동생이 남편이 앉을 자리에 앉아 있다고 생각하는데서 오는 증오였다.

 "가족 회의를 열어서 대책을 강구해야겠어."

 "아버님한테도 할 말은 하세요! 당신은 말할 자격이 충분히 있잖아요! 바보 같이 당하지만 말고……."

 "시끄러! 이 여편네가! 난 사업가가 아니고 정치가야!"

 "아이고, 그 정치가 하나 잘 났수. 돈 주고 산 금배지가 뭐가 잘 났다구. 사실 난 국회의원 마누라라고 맘 놓고 자랑 한번 해 본 적 없어요. 창피해서……."

 "이 여편네가 못할 말이 없어. 닥치지 못해?"

 금방이라도 때릴 듯이 주먹을 쥐고 눈을 부라리자 그녀는 입을 삐쭉하면서 돌아앉는다.

 "성희 엄마, 이 신문 기사 보면 그 성질에 무슨 일 저지르겠다. 얼마나 기가 막힐까? 나 같으면 죽어 버리겠다."

 혼잣말처럼 중얼거리는 아내를 종세는 멍청히 바라보기만 한다. 성희는 동세의 큰딸 이름이다. 아내가 수화기를 집어드는 것을 보고 그는 소리쳤다.

 "어디다 전화 걸려고 그래?"

 "성희 엄마한테 걸려구요."

 "이 여편네가 미쳤어! 지금쯤 알고 있을지도 모르는데 뭐 하려고 전화를 걸어!"

가족 회의 · 359

"불난 데 기름 부으려구요."

서 협 군이 유괴되었다는 것, 그리고 거기에 얽힌 불륜 관계를 특급 뉴스로 보도한 신문은 그 날 아침 H일보뿐이었다. 그러니까 H일보는 이른바 특종을 한 셈이었다.

동세가 그 기사를 본 것은 출근길의 차 안에서였다. 그는 출근길의 차 안에서 조간신문 두 가지를 대강 훑어보곤 했다.

그가 아침에 집을 떠나는 시간은 7시 30분경이다. 그의 아내 이시화는 현관까지 나와 그를 배웅한다. 차고에서 끌어 내어진 벤츠 560SEL은 출발 10분 전부터 시동이 걸린 채 현관 앞에 대기한다. 은회색의 벤츠는 동세가 출근 때면 이용하는 차이다. 당당한 풍모를 자랑하는 벤츠560SEL은 7시 30분 정각에 부드러운 엔진 소리를 내면서 현관을 출발해 드넓은 마당을 가로질러 대문 밖으로 나선다. 그 때 동세는 중년의 운전사가 얌전히 접어서 놓아둔 신문을 집어든다.

대문 앞에는 비서가 타고 있는 차가 미리 와서 대기하고 있다가 벤츠가 나타나는 것과 동시에 벤츠 뒤로 바싹 따라붙는다. 차에는 비서 두 명이 타고 있다. 한 명은 운전석에, 그리고 다른 한 명은 그 옆자리에 앉아 있다. 그들이 타고 있는 차는 금원의 스포츠 카인 포커스이다. 색깔은 그린 색.

그 날 아침 동세가 먼저 집어든 신문은 M일보였다. 그는 1면의 제목들을 대강 훑어보고 나서 신문을 뒤집어 맨 뒷면을 보았다. 맨 뒷면은 전체 광고로 채워져 있었다. 그것도 S의 신형 스포츠 카인 킬리만자로에 관한 단일 광고였다. 컬러로 호화롭게 꾸민 광고를 보는 순간 동세는 피가 역류하는 것을 느꼈다. 어제 저녁 때 염우작한테 당한 불쾌감이 광고를 보는 순간 증폭되어 견딜 수가 없었다. 분노를 속으로 삭이면서 M일보를 얼른 훑어 본 다음 H일보를 집어 들었다. 1면 기사는 다른 신문 내용과 비슷했다. 맨 뒷면을 보자 거기에도 킬리만자로의 광고가 컬러로 실려 있었다. 그것 역시 성장을 과시하는 듯 전면에 걸친 대형 광고였다. S사의 공세가 피부로 느껴지는 것을 동세는 실감하지 않을 수 없었다. 그러나 그에게는 그것이 S가 아닌 염우작의 개인적인 공세로 느껴지는 것이었다.

광고는 아주 잘 짜여져 있었다. 광고 효과를 충분히 거둘 수 있을 정도로 아주 멋지게 짠 광고였다. 사람들의 잠재의식을 일깨워 구매 충동을 불러일으키는데는 광고가 절대적인 영향력을 끼친다는 것은 이미 공인된 사실이다. 그래서 모든 업체들은 제품 생산과 함께 광고에 가장 큰 역점을 두고 있는 것이다. 그들이 광고에 내버리는 돈은 천문학적인 액수이다. 광고비가 결국 제품값에 포함되기는 하지만.

S의 킬리만자로 광고를 본 순간 동세는 일전이 불가피한 것을 느꼈다. 잘못하다가는 포커스는 시장에 나오지도 못하고 고철 덩이가 되어 버릴지도 모른다. 보아하니 S는 포커스를 상대로 집중 포화를 전개할 모양이었다. 동세는 옆에 놓아 둔 카폰의 수화기를 들고 버튼을 하나 눌렀다. 뒤따라오는 차에서 비서가 전화를 받았다.

"아침 신문에 난 S의 킬리만자로의 광고 봤어요?"

"네, 봤습니다."

"어때요? 잘 짰지요?"

"네, 괜찮게 짰다고 생각했습니다."

"우리도 즉시 새로 광고를 짜서 내일 신문에 내도록 해요. 전면 광고를 내도록 해요. 지난번에 낸 광고는 좋지 않아요. 새로운 감각을 지닌 사람한테 디자인을 맡겨서 만들도록 해요."

"네, 알겠습니다."

비서는 지금 부지런히 메모할 것이다. 그는 다시 말했다.

"5대 일간지에 모두 내도록 해요. 특히 우리가 강조할 것은 자동차 값이니까 그 점을 주지시키도록 해요. 광고는 모두 컬러로 때려요."

"네, 알겠습니다."

"지금 포커스는 몇 개월까지 할부 판매가 되고 있지?"

"12개월입니다. 인기가 좋아서 그 이상은……."

"앞으로는 상황이 달라요. 구매자가 살 수 있게 할부 기간을 최대한 연장하는 방법도 생각해 봐요. 보너스 같은 것도 생각해 봐요. 차 한 대 사는 사람한테 줄 수 있는 보너스 말이야."

"네, 알겠습니다."

수화기를 내려놓은 다음 그는 사회면 쪽으로 신문을 넘겼다. 그의 눈에 가장 먼저 띈 것은 협이의 사진이었다. 눈에 띄었다기보다 눈을 후려맞은 기분이었다.

눈앞이 흐려지면서 머리가 핑 돌았다. 눈을 감았다가 뜨면서 앞을 바라보았다. 차는 건널목 앞에 서 있었다. 중년의 운전사는 미동도 하지 않고 앉아 있었다. 동세는 무릎 위에 놓아둔 신문을 다시 집어 들었다.

기사 제목을 읽은 순간 다시 머리가 어지러웠다. 숨을 가만히 토해 내면서 기사를 읽기 시작했다.

이윽고 기사를 모두 읽고 난 그는 문득 차에서 뛰어내리고 싶은 충동을 느꼈다. 차가 다시 움직이기 시작했다. 세상이 갑자기 달라진 듯이 보였다. 모두가 그를 주시하는 것 같고 그를 향해 손가락질하는 것 같았다. 앞만 바라본 채 운전하고 있는 운전사도 모든 것을 알고 있으면서 시치미를 떼고 있는 것 같았다. 뒤따라 오는 비서들도 알고 있으면서 아무 말도 하지 않고 있는 것이다. 모두가 알게 되겠지. 세상 사람 모두가 말이다. 그들이 지껄여 대는 비난과 조소의 소리가 귀에 들려오는 것만 같아 그는 두 손으로 귀를 막고 싶었다. 그대로 회사로 가기가 두려운 생각이 들었다. 벤츠는 그의 마음과 상관 없이 회사를 향해 질주하고 있었다.

그는 다시 한 번 기사를 읽어 보았다. 그것은 놀라울 정도로 정확한 기사였다. 어떻게 알아 냈을까? 그 비밀은 이미 유지명과 그 자신의 것만은 아니었다. 유괴범이 나타났을 때 그는 이미 그것이 은밀히 굴러다니고 있음을 간파했었다. 그러나 이렇게 정확히 신문에 게재될 줄이야 상상도 못했었다.

"야비한 짓이다."

그는 속으로 부르짖었다. 누군가가 정보를 제공하지 않고는 이렇게 정확히 쓸 수가 없는 것이다. 누가 정보를 제공했을까? 유괴범 짓일까? 유괴범이 왜 그런 짓을 할까? 아니면 경찰의 짓일까? 경찰이 어느 정도 눈치는 챘을지 모른다. 하지만 확인도 되지 않은 것을 신문에 이렇게 발표할 리는 없다. 경찰이란 병적일 정도로 신중한 조직이다.

유지명일까? 지명이 나하고 상의도 없이 그럴 수가 있을까! 그럴 리가 없다.

그렇다면 결국 모나리자란 말인가? 모나리자가 노리는 것은 나의 파멸이란 말인가?

신문 기사는 그를 돈과 영달에 눈이 어두워 유괴된 아들까지 외면하는 파렴치한으로 그리고 있었다. 그의 이름을 밝히지는 않았지만 협이의 아버지가 서동세라는 것은 이제 누가 보아도 알 수 있게 되었다.

이시화는 남편이 출근하자마자 전화를 받았다. 아침 일찍부터 전화를 걸어온 사람은 명동에서 의상실을 경영하는 양덕자라는 그녀의 친한 친구였다.

"어떻게 된 거니?"

다짜고짜 쏘아대는 친구의 물음에 시화는 어리둥절했다.

"뭘 말이야? 아침부터 왜 그래?"

"내 기가 막혀서! 아직 모르니? 아침 신문 안 봤어?"

"아직 안 봤는데…… 누가 죽기라도 했어? 나 어제 술 너무 많이 마셔서 지금까지 머리가 멍해. 오늘 거기 가는 거 취소해야겠어."

"그게 문제가 아니야! 아침 신문을 보란 말이야! H일보를 보란 말이야! 이 답답한 친구야!"

"도대체 뭐가 났는데 그래? 내가 어제 술주정한 거라도 났나? 그렇지 않으면······."

"아이구, 그랬으면 좋겠다. 하여간 신문을 보고 나서 다시 이야기해."

양덕자는 전화를 끊었다.

시화는 거실로 나가 신문꽂이에 꽂아둔 신문들 가운데서 H일보를 집어 들었다.

그녀의 집에는 신문이 2부씩 들어오고 있었다. 재벌집이라고 신문도 2부씩이나 들어오고 있었는데 그것도 국내 신문이 모두 들어오고 있었기 때문에 신문이라고 하면 넌더리가 났고, 그래서 거들떠보지도 않고 곧장 쓰레기통으로 들어가는 것들이 많았다.

이윽고 H일보를 훑어보던 그녀의 두 눈이 사회면에 이르러 얼어붙은듯 움직일 줄을 몰랐다. 신문을 들고 있는 손이 바들바들 떨리는 것 같더니 마침내 손에서 신문이 떨어진다. 어느 새 얼굴은 핏기 하나 없이 창백해져 있었고, 두 눈은 광기 어린 빛을 띠고 있었다. 떨리는 손으로 먼저 담배를 한 대 피워문 다음 발딱 일어서서 거실을 왔다갔다하기 시작했다. 가정부가 거실을 청소하려고 나타나자 그녀는 발작적으로 손을 흔들었다. 그녀는 너무나 흥분하고 있었기 때문에 말하기조차 불편했다.

그녀의 표정을 보고 가정부는 놀라서 뒷걸음질을 쳤다. 그렇지 않아도 차가운 그녀의 표정은 얼음장처럼 차가워 보였다.

이윽고 그녀는 바닥에 떨어져 있는 신문을 도로 집어 들고 그 유괴 사건 기사를 다시 한 번 읽어 보았다. 타 들어간 담뱃재가 신문 위에 떨어졌지만 그녀는 그것을 털어내려고도 하지 않았다. 그녀의 차가운 두 눈이 이번에는 협이의 사진 위에 머물렀다. 그녀는 한참 동안 숨을 죽인 채 그 사진을 노려보다가 손으로 거칠게 그것만을 찢어냈다.

그 때 전화벨이 울렸다. 그녀는 깜짝 놀라 전화통을 노려보다가 떨리는 가슴을 억제하면서 조심스럽게 수화기를 집어 들었다.

"신문 봤니?"

덕자의 숨가쁜 목소리가 들려왔다.

"응, 봤어."

"애들이 지금 야단이야. 어쩌면 그럴 수가 있느냐고 하면서 모두가 네 걱정을 하고 있어."

그녀의 친구들은 벌써부터 자기들끼리 전화질을 해대면서 야단법석들을 떠는 모양이었다.

"애, 어쩌면 그럴 수가 있니! 너 정말 지금까지 몰랐니?"

"몰랐어."

그녀는 놀랍도록 조용히 말했다.

"너도 참 한심하다. 다섯 살짜리 애까지 있는데 지금까지 몰랐다니 어떻게 그럴 수가 있니? 난 네가 똑똑한 줄 알았는데 이제 보니까……."

"그만…… 그만해."

그녀보다도 그녀 친구가 더 흥분해서 날뛰는 것 같았다. 그러나 그녀는 겉으로 드러내지 않고 있을 뿐 속으로는 갈갈이 찢기는 아픔과 함께 분노의 가슴이 터져나갈 것만 같았다.

"너 지금 괜찮니?"

덕자는 걱정스러운 듯 물었다.

"괜찮아."

"쓰러지면 안 돼. 이겨야 해! 그 여자 누군 줄 아니?"

"몰라."

"죽여야 해. 그런 년은 잡아서 갈갈이 찢어죽여야 해. 요즘 젊은 것들이란……."

"전화 끊어."

그녀는 수화기를 놓아 버렸다. 덕자의

"이겨야 해!"

하는 외침이 귓가에 맴돌고 있었다.

그녀는 떨리는 손으로 다시 담배를 피워물었다. 담배를 입에 문 채 홈바로 가서 코냑을 병째로 입에 쏟아부었다. 자기도 모르게 불끈 쥐고 있는 왼손을 풀어 보니 신문 조각이 구겨져 있었다. 아이의 얼굴을 잘 볼 수 있게 그것을 반듯이 펴서 스탠드 위에 올려놓고 다시 술을 마시기 시작했다. 잘 생겼다. 귀엽게 생겼다고 그녀는 생각했다. 그런 생각이 들수록 질투심이 분노와 뒤섞여 끓어올랐다. 그녀는 딸만 셋을 낳았다. 그리고 더 이상 낳을 수 없는 몸이었다. 셋째 딸을 낳고 나자 남편은 더 이상 아들에 대한 기대를 하지 않게 되었다. 그 동안 그의 입에서는 아들에 대한 말은 한 마디도 흘러나오지 않았다. 그래서 완전히 포기한 줄 알고 있었다. 그런데 이제 보니 그게 아니었다.

그는 다른 여자한테서 몰래 아들을 낳아 키우고 있었던 것이다. 그 아들이 다섯 살이라고 한다. 5년 동안이나 감쪽같이 숨겨온 셈이다. 그 배신감에 그녀는 어찌할 줄을 몰랐다. 그녀는 다시 신문 쪼가리를 구겨 쥐었다. 이번에는 더욱 힘주어 구겨 쥐었다. 당장 그것을 들고 회사로 달려가 남편의 코 앞에 던지고 싶었다.

"협이라고? 흥, 잘들 논다. 연놈들 같으니!"

갑작스레 마신 독주로 그녀는 속에 불이 나는 것 같았다. 경련은 사라졌지만 그 대신 공격적이 되어 가고 있었다.

그녀는 참다못해 마침내 회사로 전화를 걸었다. 남편의 방으로 직접 걸리도록 되어 있는 직통 전화의 버튼을 눌렀다. 전화가 걸려올 줄 알았다는 듯 신호가 가기 무섭게 남편의 목소리가 들려왔다.

"여보세요."

"유명하신 분…… 하룻밤 자고 나자 유명해졌다고 하더니 바로 당신을 두고 한 말이었군요. 귀가 따갑지 않으세요."

동세는 아무 대꾸도 하지 않았다. 대답 대신 침묵만이 전해져 오고 있을 뿐이었다. 시화는 혀 꼬부라진 소리로 계속 말했다.

"당신은 참 재주도 좋은 사람이에요. 여기저기 자식들을 낳아두고 말이에요. 혹시 아프리카에다 검둥이 새끼를 낳아두지 않았어요?"

"만나서 이야기합시다."

기어들어가는 목소리로 그가 말했다.

"만나자구요? 흥, 만날 필요 없어요. 바쁘신 몸이 저 같은 사람을 만날 시간이 있겠어요? 당신 새끼를 찾아야 할 거 아니에요? 애기 찾았어요? 귀엽게 생겼던데 찾았어요? 못 찾았으면 빨리 찾으세요. 얼마나 아들이 보고 싶겠어요."

"그만 마셔."

"당신이 무슨 권리로 마셔라 마라예요. 이제부터 집에 있는 술 전부 마실 테니까 상관하지 말아요."

"그건…… 실수였어…… 정말 어떻게 할 수 없었어……."

이번에는 그녀가 입을 다물었다. 동세의 기어들어가는 듯한 말소리가 한밤중 멀리서 들려오는 공허한 외침 소리처럼 들려오고 있었다.

"흥, 실수였다구요? 그 계집애한테 가서 그런 말해 보시지 그래요. 실수였으니까 도로 애를 뱃속에 집어 넣자고 말이에요. 난 여기서 지금 유명하신 분을 위해 축배를 들고 있어요. 유명하신…… 유명한……년놈을……."

금방이라도 울음을 터뜨릴 듯 얼굴이 잔뜩 일그러지는가 싶더니 그녀는 돌연 울음 대신 웃음을 터뜨렸다.

노크 소리가 나더니 비서실장이 방안으로 들어왔다. 지금 기분으로써는 아무도 만나고 싶지 않았지만 동세는 최 실장을 내보내지 않고 그대로 두었다.

최 실장은 동세의 무표정에 꽤나 놀라는 기색이었다. 지금쯤 머리를 감싸고 있을 줄 알았는데 겉으로 드러난 표정으로 보아서는 전혀 그렇지가 않다.

"아침 신문 보셨습니까?"

최 실장은 조심스럽게 물었다.

"H일보 말인가요? 봤어요."

무거운 침묵이 흘렀다. 비서실장은 굳은 표정으로 가만히 서 있었다.

"최 실장도 읽어 봤나요?"

한참 만에 동세가 침묵을 깼다.

"네……"

"담배 한 대 줘요."

담배를 끊은 지 오래 된 그가 그것을 찾는다는 것은 심사가 편치 않기 때문일 것이다. 최 실장은 얼른 담배를 꺼내 준 다음 재빨리 라이터불을 붙여 주었다.

"읽어 보니 어때요?"

동세는 천장을 향해 후우 하고 담배연기를 내뿜었다.

"깜짝 놀랐습니다."

최 실장은 동세의 눈치를 살폈다.

"그 유괴된 아이의 아버지는 바로 나를 가리키는 건가요?"

"기, 기사 내용으로 봐서는 그, 그런 것 같습니다. 나쁜 놈들 같으니! 어떻게 그런 기사를 쓸 수 있습니까. 그런 터무니없는 기사를 쓴 놈은 혼을 내 줘야 합니다. H일보는 특종을 했다고 야단들인 모양인데…… 이대로는 있을 수 없습니다. H일보에는 앞으로 광고를 싣지 말아야겠습니다. 광고를 잡아 놓은 것도 모두 취소시키겠습니다."

"그러지 말아요."

동세는 천천히 머리를 가로저었다.

"그렇게까지 할 필요는 없어요."

"그럼 그대로 둔다는 말씀입니까? 명예 훼손으로 고소를 해서 책임자를 문책하고 사과 광고를 받아내지 않는다면 우리 금원은 큰 상처를 입게 됩니다. 그대로 가만 있는다는 건 말도 안 됩니다."

"상처를 입게 되어도 할 수 없어요."

절망적인 표정이 동세의 얼굴에 나타났다가 사라졌다. 그는 일어서서 얼굴을 보이지 않으려는 듯 창가로 돌아섰다. 그가 비틀거리는 것 같았기 때문에 비서실장은 긴장해서 그를 주시했다. 그러나 그는 다시 안정을 되찾는 것 같았다.

"내가 오로지 관심을 가지고 있는 것은 협이라는 아이를 찾는 일이에요."

동세 자신보다도 비서실장이 오히려 더 안절부절못하는 것 같았다. 그는 두 손을 비비며 어쩔 줄을 모르다가 차마 물어 볼 수 없는 것을 물어 본다는 듯 입을 열었다.

"그, 그럼…… 신문에 난 그 기사가 저, 정말입니까?"

가족 회의 · 371

"아무려면 신문이 거짓말 기사를 그렇게 쓸 수가 있겠어요. 사실이 아니라면 내가 왜 협이라는 아이를 찾는 데만 관심을 갖겠어요."

"그랬었군요. 믿을 수가 없습니다."

기어 들어가는 목소리로 중얼거리고 나서 비서실장은 입을 다물었다. 다시 한참 동안 침묵이 흘렀다.

동세는 눈부신 햇빛 속에 서 있었다. 냉방이 잘 되어 있는 방이라고는 하지만 여름 햇빛 속에 서 있다는 것은 고통스러운 일임에 틀림없었다. 그러나 그는 햇빛을 피하려고도 하지 않은 채 그대로 서 있었다.

"나 자신은 이제 어떻게 되어도 상관 없어요. 나를 희생해서라도 아이를 찾을 수만 있다면 좋겠어요."

"아무리 사실이라 하더라도 개인의 명예에 관한 일인데 이렇게 신문에 때리다니 이건 너무합니다."

"이왕 엎질러진 물인데 어떻게 하겠어요. 파문이 어느 정도 클 것 같아요?"

"글쎄요······."

비서실장이 동세의 뒷모습을 살피고 나서 덧붙였다.

"문의 전화가 많이 걸려 오고 있습니다. 사실이냐고 묻는 전화가 대부분입니다."

"일반 시민들로부터 오는 전화인가요?"

"네, 거의가······."

"나를 많이 욕하던가요?"

"시민들이란 신문 기사를 비판 없이 수용하니까요."

동세는 손수건을 꺼내 얼굴에 흐르는 땀을 닦았다. 그의 뒷모습이 오늘은 유난히 작아 보인다고 비서실장은 생각했다.

"제가 최대한 수습해 보겠습니다. 미리 말씀해 주셨으면 신문을 막을 수 있었을 텐데 아쉽습니다."

"누가 물어 보면 모두 사실이라고 대답해 줘요. 부인하면 오히려 문제가 더 커지니까 인정할 것은 인정해 버려요. 문제를 금원이 아닌 나 자신에게 쏠리도록 해야 해요. 회사에 영향이 없도록 하려면 나 혼자만 돌팔매질을 당해야 하니까."

그는 이미 결심하고 있었다. 부인한다고 해서 그 문제가 수습될 일이 아니라는 것을 그는 잘 알고 있었다. 부인하면 할수록 인륜을 어기는 파렴치한으로 지탄받게 될 것이다. 그럴 바에는 모든 것을 솔직히 인정하고 나가는 편이 훨씬 현명한 짓이다. 일단 인정하고 나면 경찰 수사에도 적극 협조할 수 있을 것이다. 회사에서 앞으로 내 위치가 어떻게 될지 그건 알 수 없는 일이다. 지금 거기에까지 신경쓰고 싶지는 않다. 이렇게 서 있는 것만도 다행인 줄 알아야 한다.

그의 결단력과 판단력은 놀라울 정도였다. 비서실장은 내심 또 한 번 놀라고 있었다. 안절부절못하고 도움을 청할 줄 알았는데, 그리고 한사코 부인할 줄 알았는데 그런 예상을 뒤엎고 나온다. 정말 전혀 뜻밖이었다.

동세 편에서는 그것이 역공일 수도 있었다. 그는 눈에 보이지 않는 적과 싸우고 있었다. 적은 그에게 치명타를 가한 셈이었다. 그는 더 이상 도망치고 변명하다가는 자신의 껍데기도 남아나지 못할 것이라는 것을 간파하고 있었던 것이다. 그는 절대 쓰러질 수가 없었다. 잘못을 솔직히 인정하고 용서를 구하면 사람들은 더 이상 나를 매도하지 않을 것이다. 그는 그렇게 되기를 바라고 있었다.

"정말 잘 생각하셨습니다. 어려운 결단을 하셨습니다."

비서실장이 감탄하는 눈빛으로 그를 바라보면서 말했다. 동세가 몸을 돌렸다. 그의 얼굴에는 땀이 번져 있었다.

"그 전에 왔던 형사를 만나고 싶어요. 소문나지 않게 조용히 만날 수 있게 해 줘요. 오늘 저녁 밖에서 식사라도 할 수 있게 장소를 알아봐요."

"네, 알겠습니다 저기…… 회장님한테서 전화가 왔었습니다. 집으로 급히 와 달라는 전화였습니다."

드디어 올 것이 왔다고 동세는 생각했다. 그는 가만히 고개를 끄덕였다.

비서실장이 나가고 나자 동세는 즉시 지명의 집으로 전화를 걸었다. 이제 감춰야 할 일이 없어진 마당에 경찰의 도청 따위야 아무래도 좋다는 생각이 들었기 때문에 집으로 직접 전화를 걸었던 것이다.

먼저 부산에서 올라와 있는 지명의 동생 지린이 전화를 받은 것 같았다. 한 번도 만난 적은 없지만 이야기를 들어서 알고 있었다. 그녀가 지명을 바로 바꿔 주지 않고 누구냐고 꼬치꼬치 캐묻는 바람에 동세는 꽤 애를 먹어야 했다.

"언니는 지금 아파서 자리에 누워 있어요. 누구신지 말씀해 주시지 않으면 바꿔 줄 수 없어요. 신분을 밝히지 않는 전화는 전해 줄 수 없습니다. 죄송합니다."

조금도 죄송해 하지 않는 목소리로 그녀가 말했다. 그녀가 이쪽의 신분을 짐작하고 일부러 골탕을 먹이려고 그러는 것만 같아 동세는 화가 치밀었다. 그래서 더 이상 참을 수가 없어,

"나…… 협이 아빠라고 전해 줘요!"

하고 그는 소리치다시피 거칠게 쏘아붙였다.

그것은 그가 다른 사람한테 자신이 협이의 아버지임을 선언한 최초의 순간이었다. 그 소리침과 동시에 그는 자신의 몸뚱이가 공중으로 높이 날아올라 분해되는 것 같은 느낌이 들었다. 시원한 바람에 자신의 분해된 조각들이 사방으로 흩어져 날아가는 것 같았다. 그 동안 협이로 인해 가슴 속에 응어리져 왔던 것이 덩어리째 빠지면서 뻥 뚫린 구멍 속을 시원한 바람이 통과하는 것 같았다. 그는 처음으로 자유스러운 감정에 휩싸일 수가 있었다.

지명의 동생은 동세의 그 한 마디에 완전히 질려 버린 것 같았다. 그녀는 더 이상 아무것도 물어 보지 않았다. 동세는 그 효과에 만족스러움을 느꼈다. 그런 만족감은 행복과는 거리가 먼 것이지만 아무튼 그는 만족스러웠다. 이윽고 지명의 목소리가 들려왔다.

"아침 신문 봤어?"

"네, 봤어요. 어떻게 그럴 수가……."

"언젠가는 이렇게 될 줄 알았는데 그 시기가 좀 앞당겨진 것뿐이야. 당신이 이야기한 건가?"

"아아뇨!"

"아무튼 좋아. 사실은 사실이니까."

"무슨 말씀을 하시는 거예요? 제가 전화를 걸겠어요."

지명은 도청에 걱정이 되는 모양이었다.

"도청 같은 것은 이제 신경쓰지 않아도 돼. 걱정하지 마. 이제 세상이 다 아는 사실이 돼 버렸는데 숨길 것도 없잖아."

"그래서 지린한테 그렇게 말씀하셨군요?"

"그래, 누구냐고 묻기에 협이 아빠라고 말해 버렸지. 그렇게 말하고 나니까 지난 몇 년 동안 맺혀 있던 체증이 싹 가시는 것 같았어. 말하기를 잘했어. 첫 마디가 어렵지 그 다음부터는 쉬운 거야. 당신도 누가 물으면 부인하지 말고 솔직히 인정해 버려! 부인한다고 되는 것도 아니니까 말이야. 알았어?"

"네, 알았어요. 하지만 어떻게……?"

"시키는 대로 해."

"정말 그렇게 말해도 되나요?"

그녀의 목소리는 감동으로 떨리고 있었다.

"그렇다니까. 범인한테서는 연락 없어?"

"연락 왔었어요. 아침 일찍 전화를 걸어왔는데…… H일보를 보라고만 말하고 전화를 끊었어요."

"협이에 대해서는 아무 말 없었어?"

"없었어요."

"너무 걱정하지 마. 이제부터는 공개적으로 경찰 수사에 협조할 수 있으니까 곧 협이를 찾을 수 있을 거야."

"정말 찾을 수 있을까요?"

그녀가 울먹이는 소리로 물었다.

"찾을 수 있어."

그는 단호하게 대답했다.

집무실을 나서서 엘리베이터를 타고 아래층으로 내려오는 동안 그는 여러 사람들을 만났는데 모두가 하나같이 그를 바라보는 눈길이 달라져 있는 것 같았다. 그는 될수록 그런 눈길들을 묵살하려고 했지만 마음속에는 마치 앙금처럼 그것들이 남아 있는 것이었다.

비서들이 따라 나서려는 것을 물리치고 그는 혼자서 포르셰 959를 몰고 아버지댁으로 향했다. 가는 동안 내내 그의 얼굴은 돌처럼 굳어 있었는데 나중에는 침울한 빛을 띠고 있었다.

집에 도착해서 보니 그의 아버지는 눈처럼 흰 모시옷 차림으로 보료 위에 반듯이 앉아 있었다. 그리고 그 앞에는 동세의 형들인 종세와 윤세, 그리고 문세가 굳은 자세로 자리를 잡고 있었다. 그들 옆에는 동세의 어머니인 박씨도 걱정스런 표정으로 앉아 있었다.

동세가 방안으로 들어서자 그를 일제히 바라보는 형들의 시선이 심상치가 않아 보였다. 무슨 일일까. 아버님이 예고된 죽음을 자식들에게 알려 주고 마지막 유언을 남기기 위해 자식들을 부른 것일까. 그건 아닌 것 같다. 그렇다면 자식들을 모두 불러야 하는데 아홉 명의 자식들 가운데 여기 모인 사람은 네 사람뿐이다. 아침 신문을 보시고 자식들을 부르신 것일까. 그렇다면 제일 먼저 나를 불렀어야 한다. 그런데 형들이 먼저 와 있다. 그는 마음에 들지 않는 그 얼굴들을 향해 목례를 보낸 다음 아버지 앞에 무릎을 꿇었다.
"아침 진지는 드셨습니까?"
노인은 굳은 표정으로 막내아들을 바라보았다. 동세는 하루가 다르게 수척해 보이는 아버지의 얼굴에 이미 죽음의 그림자가 드리워지고 있음을 뚜렷이 볼 수가 있었다.
"통 식사를 못하신다. 먹기만 하면 토하셔."
박씨가 한숨을 내쉬며 말했다. 동세는 아버지의 표정에서 아무것도 읽을 수가 없었다. 노인은 꼿꼿한 자세로 앉아 네 아들들을 차례로 훑어보고 있었다. 그의 시선이 맏아들 종세 앞에 잠깐 머물렀다.
"인제 다 왔냐?"
"네. 대강 다 온 것 같습니다."
국회의원이 회장의 눈치를 살피면서 말했다.
둘째 병세는 정신분열 증세가 심해 거의 폐인이나 다름없는 상태에 있기 때문에 이런 모임에는 으레 나올 수가 없는 것으로 되어 있었다.
넷째 아들 명세는 성격 파탄으로 회장이 그를 금치산자로 규정해 놓았기 때문에 역시 형제들 모임에서 빠지는 것으로 되어 있었다. 만일 명세를 부른다면 모임이 수라장이 될 것을 각오해야 한다.

서 회장이 보료 밑에서 무엇인가를 꺼냈다. 아침 신문이었다. 그는 그것을 동세 앞에 던져 놓았다.

"여기에 난 기사 보았겠지?"

회장의 시선이 동세 앞에 머물렀다. 동세는 차마 마주 쳐다볼 수 없어 시선을 밑으로 떨어뜨렸다. 신문에 실려 있는 협이의 사진이 고스란히 그의 눈에 들어왔다.

"네, 봤습니다."

동세는 숨을 죽여 대답했다.

"이 신문을 들고 네 형들이 이렇게 달려왔다. 난 무슨 일인가 했지."

서 회장이 대수롭지 않다는 듯 말했다.

그러니까 동세 형제들이 아침부터 모인 것은 서 회장이 불러서 모인 게 아니고 동세의 형들이 자기들끼리 일방적으로 서 회장의 집으로 몰려들었던 것이다. 아버지의 말을 통해 그것을 알게 된 동세는 기분이 언짢았다. 이제 형들이 무엇을 노리고 몰려들었는가를 알게 된 이상 거기에 대비하지 않으면 안 된다. 그러나 아직 그는 아무 준비도 되어 있지 않았고 또한 그러고 싶지도 않았다. 그는 무방비 상태에서 아버지와 형들을 마주하고 앉아 있었다.

형들의 표정은 하나같이 차갑게 굳어 있었다. 그들의 그런 표정에서 동세는 흡사 먹이를 눈앞에 둔 맹수들 같은 모습을 읽을 수 있었다. 그러자 몸이 움츠러들면서 소름이 쭉 끼쳐왔다. 그들은 형제가 아니고 적이었다. 무엇이 형제들 사이를 이렇게 만들었을까. 그는 비감스러웠다.

"신문에 난 게 사실이냐?"

서 회장이 허공을 바라보며 물었다. 웬지 그 물음이 공허하게 느껴진다고 동세는 생각했다. 그는 고개를 숙였다.

"네, 사실입니다."

그렇게 말하고 난 그는 이제 목을 치는 것 같은 벼락이 떨어질 것이라고 생각했다. 그의 형들이 헛기침을 하면서 몸들을 움직였다. 그들은 서 회장으로부터 터져나올 반응을 숨을 죽인 채 기다리고 있었다.

서 회장은 눈을 지그시 감고 있었다. 피골이 상접한 얼굴에는 고뇌의 빛이 역력히 나타나 있었다. 그 얼굴 위로 금방이라도 죽음의 그림자가 내리덮칠 것만 같은 느낌이 들어 동세는 마음이 조마조마했다.

오늘따라 서 회장의 얼굴에는 유난히도 주름이 많았다. 갑자기 살이 빠지기 시작하니 79세의 얼굴에 주름이 뒤덮이는 것도 무리는 아니리라.

서 회장이 마침내 눈을 떴다. 방안에는 숨막힐 듯한 긴장감이 감돌고 있었다.

"그 협이라는 아이의 아버지가 바로 너란 말이냐?"

서 회장의 목소리가 허공을 울렸다. 동세는 더욱 고개를 깊이 숙였다.

"죄송합니다."

서 회장은 헛기침을 크게 한번 하면서 다시 두 눈을 감았다.

동세의 형들이 일제히 헛기침을 하면서 몸을 움직였다. 그러나 그들은 아직 아무 말도 하지 않고 있었다. 그들이 말할 기회를 노리고 있음을 동세는 알 수 있었다.

이번에는 아까보다 침묵이 더 오래 계속되었다. 서 회장은 눈을 뜰 것 같지 않았다. 그러나 이윽고 그가 다시 눈을 떴다. 노인의 두 눈은 충혈된 듯이 보였다.

"그 아이는 아들이냐?"

"네……."

"아이는 아직 돌아오지 않았냐?"

"네, 아직 그렇습니다."

"생명에 지장이 없어야 할 텐데…… 어떠냐? 무사하냐?"

"잘은 모르겠지만…… 아직 살아 있는 것 같습니다."

노인의 얼굴이 붉으락푸르락해지는 것 같았다.

"그 어린 것이 얼마나 무서울까…… 어린 것을 유괴해 가다니 천벌을 맞을 년 같으니……."

동세의 모친이 눈물을 찍으며 하는 말이었다. 그녀는 한 번도 보지 않은 손자에 대해 벌써 진한 혈육의 정을 보이고 있었다.

동세의 형들의 얼굴에 몹시 당황해 하는 표정들이 스치고 지나갔다.

분명 불호령이 떨어질 줄 알았는데 그러기는커녕 유괴된 사생아에 대해서만 관심들을 보여 주고 있으니 그들로서는 당황해 할 수밖에 없었다.

서 회장이 다시 헛기침을 크게 했다. 모두가 그를 주시했다. 동세는 마음이 조마조마했다.

"어떻게 생겨난 아이든…… 네 핏줄을 받은 아이는 네 자식이야. 자기 자식한테 책임을 지지 않는 놈은 남자라고 할 수 없어. 나는 책임을 회피하는 사람을 내가 제일 싫어한다는 거 너도 잘 알고 있겠지?"

"네, 잘 알고 있습니다."

동세는 그렇게 대답하면서도 형들의 따가운 시선에 견딜 수 없는 고통을 느끼고 있었다.

"일단 네 핏줄을 타고 태어난 아이니까 네가 책임을 지고 찾아내야 해. 잘잘못을 따지는 건 그 다음에 할 일이야. 아이의 생명이 지금 경각에 달려 있는데 잘잘못을 따질 겨를이 어딨어. 그 어린 것이 얼마나 무섭겠냐? 다 못난 부모를 둔 탓에 그렇게 된 거 아니냐? 원인이야 어디에 있든……."

못난 부모를 둔 탓에 아이의 목숨이 위태로워졌다는 말이 마치 가슴에 칼이 들어와 박히는 것처럼 그의 숨을 멎게 했다. 이보다 더 정확한 표현이 어디 있을까. 그는 감히 고개를 들 수가 없었다.

"그 아이는 물론 아직 호적에 입적 안됐겠지?"

"네, 아직……."

"다섯 살이 되도록까지 방치해 놨다니 그런 무책임한 짓이 어디 있어?"

"죄송합니다."

"넌 딸만 셋 아니냐. 딸은 아무 소용 없어. 아들이 있어야 해. 그 아이는 잘잘못을 떠나 너한테는 아주 필요한 존재야. 영영 아들을 못 가질 줄 알았는데……."

다행스러워하는 빛이 얼핏 아버지의 얼굴 위로 스쳐가는 것을 보고 동세는 다소 마음이 놓였다. 아버지의 반응은 정말 뜻밖이었다. 집안 망신을 시킨 놈이라고 당장 불호령이 떨어질 줄 알았는데 그와는 반대로 그에게 숨겨 놓은 아들이 있는 것을 알고는 오히려 대견스러워하시는 것 같았다.

"그 아이를 찾는 대로 당장 호적에 올려라."

동세는 너무 감격한 나머지 절로 고개가 숙여졌다.

"그 여자에 대해서는 내가 왈가왈부하지 않겠다. 누군지는 모르지만 여자 문제는 네가 알아서 처리할 일이니까 더 이상 시끄럽게 되지 않도록 처리 해. 이건 명심해야 한다. 네 처를 버려서는 안 돼. 처를 버린다는 것은 인륜에 어긋나는 짓이야. 아이는 어떻든 네가 길러야 해. 그 여자 문제에 대해서는 난 관여치 않겠다."

동세는 부끄러워 얼굴을 들 수가 없었다.

서 회장은 신문을 집어 들어 거기에 실린 협이의 사진을 한참 동안 들여다보더니,

"고놈 참 똘똘하게 생겼는데……."

하고 중얼거렸다.

서 회장은 그 문제에 대해 더 이상 말하려고 하지 않았다. 자

신은 할 말 다했다는 듯 처음처럼 굳은 얼굴로 돌아가 마주 앉은 자식들을 물끄러미 바라보는 것이었다. 그것은 마치 자, 나는 할 말 다했으니 이제 너희들의 의견을 말해 보라는 그런 표정 같았다.

그러나 동세의 세 형들은 좀처럼 입을 열려고 하지 않았다. 아마 서 회장이 미리 선수를 치는 바람에 주눅이 들어 할 말을 못하고 있는 것 같았다.

동세가 오기 전까지만 해도 그들은 일제히 입을 모아 그를 규탄하고 있었던 것이다.

아무래도 제일 먼저 입을 열어야 할 사람은 맏이인 종세인 것 같았다. 그가 먼저 입을 열어야만 다른 사람들도 차례로 말문을 열 것만 같았다. 동생들 모두가 자기를 기다리고 있다는 것을 의식했는지 국회의원은 안절부절못하면서 땀을 흘리고 있다가 마침내 말을 꺼냈다.

"아침에 신문을 보고 깜짝 놀랐습니다. 그리고 너무 창피스러워서 사람들 보기가 민망했습니다. 아침에 국회에 나가야 하는데 그 때문에 창피해서 나갈 수가 없었습니다."

그는 되도록 동세를 보지 않으려 애쓰면서 말했다.

"신문에는 누구라고 이름을 밝히지는 않았지만 이제 알 만한 사람은 다 알게 됐습니다. 누구인지 모르고 있던 사람들도 지금쯤은 다 알고 있을 겁니다. 저희들이야 욕먹을 각오가 되어 있지만 지금까지 온 정성을 기울여 회사를 키워 오신 아버님 명예에 큰 누를 끼치게 돼서 정말 부끄럽습니다. 이번 일로 우리 금원은 씻을 수 없는 오점을 남기게 됐습니다. 기업 이미지는 그 야말로 땅에 떨어져 말이 아니게 됐습니다. 어떻게 그런 일이 몇 년 동안 숨겨져 올 수 있었는지 우리들은 도무지 이해할 수가 없습니다."

그는 말을 마치고 나서 지원을 부탁하는 듯 윤세와 문세를 돌아보았다. 기다렸다는 듯이 윤세가 입을 열었다. 일찌기 금원해운의 사장직을 맡았다가 경영 부실로 서 회장으로부터 「회사를 말아먹을 놈」이라는 욕을 듣고 그 자리에서 쫓겨난 그는 지금은 한직인 그룹의 골프장을 맡고 있었는데, 5년이 지난 지금까지 서 회장이 자신을 다시 중용하지 않고 버려두고 있는데 대해 유감이 많았다.

"집안 망신치고 이만저만 큰 망신이 아닙니다. 저 역시 얼굴을 들고 다닐 수 없을 정도로 창피합니다. 신문을 보고 얼굴이 화끈거려 혼났습니다. 금원의 앞날이 걱정입니다. 명예가 실추되고 이미지가 크게 손상됐기 때문에 어떤 조치를 취하지 않는 한 앞으로 경영에 큰 어려움이 닥칠 것으로 예상됩니다. 기업의 이미지를 잘 살리기 위해 1년에만도 수백 수천억 원의 기업 홍보전을 펴는 마당에 지금까지의 이미지에 먹칠을 하는 일이 발생했으니 정말 어처구니가 없습니다."

"광고 선전비로 따질 때 수천억 원의 손해를 보았다고 볼 수 있습니다."

호텔을 경영하고 있는 플레이보이 문세가 마지막으로 거들고 나섰다.

서 회장의 얼굴이 흐려졌다. 그는 무슨 말을 할 듯하다가 그대로 입을 다문 채 잠자코 귀를 기울였다.

"하루속히 실추된 명예를 살릴 수 있는 조처를 취하시지 않으면 안 된다고 생각합니다. 물론 명예를 실추시킨 당사자는 책임을 통감하고 자숙하지 않으면 안 될 겁니다. 정말 창피스러워 죽겠습니다."

동세의 형들은 입을 모아 창피하다고 말하고 있었다. 그리고 말 끝에는 하나같이 동세의 책임 문제를 거론하고 있었다.

고개를 숙이고 앉아 있던 동세가 마침내 얼굴을 들어 형들을 둘러보았다. 그는 창백한 표정이었지만 그 표정에는 아무런 감정도 나타나 있지 않았다. 이상하리만치 그의 표정은 조용해 보였다.

"형님들에게 누를 끼쳐드려 죄송합니다. 어떤 처벌도 달게 받겠으니 벌을 내려 주십시오."

방안은 찬 물을 끼얹은 듯 조용해졌다. 그것이 싫은 듯 종세가 헛기침을 했다.

"우리는 믿는 도끼에 발등 찍힌 기분이야."

그는 막내동생인 동세를 향해서 노골적으로 공격의 화살을 보내고 있었다.

"난 네가 아버님을 도와 회사를 잘 이끌어나가는 줄 알았어. 나뿐만 아니라 우리 형제 모두가 그렇게 생각하고 있었어. 그래서 모두 너한테 많은 기대를 걸어온 게 사실이었어. 그런데 이게 무슨 꼴이야? 넌 결국 아버님을 배반한 거나 마찬가지 짓을 했어. 아버님이 평생 동안 피땀 흘려 쌓아 놓은 것을 하루 아침에 무너뜨리고 말았어. 그것도 추잡한 스캔들로 말이야. 그 여자가 누구냐?"

동세는 곤혹스런 눈으로 맏형을 바라보았다. 그러나 종세는 사정 없이 그의 아픈 곳을 찔러왔다.

"다른 사람도 아니고 백화점에 근무했던 여자라며? 백화점에 근무하던 처녀애를 비서실로 빼돌려 결국 애를 낳게 만들었다며? 그게 사실이야?"

"네, 사실입니다."

"상식이 있는 인간이라면 어떻게 그런 짓을 할 수 있니? 부끄러운 줄 알아. 처벌을 기다릴 게 아니라 네 스스로 결정을 내려! 뻔뻔스러운 짓 그만 하고!"

"사람은 책임을 질 줄 알아야 해."

하고 윤세가 종세를 거들고 나왔다.

"나 같으면 부끄러워서 회사에 못 나가겠어. 어떻게 사원들 얼굴을 보겠어."

"아버님께서는 이번 일에 대해 엄정한 판단을 내리셔야 합니다. 그렇지 않으면 회사의 기강이 무너지게 됩니다. 전 사원들이 아버님의 현명하신 판단을 기다리고 있을 겁니다."

하고 문세가 말했다.

그 때까지 눈을 감은 채 석상처럼 앉아 있던 서 회장이 무겁게 눈을 떴다. 그의 피곤한 두 눈이 동세 쪽으로 향했다. 그 눈에는 자애로움과 연민의 빛이 서려 있었다. 꾸짖는 빛 같은 것은 전혀 보이지가 않았다. 동세는 눈물이 나오려는 것을 간신히 참으며 말했다.

"아버님, 저 모든 직에서 떠나겠습니다. 용서해 주십시오."

말을 마치자 동세는 품 속에서 편지 봉투를 하나 꺼내 서 회장 앞에 공손히 놓았다.

서 회장은 슬픈 눈빛으로 봉투를 내려다보다가 안에 들어 있는 것을 꺼내 본다. 그것은 사표였다. 노인의 손에서 그것이 떨어졌다.

"이게 무슨 짓들이야!"

서 회장의 얼굴 위로 경련이 스쳐갔다.

"내 앞에서 너희들이 물고 뜯는 짓을 꼭 해야만 하겠느냐? 그런 짓은 개들이나 하는 짓이니까 하고 싶으면 저 앞마당에 나가서 해라! 여긴 내 안방이야! 어디서 그런 버르장머리 없는 짓들을 하는 게냐!"

서 회장이 격노하고 있는 것을 보고 동세의 형들은 당황했다. 서 회장의 격노가 동세를 향한 것이 아니고 자신들을 향한 것이기 때문이었다.

"아무리 동생이 잘못했기로서니 형들이 작당해 몰려와서는 내 앞에서 그런 추태를 부릴 수가 있어! 동생 하나를 셋이서 그렇게 뭇매를 줄 수가 있어! 남자답지 못한 그런 추태는 내 앞에서 다시는 보이지 마!"

"추태가 아닙니다."

윤세가 억울하다는 표정으로 반발하고 나섰다.

"아버님은 제가 조금 잘못했을 때 저보고 회사를 말아먹을 놈이라고 하시면서 그 자리에서 쫓아내셨습니다. 그리고 골프장에서 풀이나 깎게 하셨습니다. 지난 5년 동안 저는 골프장에서 풀만 깎아왔습니다. 그만하면 저도 벌받을 만큼 받아왔다고 생각합니다. 아버님이 저한테 하셨던 것처럼 저도 당연히 동세한테 할 수 있다고 생각합니다. 그건 추태가 아닙니다. 어째서 동세가 저지른 잘못은 추태가 아니고 저희들이 한 행동만이 추태가 됩니까? 너무하십니다. 지금까지 5년 동안 참아왔습니다만 이제 더 이상 기다릴 수가 없습니다. 5년 동안 풀을 뜯는 심정이 어떻다는 것을 조금이라도 생각해 주셨다면……."

"시끄러!"

서 회장이 소리를 꽥 질렀다.

서 회장의 네 아들들은 입을 다물고 침묵했다. 서 회장의 얼굴에 경련이 이는 것으로 보아 그가 몹시 격노하고 있음을 알 수 있었다. 마침내 서 회장이 다시 입을 열었다.

"너희들은 뭔가 잘못 생각하고 있어. 이 세상에서 가장 중요한 것은 사람의 목숨이야. 더구나 내 손자의 목숨은 천금과도 바꿀 수 없어. 내가 아까도 말했지만 지금은 잘잘못을 따지고 있을 때가 아니야. 모두 합심해서 협이라는 아이를 찾아야 해. 우리 금원 그룹을 모두 동원해서라도 그 애를 찾아야 해. 난 그 애를 보고 싶어. 그 애도 호적에만 아직 오르지 않았다뿐이지 엄연히 내 손자야. 죽기 전에 난 그 애를 보고 싶어. 잘잘못은 그 애를 찾은 후에나 따질 일이야. 그 애를 찾지 않고 다시 또 형제간에 치졸한 싸움이나 벌인다면 난 다시는 너희들을 보지 않겠다. 동세가 잘못을 저질러 곤경에 처했다면 당연히 형들이 나서서 동생을 감싸 주고 일을 수습해 주는 게 마땅한데 너희들한테는 그런 우애가 전혀 없어. 어떻게든 헐뜯고 못살게 굴어 그렇지 않아도 곤경에 처한 동생을 더욱 난처하게 만들고 있단 말이야. 난 사업에는 성공했는지 몰라도 자식 농사에는 실패했어. 자식들이 많아도 자식들간에 우애가 없다는 것은 자식 농사에 실패한 거나 다름없어."

서 회장은 고개를 떨구고 있는 동세 쪽으로 시선을 돌렸다.

"네 사표는 수리할 수 없어. 때가 되면 내가 알아서 처리할 테니까 다시는 이런 거 들고 다니지 마라."

노인은 동세의 사표를 아들들이 보는 앞에서 찢었다.

"이제 돌아들 가 봐. 난 피곤해서 좀 쉬어야겠다."

"그래, 이제들 가 봐. 아버님은 쉬시지 않으면 안 돼. 몸이 극도로 쇠약하시니까."

이렇게 말한 사람은 그 때까지 잠자코 있기만 하던 어머니 박금녀였다.

그 때였다. 동세의 형제들이 엉거주춤 일어서려는데 갑자기 밖이 시끄러워지면서 시커먼 사내 하나가 절뚝거리며 방안으로 들어섰다. 아들로 치면 바로 넷째인 명세였다.

그의 차림새는 제멋대로였다. 위에 입고 있는 남방은 땀에 절어 있었고 바지는 흙투성이였다. 머리는 장발에다 아무렇게나 넘겨져 있었고 턱은 온통 거친 수염으로 덮여 있었다. 햇볕에 검게 그을린 얼굴은 검붉게 달아올라 있었고 두 눈은 붉게 충혈돼 있었다.

서 회장으로부터 금치산자로 낙인찍힌 그는 서울 부근에 있는 농장으로 쫓겨나 두문불출한 지 벌써 수년째였다. 그는 성격 파탄자라고 할 수 있는 인물이었다. 성격이 과격한 데다 술을 너무 많이 마셔 금원생명보험회사 사장으로 재직할 당시 자주 폭행과 행패를 부려 금원의 이미지에 먹칠을 하더니 급기야 경찰차를 들이받고 도주하다가 자신의 차도 전복되는 바람에 중상을 입는 사건이 발생, 결국 서 회장의 눈 밖에 나 농장으로 쫓겨갔던 것이다. 그 사고로 그는 한쪽 다리를 저는 불구가 되기도 했다. 서 회장은 한 번 눈 밖에 난 자식을 두 번 다시 부르지 않았다.

지팡이까지 짚고 안방으로 쳐들어온 그는 다짜고짜 서 회장 앞에 엎드리더니 주먹으로 방바닥을 치며 울음을 터뜨린다.

"아이구, 아버님, 왜 저한테는 그 사실을 숨기셨습니까! 저는 자식이 아닌가요! 저 같은 놈은 아버님이 위독하신 것을 몰라도 되는 겁니까! 왜 저한테는 그걸 숨기셨습니까! 아버님의 임종 후에 여기에 온들 무슨 소용이 있습니까! 제가 그렇게도 꼴 보기 싫으십니까! 아버님과 함께 죽으려고 칼을 가지고 왔습니다! 전 이 자리에서 죽겠습니다. 아버님은 저를 두고 가실 수 없습니다."

명세는 품 속에서 식칼을 꺼내더니 그것을 자기 앞에 놓았다. 모두가 소스라치게 놀랐지만 선뜻 그 칼을 치우려는 사람이 없었다. 그의 과격한 성격을 알고 있기 때문에 그것을 치우다가 무슨 사고를 저지를지 알 수 없기 때문이었다. 놀란 표정을 짓지 않는 사람은 서 회장뿐이었다.

그는 부처님처럼 미동도 없이 앉아 무표정하게 명세를 내려다보고 있었다.

"아버님이 몇 달밖에 못 사신다는 거 알고 왔습니다! 아버님, 가시면 안 됩니다! 이 불효막심한 놈을 용서해 주십시오!"

그는 이마로 방바닥을 짓찧으면서 통곡했다. 그야말로 비통하게 울어제꼈다. 모두가 서 회장의 얼굴을 주시했다. 그들은 명세의 통곡 소리 따위는 아예 귀에 들어오지 않는다는 듯 오로지 서 회장의 반응만을 주시하고 있었다. 명세의 말에 대해서 그것이 사실인지 아닌지 본인이 직접 실토하기를 기다리는 눈치였다.

"애야, 무슨 그런 쓸데없는 소리를 하는 거니? 그러지 말고 화장실에 가서 얼굴이나 좀 씻고 오거라."

박금녀가 식칼을 자연스럽게 치우면서 명세의 등을 다독거려 주자 그는 더욱 서럽게 울었다.

"어머님은 아무것도 모르십니다. 동세는 알고 있습니다. 아버님이 사형선고를 받으셨다는 걸……."

"너 이놈! 닥쳐라!"

서 회장이 호통을 치자 명세는 주춤했다. 그러나 그는 이내 계속했다.

"아버님, 왜 그 사실을 동세 혼자서만 알고 있어야 합니까?

저희들이 알아서는 안 된단 말씀입니까?"

"닥치지 못 해! 이놈을 끌어 내라!"

그러나 아무도 명세를 끌어 내려고 하지 않았다. 명세는 갑자기 동세의 멱살을 움켜잡았다. 멱살을 잡고 흔들면서,

"이놈아, 말해라! 네 입으로 말해 봐! 아버님이 간암이라는 거 말하란 말이야! 이래도 숨길 테냐!"

하고 소리소리 질렀다.

동세는 새파랗게 질려서 아무 말도 못하고 있었고, 서 회장을 제외한 다른 사람들도 놀란 눈으로 그를 바라보기만 했다.

"음. 못된 놈…… 모두들 나가라…… 꼴 보기 싫으니까……."

서 회장은 신음처럼 말하고 나서 보료 위에 드러누워 눈을 지그시 감아 버렸다. 아무도 방에서 나가는 사람이 없었다. 일제히 동세를 쏘아보고 있었다.

"그게 정말이냐?"

종세가 숨을 죽이며 물었다. 동세는 밑으로 고개를 떨어뜨렸다. 그것은 그야말로 천금보다 무거운 말없는 대답이었다.

"그럴 수……."

찬 물을 끼얹은 것 같은 침묵이 방안에 깔리고 있었다.

제일 먼저 몸을 움직인 사람은 박금녀였다. 노파는 서 회장 곁으로 다가앉더니 남편의 죽은 듯이 두 눈을 감고 있는 얼굴 모습을 뚫어지게 바라보다가 두 손으로 그의 두 손을 가만히 감싸쥐었다. 그리고 자식들이 보지 않게 얼굴을 돌렸다. 노파의

어깨가 가늘게 떨리기 시작하는 것을 보고 명세가 다시 울기 시작했다.

"아이구, 어머니…… 아이구, 아버님…… 이게 대체 웬일입니까?…… 아버님을 살릴 수만 있다면 제가 대신 죽겠습니다만…… 아이구…….."

노파의 어깨가 더욱 심하게 떨리고 있었다. 그녀는 남편의 앙상한 손을 가만히 잡아 흔들었다.

"말씀 좀 하세요…… 명세가 하는 말 정말인가요?…… 왜 저한테는 숨기셨수?…… 가려면 함께 가야지 당신 먼저 가는 법이 어디 있수…… 함께 가자구 그렇게 말해 놓구선……."

비통한 가락을 읊는 것 같은 노파의 말을 들었는지 못 들었는지 서 회장은 여전히 두 눈을 무겁게 감고 있었다.

밀회

 밤이 되자 비가 내리기 시작했다. 그 때문에 거리에는 여느 때보다 일찍 어둠이 찾아왔다.
 은회색의 벤츠 한 대가 간판도 없는 정문을 통과해 수목이 울창한 마당으로 들어서자 나비 넥타이를 맨 웨이터가 대형 우산을 받쳐들고 뛰어나왔다.
 2층으로 지은 붉은 벽돌 건물벽은 온통 담쟁이 넝쿨로 뒤덮여 있었다. 드넓은 마당 여기저기에 세워져 있는 가로등 불빛이 잘 손질된 정원 분위기를 한층 운치 있게 만들어 놓고 있었다.
 벤츠에서 내린 사람은 서동세였다. 그는 웨이터가 받쳐 주는 우산에 상관하지 않고 그대로 현관 쪽으로 급히 걸어갔다. 머리를 틀어올린 중년의 마담이 그를 향해 허리를 굽혔다. 먼저 와 있던 비서가,
 "방에서 기다리고 있습니다."
하고 말했다.
 비서가 앞장서서 그를 방으로 안내했다.
 정원이 내려다보이는 2층의 아늑한 방에 그들은 앉아 있었

다. 동세가 방으로 들어서자 그들이 몸을 일으켰다. 한 사람은 메마른 얼굴에 두터운 안경을 끼고 있는 중년 사내고 다른 한 명은 30대 초반의 뚱뚱한 젊은이였다. 뚱뚱한 사내와는 안면이 있었기 때문에 동세는 그와 먼저 악수를 나누었다.

"바쁘신데 만나자고 해서 미안합니다."

"아이구, 이렇게 불러 주셔서 감사합니다."

뚱뚱한 사내는 허리를 굽히면서 두 손으로 공손히 동세의 손을 맞잡는다. 그러고 나서 옆에 서 있던 초라한 중년 사내를 소개했다.

"제가 모시고 있는 배세인 반장님입니다."

"아, 그러십니까? 반갑습니다."

"배세인입니다. 제가 자리에 끼어들어 결례가 아닐지 모르겠습니다."

그도 두 손으로 공손히 동세의 손을 잡았는데 그의 손은 힘이 하나도 들어 있지 않은 연약한 느낌이었다.

"별말씀을 다 하십니다. 잘 오셨습니다. 앉으시죠."

그들은 장방형의 탁자를 사이에 두고 마주 앉았다. 동세와 마주하고 앉아 있는 사나이들은 고급 요정에 어울리지 않는 초라한 모습들을 하고 있었다. 그들 자신들도 그것을 알고 있는지 자못 위축되어 있는 것 같았다.

동세는 방안에 들어서면서부터 심한 악취를 맡고 있었다. 그것은 남자들의 땀 냄새, 발구린내 같은 것이 뒤엉킨 그야말로 역겨운 냄새였다. 그러나 동세는 조금도 내색을 하지 않고 그들을 대했다.

"오늘 아침 H일보 보셨습니까? 오후에는 모든 석간 신문에도 났더군요."

"네, 봤습니다."

뚱뚱한 형사가 말했다.

한복을 곱게 차려입은 아가씨가 들어와 술상을 조용히 차리기 시작했다. 동세는 형사들의 잔에 술을 따라 주었다.

"어떻게 그렇게 속속들이 알았습니까? 정말 그 기사를 보고 깜짝 놀랐습니다."

그 말에 형사들은 멈칫하는 것 같았다.

"사실은 저희들도 그 기사를 보고 놀랐습니다. 기자들이 저희들보다 먼저 알아 낸 것을 보고 놀랐습니다."

이번에는 동세가 의아한 표정을 지었다.

"아니, 그럼 그 기사는 경찰이 신문사에 제공한 게 아니란 말입니까?"

"아닙니다. 우리는 그렇게까지 깊이 있게 알고 있지 못했습니다."

안경 낀 배 형사가 말했다. 동세는 술잔을 들었다가 도로 내려놓았다.

"그 말 믿어도 됩니까?"

그의 근엄한 물음에 형사들의 몸이 굳어지는 것 같았다.

"거짓말하는 게 아닙니다. 우리는 거의 손을 놓고 있었습니다. 더 이상 수사를 진행할 수가 없었습니다."

남자들 옆에 한 명씩 아가씨들이 들어와 앉으려는 것을 동세가 막았다.

"중요한 이야기가 있으니까 끝나거든 들어와요."

아가씨들이 나가자 뚱뚱한 우 형사가,

"기자들을 만나 보셨습니까?"

하고 물었다.

"아뇨, 전혀 만나 보지 못했습니다. 만나자고 연락도 오지 않았습니다."

"그럼 어떻게 해서 그런 기사가 나왔죠?"

"나도 알 수가 없군요. 경찰이 정보를 주지 않았다면 취재원이 누구인지 도무지 짐작이 안 가는데요."

방안에 침묵이 깔렸다. 형사들은 어느 새 그들의 직업적인 본능을 얼굴에 나타내고 있었다. 긴장한 눈초리들이 동세를 살피고 있었다.

"그런데 말씀드리기 죄송합니다만…… 신문에 난 내용이 사실입니까?"

배 형사가 조심스럽게 동세를 바라보면서 물었다. 동세는 맥주를 들이키고 나서 고개를 무겁게 끄덕였다.

"네, 모두 사실입니다."

그가 너무도 쉽게 인정하고 나왔기 때문에 오히려 형사들이 당황하는 것 같았다.

"하나도 틀림없는 사실입니다. 그렇게 속속들이 파헤쳐 내리라고는 생각지도 못했습니다."

"유괴범이 신문사에 정보를 준 게 아닐까요?"

"나도 그렇게 생각이 갑니다만…… 그렇다면 그 범인은 어떻게 해서 그런 것을 알아냈을까요?"

다시 침묵이 찾아왔다. 형사들은 무력감을 보이며 앉아 있었다. 동세는 가슴이 터져나가는 것 같은 기분을 느끼면서 다시 맥주를 들이켰다.

"이번 일로 나는 큰 타격을 입게 됐습니다. 얼굴을 들고 다닐 수 없을 정도로 창피를 당하고 말았습니다. 하지만 그런 것은 아무래도 좋습니다. 그런 것은 개의치 않습니다. 제가 바라는 것은 내 아들을 찾아내는 일입니다. 모든 것을 버려서라도 나는 그 애를 찾아내지 않으면 안 됩니다. 그 애를 찾아낼 수만 있다면 나는 모든 것을 버릴 각오가 돼 있습니다."

그의 말이 하도 진지하고 비감스러웠기 때문에 형사들은 음식에 손을 댈 수가 없었다. 그들은 꿔다 놓은 보릿자루처럼 숨을 죽인 채 귀를 기울이고 있었다.

"여러 가지 정황으로 미루어 보아 누군가가 나를 제거하기 위해 이번 일을 꾸민 것 같습니다. 그 배후를 알아 내면 범인도 쉽게 잡을 수 있고 우리 아이도 찾을 수 있을 것이라고 생각합니다. 제가 담당 수사관을 만나자고 한 것은 모든 것을 털어놓은 다음 우리 아이를 찾아달라고 부탁하고 싶었기 때문입니다. 정말 면목 없는 일입니다만 솔직하게 모든 것을 털어놓고 그 부탁을 드리고 싶습니다."

형사들이 몸을 움직였다. 그들은 비로소 막강한 재벌 그룹의 후계자가 자신들 같은 하찮은 형사들을 만나자고 한 이유를 알게 되자 다소 느긋한 태도를 보이기 시작했다. 동세는 지금 궁지에 몰려 있는 사람이었고 그들은 그의 부탁을 들어 줄 수도 안 들어 줄 수도 있는 입장이었던 것이다.

"그 동안 저는 이 일을 부탁할 만한 사람들을 찾아보았습니다. 돈만 주면 무슨 일이든지 하는 사람들이 있습니다만 어쩐지 그런 사람들한테는 부탁하고 싶지가 않았습니다. 돈으로 해결될 일도 아니고 또 돈을 바라고 일하는 사람들도 싫었습니다. 생각 끝에 그래도 담당 수사관이 제일 믿음이 가고 마음에 들었기 때문에 이렇게 부탁드리기로 한 겁니다. 그 동안 기분이 상하셨겠지만 제 부탁을 들어 주십시오."

동세는 초라한 형사들을 향해 허리를 굽혔다.

한동안 침묵이 흘렀다. 형사들은 아무런 대꾸도 하지 않은 채 묵묵히 앉아 있었다. 그들의 무표정한 얼굴이 너무 상대하기 어렵게 느껴졌기 때문에 동세도 잠자코 침묵을 지켰다.

"유괴 사건을 해결해야 하는 것은 저희들의 의무이니까요."

침묵을 깨고 그렇게 말한 사람은 두꺼운 안경 때문에 눈이 흐릿해 보이는 배 형사 쪽이었다.

"부탁합니다. 두 분께서 아이를 찾아 주시겠다면 저도 전력을 다해 협조해 드리겠습니다. 수사에 불편이 없도록 힘 자라는 데까지 도와 드리겠습니다. 부탁합니다. 모든 것을 잃는다 해도 그 애 만은 절대 잃을 수가 없습니다. 전 그 애 없이는 살 수가 없습니다."

감정이 북받치는 것을 동세는 간신히 눌러 참았다.

초라한 사나이들이 무겁게 고개를 끄덕이는 것을 보고 그는 가만히 안도의 한숨을 내쉬었다. 나약해 보이는 배 형사가 다시 말했다.

"그렇게 말씀해 주시니까 다행입니다. 사실 그 동안 심증은 갔습니다만 어떻게 해 볼 도리가 없어서 관망 상태에 있었습니다. 안타까웠지만 저희들로서는 어쩔 수가 없었습니다. 이제 모든 것이 밝혀졌으니까 수사가 한결 수월하게 될 것 같은 생각이 듭니다."

배의 뒤를 이어 뚱보 형사가 입을 열었다.

"부회장님께서 도와 주신다면 저희로서는 백만 원군을 얻은 것이나 다름없습니다. 감사합니다."

우 형사가 꾸벅하고 절을 하자 동세도 당황해서 마주 고개를 숙였다.

"정말 감사합니다. 이번 사건으로 저도 느낀 점이 많았고 반성도 많이 했습니다."

그들은 술잔을 들고 건배했다.

"제일 먼저 유지명 씨를 알게 된 경위부터 상세히 말씀해 주십시오. 아무래도 이야기는 거기서부터 시작해야 순서일 것 같습니다. 상세히 말씀해 주실수록 수사에 도움이 됩니다."

동세의 얼굴이 수치심으로 붉어졌다. 유지명과의 불미스러운 관계를 털어놓는다는 것은 그로서는 정말 자신의 치부를 드러내는 부끄러운 일이 아닐 수 없었다. 그러나 그의 아들 협이를 찾는 일이라면 그는 발가벗고 대로를 걸어갈 각오가 이미 되어 있었다.

아무래도 술 힘을 빌어야겠기에 그는 빈 잔에 맥주를 가득 따른 다음 그것을 단숨에 들이켰다.

"6년 전 일이라 그 동안 잊어 먹은 것도 있습니다. 하지만 생각나는 대로 숨김 없이 말씀드리겠습니다. 부끄러운 이야기이지만 말씀드리겠습니다. 솔직히 말씀드려 저는 지금의 아내가 마음에 들지 않았습니다. 헤어질 수만 있다면 헤어지고 싶은 심정입니다. 아이들만 아니었다면 벌써 헤어졌을 겁니다."

"아이들이 몇입니까?"

"딸만 셋입니다. 아내는 차갑고 히스테리가 심한 여자지요. 집안 분위기는 아내가 좌우하는 거 아닙니까. 그런데 우리 집안에는 항상 냉기만 감돌았죠. 집에 올 때마다 저는 항상 춥고 허전한 기분을 느끼곤 했습니다. 남들은 저보고 재벌의 후계자다 뭐다 하면서 부러워하는 것 같습니다만 저는 남 모르게 소년처럼 고독에 빠져 있었습니다. 손을 내밀면 얼마든지 예쁜 여자들을 안을 수가 있었지요. 하지만 그 여자들이 노리는 것은 제가 아니라 제가 갖고 있는 돈이었습니다. 그것을 알기 때문에 전 그런 여자들이 싫었습니다. 그리고 그런 여자들과의 정사 후엔 으레 더 깊은 고독을 느끼게 되기 마련 아닙니까. 그 때만 해도 제가 젊었던 것 같습니다. 진실한 사랑을 찾고 있었으니까요. 하지만 사랑이라는 게 돈 주고 살 수 있는 것도 아니고……"

뚱보 형사가 빈 잔에 술을 채워 주자 그는 거침 없이 그것을 마셔 버렸다.

"…… 그 때 나타난 것이 유지명이었습니다. 지방에서 갓 올라온 그 아가씨는 그 때 스무 살인가 그랬는데 그야말로 때묻지 않은 청순미를 간직하고 있었습니다. 지적 수준이야 별 것 아니었지만 그 청순미에 저는 반하고 말았지요. 지금은 그런 청순미도 사라지고 없지만……."

처음에는 부끄러워하면서 이야기하던 그도 이야기가 점점 무르익어가자 목소리가 착 가라앉아지면서 담담하게 이야기를 끌어나갔다.

같은 밤 11시 조금 지난 시각이었다.

검은색의 고급 승용차 한 대가 E대 입구 앞에 미끄러지듯 굴러와 멎더니 안에서 뚱뚱한 남자가 한 명 내렸다. 국회의원 서종세였다. 그는 자신이 타고 온 차를 기다리게 한 다음 우산을 받쳐들고 E대 정문 쪽으로 급히 걸어갔다.

밤 늦은 시간인데다 비가 몹시 내리고 있었기 때문에 거리에는 나다니는 사람도 별로 눈에 띄지 않았고, 상점들도 모두 문을 닫아 음산한 분위기만 감돌고 있었다. 완만하게 경사진 길을 걸어가던 그는 학교 정문 앞에서 왼쪽으로 걸어 내려갔다. 거센 비바람 때문에 우산을 받쳐 쓰고 있는데도 옷이 거의 빗물에 젖어들자 그는 투덜거렸다.

"짜아식, 좋은 델 놔 두고 이런 데서 만나자고 할게 뭐람."

5분쯤 더 걸어가자 역이 나타났고, 광장 한쪽에 승용차 한 대가 서 있는 것이 보였다. 그는 가까이 다가가 그 차의 번호를 확인한 다음 안을 들여다보았다. 뒷좌석에 한 사람 앉아 있는 것이 보였는데 너무 어두워 얼굴을 알아볼 수가 없었다. 그가 손을 대기 전에 문이 열렸다. 그는 우산을 접고 나서 안으로 들어가기 전에 약간 경계하는 목소리로,

"도쿄 황이오?"

하고 물었다.

"네, 어서 오십시오."

어둠 속에서 들려오는 목소리는 아주 침착했다.

국회의원은 뚱뚱한 몸을 안으로 밀어넣었다.

"늦으셨군요."

운전석 앞에 부착되어 있는 전자시계가 11시 15분을 가리키고 있었다. 그들이 약속한 시간은 11시였다.

"사고가 났는지 길이 많이 막혔어요. 그래서 멀리 돌아오느라고……."

"막 가려던 참이었습니다."

종세는 가쁜 숨이 가라앉을 때까지 한참 입을 다물고 있다가 말했다.

"문제가 복잡해지고 있어요. 생각대로 될 것 같지가 않아요. 당장 목을 칠 줄 알았는데 오히려 엄호하고 있어요. 당한 쪽은 내 쪽이 돼 버렸어요. 노인은 끄덕도 하지 않았소."

어둠 속의 사나이는 한동안 침묵을 지키고만 있었다.

"간암도 이야기가 됐어요. 명세가 한바탕 했지. 하지만 영감

은 아무 반응도 보이지 않았어요. 죽을 때 됐으니까 죽는 건데 뭐가 이상하다는 거냐…… 떠들어 대는 우리를 오히려 이해할 수 없다는 식이었소."

"동세 씨는 어떻게 나왔습니까?"

동세에 대한 말이 나오자 종세는 다시 속이 부글부글 끓어올랐다.

"그 자식은…… 말로만 물러나겠다고 했지 실제로는 그럴 생각이 없는 모양이야. 동세가 사표를 내놓자 회장이 그걸 찢어 버렸어. 그걸로 끝난 거지 뭐. 그 자식은 못 이기는 체하고 가만 있더라구. 모든 예상이 빗나가고 있어요. 당신을 너무 믿었던 탓이야."

종세는 술 냄새를 풍기고 있었다.

어둠 속에서 사내가 움직였다.

"그렇게 말씀하시지 마십시오. 저는 의원님을 위해서 충실하게 일했을 뿐입니다. 일이 잘 되면 충신이고 잘못 되면 역적이라고 하더니…… 이제 와서 의원님께서 그렇게 말씀하시는 건 정말 유감입니다."

사내는 조용하게, 그러면서도 강한 어조로 말했다. 국회의원은 트림을 한 번 하고 나서 입을 열었다.

"도쿄 황, 당신보고 역적이라고는 하지 않았어요. 하지만 당신은 책임을 면할 수가 없어요. 모든 일을 계획하고 실천에 옮긴 사람은 바로 당신이니까 말이야. 지금 와서 아무 관계도 없다고 발뺌하지는 않겠지."

"발뺌하는 게 아닙니다. 의원님께서 그런 식으로 말씀하시기에 너무 섭섭해서 말한 겁니다. 저로서는 위험을 감수하고 의원님을 위해서 열심히 일해 왔는데 결과가 이렇게 되니까 정말 허무합니다."

"허무하긴 나도 마찬가지야. 그건 그렇고······."

국회의원은 고개를 돌려 어둠 속의 사나이를 돌아보았다. 그러나 너무 어두워 얼굴을 볼 수가 없었다.

"······그 아이는 누가 유괴한 거요?"

"그 아이라니요?"

"동세 아들 말이오. 협이라는 아이 말이오."

"그걸 제가 어떻게 압니까?"

"난 당신이 알고 있는 줄 알았는데, 당신이 모른다니까 이상한데······."

혀 꼬부라진 소리로 그렇게 말하고 나서 종세는 담배를 피워 물었다.

"그게 무슨 말씀입니까? 제가 어떻게 그걸 알고 있다는 말씀입니까? 의원님께서는 제가 그 사건에 관련이 있다고 생각하시는 것 같은데······ 그렇게 생각하셨다면 정말 유감입니다. 어떻게 그런 생각을 하실 수가 있습니까?"

상대방이 분노를 억제하고 있는 것이 어둠 속에서도 고스란히 느껴졌다. 그러나 국회의원은 원래 하고 싶은 말을 참지 못하는 성미인지라 계속해서 상대방을 궁지에 몰아넣는 말만 늘어놓았다.

"당신이 아니면 누가 그런 짓을 했겠어? 유괴범이라면 보통 돈을 요구하기 마련인데 이번 경우를 보면 그것도 아니란 말이야. 이건 숫제 동세를 코너에 몰아붙이기 위해 유괴를 한 게 아닌가 생각된단 말이야. 동세의 여자 관계를 상세히 알고 있고, 그 사이에 아들까지 두고 있었다는 사실을 그렇게 상세히 알고 있었던 사람은 당신밖에 누가 또 있겠어? 아이를 유괴한 다음 그 사건을 극적으로 부각시키기 위해 신문에 터뜨린 거 아닌가? 그렇게 하면 동세가 치명적인 상처를 입으리라 생각하고 말이야. 도쿄 황, 그렇지 않소?"

어둠 속에서 사내가 분노에 떨고 있는 것이 느껴졌다.

"당신이라는 사람은 정말 잔인하군요. 제가 정성을 다해 일해 준 대가가 결국 이겁니까?"

"이봐요, 화내지 말고 내 말 잘 들어요. 내가 알고 싶은 건 그 아이를 당신이 유괴했느냐 하는 거요."

"동세 씨한테 그런 애가 있었다는 것도 전 몰랐습니다."

"그것 참 알다가도 모를 일이군. 그럼 누가 그 애를 유괴했을까? 당신이 모른다면 할 수 없지 뭐. 그렇다면 누가 그런 짓을 했는지 짐작가는 사람도 없소?"

"없습니다. 거기에 대해서는 저도 전혀 짐작도 할 수가 없습니다."

종세는 왼손을 들어 도쿄 황의 어깨를 잡아 흔들었다.

"기분 나쁘게 생각하지 말아요. 술김에 한 말이니까."

"당신은 술김에 한 말인지 모르지만 저한테는 가슴 아픈 말입니다. 하지만 제가 어떻게 감히……."

"이봐요, 내가 한 말은 당신을 탓하려고 그런 게 아니란 말씀이야. 그걸 알아 줘야지. 우리는 같은 운명의 배를 타고 있는 입장이 아닌가 말이야. 그렇지 않소?"

"네, 그렇습니다."

"동세는 이미 비밀이 세상에 드러났고 해서 궁지에 몰릴 대로 몰렸어요. 더 이상 몰릴 데도 없지. 그래서 말인데…… 궁지에 몰리면 쥐새끼도 고양이한테 달려든다고, 동세도 이젠 숨길 게 없어졌기 때문에 공세로 나올 것으로 생각되는데 당신 생각은 어때요?"

"글쎄요, 그럴 가능성도 없지 않아 있죠."

"회장이 그를 적극 지원하고 있어요. 모든 힘을 동원해서 그 아이를 찾으라고 지시했어요. 그 모든 힘 중에는 경찰 수사도 포함될 거란 말이오. 경찰과 재벌이 힘을 합치면 이 세상에 불가능이 없다는 거 알아요? 그것이 얼마나 큰 힘을 발휘하게 되는지 알아요?"

"대단하겠지요."

사내는 무거운 목소리로 대답했다.

"그들은 유괴범을 잡아내고 그 아이를 찾아내고 말 거요."

"당연히 그래야겠지요."

"그렇게 되면 도쿄 황도 정체가 드러날지 몰라요. 나도 물론 드러나겠지만, 난 어디까지나 그의 형이란 말이야."

"무슨 뜻으로 그런 말씀을 하시는 겁니까?"

무거운 침묵이 흘렀다. 비바람이 차창을 후려치는 소리만이 들려오고 있을 뿐이었다. 이윽고 종세가 입을 열었다.

"그 아이를 찾게 해서는 안 돼요."

"그럼 죽이란 말입니까?"

"아무튼 동세한테 돌아가게 해서는 안 돼요."

"그 이유가 뭡니까?"

"몰라서 묻는 거야!"

종세는 버럭 역정을 냈다. 그는 새 담배에 다시 불을 붙였는데 그 불빛에 도쿄 황의 모습이 잠깐 드러났다가 사라졌다. 그러나 그는 장발에 선글라스를 끼고 있어서 얼굴 모습이 가려져 있기는 마찬가지였다.

"그 아이는 바로 동세의 힘이란 말이야! 그 아이가 정식으로 등장하면 다시 질서가 잡히고 회장은 동세를 더욱 신임하게 된단 말이야! 회장은 동세가 바람을 피웠다는 것 자체는 아무 문제도 삼고 있지 않아요! 오로지 그 아이한테만 정신이 팔려 있어요. 그 아이를 찾게 되면 동세는 아마 백만 대군을 얻은 거나 마찬가지 입장이 될 거야!"

"알겠습니다. 하지만 어떻게 그 아이를 찾지 못하게 방해할 수가 있습니까? 그 아이가 우리 수중에 있는 것도 아니고 범인이 누구인지도 모르는 상황에서 말입니다."

"알아 내 봐요! 당신이라면 범인이 누군지 쉽게 알아 낼 수 있을 거요!"

"그, 그건 너무 무리한 부탁이십니다."

도쿄 황은 설레설레 머리를 흔들었다.

종세가 다시 그의 어깨를 움켜잡고 흔들었다.

"범인은 멀리 있지 않아! 가까운 곳에 있으니까 알아 내려면 알아 낼 수 있어!"

"글쎄요, 이런 방법은 있을 수 있죠."

"어떤 방법?"

종세는 사내 쪽으로 상체를 기울였다.

"경찰 수사의 진전 과정을 사전에 알아 내어 선수를 치는 겁니다. 수사에 적극 협조하는 척하면서 알아 낼 수 있는 한 최대한으로 정보를 빼내 오는 겁니다."

"바로 그거야! 당신은 역시 머리가 잘 돌아가!"

종세는 술 냄새를 풍기며 그의 어깨를 툭 쳤다.

우 형사와 배 형사가 요정을 나선 것은 거의 자정에 가까운 무렵이었다. 요정 앞에서 동세와 헤어진 그들은 잠시도 지체할 수 없다는데 의견을 같이하고 그 길로 바로 유지명의 집으로 향했다.

동세와 그녀와의 관계는 이미 동세에게서 들어 자세히 알게 되었지만 그녀 쪽의 이야기도 들어볼 필요가 있었기 때문이다. 그녀한테서 이야기를 듣다 보면 새로운 내용이 튀어나올 가능성이 얼마든지 있을 것이다.

"서 부회장 그 사람…… 꽤 호감이 가는데요."

낡은 차를 운전하면서 우 형사가 말했다.

"똑똑한 사람이야."

뒷좌석에 깊숙이 몸을 묻은 배 형사가 대꾸했다. 그는 몹시 피곤한 표정이었고 거듭 하품만 해대고 있었다.

"서 부회장한테는 이렇게 된 게 차라리 잘 된 게 아닐까요? 더 이상 협이를 숨겨서 기를 필요가 없어졌으니까 말입니다."

"결과적으로 잘 되었다고 볼 수 있겠지. 하지만 그가 당한 창피를 생각한다면 꼭 그렇게 생각할 수만도 없겠지."

"협이는 살아 있을까요?"

"글쎄……."

앞을 분간하기 어려울 정도로 비가 억수같이 퍼붓고 있었다. 윈도 브러시는 삐걱삐걱 소리를 내면서 쉴새없이 빗물을 훑어내고 있었다.

그들이 지명이 살고 있는 아파트 단지 가까이 이르렀을 때 빨간색의 포커스 한 대가 쏜살같이 그들 곁을 스쳐 지나갔다. 너무 빨리 지나간데다 차 안에는 불이 꺼져 있어서 운전석에 앉아 있는 사람의 모습이 뚜렷이 보이지는 않았지만 우 형사는 운전대를 잡고 있는 사람이 유지명인 것 같은 생각이 들었다.

"방금 지나간 차…… 유지명의 차 아닌가요?"

속도를 줄이면서 우 형사가 물었지만 대꾸가 없다. 돌아보니 배 형사는 고개를 앞으로 숙인 채 잠들어 있었다.

A아파트 단지 안으로 들어가 5동 앞에서 차를 세운 우 형사는 먼저 5동 앞에 주차해 있는 차들을 훑어보았다. 빨간색의 포커스는 보이지 않았다. 졸고 있는 경비원에게 물어 보니 조금

전에 유지명이 차를 몰고 나갔다고 했다. 우 형사는 차로 돌아가 잠들어 있는 배 형사를 깨웠다.

"유지명이 차를 몰고 조금 전에 나간 모양입니다."

그 시간에 비바람치는 밖으로 차를 몰고 나갔다는 것부터가 아무래도 심상치 않은 일이었다.

지명의 집인 909호에는 불이 환히 켜져 있었다. 지명의 동생인 지린과 그녀의 어머니인 마산댁이 불안한 표정으로 형사들을 맞이했다.

"유지명 씨는 어디 갔습니까?"

"글쎄, 잘 모르겠어요. 깜박 잠든 사이에 사라졌어요."

지린이 불안에 휩싸인 표정으로 말했다.

그녀의 말에 따르면 지명은 거의 식음을 전폐하다시피 한 상태에서 몹시 불안한 증세를 보이고 있었기 때문에 잠시도 그녀 곁을 떠날 수가 없었다고 했다. 그런데 조금 전 너무 피곤해서 소파에서 깜박 잠이 든 사이에 몰래 빠져 나간 것 같다고 했다.

이야기를 듣고 난 배 형사가 본서로 즉시 전화를 걸었다.

"지금 바로 수배를 해 줘요. 빨간색 스포츠 카인 포커스…… 차 번호는 875X번…… 운전하고 있는 사람은 26세 가량의 여인…… 이름은 유지명…… 발견하는 대로 즉시 운전을 중지시키고 연행하라고 해요."

강변으로 들어서자 유지명은 양쪽 차창문을 모두 내렸다. 열린 창문을 통해 비바람이 몰려들어왔다.

그녀는 찬 바람을 깊숙이 들이마시면서 액셀러레이터를 힘주어 밟았다. 가속을 받은 스포츠 카는 튕기듯 앞으로 달려나갔다. 그녀는 음악을 크게 틀었다. 템포가 빠른 외국의 팝송이 차의 속도감을 부채질하고 있었다.

"협아…… 기다려…… 곧 갈 테니까 기다려…… 엄마는 너 없이는 못 살아…… 이젠 절대 너를 놓치지 않을 거야…… 너를 차에 태우고 엄마는 여행을 떠날 거야…… 오늘 밤 바로 떠날 거야…… 목적지는 정해 있지 않아…… 그냥 발길 닿는 대로 가는 거야…… 전국을 돌아다니는 거야…… 협아…… 조금만 기다려 줘……."

중얼거리는 그녀의 두 뺨 위로 눈물이 흘러내리고 있었다. 같은 방향으로 달리는 차들이 그녀의 차 뒤로 획획 처지고 있었다. 속도계가 1백 30을 넘어서고 있었다. 그녀는 계속 액셀러레이터 위에 발을 올려놓고 있었다.

조심스럽게 강변도로를 순찰하고 있던 경찰 패트롤 카가 미친 듯 달려가는 스포츠 카 포커스를 발견하고는 즉시 뒤따르기 시작했다.

"수배 차량 발견…… 수배 차량 잠실 쪽으로 도주중……."

경찰 패트롤 카는 본부에 즉시 무전 연락을 취한 다음 사이렌을 울리며 포커스를 뒤쫓아갔다. 그러나 운전대를 잡고 있는 순경은 겁이 나서 시속 1백킬로미터 이상은 속력을 낼 수 없었다.

포커스는 이미 멀리 사라지고 없었다.

"어떡하죠?"

"계속 따라가는 거야."

옆자리의 경장이 말했다.

지명의 얼굴에는 눈물과 미소가 교차하고 있었다. 어둠 속에 가려져 있는 강변도로가 마치 대평원 같은 생각이 들었다. 그녀의 차는 1차선 위로 질주하고 있었다.

몇 미터 앞에 승용차 하나가 뛰어들었다. 오른쪽에는 차들이 꼬리를 물고 있었다. 그녀는 클랙슨 따위를 울리고 싶지도 않았다. 클랙슨을 울리고 반응을 보이기까지 기다리기에는 그녀의 차는 너무 빨리 달리고 있었다.

다른 차들은 감히 따라올 엄두도 내지 못할 정도로 무서운 속도로 질주하고 있었다.

전면과 오른쪽이 다른 차들에 의해 막혔다고 해서 그녀는 브레이크를 밟을 수는 없었다. 그녀는 협이를 만나러 빨리 가야 하기 때문이었다. 협이가 그녀를 부르는 소리가 아련히 들려오고 있었다.

차도는 왼쪽으로 커브를 긋고 있었다. 그녀는 핸들을 왼쪽으로 획 꺾었다. 포커스는 중앙선을 그대로 달려갔다. 앞서 가던 차를 막 추월한 순간 커브진 곳으로부터 덤프 트럭이 달려왔다. 지명은 순간적으로 덤프 트럭 운전석 옆자리에 협이가 웃으며 앉아 있는 것을 보았다.

차체가 정면 충돌하는 소리와 노면에 끌리는 마찰음이 주위를 울렸고 그 여운이 길게 이어지다가 바람 속으로 사라졌다.

"수배 차량이 강변도로에서 덤프 트럭과 정면 충돌했습니다…… 포커스에 타고 있던 여자는 즉사한 모양입니다."

수화기를 내려놓고 서둘러 뛰쳐나가는 두 명의 형사들을 지린과 마산댁이 어리둥절해서 바라본다. 지린은 뒤쫓아가 엘리베이터 문을 잡고 서서 그 안에 있는 형사들에게 물었다.

"어떻게 됐어요? 무슨 소식 있어요?"

"곧 알게 될 거요. 우린 바쁘니까 문을 닫아요."

우 형사의 위압적인 말에 그녀는 뒤로 물러섰다.

최후의 밀서

유지명이 몰고 가던 빨간색 스포츠 카 포커스는 덤프 트럭 밑으로 납작하게 우그러져 들어가 있었다. 차체의 모양은 완전히 없어지고 그 대신 철판을 마음대로 주물러 놓은 것 같은 참혹한 모습만이 차체 밑에 깔려 있을 뿐이었다.

강변도로는 차단되어 있었고 사고 현장 주위에는 여러 대의 경찰 패트롤 카가 경광등을 번쩍이며 서 있었다. 덤프 트럭 밑으로 집중되어 있는 헤드라이트 불빛 속으로 검붉은 피가 빗물과 섞여 마치 기름처럼 흘러나오고 있는 것이 보였다. 배 형사와 우 형사가 차에서 내렸을 때 먼저 와 있던 경찰관들은 기가 막히다는 듯 그저 멀거니들 서 있었다.

"이대로 놔 두면 어떡해! 사람이 살아 있을 수도 있잖아!"

누구에게랄 것도 없이 우 형사가 눈을 부라리며 큰 소리로 말하자 제복의 경찰관들은 가소롭다는 듯이 잠자코 그를 바라보기만 했다.

"저 밑을 한번 봐요. 차가 저렇게 납작하게 됐는데 사람이 살아 있겠어?"

경장 한 명이 나서서 말했다.

"살았는지 죽었는지 확인해 봐야 할 거 아니야! 트럭을 빨리 끌어 내!"

좀처럼 화를 내지 않는 배 형사가 흥분해서 소리쳤다. 경장이 아니꼽다는 듯 그를 바라보자 그는 자신의 소속을 밝히고 트럭 밑에 깔려 있는 사람이 중요한 사건에 관련되어 있기 때문에 살리지 않으면 안 된다고 덧붙여 설명했다.

그제서야 교통 경찰관은 덤프 트럭 운전사를 찾았다. 운전사는 비를 흠씬 맞은 채 한켠에서 떨고 있었다. 스물댓 정도 돼 보이는 젊은이였고 몸집이 유난히 작아 보였다. 그렇게 작은 사람이 그 큰 트럭을 운전했다는 사실이 믿어지지 않는다는 듯 형사들은 잠시 멍하니 그를 바라보기만 했다.

"어떻게 된 거야?! 당신 술 마셨지?!"

우 형사가 험상궂게 얼굴을 일그러뜨리며 묻자 그는 부들부들 떨며 말했다.

"아, 아닙니다! 스, 승용차가 갑자기 뛰어들었습니다! 보십시오! 이, 이렇게 중앙선을 침범하지 않았습니까!"

"알았어! 빨리 트럭을 끌어 내! 빨리!"

젊은 운전사는 다람쥐처럼 트럭 위로 올라가더니 트럭을 뒤로 빼냈다. 트럭이 빠져 나간 자리에 나타난 참혹한 모습에 사람들은 하나같이 신음 소리를 내며 얼굴을 돌렸다. 빗줄기가 철판을 두드려대는 소리가 꽤 요란스럽게 들려오고 있었다. 멀리서 사이렌 소리가 들려오고 있었다.

"철판에 짓눌려서…… 꺼내기가 어렵겠는데. 교통 사고 많이 봤지만 이렇게 참혹한 건 처음이야."

경장이 말하고 나서 침을 탁 하고 뱉었다.

그래도 맨 먼저 사고차 앞으로 바싹 접근한 사람은 우 형사였다. 그의 몸은 비에 완전히 젖어 있었지만 그런 것에는 아랑곳하지 않고 허리를 굽혀 먼저 차 번호를 확인한 다음 우그러진 철판 밑을 살폈다.

여자는 뒤로 누워 있었다. 가슴에 운전대가 내려와 있었고, 얼굴은 박살났는지 피에 뒤범벅되어 알아볼 수 없을 정도였다. 두 다리는 앞쪽에 박혀 있었고 상체는 뒤쪽으로 따로 떨어져 누워 있었다. 이미 죽은 것은 분명한 것 같았다. 우 형사는 머리를 흔들며 뒤로 물러섰다.

"저대로 폐차장에 가져갈 수는 없으니 시체를 꺼내야 합니다. 문짝만 잡아당기면 꺼낼 수 있을 것 같아요."

그는 다시 그 앞으로 다가가 운전석 쪽 찌그러진 문짝을 잡아당겼다.

그러나 문짝은 꼼짝도 하지 않았다. 그것을 보고 배 형사가 달라붙자 다른 사람들도 뒤따라 달려들어 문짝을 잡아당기기 시작했다. 꼼짝도 하지 않던 문짝이 흔들거리더니 마침내 요란스러운 소리를 내면서 뜯겨져나갔다. 때 맞춰 앰뷸런스가 사이렌을 울리며 도착했다.

우 형사는 피투성이 몸뚱이에다 손을 대려다가 도로 손을 내렸다. 너무 참혹해 어디에 손을 대야 할지 몰랐던 것이다. 두 다리가 떨어져나간 사체는 보기만 해도 끔찍했다.

　노란 비옷을 입은 남자들이 들것을 들고 달려왔다. 경찰관들이 호각을 불어대며 점점 불어나는 구경꾼들의 접근을 막았다. 노란 비옷의 남자들은 참혹한 시체들을 많이 다루어본 듯 거침없이 시체를 들어 내더니 들것 위에 올려놓았다.

　"다리도 가져가십시오."

　우 형사의 말에 그들은 잘린 다리를 하나씩 꺼내 시신 위에 겹쳐 올려놓고 비닐 커버로 그 위를 덮었다.

　앰뷸런스가 사이렌을 울리며 떠날 때까지 사람들은 거의 움직이지 않은 채 제자리에 서 있었다. 살아 움직이던 한 인간이 지상에서 사라지는 모습을 지켜본 그들은 하나같이 착잡한 표정이었다. 특히 유지명을 여러 차례 만나 보았던 우 형사는 견딜 수 없는 아픔 같은 것이 가슴을 쓸고 지나가는 것을 느꼈다. 그러나 그는 이내 수사관 본래의 자세로 돌아갔다.

　유지명은 왜 한밤중에 차를 몰고 나왔을까? 유지명의 차를 처음 발견하고 뒤따랐던 경찰 패트롤 카의 경장 말에 의하면 그녀의 차는 시속 1백30킬로미터 이상으로 달렸다고 했다. 한밤중에, 더구나 비바람이 몰아치는 밤에 그런 속도로 달렸다는 것은 미친 짓임에 틀림없다. 정상적인 상태가 아니고야 그런 식의 운전을 할 리 없다. 그녀는 제정신이 아닌 상태에서 운전한 게 아닐까? 아니면 그렇게 빨리 가지 않으면 안 될 이유라도 있었단 말인가?

　찌그러진 차 속을 무심코 바라보던 그의 눈에 여자 핸드백이

들어왔다. 피가 묻어 있긴 했지만 흰색이라 눈에 잘 띄었다. 그것을 집어내 우선 빗물에 피를 씻어냈다.

"이봐! 가자구!"

비를 피해 먼저 차 속에 들어가 있던 배 형사가 우 형사를 소리쳐 불렀다.

이제 현장에 남아 있는 것은 교통 경찰관들이 처리해야 할 것들이었다. 더 이상 거기에 있어야 할 필요가 없었기에 우 형사는 차로 돌아갔다. 갑자기 현장에서 빨리 벗어나고 싶은 충동을 느껴 그는 서둘러 그 곳을 빠져 나왔다.

"그 여자 핸드백인가?"

우 형사가 옆 좌석에 놓아둔 핸드백을 집어 들며 배 형사가 물었다.

"네, 눈에 띄기에 가져왔습니다."

그는 자기도 모르게 차의 속도를 빨리 하고 있었다.

"왜 이래? 속도를 늦추라구. 이건 뭐지? 유서 아니야?"

배 형사의 말에 우 형사는 차의 속도를 늦추었다. 배 형사는 핸드백 속에서 흰 봉투를 하나 꺼내 겉봉을 살피고 있었다. 겉봉에는 「유서」라고 적혀 있었고, 그 뒷면에는 유지명의 이름이 쓰여 있었다. 봉투는 봉해 있지 않았다.

"유서라구요?"

우 형사가 차를 길 한쪽에 세우면서 물었지만 배 형사는 봉투 속에서 꺼낸 편지 내용에 정신이 팔려 있었다. 그의 안색이 굳어지는 것을 보면서 우 형사는 차를 세웠다.

"이럴 수가……."

유서를 다 읽고 난 배 형사는 조금은 얼빠진 표정으로 그렇게 중얼거리며 그것을 우 형사한테 넘겼다.

우 형사는 그것을 두 번 거듭해서 읽었다. 흰 종이 위에는 별로 예쁘지 않은 볼펜 글씨가 가득 쓰여 있었다. 눈이 너무 작아 얼굴 표정은 별로 드러나지 않았지만 그의 표정도 배 형사처럼 굳어져 있었고, 두 번 그것을 읽고 난 뒤에는 별로 말이 없었다.

같은 밤.

강남 환락가에 자리잡고 있는 고급 카페 「춘희」의 문이 열리더니 한 사내가 비틀거리며 나왔다. 문 앞까지 따라 나온 호스티스 한 명이,

"안녕히 가세요."

하고 말하자 사내는 돌아서서 속살이 비치는 흰색 드레스로 감싸인 여자의 몸을 더듬었다.

"아이, 사람들이 봐요. 딴 데로 가요."

여자가 속삭였고 사내의 손이 밑으로 내려가더니 그녀의 허벅지 사이를 쓰다듬었다.

"지금은 안 돼. 가 봐야 할 데가 있어."

"피이. 열나게 하지 말고 빨리 가세요."

여자는 남자의 가슴을 떠밀고 나서 재빨리 안으로 들어가 버린다.

사내는 비틀거리며 자신의 자가용을 세워둔 쪽으로 걸어갔

다. 비바람이 몰아치고 있었지만 사내는 그것을 피하려고도 하지 않은 채, 아니 오히려 그것을 맞는 것을 즐기는 듯 천천히 걸어갔다.

이윽고 사내는 고급 승용차 안으로 들어갔다. 그것은 백색의 G카였다. G카는 금원에서 생산하는 최고급 승용차다.

차의 엔진을 걸고 난 사내는 선글라스를 꺼내 끼었다. 그리고 담배를 피워 물더니 갑자기 발작적으로 차를 출발시켰다.

튕기듯 앞으로 달려나간 차는 넓은 차도에 이르자 갑자기 왼쪽으로 방향을 바꾸어 차도로 뛰어들었다. 좌회전이 금지되어 있는 곳이지만 사내는 언제나 그래 왔던 것처럼 아주 익숙하게 차를 돌렸다. 그 바람에 안심하고 달려오던 차들이 일제히 급정거하는 소리가 주위를 울렸다.

아주 멀리서 달려오던 경찰 패트롤 카가 그것을 발견하고 차도 중간에서 급히 반대 방향으로 돌아서더니 G카를 따르기 시작했다.

G카의 운전자는 고속으로 미친 듯 달리다가 10분쯤 지나서야 경찰 패트롤 카가 뒤따라오는 것을 발견했다. 그것도 뒤쪽에서 들리는 마이크 소리를 듣고 나서였다.

"5615번! 차를 세우시오! 5615번 차를 세우시오!"

"빌어먹을!"

사내는 투덜거리면서 길 한쪽에 차를 세웠다. 뒤따라 패트롤 카도 G카 뒤에 바짝 붙어섰다. 패트롤 카에서 노란 비옷을 입은 경찰관이 내려섰다. 그 경찰관은 G카의 운전석 쪽으로 다가

왔다. 사내는 창문을 내리고 경찰관을 올려다보았다. 안경을 낀 젊은 경찰관이었는데 생김새가 까다로워 보였다. 경찰관은 거수 경례를 하고 나서 입을 열었다.

"거기서는 좌회전이 안 됩니다. 그리고 너무 과속으로 달렸습니다. 면허증을 제시해 주십시오."

젊은 경찰관은 선글라스를 끼고 있는 중년 사내가 마음에 안 들었다. 가로등 불빛에 드러난 얼굴이 붉다 못해 푸르딩딩한 것으로 보아 술을 많이 마신 것 같았다.

"거기서 항상 좌회전했는데 뭘 그래. 밤 늦게 수고하는데…… 자, 어디 가서 한잔 하라구."

사내가 만 원짜리 지폐 한 장을 꺼내 준다. 경찰관은 모욕감을 느끼고 고개를 완강히 저었다. 그는 사내의 반말 짓거리가 마음에 들지 않았다.

"이러지 마십시오. 면허증 보여 주십시오. 술을 많이 마셨군요. 음주 운전하면 어떻게 처벌받는지 알고 계시죠?"

"아아, 이 친구, 술 한잔 한 걸 가지고 왜 이래. 너무 딱딱하게 굴지 말고 이거 받아. 나 여기 있는데 본부장이 내 친구야."

사내는 만 원권 한 장을 더 얹어 주면서 명함을 꺼내 보였다. 경찰관은 명함을 받아 들여다보고 나서 주머니에 집어 넣었다. 그러나 돈은 끝내 받지 않았다. 그 대신 끈질기게 면허증 제시를 요구했다.

사내는 젊은 경찰관이 원리 원칙대로 공무를 집행하는 고집 불통이라는 것을 알게 되자 술이 확 깨이는 것 같았다.

"이 친구, 정말 답답하군."

재수 없게 걸렸다는 듯 한숨을 내쉬고 나서 사내는 자신의 면허증을 제시했다.

경찰관은 면허증을 들여다보고 나서 음주 측정기를 사내의 입에 갖다 댔다.

"힘껏 불어 주십시오."

"이거 왜 이래? 정말 꼭 이래야 되겠어?"

사내가 화를 냈지만 젊은 경찰관은 그대로 단단한 자세를 유지하고 있었다.

"대통령이라 하더라도 안 됩니다. 힘껏 부십시오."

사내는 기가 막히다는 표정으로 경찰관을 올려다보고 나서 측정기에 입을 갖다 댔다.

30분쯤 지나 백색의 G카는 어느 벽돌 건물 앞에 멈춰섰다.

그 건물은 10층짜리 건물로 이제 막 공사를 끝낸 상태였다. 그 주위는 허허벌판으로 그 건물만 덩그러니 서 있을 뿐이었다.

서울 남쪽 외곽에 새로 조성될 주택 및 상업 지역이지만 아직 건물들이 들어서지 않고 있어 가로등 하나 없이 음산하고 썰렁하기만 했다. 그래서인지 새로 지은 그 건물에는 아직 아무도 세를 얻으려는 사람이 없었다.

사내는 출입구를 가리고 있는 셔터를 올린 다음 열쇠로 두꺼운 유리문을 열었다. 안쪽에서 도로 셔터를 내리고 난 그는 전등불을 켜는 대신 주머니 속에서 조그만 플래시를 꺼내 들었다.

플래시를 켜들고 홀을 가로질러 가자 견고한 철문이 나타났다. 사내는 열쇠로 그 문을 열었다.

불빛이 앞을 비추자 아래쪽으로 시커먼 공간이 입을 벌리고 있었다. 그는 발 아래 계단을 확인한 다음 조심스럽게 지하로 내려가기 시작했다.

지하에 닿자 또 하나의 철문이 앞을 가로막고 있었다. 열쇠로 그것을 연 다음 문을 안쪽으로 밀었다. 그는 안으로 들어가는 대신 잠시 서서 안에다 귀를 기울였다. 안에서는 아무 소리도 들려오지 않고 있었다. 이윽고 그는 안으로 들어섰다.

바닥에는 물이 고여 있었다. 물은 발목 깊이까지 고여 있었다. 방수처리가 잘못 되어 지하실로 물이 조금씩 스며들고 있었다. 그대로 방치해 둔다면 언젠가는 지하실 천장에까지 물이 차오르게 될 것이라는 것을 그는 알고 있었다.

그는 구둣발로 물을 휘저으며 앞으로 걸어갔다.

동그란 원을 그리며 어둠 속을 비치던 불빛이 구석 쪽에서 멈췄다. 구석진 곳에서 무엇인가 시커먼 것이 움직였다.

"야, 고개 들어 봐."

사내가 차가운 목소리로 말하자 시커먼 것이 얼굴을 쳐들었다. 나이 어린 사내아이의 얼굴이 나타났고 초점을 잃은 두 눈이 반쯤 감겨진 상태에서 사내 쪽을 향하고 있었다.

어린 사내아이는 물 속에 주저앉아 있었다. 목에는 개처럼 줄이 감겨 있었고, 그 줄 끝은 벽에 돌출되어 있는 선반 받침에 단단히 매어져 있었다.

아이가 갑자기 기침을 하기 시작했다. 아이는 심하게 기침을 하면서 울기 시작했다. 그러나 쇠약해질 대로 쇠약해지고 오랫동안 굶주린 아이의 입에서는 제대로 울음소리가 흘러나오지 못하고 있었다. 그것은 울음소리라기보다는 가냘픈 신음 소리 같은 것이었다.

"너는 내 얼굴을 알고 있어. 그러니까 살아서는 여기를 나갈 수가 없는 거야."

사내는 혼잣말처럼 중얼거렸다. 아이는 신음 소리 사이사이로 엄마를 불렀다. 사내는 주머니 속에서 조그만 알약 몇 개와 우유 봉지를 꺼냈다.

"자, 이 약을 먹으면 감기가 나을 거야. 이걸 먹으면 우유하고 빵도 주지."

사내는 주머니에서 빵도 한 개 꺼내 보였다. 그것을 본 아이는 금방 울음을 그쳤다. 사내는 아이한테 입을 벌리게 한 다음 수면제를 그 안에 넣어 주었다. 그것은 거의 치사량에 가깝기 때문에 잘못하면 아이는 영원히 깨어나지 못할 수도 있다는 것을 그는 잘 알고 있었다.

다음에 우유 봉지를 주자 아이는 두 손으로 그것을 열려고 했지만 워낙 힘이 없어서 열 수가 없었다. 사내가 그것을 대신 개봉해서 건네 주자 아이는 정신 없이 우유를 마셨다.

사내가 빵을 하나 주자 그것도 순식간에 먹어치웠다.

"됐어. 이제부터 너는 자는 거야."

사내가 지하실을 빠져 나올 때 뒤에서 아이의 울음소리가 희미하게 다시 들려왔다. 지하실은 불빛 하나 없이 다시 캄캄한 어둠 속에 잠겼다.

동세는 아내 보기가 무서워 집에 돌아갈 수가 없었다. 그를 보면 아내는 틀림없이 발작을 일으킬 것이라는 것을 그는 잘 알고 있었다. 그것을 보고 견뎌낸다는 것이 너무 고통스러울 것 같아 그럴 바에는 차라리 집에 돌아가지 않고 밖에서 지내는 것이 낫겠다 싶어 회사 집무실로 돌아왔다.

이제 아내와의 관계는 끝났다고 그는 보고 있었다. 그녀와의 관계를 정상적인 것으로 돌려 보려는 노력 같은 것은 아예 생각지도 않고 있었다. 그런 것보다도 급하고 중요한 것은 협이를 찾아내는 일이었기 때문에 그는 그 밖의 다른 일에 대해서는 아무것도 생각지 않고 있었던 것이다.

비서실 직원들도 모두 퇴근해 버린 지 여러 시간이 지났기 때문에 그의 집무실은 적막감 속에 싸여 있었다.

자정이 지나서 그가 갑자기 나타나는 바람에 놀란 것은 관리실 직원들이었다. 야간 경비를 맡고 있던 그들은 그를 보자 어쩔 줄을 몰라했다.

동세는 그들에게 될수록 조용히 평상시와 다름 없이 근무해 줄 것을 부탁했다. 그가 나타났다고 해서 법석을 떨거나 하지 말아 달라는 말이었다. 그리고 그가 회사에서 밤을 새웠다는 사실을 절대 비밀로 해 줄 것도 그들에게 신신당부했다.

집무실과 통하는 옆방은 침실로 꾸며져 있기 때문에 잠자는

데는 불편할 게 없었다. 그러나 그는 침실에 들어가지 않고 집 무실 책상 앞에 앉아 있었다.

천장의 불은 꺼져 있었고 스탠드의 불빛만이 책상 위에 둥근 원을 그려놓고 있었다. 벽시계의 바늘이 3시 10분을 가리켰을 때 전화벨이 울렸다. 우 형사한테서 걸려온 전화였다. 요정에서 헤어질 때 동세는 형사들한테 자신은 회사에 돌아가서 대기하고 있겠다고 말했었다.

"유지명 씨가 죽었습니다. 자동차 사고로 죽었습니다. 지금……."

우 형사가 무슨 말인가 덧붙여 말했지만 그는 더 이상 알아들을 수가 없었다. 그는 수화기를 내려놓고 비틀거리며 일어났다가 도로 자리에 털썩 주저앉았다.

― 차량번호 5615 G카를 수배하라 ―

서울 시내 전 경찰에 G카에 대한 수배 명령이 떨어진 것은 4시경이었다.

거기에 대한 최초의 응답이 5분 후에 있었다.

― 2시 10분경 테헤란로에서 차량번호 5615 G카를 적발한 적이 있음. 적발한 내용은 음주운전에 과속 및 좌회전 금지 위반이었음 ―

5615 G카를 적발했던 패트롤 카의 젊은 순경은 자신이 금원 그룹측과 앙숙이 된 사실에 고개를 갸우뚱했다. 거기에는 전혀 의도적인 기도가 없었다. 그것은 단지 우연이었을 뿐이다. 지

난 7월 28일 오후 한강변 둔치에서 포르셰 959의 딱지를 뗐던 일을 그는 지금도 통쾌하게 생각하고 있었다. 그렇게 살인적인 속도로 달려갔으니 교통경찰로서는 적발해서 처벌하는 것은 당연한 일이다. 나중에 알고 보니 그 차의 주인은 금원 그룹 부회장인 서동세였다.

"그 사람이 술에 많이 취해 있었나?"

뚱뚱한 형사가 반말조로 물었다. 젊은 순경은 그가 꼭 돼지 같다고 생각했다.

"네, 술에 아주 많이 취해 있었습니다. 몸을 가누기 어려울 정도로……."

"좌회전해서 나오던 곳이 정확히 어디였나?"

뚱보 형사는 함께 동행해서 그 정확한 지점을 알려 줄 것을 요구했다.

흰 가운을 입은 당직 의사가 시트를 거침없이 홱 거두자 피투성이 여자의 시신이 나타났다. 피가 말라붙어 있는 사이로 인형의 눈처럼 초점 없이 떠 있는 두 눈이 보였다.

굳은 표정으로 시신을 내려다보던 동세는 오른손을 뻗어 지명의 두 눈을 감겨 주고 나서 무슨 말인가 할 듯하다가 고개를 끄덕이며 돌아섰다.

밖으로 나온 그는 비를 맞으며 어둠 속에 한동안 우두커니 서 있었다. 머리를 적신 빗물이 머리칼을 타고 얼굴 위로 흘러내리고 있었지만 그는 그것을 닦으려고도 하지 않은 채 그대로 장승처럼 서 있었다.

 그 때 그가 생각한 것은 지금 바로 지명의 집으로 가서 그녀의 어머니한테 큰 절을 올린 다음 그녀의 죽음을 알려야겠다는 것이었다. 그는 지금까지 지명의 모친을 만난 적이 없었다.

 카페 「춘희」의 창문을 통해 불빛이 희미하게 흘러나오고 있었다. 5615 G카가 빠져 나온 골목에는 네 개의 카페가 자리잡고 있었다.

 춘희는 맨 안쪽에 위치해 있었다. 우 형사와 배 형사는 마지막으로 춘희의 문을 두드렸다. 4시가 지난 시간이었기 때문에 더 이상 손님을 받지 않고 문을 안으로 닫아건 것 같았다. 한참만에 문이 열리더니 웨이터가 고개를 내밀었다.

 "영업 끝났는데요."

 "경찰이야."

 형사들은 문을 밀어젖히고 안으로 들어갔다.

 안쪽에 스탠드불이 켜져 있는 대형 소파 여기저기에 젊은 여자들이 아무렇게나 앉아 있는 것이 보였다. 여자들은 모두 다섯 명이었는데 하나같이 술에 취한 모습들이었고, 허연 허벅지를 드러낸 흐트러진 자세로 형사들을 멀거니 쳐다보고 있었다. 우 형사가 그녀들 쪽으로 다가가 신분을 밝혔지만 그녀들은 여전히 별다른 반응을 보이지 않았다.

 "좀 물어 볼 게 있어서 왔습니다."

 우 형사가 빈 자리에 엉덩이를 내려놓자 그제서야 그녀들은 조금씩 몸을 움직이기 시작했다.

아침 8시.
금원 그룹, 본사 회의실.
장방형의 긴 테이블 앞에는 계열사의 사장들이 서로 마주보며 두 줄로 앉아 있었고, 맨 상석에는 서인구 회장이, 그 옆에는 부회장 서동세가 자리를 잡고 있었다.

최근 들어 서인구 회장이 계열사 전체 사장들이 참석하는 회의를 주재하는 경우는 드물었다. 지난 봄부터 부회장 동세한테 회의 주재를 완전히 맡기고 자신은 뒷전에서 보고만 받아왔던 것이다.

오늘은 1주일에 한 번씩 있는 계열사 전체 사장들이 참석하는 회의가 있는 날이었다. 회의장에 들어선 사장들은 뜻밖에도 서 회장 자신이 먼저 와서 자리에 앉아 있는 것을 보고 당황해서 옷깃을 여몄다. 간암으로 목숨이 경각에 달려 있는 그가 회의에 직접 참석할 것이라고는 생각지도 못했던 것이다.

사장들은 숨을 죽이고 서 회장을 바라보았다. 실내에는 숨막힐 듯한 긴장감과 침묵만이 감돌고 있었다. 가끔씩 회장의 입에서 흘러나오는 바튼 기침 소리만이 그 침묵을 흐트러 놓고 있을 뿐이었다.

"다 알겠지만……."
회장이 마침내 입을 열었다. 카랑카랑하던 목소리는 많이 수그러들어 있었고, 그나마 기침 소리에 막히곤 했다.

"…… 다들 들어서 알겠지만 난 얼마 안 있어 아주 먼 데로 가게 돼요…… 거기에 대해 별로 서운하게 생각한다거나 하지는 않아요…… 이만큼 일을 해 놓고 가는 거니까…… 앞으로의 일들은 여러분들이 더 잘할 거라 믿어요…… 난 살 만큼 살았기 때문에…… 별로 미련 같은 것은 없어요…… 열심히 성실하게 일하면 이 세상에 못 이룰 것이 없어요…… 내가 떠나고 나면 유서가 발표되겠지만…… 서 부회장을 중심으로 해서 일치 단결하여 금원을 이끌어 가도록 해요…… 지금은 치열한 경쟁 시대이니까…… 우리가 단결해서 헤쳐나가지 않으면 이길 수가 없어요…… 난 여러분들이 일치단결해서 일해 준다면…… 우리 금원은 더욱 급성장할 것이고…… 세계적인 기업으로 자리를 잡게 되리라고 봐요…… 이번에 부회장이 과거의 어떤 일로 해서 괴로움을 겪고 있는데…… 난 그것 때문에 부회장을 바꿀 생각은 전혀 없어요…… 누구한테나 그런 정도의 잘못이 있을 수 있는 일이고…… 그런 것 때문에 우리 금원의 지휘 체계가 흔들리는 일은 있을 수도 없고 있어서도 안 된다고 봐요…… 그런 걸 트집잡아 말썽을 부린다거나 하는 사람은…… 우리 금원의 위해 분자로 보고…… 나는 그런 사람을 우리 회사에 놔 두어서는 안 된다고 봐요……."

서 회장 주재하에 회의가 열리고 있을 때 그 옆에 있는 비서실에서는 비서실 직원들과 불청객들 사이에 옥신각신 몸싸움이 벌어지고 있었다.

형사들은 막무가내로 시간이 없다고 하면서 회의장 안으로 들어가려 하고 있었고, 비서실 직원들은 그들을 막아내느라고 곤욕을 치르고 있었다. 연락을 받은 비서실장이 회의장 밖으로 나와 형사들을 상대했다.

"지금 당장 서동세 씨를 만나지 않으면 안 됩니다. 그분한테 이것을 전해 드리지 않으면 안 됩니다."

그렇게 말한 형사는 뚱뚱한 우경배 형사였다. 그는 흰 봉투를 흔들어 보이면서 조그만 눈으로 최 실장의 표정을 살피고 있었다. 배 형사는 그 옆에서 차가운 표정으로 묵묵히 서 있었다.

"그걸 이리 주십시오. 제가 전해 드리겠습니다."

비서실장이 손을 내밀자 우 형사는 고개를 흔들었다.

"안 됩니다. 제가 직접 전해 드려야 합니다."

"지금은 회의중이라서 안 됩니다. 회의가 끝날 때까지 기다리십시오."

최 실장이 냉정히 말했다. 그래도 형사들은 물러설 기미를 보이지 않았다.

"그 때까지 기다릴 수가 없습니다."

"도대체 그게 뭔데 그럽니까?"

"밀서입니다."

"밀서라니요?"

"유지명 씨의 유서입니다."

비서실장의 두 눈이 휘둥그레졌다. 그는 경악에 찬 표정으로 형사들을 바라보다가 물었다.

"유지명이라면 그 유괴당한 아이의 어머니 아닙니까? 서 부회장님의……?"

"네, 그렇습니다."

"아니, 그 여자가 죽었습니까?"

"네, 지난 밤에 교통사고로 죽었습니다. 그런데 유서를 지니고 있었습니다."

그 유서는 형사들이 뜯어본 듯 개봉되어 있었다. 최 실장은 혀를 찼다.

"저런, 안됐군요. 아이도 찾지 못한 상태에서……."

"정말 안됐습니다. 강변도로에서 트럭하고 정면 충돌하는 바람에 즉사하고 말았습니다."

"그 유서에 뭐라고 씌어 있습니까? 제가 봐도 되겠습니까?"

"안 됩니다. 서동세 씨한테 먼저 보이기 전에는 안 됩니다. 서 부회장님 앞으로 되어 있는 유서이기 때문에 그분이 먼저 보셔야 합니다."

"그렇다면 잠깐 기다리십시오."

최 실장이 다시 회의실 안으로 들어갔을 때 서 회장은 손수건으로 입을 가린 채 기침을 하고 있었다.

최 실장은 부회장 쪽으로 가만히 다가가 귀엣말로 형사가 찾아온 것을 이야기했다.

"아까 경찰한테서 그 여자가 죽었다는 통보를 받았어요."

동세는 이미 유지명의 죽음을 알고 있었다. 그는 차갑게 굳은 표정으로 말했다.

"그 사람들을 이리 들어오라고 하시오."

"이 회의장으로 말입니까?"

동세는 무겁게 고개를 끄덕였다. 회의장 안으로까지 형사들을 불러들인다는 것은 생각지도 않은 일이고 말도 안 되는 일이다. 그러나 부회장의 지시이니 어쩔 수 없는 일이었다. 최 실장은 형사들을 안으로 들어오게 했다.

서 회장은 기침을 그치고 다시 입을 열려고 하다가 안으로 들어서는 낯선 사내들을 바라보았다.

"저분들은 누구지?"

"담당 수사관들입니다. 아주 열심히 수사하고 있습니다. 제가 들어오라고 했습니다."

서 부회장은 일어서서 형사들과 악수를 나누었다. 그리고 회장에게 그들을 소개하자 회장도 일어서서 그들의 손을 일일이 잡아 주었다.

"수고가 많아요."

"빨리 해결해 드리지 못해 죄송합니다."

배 형사가 허리를 깊이 꺾으며 말했다.

동세는 우 형사한테서 지명의 유서를 받아 읽기 시작했다. 그의 표정이 납덩이처럼 굳어지고 있었다.

"아니, 이럴 수가……."

그의 입에서는 자기도 모르게 신음 같은 소리가 흘러나왔다.

「사랑하는 동세 씨에게.

당신을 너무도 사랑하였기에 저는 큰 죄를 저질렀습니다. 모든 것이 당신을 놓치기 싫었기 때문입니다. 그러나 이 세상을 떠나는 마당에 끝까지 숨긴다는 것이 또 하나의 죄악일 것 같아 사실대로 말씀드립니다. 협이는 당신의 아들이 아닙니다. 이름을 밝히면 당신도 잘 알고 있는 사람의 자식입니다. 그러나 그 사람 이름만은 밝힐 수가 없습니다. 저는 더 이상 견딜 수가 없어 먼저 이 세상을 하직합니다. 부디 행복하게 살아가시기 바랍니다. 이 세상을 떠나면서 마음이 놓이지 않는 것이 있다면 혼자 남을 협이 문제입니다. 비록 당신 자식이 아닌 것이 밝혀졌다 해도 당신 자식처럼 거두어 주시면 저는 안심하고 눈을 감을 수 있겠습니다.—지명 올림」

"으음…… 이게 이렇게 되는 거야?"

지명의 유서를 받아 본 회장이 신음처럼 중얼거렸다.

"아이 엄마는 지난 밤…… 자동차 사고로 죽었습니다. 이 유서를 남긴 것으로 보아…… 자살을 기도한 것 같습니다……."

동세가 기어들어가는 목소리로 나직이 말했다.

"모두 돌려 보는 게 좋겠어. 이걸 보이지 않으면 궁금증만 더하게 되니까 모두가 직접 읽어 보는 게 좋겠어. 자, 모두들 돌려보라구."

서 회장이 지명의 유서를 계열사 사장들 쪽으로 넘기자 동세는 당황해서 그것을 바라보았지만 굳이 반대하지는 않았다.

사장들은 머리를 맞대고 유서를 읽었다. 그것이 한 바퀴 돌고 나자 맨 마지막으로 비서실장이 그것을 읽고 나서 동세한테 도로 가져왔다.

"이제 안심하셔도 될 것 같습니다."

그것은 유괴된 아이가 당신의 자식이 아니니 안심해도 되지 않느냐는 말이었다. 동세는 굳은 표정을 풀지 않은 채 머리를 흔들었다.

그는 사장들을 둘러보면서 입을 열었다.

"그 아이가 비록 내 자식이 아니라도 저는 그 아이를 제 자식처럼 생각할 것입니다. 그 아이를 양자로 삼겠습니다. 만일 그 아이가 살아 있다면 말입니다."

무거운 침묵이 실내를 뒤덮고 있었다. 그 침묵을 깨면서 서 회장이 입을 열었다.

"좋은 생각이야. 당연히 그래야 되겠지."

오전 11시 16분, 차량번호 5615번 백색 G카는 마포대교 밑을 회전해서 강변도로로 접어들었다. 강변도로에 서 있던 경찰 패트롤 카가 G카 번호를 확인하고 무전기를 집어 들었다.

"백색 박쥐 발견! 강남 쪽으로 향하고 있음!"

"오우케이! 패트롤 카는 눈에 띄지 않게 멀리 따라오라!"

낡은 택시로 위장된 지휘차 안에서 우 형사는 무전기를 움켜쥔 채 긴장된 표정을 짓고 있었다. 강변도로로 접어들어 패트롤 카 앞을 스쳐가면서 그는 손을 쳐들어 보였다.

5615번 G카는 지휘차에서는 보이지 않았다. 그러나 그 차를 미행하고 있는 차들로부터는 계속해서 보고가 들어오고 있었다. 지휘차는 그 보고에 따라 방향을 잡아나가고 있었다.

"만일 G카가 엉뚱한 데로 가고 있다면 어떡하죠?"

운전대를 잡고 있는 배 형사를 곁눈질로 쳐다보며 우 형사가 걱정스럽게 물었다.

"그렇지 않아. 이제 두고 보라구."

배 형사는 자신에 찬 목소리로 대꾸했다.

"백색 박쥐…… 반포대교로 우회전!"

무전 보고가 차 안을 울렸다.

"보라구. 놈은 예상했던 대로 달리고 있어."

배 형사가 눈을 빛내면서 말했다.

미행 차들은 10여대나 되었고, 그들은 앞서거니 뒤서거니 하면서 적당한 간격을 두고 G카 뒤를 따르고 있었다. 중간에서 대기하고 있다가 합류하는 미행 차도 있었다. 그럴 경우에는 그때까지 뒤따르던 미행 차들 가운데 하나가 지휘차 뒤로 처지는 것이었다.

반포대교를 건너간 지 20분쯤 지나 5615 G카는 허허벌판에 뚫려 있는 흙탕길 위를 달리고 있었다.

"백색 박쥐…… 벽돌 건물 앞에 정차! 건물 높이는 10층!"

"박쥐…… 차에서 내림!"

"박쥐…… 건물 안으로 들어감!"

벽돌 건물 앞을 그대로 지나치면서 미행 차들이 보내 오는 무전 보고였다.

"건물 주위를 포위하라!"

우 형사는 명령을 내린 다음 벽돌 건물로부터 백여 미터쯤 떨어진 곳에서 지휘차를 내려 건물 쪽으로 허둥지둥 달려갔다.

건물의 셔터는 올라가 있었고, 출입문도 잠겨 있지 않았다. 건물 안으로 들어서면서 그는 권총을 뽑아들었다. 배 형사가 그의 뒤를 따라 안으로 들어섰다.

홀 건너편에 철문이 열린 채로 있는 것이 보였다. 그쪽으로 다가가자 어둠 속에 지하실로 내려가는 계단이 보였다. 우 형사는 배 형사를 한 번 돌아본 다음 발소리를 죽여 계단을 내려가기 시작했다.

그들이 계단을 모두 내려갔을 때 안에서 낮게 울부짖는 것 같은 소리가 들려왔다.

"협아! 협아! 흐흐흐…… 내가 네 아빠다! 난 네가 내 아들인 줄을 몰랐어! 흐흐흐 …… 내 아들인 줄을 알았다면 너한테 약을 먹였겠니? 흐흐흐흐…… 이럴 수가…… 세상에 이럴 수가…… 흐흐흐흐…… 내가 내 자식을 죽이다니…… 협아! 눈을 떠 봐! 눈을 떠 보란 말이다!"

바닥에 고여 있는 물을 휘저으며 다가오는 발소리에 그는 흠칫 놀라 돌아보았다.

밝은 불빛 아래 서 있는 사람들은 형사들이었다. 그를 향해 겨누어져 있는 총구를 보고 사내는 움직임을 멈췄다. 그의 두 팔에는 물에 젖은 아이의 몸뚱이가 흡사 걸레처럼 축 늘어진 채 안겨 있었다.

"최 실장! 그 아이한테 무슨 약을 먹였지?"

우 형사가 차가운 어조로 물었다.

"수, 수면제를 많이……."

비서실장의 얼굴은 눈물로 뒤범벅되어 있었다.

"빨리 손을 쓰면 살릴 수가 있어요. 아이를 이리 줘요."

우 형사가 권총을 집어 넣고 가까이 접근해서 두 팔을 벌리자 최 실장은 망설이다가 아이를 그에게 내주었다. 우 형사는 아이의 코에 귀를 대었다. 가느다란 숨소리가 들리고 있었다. 그는 아이를 안고 계단으로 달려갔다.

배 형사가 지체없이 그의 두 손목에 수갑을 채웠다.

"어, 어떻게 여기를 알았습니까?"

최가 더듬거리며 물었다.

"미끼를 던졌지. 당신은 거기에 걸려든 거요."

하고 배 형사가 자랑스러운 듯이 말했다.

우 형사가 아이를 안은 채 먼저 지하실을 빠져 나와 다른 형사에게 아이를 인계했다. 아이를 태운 경찰 패트롤 카가 병원을 향해 달려가는 것을 바라보다가 그는 지휘차 안으로 들어갔다. 거기에는 최 실장이 이미 다른 형사들 두 명 사이에 끼어 앉아 있었다. 차가 출발하자 배 형사가 입을 열었다.

"아침에 보여 준 그 밀서는 가짜였어. 진짜 밀서를 약간 고친 거지요. 진짜 밀서에는 협이의 아빠가 바로 최 실장 당신이라고 나와 있어요. 당신은 유지명 씨가 처음 비서실로 발탁되어 왔을 때 그 아가씨를 농락했어요. 우리는 협이를 구하기 위해 진짜 밀서에서 당신 이름을 빼고 내용을 약간 고쳤어요. 우리가 가짜 유서를 만들어 공개한 것은, 협이가 당신 자식이라는 것을 알면 당신은 틀림없이 즉시 협이가 갇혀 있는 곳으로 달려갈 줄 알았기 때문이지요. 우리의 예상대로 당신은 협이를 구하기 위해 행동을 개시했어요. 지난 밤 그 사실을 알고 나서부터 우리는 당신을 찾아다녔어요. 당신의 행적을 알아보기 위해서 말이오."

"내가 범인이라는 것을 어떻게 알았지요?"

최 실장의 목소리는 이상할 정도로 차분하게 들렸다.

"아, 그걸 말씀드려야겠군. 모나리자한테 유지명 씨의 진짜 유서를 보였더니 그 여자가 발작을 일으켰어요. 그리고 당신이 곧 잡혀 자백할 줄 알고 모든 걸 털어놓았어요. 남편의 배신을 알고 이시화는 당신과 짜고 그런 엄청난 드라마를 꾸몄고, 당신은 곧 회사에서 거세당할 것을 알고 서동세 씨를 먼저 제거하려고 그 여자와 합동작전을 벌였던 거라고……. 그러니까 서로 필요에 의해서 그런 일을 꾸몄던 셈이지요. 그러나 저러나 아이가 살아나야 할 텐데……."

차는 갑자기 튕기듯이 앞으로 달려나갔다.

끝

● **김성종 추리소설**

『최후의 증인』-상·하 | 김성종 장편추리소설

한국일보 창간 20주년기념 공모 당선작! 살인혐의로 20년간 억울하게 옥살이를 한 황바우의 출옥과 동시에 일어나는 살인 사건! 사건을 뒤쫓는 오병호 형사의 집념으로 20년 동안 뒤엉킨 사건의 전모가 백일하에 드러난다.

『제 5 열』-상·중·하 | 김성종 장편추리소설

일간스포츠에 연재한 최고의 인기소설! 대통령선거를 기화로 국제 킬러를 고용, 국가를 송두리째 삼키려는 범죄 집단의 음모를 수사진이 적나라하게 파헤친다. 종래의 추리물과는 그 궤를 달리한 최초의 하드보일드 추리소설!

『부랑의 강』-김성종 추리소설

여대생과 외로운 중년신사가 벌인 불륜의 사랑이 몰고온 엽기적인 살인 사건! 살인범으로 몰린 아버지의 무죄를 확신하고 이 사건에 뛰어든 딸의 집요한 추적의 정통 추리극! 사건의 종점에서 부딪치게 되는 악마의 얼굴은 과연?

『일곱개의 장미송이』-김성종 추리소설

임신 3개월 된 아내가 일곱 명에 의해 유린당하자 평범하고 왜소하고 얌전하던 남편이 복수의 집념을 불태운다. 아내의 유언에 따라 범인을 하나씩 찾아 내어 잔인하게 죽이고 영전에 장미꽃을 한 송이씩 바치는 처절한 복수극!

『백색인간』-상·하 | 김성종 장편추리소설

허영의 노예가 되어 신데렐라의 꿈을 쫓는 미녀의 끈질긴 집념과 방탕, 그리고 그녀를 죽도록 사랑하며 혼자 독차지하려는 이상 성격을 가진 청년의 단말마적인 광란! 그리고 명수사관이 벌이는 사각의 심리 추리극!

『제5의 사나이』-상·중·하 | 김성종 장편추리소설

국제 마약조직이 분실한 2천만 달러의 헤로인 6kg! 배신자들을 처치하고 헤로인을 찾기 위해 홍콩으로부터 날아온 국제킬러 제5의 사나이! 킬러가 자행하는 냉혹한 살인극과 경찰이 벌이는 숨가쁜 추적의 하드보일드 추리극!

『반역의 벽』-상·하 | 김성종 장편추리소설

한국이 개발한 신무기 레이저 X, —핵무기를 순식간에 녹여버릴 수 있는 X의 가공할 위력! 이를 빼내려는 국제 스파이의 음모와 배신, 이들의 음모를 저지하려는 수사관들의 눈부신 활약. 국내 최초의 산업스파이 소설!

『아름다운 밀회』-상·하 | 김성종 장편추리소설

신혼여행 도중 실종된 미모의 신부로 인해 갑자기 용의자가 되어버린 신랑! 그가 벌이는 도피와 추적! 미녀의 뒤에 있던 치정과 재산을 둘러싼 악마들의 모습을 밝혀낸 수사극의 결정판! 김성종 추리소설의 새로운 지평!

『경부선 특급 살인사건』-상·(중·하권 집필중) | 김성종 장편추리소설

그들은 연휴를 맞아 경부선 특급 열차에 오른다. 밤열차에서 시작되는 불륜의 여로는 남자의 실종으로 일순간에 무너져 버린다. 실종이 몰고온 그 모호하고 안타까운 미스테리는 "열차속에서의 연속살인"으로 이어지는데……

『라인 X』-상·중·하 | 김성종 장편추리소설

교황을 살해하려는 KGB의 지령에 따라 잠입한 스파이 라인-X, 킬러의 총부리가 교황을 위협하는 절대절명의 순간, 이를 제압하는 한국 경찰과 신출귀몰하는 라인—X와의 생사를 건 한판 승부를 묘사한 국제적 추리소설!

『어느 창녀의 죽음』-김성종 단편집

작가 김성종의 탄탄한 필력을 유감없이 보여주는 주옥같은 단편집! 신춘문예 당선작『경찰관』및『김교수 님의 죽음』,『소년의 꿈』,『사형집행』등을 수록. 문학적 흥미와 감동으로 독자를 매료하는 김성종 추리소설의 백미.

『죽음의 도시』-김성종 SF단편집

김성종 SF단편소설집! 김성종이 예견한 기상천외한 미래사회의 청사진!『마지막 전화』,『회전목마』,『돌아온 사자』,『이상한 죽음』,『소년의 고향』등 SF걸작들! 새로운 문학장르를 개척하려는 김성종의 끊임없는 실험정신!

『여자는 죽어야 한다』-상·하 | 김성종 장편추리소설

김성종이 시도한 실험적 추리소설! 독자는 특별한 예고살인 속으로 여행을 시작한다.「오늘밤 여자 한 명을 죽이겠다. 여자는 한쪽 귀가 없을 것이다. 잘 해봐!」살인 예고장을 보는 순간 독자들은 숨가쁜 긴장속으로 빠져든다.

『한국 국민에게 고함』-상·중·하 | 김성종 장편추리소설

추악한 한국 국민들에게 보내는 對국민 경고장!「한국 국민에게 고함!」—이 경고를 받아들이지 않으면 테러를 감행할 수밖에 없다! 가공할 폭탄테러에 전율하는 시민들과 이를 추적하는 수사진의 필사적인 노력!

『국제열차 살인사건』-1·2·3 | 김성종 장편추리소설

이탈리아 밀라노에서 눈덮인 알프스산맥을 넘어 스위스 취리히에 이르는 낭만의 기나긴 여로—그 여로 위를 달리는 국제열차에서 벌어지는 살인사건! 한 사나이의 父情과 분노가 엮어내는 눈물겨운 드라마!

『슬픈 살인』-1·2·3·4 | 김성종 장편추리소설

부산 해운대를 무대로 펼쳐지는 김성종의 새롭고 야심찬 대하 추리소설! 뜨거운 여름 바닷가를 중심으로 벌어지는 젊은이들의 애욕과 애증의 파노라마가 몰고온 엽기인 연쇄 살인사건! 범인과 수사진이 벌이는 추리극의 백미!

『불타는 여인』-상·하 | 김성종 장편추리소설

불처럼 화려한 여인의 육체에 공포의 AIDS가! 무서운 AIDS를 접목시켜 공포의 연쇄 살인을 연출해낸 김성종 최신 장편추리소설—현대여성의 비극적 자화상을 경탄할만한 솜씨로 묘파해낸 우리시대의 새로운 인간드라마!

『제3의 사나이』-상·하 | 김성종 장편추리소설

대통령 출마를 선언한 대재벌 회장의 과거! 일본에 의해 지배당할 운명에 처한 한국경제를 구하기 위해 독재자에게 도전장을 낸 그의 약점을 쥐고 협박을 해오는 검은 그림자! 그들을 무자비하게 칼로 살해한 제3의 사나이는?

『죽음을 부르는 소녀』-김성종 추리소설

친구들과 지리산에 올랐다가 실종된 무당의 딸 현미, 민가를 침범하는 호랑이와 산속에 사는 사냥꾼 부자의 숙명적인 대결. 수십년 간 벼랑의 굴속에서 숨어 살아온 빨치산 출신의 야수. 그들이 벌이는 죽음의 드라마!

『홍콩에서 온 여인』-상·하 | 김성종 장편추리소설

군부의 지원을 받아 쿠데타를 성공시킨 염광림의 개혁조치에 불안을 느낀 극우보수 세력은 홍콩의 범죄조직을 끌어들여 염광림을 제거하려 한다. 킬러의 뒤를 끈질기게 추적한 오병호 경감은 마침내 이들의 계획을 저지한다.

『버림받은 여자』-상·하 | 김성종 장편추리소설
밝은 보름달 아래 피냄새를 쫓아 여자사냥에 나선 식인개— 전설로만 전해오던 그 개는 실제로 존재하는가? 한 남자의 아내와 그의 애인이 맹수에게 물어뜯겨 살해된 시체로 발견되었다. 그녀들은 왜 그렇게 잔인하게 살해되었을까?

『코리언 X파일』-상·하 | 김성종 장편추리소설
21세기를 향해 첫발을 내딛는 김성종 추리문학의 진수! 한반도의 운명을 좌우할 X파일을 찾아라! 한·중·일 3국의 비밀기관원들이 X—파일을 둘러싸고 벌이는 상상을 초월하는 음모와 배신이 연속되는 문학적 흥미와 감동!

『형사 오병호』-김성종 추리소설
고층호텔에서 추락사한 외국인에 이어 연쇄적으로 발생하는 살인사건! 배후에 도사린 일단의 국제 테러리스트! 그들의 음모를 분쇄하기 위해 목숨을 걸고 사지에 뛰어든 형사 오병오의 숨막히는 스릴과 불타는 투혼!

『서울의 황혼』-김성종 추리소설
도심의 20층 호텔에서 벌거숭이로 떨어져 죽은 여배우 오애라— 그 뒤에 도사리고 있는 비밀요정의 정체! 그리고 마약·인신매매·밀항·국제매음조직 등 깊고 우울한 함정을 날카로운 시각으로 추리한 김성종 추리소설!

『세 얼굴을 가진 사나이』-상·하 | 김성종 장편추리소설
지리산에 올랐다가 실종된 무당의 딸 현미와 시체로 발견된 5명의 친구들, 대규모 수색작업이 수포로 돌아가자 조준기 형사는 혼자 현미를 찾아나선다. 지리산의 험산준령속에 파묻혀 있던 몇십 년 묵은 비밀과 현미의 행방은?

『얼어붙은 시간』-김성종 추리소설
임신한 어린 소녀가 사창가로 흘러들어 갔다. 그녀의 어린 남동생은 골목에서 손님을 불러들인다. 그리고 어느 날 그 사창가 쓰레기 더미 속에서 중년남자의 시체가 발견되는데…… 강한 휴머니즘을 바탕에 둔 비극미의 극치!

『나는 살고싶다』-김성종 추리소설
성불능 남편에게 이혼을 요구하던 아내의 죽음 때문에 살인 누명을 쓰고 옥살이를 하던 최태오의 탈옥! 죽음의 의식 속에서 더욱 강렬해지는 삶의 욕구, 피와 살이 튀기는 성의 고통과 환희속에서 그는 집요하게 범인을 추적한다.

『끝없는 복수』-상·(하권 집필중) | 김성종 장편추리소설

대학입시 준비에 여념이 없는 여학생을 감히 납치·폭행·살해한 악마들의 단말마적 폭력극! 하나밖에 없는 어린 딸을 살해한 자들을 찾아나선 눈물겨운 아버지의 피어린 복수극이 전편을 끝없는 긴장속으로 몰아넣는다.

『미로의 저쪽』-상·하 | 김성종 장편추리소설

인생의 모든 것을 상실한 여인 吳月, 네 명의 악한을 상대로「복수」에 생의 최후를 건다. 연약한 여인이 벌이는 복수극은 처절하리만큼 비정하고 완벽하다. 독신 형사와 연하의 여대생이 등장하여 극적인 전환을 이루는 추리소설!

『안개속에 지다』-상·하 | 김성종 장편추리소설

세균학의 세계적 권위자인 유한백 박사가 의문의 살해를 당하고 잇달아 두 처녀가 피살된다. 미술을 전공한 미모의 외동딸 보화는 아버지가 남긴 막대한 재산으로 남자들을 고용, 범인의 추적에 나서는데……

『Z의 비밀』-김성종 추리소설

일본의「적군파」, 서독의「바더마인호프단」, 이탈리아의「붉은여단」, 팔레스타인의「검은 9월단」……세계의 도시 게릴라들이 모두 한국에 잠입했다. 암호명 Z의 비밀을 밝혀라! 그들과 한국 수사진이 펼치는 한판 승부!

『최후의 밀서』-김성종 장편추리소설

다섯 살 된 아이의 유괴사건, 그 아이가 어느 재벌 2세의 사생아임이 밝혀지면서 기업에 얽힌 악마 같은 드라마는 시종 숨가쁜 호흡을 토해낸다. 유괴범을 집요하게 추적하는 형사 앞에 마침내 얼굴을 드러낸 X! 그는 과연?

『비련의 화인(火印)』-김성종 추리소설

귀여운 외동딸 청미가 이루지 못한 사랑의 붉은 도장(火印)이 몸에 찍힌 채 탄생한다. 8년 후 청미는 열차 속에서 시체로 발견되는데 ……청미의 유괴를 둘러싸고 벌이는 갈등 속에 범인으로 떠오르는 전혀 뜻밖의 인물!

『피아노 살인』-김성종 추리소설

밤마다 흐느끼듯 들려오는 쇼팽의 야상곡 소리는 6개월 시한부 인생을 살고 있는 여인이 벌거벗은 몸으로 목졸린 채 피살되면서 사라진다. 욕망이라는 정신분열적 성격을 다룬 김성종의 또 다른 실험적 포스트모더니즘!

김성종

1941년 전남 구례 출생

연세대학교 정외과 졸업

1969년 「조선일보」 신춘문예 소설 당선

1971년 「현대문학」지 소설 추천 완료

1974년 「한국일보」에 『최후의 증인』으로 장편소설 당선

최후의 밀서

김성종 추리문학전집 · 31

초판발행 ──── 2005년 1월 20일
초판1쇄 ──── 2005년 1월 20일
저자 ──────── 金聖鍾
발행인 ─────── 金仁鍾

발행처 ─────── 도서출판 남도
등록일자 ────── 서기 1978년 6월 26일(제1-73호)

주소 ──────── (134-023) 서울 강동구 천호동 451
　　　　　　　　산경빌딩 B동 5층 3-1호
전화 ──────── 02-488-2923
팩스 ──────── 02-473-0481
E.mail ─────── namdoco@hanafos.com

ⓒ 2005 Kim Sung Jong. Printed in Korea

정가: **10,000원**

ISBN 89-7265-541-4 03810
파본이나 잘못된 책은 교환하여 드립니다.